Brian Lumley · Vampire schlafen nie

In dieser Reihe erschienen:
2801 *Das Erwachen*
2802 *Vampirblut*
2803 *Kreaturen der Nacht*
2804 *Untot*
2805 *Totenwache*
2806 *Das Dämonentor*
2807 *Blutlust*
2808 *Höllenbrut*
2809 *Wechselbalg*
2810 *Duell der Vampire*
2811 *Totenhorcher*
2812 *Blutkuss*
2813 *Konzil der Vampire*
2814 *Grabgesang*
2815 *Blutsbrüder*
2816 *Vampirwelt*
2817 *Nestors Rache*
2818 *Metamorphose*
2819 *Vormulac*
2820 *Schlacht der Vampire*
2821 *Blutkrieg*
2822 *Vampire schlafen nie*

In Vorbereitung:
2823 *Hund der Nacht*
2824 *Verfluchtes Blut*

Brian Lumley

Vampire schlafen nie

Necroscope 22

Aus dem Englischen von Alexander Amberg

FESTA

1. Auflage Januar 2008

Originaltitel: *Necroscope: The lost Years, Volume I*

Umschlaggestaltung: BabbaRammDass
Literarische Agentur: Thomas Schlück GmbH, 30827 Garbsen
Druck und Bindung: CPI Books s. r. o., Pohorelice

ISBN 978-3-86552-084-5

Für Bonnie Jane Johnson, die mich zu neuen Höhen brachte, und für Zahanine, um ihres Namens willen (wenn nicht für ihre Namensschwester), vor allem aber für Silky – die für mein Leben so wichtig ist …

PROLOG

Die PS-starke, silbergraue Limousine mit Überlänge – an sich nichts Ungewöhnliches, auf einer Insel voller uralter Fiats und stotternder Lambrettas allerdings auffällig, auch wenn es durchaus noch andere davon gab – holperte vorsichtig über das schadhafte Kopfsteinpflaster unter einem barocken Torbogen hindurch in den Innenhof von Julios Café und Restaurant im Osten Palermos. Das ummauerte Grundstück hatte im Zweiten Weltkrieg als einziges einen Bombenangriff überstanden. Früher war es einmal der kleinste von vier Gärten gewesen, die eine Villa mittlerer Größe umgaben. Die übrigen drei waren nur noch trümmerübersäte Krater. Lediglich die Außenmauern hatte man wieder instand gesetzt, um im Gebiet der Via Della Magione eine halbwegs anständige Fassade zu schaffen.

Der Hof war fächerförmig angelegt und sah von oben aus wie ein Damebrett. Auf Platten aus schwarzem Vulkangestein standen weiß gedeckte, quadratische Tische. Mitten hindurch war einmal ein breiter Fahrweg verlaufen. Nun diente er als Parkplatz, auf dem die Wagen in einer Art Fischgrätenmuster einander schräg gegenüber parkten. Eine palmengesäumte Öffnung an der Spitze des Viertelkreises markierte die Ausfahrt. Dahinter dämmerte bereits der Abend.

Etwa drei Dutzend Gäste, allesamt Einheimische, saßen essend, trinkend oder gemütlich plaudernd an den Tischen. Zwei weißbeschürzte, schwitzende Kellner rannten zwischen Theke, Küche und ihren Tischen hin und her. Jeder der beiden kümmerte sich um seinen eigenen kleinen dreieckigen Bereich. Selbst für die dritte Maiwoche war es ungewöhnlich warm. Es war halb neun Uhr abends und das Thermometer zeigte noch immer gut fünfundzwanzig Grad.

Die Ostwand des Hofes barg, was von der einstigen Villa übrig geblieben war: einen zweigeschossigen Gebäudeflügel, drei Zimmer breit und drei tief, mit einem auf dorischen, an bessere Zeiten erinnernden Säulen ruhenden Balkon. Vor dem mittleren Raum des Erdgeschosses nahm ein Marmortresen die gesamte Lücke zwischen den Säulen ein. Links davon stand den Gästen der Blick in die Küche offen. Erstaunlicherweise trugen in diesem ausgebombten Überrest eines Herrenhauses breite Mauerbögen zur Rechten noch immer die riesige Marmortreppe, die sich zu den Räumlichkeiten im zweiten Geschoss und dem Balkon emporschwang. Es waren in der Tat bessere Zeiten gewesen!

Auf dem Balkon, dessen Tische Gästen von Rang und Namen vorbehalten waren, stand Julio Sclafani und beugte sich so weit vor, wie sein Bauch es ihm gestattete, um die Ankunft der neuen Gäste, zugleich seiner vornehmsten Kunden, persönlich in Augenschein zu nehmen: Antonio und Francesco Francezci, die die Höhen der Madonie verlassen hatten, eigens um bei ihm, Julio, zu speisen.

Es war wundervoll, dass sie hierher kamen, dass derart mächtige Männer die sogenannten »erstklassigen« Restaurants links liegen ließen, um Julios schlichte, dafür aber umso achtbarere Kochkunst zu genießen. Und das ging nun schon seit sechs Wochen so, seit das Wetter zum ersten Mal besser geworden war. Oder ... lag es womöglich daran, dass einem der beiden, vielleicht sogar beiden, seine, Julios, Julietta aufgefallen war? Denn Sclafanis jüngste Tochter hatte noch keinen Ehemann und war eine richtige Schönheit. Und die Gebrüder Francezci waren äußerst begehrte Junggesellen ...

Schade nur, dass es ihr nicht gut ging! Es musste an der Luftverschmutzung hier in Palermo liegen. An den Abgasen all der Autos und Mopeds, an den Ausdünstungen all der leer stehenden Gebäude, an der schlechten Luft, die sie einatmete, und der winterlichen Feuchtigkeit, die vom Tyrrhenischen Meer herüberwehte. Aber der Frühling war da und der Sommer stand vor der Tür. Julietta würde wieder aufblühen, ebenso wie die ganze Insel.

Nur ... es war schon beängstigend, was sie sich da vor vier, fünf Wochen eingefangen hatte, was immer es sein mochte. Seither war jede Farbe, jede Lebensfreude und Lebenskraft von ihr gewichen, all das, was sie zur Sonne von Julios Leben machte. Da hinten lag sie nun auf dem Sofa, völlig erschöpft, mit einer alten Schachtel, die als Krankenschwester neben ihr saß – um ihr »aufzuwarten«, wie es hieß –, als läge jemand auf dem Sterbebett! Ausgerechnet Julietta? Fort mit diesem Gedanken! Und was die alte Krähe anging, sollte Julio sich wahrscheinlich glücklich schätzen, dass er ihre Dienste so günstig in Anspruch nehmen konnte. Alles dank der Francezcis, denn sie gehörte zu ihnen.

Doch da kamen sie schon und lächelten ihm zu – ihm! –, während sie die Marmortreppe erklommen. So vornehme Männer! Was für herrliche Schwiegersöhne sie abgeben würden! Julio beeilte sich, sie oben an der Treppe zu empfangen und zu ihrem Tisch auf dem Balkon zu geleiten ...

Vor nahezu exakt einer Stunde waren Toni und Francesco Francezci von ihrem Sitz in den Berghöhen über Cefalu, Le Manse Madonie, aufgebrochen, um Julios Café aufzusuchen, angeblich um den Gaumenfreuden seiner Küche zu frönen. Dass man bei Julio Sclafani so gut speisen konnte, galt als der einzige Grund für die wöchentlichen Besuche der Francezcis in der zerfallenden, zwar keineswegs dekadenten, aber dennoch untergehenden Stadt. Angeblich!

Tatsächlich jedoch interessierten sich die Brüder nicht im Geringsten für das Essen, das es bei Sclafani gab, allerdings auch nicht für die gutbürgerliche Küche irgendwo sonst. Sie hätten ebenso gut in der Manse Madonie speisen können, und zwar weit besser als in Julios Restaurant, ohne sich erst die Mühe zu machen, hierher zu fahren. Denn zu Hause in ihrer Feste hatten die Brüder ihre eigenen Diener, eigene Köche, ihre eigenen ... Leute.

Während Mario die Brüder über den zumeist abschüssigen, staubigen, mit Haarnadelkurven gespickten Weg von ihrer Stätte zu der schlaglochübersäten »Straße« chauffierte, die Petralia im Süden mit dem Kurort Termini Imerese an der Küste verbindet – wo der Legende nach ein begrabener Zyklop »in die Bäder der Menschen pinkelt, um diese zu erwärmen« –, wanderten Francescos Gedanken zu dem eigentlichen Grund ihres Interesses an Sclafanis lächerlichem Café: der Tochter des dicken Mannes, Julietta. Zumindest Francescos Interesse galt ihr ...

Es war nun auf den Tag genau sechs Wochen her. Die Brüder waren in Palermo gewesen, um an einem Treffen der Paten teilzunehmen, der Oberhäupter der mächtigsten Familien der Welt, ausgenommen vielleicht gewisse europäische Königshäuser und Adelsfamilien und andere sogenannte führende Persönlichkeiten aus Wirtschaft, Politik und vor allem Industrie in den USA und andernorts. Allerdings ist Macht nicht immer ... gleich Macht.

Diejenige der Francezcis gründete sich auf Großgrundbesitz. Sie war mit Goldschnitt versehen und uralt und böse.

Sie beruhte auf der Erde, dem Gebiet, das ihnen gehörte (ihrem Territorium, man könnte auch Immobilien dazu sagen), dem Vermögen, das ihnen seit so vielen, vielen Jahren vererbt worden war, und den zusätzlichen Reichtümern, die ihnen ihr Besitz und ihre einzigartigen Talente eingebracht hatten und immer noch einbrachten, und nicht zuletzt auf diesen merkwürdigen Talenten selbst.

Genau genommen waren die Francezcis Berater. Sie berieten die Mafia, noch immer die einflussreichste Kraft und Grundlage jeder Macht in Italien und Sizilien; und über die Mafia berieten sie auch die CIA, den KGB und dergleichen Organisationen mehr. Und über diese wiederum deren Regierungen, obwohl diese ja eigentlich ihre Geheimdienste kontrollieren sollten. Und weil ihre Ratschläge ausnahmslos gut und wertvoll waren, wurden sie, wie jeder Francezci vor ihnen, als die Dons der Dons respektiert. Doch sie in einem solchen Zusammenhang zu erwähnen ... wäre absolut unverzeihlich. Man musste verstehen, ihre soziale Stellung ...

Immerhin standen sie in dem Ruf, die vornehmsten der vornehmen Herren zu sein! Während der letzten fünfzehn Jahre, also seit sie ihr Erbe angetreten hatten und in den Besitz ihres Landsitzes, der Manse Madonie, gelangt waren, hatte man sie zu jedem größeren gesellschaftlichen Ereignis auf der Insel gebeten, ja, es hatte sogar Streit darum gegeben, wer sie einladen durfte. Und was ihren Stammbaum anging, hatte es seit Menschengedenken stets nur Gebrüder Francezci gegeben. Die Familie war bekannt dafür, dass sie ausschließlich männliche Zwillinge hervorbrachte, und jeder wusste, dass die Blutlinie weit zurückreichte und sich im Dunst der Geschichte verlor – in den finstersten Zeiten. Das Wissen um Letzteres jedoch war allein den Brüdern vorbehalten.

Und so ahnte niemand etwas davon, dass seit undenklichen Zeiten eine Verbindung zwischen den Francezcis und gewissen anrüchigen Elementen der Insel (um nicht zu sagen: der ganzen Welt) bestand; und falls doch, redete man in vornehmen Kreisen nicht darüber. Dabei hatten die Francezcis mit ihrer nachrichtendienstlichen Tätigkeit für die Mafia respektive ähnliche Organisationen – als freiberufliche Berater auf dem Gebiet des internationalen Verbrechens, diverser Spionagearten und des Terrorismus – einen Erfolg, der seinesgleichen suchte. Wie und auf welche Weise sie an ihre Informationen über diese zwar miteinander verbundenen, aber doch recht vielfältigen Bereiche gelangten, war ein Geheimnis, das die Brüder hüteten und über das Außenstehende nur Vermutungen anstellen konnten. Für die Dons lag auf der Hand, dass die beiden anscheinend noch die Unbestechlichsten in der Tasche hatten, und zwar weltweit ...

Doch Francescos Gedanken schweiften ab. Während die Limousine der Auffahrt zur A 19 Richtung Palermo entgegenglitt, hin und wieder auch -holperte, dachte er wieder an jenen Abend vor gerade einmal sechs Wochen:

Nach dem Treffen mit den Paten (denen sie Ratschläge darüber erteilt hatten, was sie im Fall des von den Roten Brigaden entführten Aldo Moro tun beziehungsweise lieber lassen und wie sie sich gegenüber dem nicht länger tragbaren Präsidenten Leone verhalten sollten) war es spät geworden. Als sie auf dem Rückweg durch Palermo einer Umleitung folgen mussten, weil die Straße aufgerissen war, fiel Toni Julios Café ins Auge, und er hatte vorgeschlagen, eine kleine Pause einzulegen, um einen Imbiss zu sich zu nehmen.

Drinnen, in dem Saal mit der Marmortreppe, ließen die Brüder sich Julios »Griechische Spezialitäten« bringen und stocherten an scharfen Würstchen, gefüllten Weinblättern und diversen mit Olivenöl – *aber ohne Knoblauch* – zubereiteten Tunken herum. Das Ganze spülten sie mit einem Fingerhut voll Mavrodaphne und hinterher einem faden Vecchia Romagna herunter, den sie in kleinen Schlucken aus riesigen Cognacschwenkern tranken. Gegen halb zehn wurde die Küche geschlossen; die Brüder speisten allein. Julio hatte sich entschuldigt – Zahnschmerzen! Er rief einen Zahnarzt an, der sich selbst zu so vorgerückter Stunde noch bereit erklärte, ihn zu behandeln. Seine Tochter, Julietta, würde die Gebrüder aus dem Haus lassen, wenn sie fertig waren.

Womöglich hatte Francesco ein bisschen zu viel Mavrodaphne getrunken oder auch ein bisschen zu viel von dem Cognac. Oder lag es vielleicht daran, dass er wusste, dass sich der Himmel jenseits der Türbögen zunehmend verfinsterte, und die Frau bei der gedämpften Beleuchtung in dem zugigen, leeren Raum, in dem die kaum angerührten Speisen auf den Tellern kalt wurden, mit einem Mal strahlend schön und irgendwie ... rein aussah? Wie dem auch sein mochte, Francesco hatte sie auf eine ganz bestimmte Weise angesehen und sie erwiderte seinen Blick. Antonio Francezci ging schon einmal voraus an die Limousine, während sein Bruder ...

Die silbergraue, an einen Leichenwagen erinnernde Limousine machte einen Schlenker, um einem toten Tier auszuweichen, das auf der Straße lag – eine Ziege, vermutete Mario –, und abermals wurde Francesco, der es sich auf dem Rücksitz in einer Ecke bequem gemacht hatte, aus seinen Gedanken gerissen. Auch gut! Soeben waren sie an Bagheria vorbeigekommen; gleich würden sie scharf rechts abbiegen. Oh ja, denn Toni wollte mit Sicherheit einen Augenblick an einem Ort anhalten, den er wirklich liebte: die Villa Palagonia.

»Zieht es dich wieder zu deinen Ungeheuern?«, fragte Francesco griesgrämig, beinahe wütend. Er ärgerte sich, dass er nicht ungestört seinen Erinnerungen nachhängen konnte, wenn er einmal dazu in Stimmung war.

»Unseren Ungeheuern!«, korrigierte Toni ihn prompt in scharfem Tonfall. Er hatte recht. Beide wussten sie nur zu gut, was der wahnwitzigen Aneinanderreihung steinerner Bestien, die die Mauern der Villa zierten, als Modell gedient hatte. Den in Stein gehauenen Zwergen und Dämonenfratzen, den *Kreaturen* mit menschlichen Händen und Füßen und anderen Wesen, die jeder Beschreibung spotteten. Vor ungefähr zweihundert Jahren hatte der Besitzer der Villa, Prinz Ferdinando Gravina, sich nicht davon abhalten lassen, Le Manse Madonie aufzusuchen, die Heimat der Ferenczinis, wie sie sich damals nannten.

Er war reich wie Krösus und sein Interesse hatte sich darauf gerichtet, herauszufinden, weshalb die nicht minder begüterten Ferenczinis sich damit zufriedengaben, an einem solch »abgelegenen, kargen, nahezu unwirtlichen Ort zu wohnen«. Nach diesem Besuch war Ferdinando geradezu besessen gewesen von allem Grotesken und dem Wahnsinn verfallen.

Francesco zuckte lediglich die Achseln. »Bei Swinburne steht, diese Skulpturen haben ihren Ursprung in Diodorus' Sage über die Missgeburten, die sich aus dem von der Sonne ausgedörrten Schlamm des Nils erhoben.« Und noch ehe sein Bruder etwas erwidern konnte, fügte er hinzu: »Vielleicht sollten wir besser der

Sage folgen? Schließlich ist das alles schon lange her. *Zu* lange, als dass jemand wie du oder ich sich daran erinnern könnte.«

»Ferdinando hat einen Blick in die Grube geworfen«, entgegnete Toni mit finsterer Miene. »In die Grube in der Manse Madonie, das wissen wir beide! – Ja«, fügte er höhnisch hinzu, »lass uns Stillschweigen darüber bewahren! Aber wer sollte uns deiner Meinung nach an einem Ort wie diesem in der Abgeschiedenheit unseres Wagens belauschen?«

Wie auf ein Zeichen war Mario weitergefahren Richtung Palermo ...

Und nun befanden sie sich hier, in Julios Café, und der kleine Fettsack wies ihnen Plätze an einem seiner kostbaren Tische auf dem Balkon an und erläuterte ihnen ausführlich, was seine widerliche »Küche« zu bieten hatte. Sie bestellten etwas von dem, was er auflistete, irgendetwas, woran sie herumstochern konnten, dazu eine Karaffe Rotwein. Alles nur Täuschung, Fassade. Die beiden Brüder schoben das Essen auf ihren Tellern hin und her und warteten nur darauf, dass Sclafani Julietta erwähnte. Endlich, nachdem er noch irgendeine Kleinigkeit in der Küche erledigt hatte und wieder nach oben zurückkehrte, fing er katzbuckelnd an: »Meine Herren, ich stehe ewig in Ihrer Schuld!« Nervös zupfte er an der Serviette über seinem Arm, während er kriecherisch an den Tisch trat. »Äh, ich meine, weil Sie so freundlich waren, meiner Tochter eine ... *Gesellschafterin* zur Verfügung zu stellen. Ich bringe es nicht übers Herz, die alte Dame eine Krankenschwester zu nennen – das hieße ja, dass mein kleines Mädchen ernsthaft krank wäre –, aber dennoch ist die Frau ein wahres Gottesgeschenk. Sie ist stets zur Stelle und kümmert sich um alles, was meine Tochter braucht, sodass ich die Hände frei habe, meiner Arbeit nachzugehen.«

»Julietta?« Francesco gelang es, eine besorgte Miene aufzusetzen. »Deine Tochter? Geht es ihr denn nicht besser? Wir fragten uns schon, weshalb sie nirgends zu sehen ist ...« Er blickte über die Brüstung in den Innenhof hinab und ließ seine dunklen Augen wie suchend umherwandern.

Julio wandte den Blick zum Nachthimmel und hob in einer hilflosen, flehenden Geste die Arme. »Ach, meine süße Kleine! Ganz schwach ist sie und bleich wie der Tod! Julietta *wird* es wieder besser gehen, dessen bin ich mir sicher. Aber im Moment ... liegt sie nur auf ihrem Bett und hat dunkle Ringe unter den Augen und klagt, dass sie das Sonnenlicht nicht ertragen kann, das in ihr Zimmer fällt, sodass sie die Vorhänge geschlossen halten muss. Sie fühlt sich unwohl und ist so teilnahmslos. Und dann diese merkwürdige Lichtempfindlichkeit!«

Die Brüder tauschten einen – möglicherweise fragenden – Blick aus und schließlich nickte Francesco. »Sclafani«, sagte er, »wir haben heute Abend noch zu tun. Einer unserer Leute kehrt von einer wichtigen Reise aufs Land zurück und unterdessen vertreiben wir uns die Zeit mit einer kleinen Spazierfahrt! Nun ja, es ist ein sehr angenehmer Abend! Leider kann es geschehen, dass wir jeden Moment weggerufen werden. Deshalb haben wir nur eine Kleinigkeit von deiner Speisekarte bestellt. Aber diese Sache mit Julietta ... bereitet uns Sorge.«

»In der Tat«, nickte Toni. »Wir Francezcis sind in dieser Hinsicht – ich meine, was starkes Sonnenlicht angeht – ebenfalls sehr empfindlich. Darum sind wir nicht oft unterwegs, wenn die Sonne am Himmel steht.«

»Aber wer weiß«, fuhr Francesco nachdenklich fort, »vielleicht sind wir ja in der Lage, euch weiter zu Diensten zu sein?« (Um ein Haar wäre Julio in Ohnmacht gefallen! Die Gebrüder Francezci, zu Diensten – ihm und den seinen. Und auch noch *weiterhin!*)

»Weißt du«, sagte Toni, »in drei Tagen wird ein Mann aus Rom eingeflogen werden. Ein Arzt, ein Spezialist. Denn du hast recht, es ist etwas im Schwange, eine gewisse Anämie. Einige unserer Diener in der Manse Madonie hat es bereits erwischt und wir selbst fühlen uns auch nicht so besonders. Unser Blut scheint irgendwie ... schwach? Aber in den Höhen der Madonie haben wir zumindest den Vorteil, dass die Luft noch frisch ist! Hier in der Stadt dagegen ...« Er zuckte die Achseln.

Mit offenem Mund blickte Julio vom einen zum andern. »Und was schlagen Sie vor? Ich meine, ich wage ja kaum anzunehmen ...«

»... dass unser Freund, der Doktor, sich Julietta einmal ansieht und sie womöglich ein paar Tage unter Beobachtung hält?«, unterbrach ihn Francesco. »Aber warum denn nicht? Schließlich handelt es sich um unseren persönlichen Arzt und er verfügt über die besten Empfehlungen! Darüber hinaus wurde er bereits im Voraus bezahlt. An der Sache ist garantiert kein Haken. Also, abgemacht!« Damit neigte er den Kopf, wie um das Gesagte noch einmal zu bestätigen.

»Abgemacht?«

»In drei Tagen, von jetzt an gerechnet, werden wir den Wagen schicken, um Julietta abzuholen – am Samstagabend, ja. Die alte Frau wird natürlich die ganze Zeit über bei ihr bleiben. Aber so schwarz wollen wir gar nicht sehen, denn sollte sie sich zwischenzeitlich erholen, was wir selbstverständlich hoffen ...«

»Ich ... ich weiß nicht, was ich sagen soll!«, stieß Julio hervor.

»Dazu besteht doch kein Anlass«, meinte Toni, indem er sich behutsam den Mund abtupfte. »Hier, unsere Karte! Sollten sich bei Julietta Anzeichen einer Besserung zeigen, ruf' uns an. Andernfalls kannst du am Samstagabend nach unserem Wagen Ausschau halten. Danach kannst du nach Belieben bei uns anrufen, um dich zu erkundigen, wie es ihr geht. Aber vergiss nicht, wir legen Wert auf unsere Privatsphäre. Unsere Telefonnummer ist geheim. Und, sei versichert, wir werden uns in jeder nur erdenklichen Hinsicht um Julietta kümmern.«

Es war eingetreten. Der dicke Mann konnte sein Glück kaum fassen und ging für den Rest des Abends wie benommen seiner Arbeit nach. Die Brüder stocherten, scheinbar unbewegt, weiter in ihrem Essen herum ... bis sie sahen, dass Julio an den Tischen unten im Innenhof zu tun hatte. »Behalte die Treppe im Auge«, sagte Francesco. »Wenn er raufkommt, gib mir eine Warnung oder lenke ihn ab.« Er erhob sich und trat einen Schritt vom Balkon zurück.

»Und wer ist jetzt indiskret?«, lächelte Toni zu ihm auf. Seine nadelspitzen Eckzähne blitzten weiß in einem Mund, der mit einem Mal viel zu breit wirkte.

Francesco beugte sich in einem eigentümlichen Winkel zu seinem Bruder hinunter und erwiderte zwischen zusammengebissenen Zähnen: »Was, kannst du die Schlampe da drin denn nicht *riechen?*« Seine Stimme klang düster und brodelnd wie Teer. Im nächsten Moment richtete er sich wieder auf, räusperte sich und fuhr in normalem Tonfall fort: »Aber wie dem auch sein mag, wir müssen jedenfalls sichergehen, dass der dicke Dummkopf unser Angebot annimmt. Also trink' deinen Wein ... und pass auf die Treppe auf!«

Damit wandte er sich ab. Mit zwei Schritten hatte er den Balkon überquert und verschwand durch einen Türbogen in einen von einem Vorhang abgetrennten Flur. Er kam an einer Herrentoilette zur Linken und der Damentoilette zur Rechten vorbei und ging durch eine Tür mit der Aufschrift »Privat« in Julios Büro, wo er den Schreibtisch umrundete und durch eine weitere Tür in Juliettas Krankenzimmer trat. Da lag sie und neben ihr saß Katrin. Die Alte war mindestens achtzig und eingenickt. Überrascht blickte sie aus wässrigen Augen zu Francesco auf. »Wie? Was?« Doch dann erkannte sie ihn und lächelte. Sie neigte den Kopf und machte Anstalten, aufzustehen.

»Nein, bleib«, befahl er ihr. »Besser, du bist hier, für den Fall, dass dieser schleimige kleine Fettsack hereinschaut.« Abermals neigte Katrin den Kopf und blieb reglos sitzen. In dem düsteren Raum leuchteten ihre Augen gelb, katzenartig, während sie ihrem Gebieter folgten.

Er setzte sich mitten auf das breite Sofa, auf dem Julietta lag, und von dem plötzlichen Gewicht wachte sie auf. Möglicherweise war sie auch vorher schon wach gewesen und hatte nur ... gewartet. Aus weit aufgerissenen Augen sah sie ihn an. Ihr klappte der Kiefer nach unten, während sich auf ihrem hübschen ovalen, sonderbar bleichen Gesicht neben dem Erkennen das nackte Grauen abzeichnete. Doch Francesco fand dies keineswegs sonderbar. Ehe sie aufschreien konnte – hätte sie dies gewollt –, sagte er: »Dachtest du etwa, ich würde dich verlassen? Oh, nein!« Seine Hand kroch unter die Decke, unter ihr Nachthemd bis zum Schenkel, sodass sie seine bebenden Finger spürte. »Denn ich habe dich einmal geliebt, und ich werde dich lieben, solange du lebst.« Er sagte allerdings nicht: »solange *ich* lebe.«

Während seine Hand an ihrem Schenkel emporglitt, schloss Julietta den Mund und ihr stoßweiser Atem beruhigte sich. Sie begann tiefer durchzuatmen – und *seinen* Atem in sich einzusaugen. Seine Essenz befand sich darin – und nun auch in ihr. Das Weiße war aus seinen Augen geschwunden, sie waren tiefschwarz, zwei feuchte, dunkle Murmeln, der Blick starr wie derjenige einer Schlange kurz vor dem Zustoßen. Nur dass er bereits zugestoßen hatte, in jener Nacht vor sechs Wochen. Und sein Gift zeigte Wirkung.

Er lächelte sie mit seinem hübschen Dämonengesicht an, und

das Grauen wich von ihr, als sie die Arme hob, um ihn zu umfangen. Doch das ging jetzt nicht. »Bald«, versprach er ihr. »Bald – in der Manse Madonie! Du kannst es nicht mehr erwarten, was? Nur noch ein, zwei Tage, meine Julietta. Nur noch ein, zwei Tage, versprochen!« Sie seufzte. Mit einem Mal ging ihr Atem schneller. Die langen Wimpern über den dunklen Augen bebten, als Francescos kühle Hand die Innenseite ihres Schenkels erkundete. Sie nickte und keuchte verzückt auf, während ihr Kopf verschämt zur Seite sank, vielleicht auch bereit, sich ihm hinzugeben, und ihre Schenkel sich allmählich öffneten.

Mit seinem Daumen und dem kleinen Finger spreizte er ihre Schamlippen und ließ die mittleren drei Finger in sie gleiten. Seine Hand blieb völlig reglos, die Finger hingegen streckten sich, wurden immer länger und krochen, raupenartig pulsierend, vorwärts, pochend vor Anstrengung, während sie sich in drei Penisse verwandelten, die ein merkwürdiges Eigenleben führten. An den Spitzen taten sich winzige Öffnungen auf. Und sie schoben sich weiter vor, während sich sein Daumen und kleiner Finger liebkosend um ihre Knospe schlossen.

Die ganze Zeit über sah die Alte zu und *wusste,* lautlos vor sich hin kichernd, was vor sich ging. Lediglich ihre Eckzähne schimmerten scharf und weiß in dem zahnlosen Mund. Schließlich fand Francesco die Arterie, nach der er suchte, und gebrauchte seine Finger, um in sie einzudringen und an Juliettas weichem Geschlecht zu saugen. Falls er irgendwelche Spuren hinterließ, würden sie dort niemals entdeckt werden, und sollte die Blutung andauern, würde nie jemand Verdacht schöpfen.

Es dauerte nur wenige Sekunden, keine Minute, bis das Mädchen die Augen verdrehte, den Kopf hin und her warf und unkontrolliert aufschrie: »Ah! Ah! Ah!« Wie zu einem breiten Grinsen klafften Francescos Kiefer auseinander. Sein Gesicht war verzerrt, ein Speichelfaden troff ihm aus dem bebenden Mundwinkel. In diesem Moment begannen seine Augen zu glühen und wurden blutrot! Blut!

Doch dann vernahm er etwas: *Bruder!* Es war Antonio. Kein Ruf im eigentlichen Sinn, denn über die wahre Gabe verfügten die Brüder nicht, eher ein Schauer, der ihn überlief, eine Vorahnung, aber eindeutig eine Warnung. Julio kam!

Eine Sekunde, sich von Julietta zurückzuziehen, eine weitere, in der er sich über sie beugte und ihr einen Kuss auf die feuchte Stirn drückte. Dann huschte er aus dem Zimmer und glitt aus Sclafanis Büro in den Korridor. Leise schloss sich hinter ihm die Tür mit der Aufschrift »Herren«. In der Abgeschiedenheit einer Kabine machte er sich an seinem prall geschwollenen Glied zu schaffen, einmal, zweimal, dreimal, und ergoss sich in die Kloschüssel. Selbst das Sperma, das Francesco hinunterspülte, war rot ...

Auf dem Flur wartete Sclafani auf ihn. »Ah, verzeihen Sie! Ich dachte mir, dass ich Sie hier finden würde. Ihr Bruder bat mich, Ihnen auszurichten ... dass Ihr Angestellter aus England zurück ist ... Und Ihr Fahrer, Mario? ... Er wurde angefunkt ...« Sclafani wedelte mit den Händen, als genüge dies als Erklärung. Was ja auch zutraf.

Francesco hatte sich wieder beruhigt. Er setzte ein dankbares Lächeln auf und strebte, dicht gefolgt von Julio, der Balustrade zu. »Es hat mich sehr gefreut, Sie als Gäste begrüßen zu dürfen«, brabbelte der Dicke vor sich hin. »Ich kann Ihnen unmöglich eine Rechnung stellen. Wie auch? Dazu stehe ich viel zu tief in Ihrer Schuld!«

Neben dem Tisch stand Mario in Uniform und Mütze, während Toni in ein tragbares Funktelefon sprach. Francesco wirbelte zu Julio herum und hätte ihn um ein Haar über den Haufen geworfen. »Mein Freund«, sagte er hastig. »Es handelt sich um ein privates Gespräch, das verstehst du doch? Und was die Rechnung angeht: Das Vergnügen war ganz auf unserer Seite!« Damit drückte er ihm ein Bündel Scheine in die Hand, mehr als genug, um für das aufzukommen, was sie *nicht* zu sich genommen hatten. Während Julio davonwatschelte, stand Toni auf.

»Voraussichtliche Ankunft in fünfundvierzig Minuten. Selbst wenn wir sofort aufbrechen, wird der Helikopter vor uns in der Feste eintreffen.« Er zuckte die Achseln.

Francesco nickte. »Ich werde von unterwegs mit Luigi sprechen.«

In der Limousine nahm Francesco vorn neben Mario Platz. Außerhalb von Palermo ließen die atmosphärischen Störungen nach und er konnte sich über die Funkanlage des Wagens verständlich machen. »Was ist mit deiner Patientin?«

»Ist ruhig gestellt«, antwortete eine blecherne Stimme. Sie klang beinahe gleichgültig. »Hat ein bisschen gekotzt ... Wie es aussieht, verträgt sie das Reisen nicht. Das Beruhigungsmittel, nehme ich an.«

»Nun, eine innere Reinigung kann nie schaden«, meinte Toni vom Rücksitz der Limousine. »Zu Hause in der Feste dürften sie sich ohnehin darum kümmern.«

Francesco drehte sich um und warf ihm einen Blick zu. »Ganz recht, ich habe Anweisung dazu gegeben!« Und ins Funkgerät sagte er: »Irgendwelche Probleme am anderen Ende?«

»Nein, keine. Wenn nur alles so glatt gehen würde!«

»Gut!«, zeigte Francesco sich zufrieden. »Und bei uns? Gab es Kontrollen?«

»Nichts. Die haben mir den Weg zur Manse Madonie sofort freigegeben. Keine Schwierigkeiten.«

(Natürlich nicht. Schließlich hatten die Francezcis ihrem Mann bei der Flugsicherung in Catania mehr als ein Jahresgehalt dafür gezahlt!)

»Unsere Leute in der Stätte werden sich um die Patientin kümmern«, beendete Francesco das Gespräch. »Wir kommen auch gleich. Oh, und ... gut gemacht!«

»Danke! Over und out«, erwiderte der Pilot. Höflichkeiten konnte man sich sparen, zumindest über Funk ...

In der Manse Madonie schauten die Brüder zu, wie ihre Leute das Mädchen aus dem Helikopter versorgten. Noch immer unter Beruhigungsmitteln stehend, hatten sie sie bereits ausgezogen und gebadet, als die beiden dort anlangten. Was darauf folgte, würde den größten Teil der Nacht in Anspruch nehmen. Ungefähr eine Stunde lang sahen sie zu, wie sie ihr mehrere Einläufe verpassten, die Pumpen einschalteten und sie auf mechanischem Wege dazu zwangen, den Darm zu entleeren – die sogenannte »Reinigung«. Doch dann verloren sie das Interesse. Nun wurden ihr noch die Nägel manikürt, die Zähne geputzt und poliert und schnell wirkende Fungizide auf ihre diversen Körperöffnungen aufgetragen (Lotionen, die bei einem abschließenden Bad wieder entfernt werden sollten). All dies würde endlos dauern. Danach wäre sie zwar klinisch rein, ihrer Gesundheit jedoch war es nicht sehr zuträglich. Darum ging es allerdings auch gar nicht. Sie musste sauber sein, mehr nicht.

»Und alles nur vergeudet!« Toni Francezci schüttelte angewidert den Kopf, als sie gegen Mitternacht ihren Gemächern zustrebten. Sie hatten nicht vor zu schlafen, sondern wollten bloß ein bisschen ruhen. Ihnen blieb genug Zeit zum Schlafen, wenn alles vorüber war.

»Vergeudet?«, entgegnete sein Bruder. »Aber keineswegs. Na ja, das Mädchen vielleicht; aber unsere Bemühungen sind nicht umsonst. Schließlich mag er sie sauber. Und sie kann ihn nicht belügen, sie vermag nichts vor ihm zu verbergen. Wir könnten lediglich versuchen, ihr ein paar Hinweise zu entlocken. Vor ihm hingegen ... liegt das Innere ihres Geistes offen bis hin zu den Elektronen in ihrem Hirn und der Struktur ihrer Vergangenheit, den Erinnerungen im Gewirr ihrer grauen Masse.«

»Wie poetisch!«, meinte Francescos Bruder anerkennend, doch schon im nächsten Moment klang er wieder verbittert. »Ah, aber wird er uns auch *verraten,* was er in Erfahrung bringt? Oder wird er wie gewöhnlich wieder in Rätseln sprechen und uns im Dunkeln tappen lassen? Er wird von Mal zu Mal schwieriger.«

»Zumindest etwas wird er uns preisgeben«, nickte der andere. »Das letzte Mal ist schon eine ganze Weile her und er hat Hunger. Außerdem wird er uns dankbar sein. So einen Leckerbissen bekommt man nicht alle Tage. Sie könnte sogar mir gefallen!«

»Ach, nein«, schnaubte Toni. »*Dir* würde sogar die alte Katrin gefallen, wenn nichts anderes greifbar wäre!« Als sie sich am oberen Ende der Treppe trennten, um jeder seine eigenen Räume aufzusuchen, fügte er hinzu: »Oh, und wo wir gerade dabei sind: In Julios Hinterzimmer, hast du dir da Julietta vorgenommen?«

»Etwas in der Art«, erwiderte Francesco grinsend. »Wenn du damit fragen willst, ob wir nach ihr senden werden ... ja, das werden wir. Warum? Magst du sie vielleicht für dich haben?«

»Nicht unbedingt«, sagte Toni. »Schließlich warst du ja vor mir dran.« In seiner Stimme schwang keinerlei Bosheit mit.

»Das hat dich doch noch nie gestört«, entgegnete Francesco gelassen ...

In der Stunde vor Tagesanbruch kamen die Francezcis wieder zusammen, diesmal im geheimen Herzen der Manse Madonie. Unter weitläufigen Kellern und uralten Grundmauern trafen sie sich an einem tief aus dem Fels gehauenen Ort, den man nur als

»die Grube« kannte, um die letzte Phase der Operation persönlich einzuleiten – nämlich um das Mädchen in einen alten ausgetrockneten Brunnen hinabzulassen. Der Schacht hatte einen Durchmesser von gut und gern über vier Metern. Seine Ummauerung war knapp einen Meter hoch und bestand aus massiven, in grauer Vorzeit behauenen Steinblöcken. Eine Abdeckung aus unter Strom stehendem Drahtgeflecht hing in einem kreisrunden Rahmen an Scharnieren, die auf einander gegenüberliegenden Seiten in die Wand eingelassen waren, und deckte die Öffnung wie ein Gitter ab. Im Augenblick drang nicht ein Laut aus der Grube und selbst den Francezcis erschien sie düster und unheimlich. Irgendwo da unten, in einer Tiefe von vielleicht fünfundzwanzig Metern, erweiterte sie sich zu einer Höhlung, die einst Wasser enthalten hatte. Nun beherbergte sie ihren Vater.

Neben dem Schacht befand sich ein Flaschenzug, dessen Arm über die Grube reichte. Davon hing an Ketten ein sich langsam drehender Metalltisch herab. Die junge Frau lag, die Hände über dem Bauch gefaltet, nackt auf dem Tisch. In ihrem ganzen Leben war sie nur ein einziges Mal so makellos, ohne jeden Giftstoff in ihrem Körper, gewesen – im Mutterleib, in der Zeit vor ihrer Geburt, ehe irgendein Mensch Hand an sie legte. Gleich würden unmenschliche Hände nach ihr greifen. Zuerst jedoch noch die Befragung – nicht des Mädchens, sondern des alten Ferenczy, des bis ins Ungeheure verwandelten Francezci in seiner Grube. Nur die beiden Brüder waren zugegen. Dies war keine Aufgabe für Untergebene, deren Geist leichter zu beeinflussen oder zu korrumpieren war. Andererseits hingegen, wie sollte man einen Francezci wohl korrumpieren?

Die Höhle, in der sich die Grube befand, war auf natürlichem Wege entstanden, und lediglich ihr grotesker Bewohner machte sie zu etwas Abnormem. Felssimse erstreckten sich bis tief in die Düsternis, die Grube selbst dagegen war hell erleuchtet. Eine ganze Batterie starker Scheinwerfer strahlte von den salpeterüberzogenen Tropfsteinwänden hinab. Wo sich die Helligkeit im Schatten der Kaverne verlor, wanden sich aus einem Schacht gehauene, steinerne Stufen in einer Wendeltreppe zur Stätte – der Feste – hoch über ihnen empor. Am Fuß der Treppe schützte eine druckluftbetriebene »Tür«, ein Gitter aus fünf Zentimeter dicken, unter Strom stehenden Stahlstäben, den Ausgang. Die zur Tür gehörende Schalttafel lag ein gutes Stück zurückgesetzt inmitten des hell erleuchteten Schachtes. Wie die Abdeckung über dem alten Brunnen diente auch diese Tür nicht dazu, jemanden beziehungsweise etwas draußen zu halten.

Und doch handelte es sich bei diesem Ort keineswegs um ein Verlies, vielmehr um ... ein Refugium, eine Zufluchtsstätte. Leise meinte Francesco: »Schlimmer als in einer Irrenanstalt ...« Wie die beiden Francezcis so am Rand des Brunnenschachtes standen, waren sie sich ausnahmsweise einmal einig.

»Vergiss nicht«, ermahnte Toni seinen Bruder, »er kann dich hören! Auch wenn du schläfst oder mit irgendeiner Schlampe deiner Lust frönst, kann er zugegen sein. Selbst jetzt ist er hier bei uns!«

Und Francesco war klar, dass er recht hatte. Hier unten war die Präsenz ihres Vaters übermächtig. Sie befand sich im Widerhall ihrer Stimmen, durchdrang die Atmosphäre des Ortes, und trotz der gleißenden Scheinwerfer – vielleicht auch gerade deswegen – nahm man in den finstersten Schatten, wo sich eigentlich gar nichts rühren dürfte, Bewegungen wahr, als spuke es hier. Doch der alte Ferenczy war beileibe kein Gespenst und würde auch nicht dazu werden, nicht solange er ihnen als Orakel diente.

Francesco warf seinem Bruder einen Blick zu. »Und, bist du bereit?«

Toni fuhr sich mit der Zunge über die fleischigen Lippen und nickte. Er würde niemals »bereit« dazu sein, nicht wirklich, aber was sein musste, musste nun einmal sein.

Er war stets der Liebling des Alten gewesen, »verzogen« von einem Vater, der immer für ihn da gewesen war. Francesco hingegen hatte zu früh Selbstständigkeit entwickelt, für ihn hatte sein Vater sich *nie* Zeit genommen! Da das Ding in der Grube in die Zukunft – in der Tat beinahe alles – zu sehen vermochte, hatte es wahrscheinlich auch vorhergesehen, dass eine Zeit kommen würde, in der Francesco sich an seiner ... *Behinderung* weiden würde.

Der Strom war abgeschaltet, das Gitter ungefährlich. »Vater!« Toni beugte sich über den Rand des Brunnens und blickte durch das Drahtgeflecht hinab auf das massive Mauerwerk des sich in der Tiefe verlierenden Schachtes. »Wir haben dir etwas mitgebracht.

Ein kleines Zeichen unserer Wertschätzung, ein Geschenk – ein Mädchen!«

Ein Mädchen ... Mädchen ... Mädchen ..., hallte es im Schacht wider. Das Echo wurde auf den Ausdünstungen weitergetragen. Ausdünstungen, hier? Ein feiner Nebelschleier jedenfalls, der in der Hitze der Scheinwerfer sofort verdunstete. Zurück blieb nur ein übler Geruch. Das Wesen dort unten mochte sich momentan zwar nicht rühren, dennoch war es da. Es atmete und ...

»... er lauscht!«, sagte Francesco, der für derlei Dinge empfänglich war. »Oh ja, er hört dich, keine Sorge!«

»Vater!« Toni beugte sich weiter vor. »Wir haben ein Geschenk für dich! Aber auch wir haben unsere Bedürfnisse. Es gibt da ein paar Dinge, die wir wissen müssen ...« Im ersten Augenblick regte sich nichts, doch mit einem Mal war es, als stoße der Brunnen ein Seufzen aus! Ein Schwall stinkender Luft strömte nach oben und im Geist der beiden Brüder erscholl die Stimme des alten Ferenczy. Obgleich sie keine Telepathen waren – in ihrem Fall hatte die Fähigkeit eine Generation übersprungen –, war die Macht ihres Vaters doch so groß, dass sie ihn klar und deutlich vernahmen:

Fragt nur, meine Söhne ... doch erst lasst eure Gabe zu mir hinab!

Es mochte sich um eine schlichte Nachricht handeln. Wie sie jedoch übermittelt wurde, war höchst theatralisch. Untermalt von einem Gewirr irrsinnig kichernder »Stimmen«, hallte sie in ihren Köpfen wider wie ein Donnerschlag. Ihr Vater konzentrierte nur einen *Teil* seiner Gedanken auf seine Antwort, der Rest war anderweitig beschäftigt ... ungefähr so, wie ein Wahnsinniger äußerlich oftmals vollkommen ruhig erscheinen mag, obwohl es in seinem Innern geradezu brodelt. Die zahllosen Persönlichkeiten des Wesens – seine diversen miteinander widerstreitenden Identitäten – bildeten ein unruhig grölendes Publikum für denjenigen Teil, der nun bemüht war, mit der Außenwelt, nämlich seinem Sohn, in Kontakt zu treten.

Am Rand der Grube geriet Toni ins Wanken. Sein Bruder packte ihn bei der Schulter und hielt ihn fest. Das mentale Geplapper verstummte, desgleichen der Widerhall derjenigen Stimme, die noch bei Verstand war.

»Er ist gefährlich!«, murmelte Toni. »Er hat keine Kontrolle mehr über sich.«

»Oder er macht uns nur etwas vor!«, meinte Francesco missmutig. »Es wäre nicht das erste Mal, dass er mittels seiner gespaltenen Persönlichkeit seine Spielchen mit uns treibt.«

Toni nickte und verzog das Gesicht. »Vater!«, rief er hinab. »Offensichtlich bist du nicht ganz bei dir. Wir behalten das Mädchen vorerst und versuchen es später noch mal.« In Gedanken brachte er sich dazu, es sogar selbst zu glauben – für den Fall, dass sein Vater ihn belauschte. Als sie jedoch Anstalten machten, nach der über der Grube hängenden metallenen Plattform zu langen, wie um das Mädchen wieder zur Seite zu schwenken, erscholl von unten ein lautes mentales Ächzen:

NEIN! NEIN, WARTET! Sie hielten inne. *Kommt sie aus eigenem freiem Willen?*, erklang es nun etwas leiser, beinahe flehend. *Ist sie unberührt? Ist sie ... rein?*

Die Brüder grinsten einander an und nickten. Diesmal hatte es im Hintergrund nämlich keine Störgeräusche gegeben, kein Gewirr weiterer, irrer Stimmen. Wenn das Ding in der Grube es wollte, konnte es sich durchaus unter Kontrolle halten und die fremden Stimmen ausschließen.

Toni wartete einen Moment, ehe er sagte: »Sie hat keinen eigenen Willen mehr. Und was die Unberührtheit angeht: So etwas ist heutzutage schwer zu finden, Vater! Aber dafür ist sie rein, so rein, wie wir sie nur bekommen konnten. Es verhält sich nur so, dass ...«

Jaaa?

»Sie weiß ein paar Dinge, die wir auch gerne erfahren würden. Sie gehört dir, aber vielleicht könntest du sie, ehe du sie gebrauchst, noch befragen? Für uns?«

Einen endlosen Augenblick lang herrschte Schweigen. *Weshalb ... befragst* du *sie denn nicht, mein Sohn? Bevor du sie mir überlässt?* Mit einem Mal klang das Wesen verschlagen, eine bösartige Intelligenz sprach aus seiner Stimme.

»Er weiß es«, knurrte Francesco. Die kalte Wut hatte ihn gepackt. »Er weiß, dass wir nichts aus ihr herausbekommen können, noch nicht einmal mithilfe der besten Drogen, weil es ihr untersagt wurde, zu reden! Jemand hat an ihrem Gehirn herumgepfuscht und ihren Geist von innen verschlossen, und nur er kann hineingelangen. Und auch *das* weiß er! Der alte Teufel will, dass wir betteln!«

Oh, hahaha!, lachte das uralte Ding, während die Ausdünstungen, sein Atem, immer dichter wurde. *Oh, wen höre ich denn da? Ich kenne* dich, *mein Sohn, mein ... Francesco?* Das Gelächter brach ab und die Gedankenstimme wurde eiskalt. *Du zeigst immer noch keinen Respekt ...*

»Hah!«, knurrte Francesco. »Er hält sich wohl für einen Don!«

»Er war mal einer«, ermahnte Toni ihn. »Der Don der Dons, einer der ersten. Also ärgere ihn nicht! *Denke* noch nicht einmal daran, sondern lass mich das machen!« Und indem er seine Gedanken in die Grube richtete, sagte er laut:

»Vater, du warst doch derjenige, der uns vor einer gewissen Bedrohung warnte. Wir haben auf dein Wort hin gehandelt, wie wir es seit zwei Jahrhunderten tun, und endlich stießen wir auf einen Hinweis. Das Mädchen verfügt, tief in ihrem Geist begraben, über geheimes Wissen. Aber was wir auch tun, wir vermögen uns keinen Zugang zu verschaffen. Du hingegen ...«

Fast konnten sie hören, wie es in dem Gehirn tief unter ihnen ratterte und das Wesen sich aufgeregt hin und her wand. *Ich vermag es, jaaa!*

»Aber wirst du es auch tun?«

Jaaa! Schickt sie herab!

»Wir dürfen sie nicht verschwenden«, mahnte Toni. »Ihr Wissen darf auf keinen Fall verloren gehen. Es war riskant genug, sie hierher zu bringen. Wir haben für sie bezahlt, eine solche Gelegenheit ergibt sich vielleicht nie wieder. Und vergiss nicht, Vater: Was uns bedroht, stellt auch für dich eine Bedrohung dar ...«

Ich verstehe, jaaa. Schickt sie herab!

»Aber du bist hungrig, das wissen wir doch, und gelegentlich auch etwas ... ungeduldig? Falls ...«

SCHICKT SIE HERAB – SOFORT!

Wie es aussah, blieb ihnen nichts anderes übrig. Francesco legte einen Schalter um, um die eine Hälfte des Gitters zu öffnen, und gemeinsam manövrierten sie die Plattform mitsamt dem Mädchen über den nun offenen Teil der Grube. Zu guter Letzt zerbrach Toni eine Ampulle unter ihrer Nase. Stöhnend regte sie sich und schüttelte leicht den Kopf. Doch ehe sie zur Gänze aufwachen konnte, ließen sie sie bereits hinab ins Verderben.

Eine Anzeige auf dem Kontrollpult zeigte ihr Gewicht an. Sie sank achtzehn, zwanzig, über zweiundzwanzig Meter in die Tiefe ... bis die Skala plötzlich null anzeigte. »Wieder raufziehen!«, sagte Toni heiser. Francesco kehrte die Laufrichtung um und die Plattform kehrte leer nach oben zurück.

Unten hingegen steigerten sich mit einem Mal die geistigen Absonderungen, die Ausbrüche grauenhafter, ungezügelter Emotionen in ihren Köpfen zu einem wahren Orkan. Die Brüder gerieten ins Wanken. Doch sie fassten sich wieder, schlossen das Gitter und schalteten rasch den Strom ein. Und obwohl sie über so gut wie keine telepathischen Fähigkeiten verfügten, waren sie zum ersten Mal froh darüber.

Fleisch, Knochen, Bluuut! Ihre Körperöööffnungen, ihr Gesiiicht! Die Pforte zum Himmel, zur Hölle! Ja, ich bin ein Ungeheuer, kein Mensch könnte jemals so etwas tun! Aber ich bin nun mal kein Mensch! Ich bin ein Wamphyri! Wamphyriii!

Und über all dem erscholl ein Schrei, ganz kurz nur, und verstummte sofort wieder. Dafür ging er durch Mark und Bein. Das Mädchen war erwacht und empfand ... *was?* Entsetzen, grenzenlose Empörung, Unglauben? Das Wesen drang ihr in Mund, Ohren und Nasenlöcher, füllte den ganzen Kopf aus und ebenso ihren Körper.

Die Gedanken des Alten waren wie Hammerschläge, schlimmer jedoch waren die Bilder, die sie begleiteten – *ein kriechendes, fließendes, schäumendes Etwas, keinesfalls menschlich, aber es hatte Hände – oh ja, ziemlich viele sogar – und Augen und Münder, die sich dem Mädchen näherten und an ihr festsaugten; und in ihr dehnte das Wesen sich aus ...*

Sie schwoll an, immer mehr, ihr Körper dehnte sich, bis er schließlich aufplatzte.

Die über der Grube wabernden Dunstschwaden färbten sich allmählich rosa, und ihre Partikel vergingen unter entsetzlichem Gestank, wenn sie in Kontakt mit dem Gitterrost kamen ...

Die Minuten verstrichen. Nach einer Weile stellten die Francezcis zu ihrer Überraschung fest, dass sie so nahe zusammengerückt waren, dass sie einander berührten. Bebend lösten sie sich voneinander. In die Höhle war wieder Stille eingekehrt und die Grube war ... bloß eine Grube, nichts weiter als ein uralter Brunnenschacht.

Francesco blickte seinen Bruder fragend an, doch Toni schüttelte nur den Kopf. »Jetzt nicht. Im Augenblick möchte ... kann ich nicht mit ihm reden. Lassen wir ihm seine Ruhe. Später vielleicht ...«

Doch als sie sich anschickten, durch das stählerne Gitter in den aufwärts führenden Schacht zu treten, hörten sie ihn:

ER WIRD ERWACHEN! ER WIRD ERWACHEN! ER WIRD ERWACHEN UND AUFERSTEHEN! Es klang beinahe wie Triumphgeschrei, wurde jedoch rasch zu nacktem Entsetzen. *E... e... er wird erwachen, ja – in wenigen Jahren, drei, höchstens vier – und dann ... dann wird er sich auf die Suche nach mir ... nach* uns *... begeben. Er wird zu uns kommen!*

Wer?, wollte Toni fragen. Doch er war immer noch völlig benommen und brachte nur ein Krächzen zustande. Aber es machte keinen Unterschied, denn er wusste bereits, wer, und sein Vater hatte ihn ohnehin gehört.

Wer?, erscholl immer leiser werdend ein ehrfurchts-, wenn nicht angstvolles Flüstern in ihren Köpfen. *Na, wer wohl? Radu natürlich! Radu Lykan, wer sonst?*

Darauf folgte ein durchdringender Schrei wie von einer gepeinigten, auf ewig verlorenen Seele: *Raaaddduuu!* Und ein erneutes Flüstern, das bebend verhallte: *Raaaddduuuuuu!* Dann herrschte Schweigen.

ERSTES KAPITEL

Am schlimmsten war es jedes Mal, morgens aufzustehen, denn dann war er gezwungen, sich von seinen Träumen zu verabschieden. In seinen Träumen war er stets er selbst, im wirklichen Leben dagegen war aus dem Necroscopen Harry Keogh ein völlig anderer geworden. Nun, vielleicht nicht völlig, denn sein Inneres hatte sich nicht verändert. Sein Äußeres hingegen ...

... Es war verwirrend, es konnte einem ganz schwindlig davon werden, es machte einem Angst, vor allem aber machte es einen verrückt. Und zwar nicht nur Harry, sondern auch, eigentlich in der Hauptsache, seine Frau. Brenda konnte und wollte es nicht verstehen. Sie wollte lediglich, dass alles wieder so war wie früher. Und was ihr Baby, Harry junior, betraf – nun, wer vermochte schon zu sagen, was in ihm vorging? Wer wusste, was er dachte, was ihn bewegte und beschäftigte? Andererseits würde wohl nur ein Narr oder ein kompletter Idiot davon ausgehen, dass ein Kleinkind im zarten Alter von ungefähr achtzehn Monaten sich Gedanken über irgendetwas machte.

Oh, es gab durchaus einiges, was ihn beschäftigte – dass man ihn rechtzeitig fütterte oder seine Windeln wechselte und sich um ihn kümmerte wie um jedes andere Baby auch. Dafür sorgte er, indem er aus Leibeskräften schrie. Auf dieselbe Art und Weise scharte er seine Bewunderer um sich – indem er Bäuerchen machte und furzte und auf jene dämlich-unschuldige Art lächelte, wie sie nur wehrlosen Kleinkindern zu eigen ist, wenn ihre speckigen kleinen Gesichter auf einmal aussehen, als würden sie nach einer Seite weggleiten, und sie anfangen zu schielen und ihnen der Sabber von ihrem fetten kleinen Kinn tropft. Wer vermag schon einem solchen Liebreiz zu widerstehen? Mit seinen anderthalb Jahren war das meiste davon nun vorüber, doch was seine Wehrlosigkeit anging ...

Harry junior war ein Engel – allerdings einer, der dem Teufel gegenübergestanden hatte und daraus siegreich hervorgegangen war. Gemeinsam mit seinem Vater! Dies war jedoch nur eine Schlacht gewesen; die großen, blutigen Kriege sollten erst folgen. Im Augenblick wusste dies noch keiner von beiden, und wahrscheinlich war das auch gut so. Andernfalls hätten sie wohl nicht die Kraft besessen, weiterzumachen. Aus gutem Grund hütet die Zukunft ihre Geheimnisse ...

Sein Vater war allerdings weit mehr als nur ein durchschnittlicher Mensch, und so war auch Harry junior kein gewöhnliches Kleinkind. Immer dann, wenn er sich ... nun, irgendwie *anders* ... verhielt und seine Miene keineswegs mehr derjenigen eines Säuglings glich und seine Gedanken das tollpatschige Umhertasten und unbeholfene Erkunden eines unausgereiften Hirnes bei Weitem überschritten, zeigten die ESPer des E-Dezernats besonderes Interesse an ihm. Jedes Mal, wenn sie die Ehrfurcht einflößende fremde Macht spürten, die er beim Herumexperimentieren, oder was auch immer er da tun mochte, verströmte, waren sie sich hundertprozentig gewiss, dass er weit mehr war als nur ein gewöhnliches Baby. Und wenn seine blauen Augen jenen entrückten Ausdruck annahmen, den man bislang nur von seinem Vater kannte, wussten sie, dass er mit der Großen Mehrheit in Kontakt stand, die niemand außer ihm und Harry Keogh zu hören, geschweige denn mit ihr zu reden vermochte ...

Jedes Mal, wenn der Necroscope morgens aufstand, ging ihm dies durch den Kopf, und nicht anders als Brenda dachte er an die Zeit, als alles ganz anders und er noch ein anderer gewesen war. Es fiel ihm nicht schwer, sich daran zu erinnern, denn in seinen Träumen war er immer noch jener andere. Zur Hölle, er *war* jener Mensch, selbst wenn er wach war! Allerdings nur im Innern, in seinem Geist sozusagen. Von außen dagegen – was Harrys Körper, Gesicht, seine gesamte äußere Erscheinung und vor allem sein Spiegelbild anging – war er jemand anders. Ein Mann namens Alec Kyle. Und daran musste er sich erst einmal gewöhnen.

Wahrscheinlich klammerte er sich deshalb so verzweifelt an seine Träume und ließ nur ungern von ihnen los – weil sie eine Art Wunscherfüllung bedeuteten und ihn an einen Ort und in eine Zeit versetzten, in der die Welt anders und auch der Necroscope ein anderer gewesen war, nämlich er selbst.

Auch an diesem Morgen war es nicht anders, zumindest hätte es so sein sollen ...

Für manche, besonders wenn man sehr jung ist, bedeutet jeder neue Tag einen Neuanfang – den ersten Tag vom Rest ihres Lebens. Harry hatte zwar schon so einiges erlebt, dennoch war er mit seinen einundzwanzig Jahren noch immer sehr jung. Sein Körper allerdings – Alec Kyles Körper – war zehn Jahre älter. Und da Harry wusste, was ihn erwartete, wenn er aufwachte, versuchte er diesen Moment so lange wie möglich hinauszuzögern. Nicht dass er deswegen Selbstmordgedanken hegte. Die Tatsache, dass er sich nun in einem fremden, älteren Körper befand, weckte in ihm noch lange keine Todessehnsucht (wenn sich jemand nach dem Tod sehnte, dann bestimmt nicht der Necroscope Harry Keogh, der ja aus erster Hand wusste, was es hieß, tot zu sein, und wie es sich anfühlen musste, keinen Körper mehr zu haben). Es ließ ihn lediglich einen gewissen Widerwillen gegenüber dem Leben empfinden und es sicherer erscheinen, zu schlafen und einfach zu träumen ...

... Nun, manchmal wenigstens. Es hing wohl davon ab, wovon er so träumte. Zurzeit hatte er einen ständig wiederkehrenden Traum aus seinem früheren Leben, in dem er sich wie der sprichwörtliche Ertrinkende an die letzten Strohhalme klammerte, die ihn mit seiner Vergangenheit verbanden, nur um festzustellen, dass diese sich mit Wasser vollsogen und ihm, so sehr er sich auch anstrengen mochte, einer nach dem anderen entglitten. Jeder Strohhalm entsprach einer Begebenheit aus dem Leben, das er einst geführt hatte, dem chronologischen Ablauf seiner ach-so-sonderbaren Abenteuer. Und nicht anders als ein Ertrinkender, der dem unausweichlichen Tod ins Auge blickt, sah der Necroscope die Ereignisse im Traum mit der schon beinahe lächerlich wirkenden Geschwindigkeit eines zerkratzten, schlecht bearbeiteten Schwarz-Weiß-Films an sich vorüberziehen.

Seine Kindheit in Harden an der Nordostküste Englands, wo er mit den Kindern der Minenarbeiter zur Schule gegangen war. Wie er sich immer mehr aus der profanen Welt der Lebenden zurückgezogen und schließlich fast nur noch mit der Großen Mehrheit verkehrt hatte, bis Sir Keenan Gormley, der damalige Leiter des E-Dezernats, hinter sein Geheimnis gekommen war. Im Anschluss daran war er in »die wirkliche Welt« zurückgekehrt ... und hatte sein einzigartiges Talent akzeptiert und sich bereit erklärt, sich dem Kampf gegen das in der UdSSR und Rumänien tief verwurzelte Böse anzuschließen.

Überlagert wurden all diese flüchtigen Szenen seiner Vergangenheit, die beschleunigt an seinem geistigen Auge vorüberzogen, von seiner bereits sein ganzes Leben währenden Beziehung zu Brenda, einem einfachen Mädchen, Tochter eines Minenarbeiters, deren Liebe stets das stärkste Band zwischen Harry und der Welt des Normalen dargestellt hatte, eines der wenigen Dinge, die dafür sorgten, dass er nicht den Boden unter den Füßen verlor, auch wenn sein Geist meist in irgendwelchen Gräbern weilte. Und über all dem das strahlende Bild seiner Mutter – einer Lichtgestalt, so wie jede liebende Mutter aus der Sicht ihres Kindes, rings von einer goldenen Aura umgeben, als würde hinter ihr die Sonne aufgehen und ihre Silhouette weichzeichnen. Der Duft nach Seife und Rosenblüten, den sie verströmte, die liebliche Wärme ihres Seufzens ... Viel zu früh war sie gestorben, von der Hand eines Wahnsinnigen, dessen Leben wiederum Harry ein Ende bereitet hatte.

Dies war jedes Mal der Punkt, an dem die traurigen, melancholischen Träume des Necroscopen sich in ein rachsüchtiges Rot färbten. Denn nach Viktor Shukshin waren Thibor Ferenczy, Dragosani, Julian Bodescu, Theo Dolgikh, Ivan Gerenko und viele andere gekommen. Es war eine lange Liste. Ganz zu schweigen von Faethor Ferenczy, dem »Stammvater« oder vielmehr Urahn aller Vampire? Faethor war nun zwar schon seit Langem tot ... aber auch Thibor war tot gewesen! Selbst ein Vampir, der tot und begraben war, stellte immer noch eine Bedrohung dar. Harry hatte noch immer keine hundertprozentige Gewissheit, dass der alte Ferenczy nicht irgendwo weitere Leichenreste, potentielle Wiedergänger, in der Erde zurückgelassen hatte, wo sie vor sich hin schwären konnten wie Thibor und nur darauf warteten, mit Pauken und Trompeten zurückzukehren ...

Durchsetzt von seinen Ängsten und Befürchtungen, wurde der Traum des Necroscopen schon bald zu einem wirren Durcheinander. Sein Geist gehörte zwar Harry Keogh, doch das Gehirn, in dem dieser sich befand, hatte einst Alec Kyle gehört, einem Hellseher des E-Dezernats. Harrys Empfindungen – seine Gedanken, Erinnerungen und Gefühle – waren nun in den verschlungenen Windungen von Kyles Großhirn untergebracht, in dem es immer noch die ein oder andere Nische gab, die nicht ganz mit Harrys Profil übereinstimmte. Die »Ausformung« dieses Gehirns hatte Kyles merkwürdiges Talent entscheidend geprägt. Seine flüchtigen Blicke in die Zukunft hatte er stets in jener vagen, verworrenen

Phase zwischen Traum und Erwachen erhascht, an dem Punkt, an dem Bewusstsein und Unterbewusstsein sich voneinander trennen und es dem Träumenden gestatten, wieder zurück in die Wirklichkeit zu finden. Von Alec Kyle war nichts geblieben, doch sein Gehirn hatte die alte Gestalt noch nicht zur Gänze verloren, und vielleicht hatte irgendwo ein winziger Teil seines Talents überlebt.

Denn jedes Mal, wenn Harry kurz vor dem Erwachen stand, vollzog sich mit seinen Traumgesichten eine Verwandlung, und rasend schnell wurden sie zum reinsten Albtraum. Und da es sich beim Hellsehen um die zweifelhafte Kunst, in die Zukunft zu blicken, handelt – und die Zukunft eben kein Traum ist, sondern eine Abfolge bislang noch nicht verwirklichter Ereignisse –, kam dem Necroscopen alles, was er in diesem Stadium erlebte, wie die Realität vor. Der Unterschied zwischen diesen beiden Traumzuständen war ... wie ein Schock! Den meisten Menschen ist durchaus »bewusst«, dass sie bloß träumen. In der Regel ging es auch Harry so. Doch in diesem Fall war es anders.

Wie zuvor handelte es sich um eine bunte Folge von Szenen, die schnell an ihm vorüberglitten, ohne dass er die Kontrolle darüber hätte. Doch hatte er bislang angenommen, er sei einige Seltsamkeiten gewohnt ...

Er stand an einem Ort, der nicht von dieser Welt war, am Rand einer ausgetrockneten Geröllebene, die sich zur einen Seite bis hin zu einem vom Flackern des Nordlichts erhellten Horizont erstreckte, auf der anderen allmählich in Hügelland überging, das zu einem steilen Gebirgszug anstieg. Ganz in der Nähe erhob sich eine gewaltige leuchtende Halbkugel aus einem von einem niedrigen Erdwall umgebenen Krater wie das Auge eines gefallenen Zyklopen, dessen Schädel in der Erde versunken war. Sie verströmte ein kaltes, weißes Licht, sodass die Kuppel wie ein Leuchtturm wirkte – doch für welch sonderbare Art von Reisenden? Hoch über ihm jagte der Mond über den Himmel. Eine Hälfte erstrahlte, von einer unsichtbaren Sonne beschienen, golden, die andere schimmerte bläulich im Glanz der Sterne. Wegen seiner merkwürdigen Rotation und der exzentrischen Umlaufbahn schien sich das Muster auf seiner Oberfläche ständig zu verändern.

Harry klammerte sich an das, was ihm über die geographische Beschaffenheit seiner eigenen Welt bekannt war. Sein Instinkt sagte ihm, dass das Nordlicht demnach im Norden liegen musste. Das war sonderbar, denn es bedeutete, dass die unsichtbare Sonne weit im Süden jenseits der Berge stand. Allerdings war dies eine fremde Welt ...

... Jemand hatte ihn hierher geschickt ... und zwar ... Faethor?

Hier geriet sein Gedankengang ins Stocken. Einen Blick *in die Zukunft zu werfen, mag gefährlich genug sein; aber den Versuch unternehmen, sich an etwas* zu erinnern, *das erst noch eintreten muss ...*

Und doch hatte Harry einen flüchtigen Moment lang gewusst, dass Faethor Ferenczy ihn hierher geschickt hatte, dass er hier war, weil jener Urahn aller Vampire, jener Herr der Lügen, ihn hierher geführt oder ihm doch zumindest geraten hatte, herzukommen. Und nicht nur er, sondern auch ... Möbius? Aber aus welchem Grund? Offensichtlich war er auf der Suche – aber weshalb *offensichtlich? Und wenn er sich auf der Suche befand, dann wonach, nach wem?*

Er blickte sich um. Auf der einen Seite das Gebirge und auf der anderen die scheinbar endlose Geröllebene, und dazwischen das rätselhafte Tor, das sein kaltes, weißes Licht verströmte, vor dem sich die ringsum verstreuten, findlingsartigen Felsblöcke abhoben, die in unregelmäßigen Abständen konzentrische Schattenringe in die Sternseitennacht warfen.

Das Tor? Die Sternseite? Diese Worte, die Ideen dahinter, sagten ihm nichts ... oder doch? Was zum ...!?

Im Nordosten erspähte er in der Ferne hoch aufragende Felsenhorste, fantastische Felsformationen, gekrönt von ... Mauertürmchen? Von Türmen und Zinnen? Fugenlos aneinander gefügtes Mauerwerk? ... Oder erlag er nur der Täuschung einer fremdartigen Umgebung? Das wollte Harry nicht glauben, denn dort oben brannte Licht. Rauch kräuselte sich aus den hohen Schornsteinen und kleine schwarze Punkte, aus dieser Entfernung kaum auszumachen, umkreisten zielstrebig die höher gelegenen Stockwerke ...

Mit einem Mal wurde Harry sich dessen bewusst, dass er beobachtet wurde. Er duckte sich und wirbelte auf dem Absatz herum. Unweit von ihm stand auf der felsigen Ebene eine Gestalt, schlank, wahrscheinlich ein Mann. Sein Gesicht war golden und loderte im gleißenden Widerschein des Tores. Er hob eine Hand, winkte und sagte etwas, doch Harry vermochte ihn nicht zu hören. Es war ihm zwar gestattet, zu sehen, *nicht aber zu* verstehen *... die Zukunft hütete ihre Geheimnisse.*

Harry war instinktiv klar, dass ihm hier keine Gefahr drohte, jedenfalls nicht von dieser Gestalt. Voll der sonderbarsten Empfindungen bewegte er sich auf den anderen zu. Doch so sehr er sich auch bemühte, kam er kaum vom Fleck. Es war zum Verrücktwerden. Er hatte keine Kontrolle über seine Bewegungen, sie waren zäh und gezwungen, eben ein Traum – oder vielmehr eine Vorahnung. Der Goldengesichtige fuchtelte aufgeregt mit den Armen herum und deutete zum östlichen Himmel. Harry sah hin.

Und nun erkannte er die Gefahr! Die kleinen Punkte, die die Felsenhorste umkreisten, waren zu dunklen Flecken geworden, die rasch zu grotesken Umrissen anwuchsen und sich von den Festen her aus dem Himmel herabsenkten ...

... von den Festen her?

Harrys Traum-Selbst zuckte vor diesem Wort zurück. Doch sein zukünftiges Selbst bewegte sich weiter auf den Herrn des Gartens zu.

... den Herrn des Gartens?

Zu guter Letzt akzeptierte er die Tatsache, dass es ihm nicht gegeben war, alles zu wissen, und konzentrierte sich darauf, zu dem Mann zu gelangen, der auf ihn wartete. Als er sich jedoch umblickte, sah er, dass die Wesen am Himmel rasch näher kamen. Sie glichen nichts, was er je zuvor gesehen hatte, noch nicht einmal in seinen schlimmsten Albträumen. Einer der Umrisse war geflügelt und hatte in etwa die Form eines Rochens. Der andere war ... ein Albtraum! Eine Kreatur von gigantischen Ausmaßen, die sich pulsierend durch die Luft stieß wie eine Qualle. Und nun konnte Harry auch sehen, dass die ihm zunächst fliegende Kreatur einen Reiter trug – Shaithis von den Wamphyri? –, und ihm war klar, dass die andere Bestie eines von dessen Geschöpfen war, nämlich ein Krieger.

Harry befand sich nun dicht vor dem Herrn des Gartens ... Shaithis schoss auf seinem Flugrochen aus dem Himmel herab ... Der Flügelschlag der gewaltigen Rochenschwingen wirbelte Staub und Steinchen auf, die Harry und dem Herrn des Gartens ins Gesicht flogen ... der Schatten der Kreatur fiel auf sie und verschluckte das Licht der Sterne!

Der Herr des Gartens schlug seinen Umhang zurück, Harry blickte ihn an, die goldene Maske, blickte in die blutroten Augen und den dahinter verborgenen Geist ... und wusste, dass er ihn kannte! *Aber das war ausgeschlossen! Und so merkwürdig dies alles auch sein mochte, konnte er doch nicht anders, er trat oder vielmehr glitt in den Schutz des Umhangs und spürte, wie dieser sich um ihn schloss ...*

... Das Bild veränderte sich. Harry wusste genau, was als Nächstes kommen würde – aber es trat nicht ein. Anstatt sich im Garten des Herrn wiederzufinden (was auch immer das sein mochte), riss Alec Kyles entfesseltes Talent ihn weg in eine andere mögliche Zukunft, vielleicht auch in dieselbe, nur weiter den Zeitstrom entlang.

Er befand sich im letzten großen Felsenhorst der Wamphyri … der Karenhöhe? Verstohlen wie ein Dieb in der Nacht schlich er der Lady Karen nach, wie sie hinab in ihre Speisekammer stieg. Düster und lautlos glitt sie durch einen finsteren Türbogen hinein. Harry folgte ihr und hielt sich in den Schatten verborgen, während sie einen Trog aktivierte und aus seinem Kokon holte. Er sah zu, wie sie die schlurfende, nur halb wache Kreatur an einen steinernen Tisch führte, auf dem diese sich willenlos niederlegte und den hässlichen Neanderthalerschädel in den Nacken bog, um ihr die Kehle darzubieten.

Die Kiefer der Lady öffneten sich … immer weiter … bis sie schließlich auseinanderklafften! Aus ihrem Gaumen tropfte Blut, als nadelspitze Zähne hervorbrachen und über der träge pulsierenden Halsschlagader des Trogs verharrten. Karens Nase wurde faltig und bildete sich zurück. Ihre Augen leuchteten blutrot in dem dämmrigen Raum.

»Karen!«, hörte Harry sich rufen, zumindest versuchte *er es. Doch schon im nächsten Moment veränderte sich die Szene erneut und führte ihn weiter voran in der Zeit, diesmal allerdings nur ein kleines Stück weit …*

… Der Necroscope saß in den tiefsten, finstersten Schatten des Felsenturmes, vollkommen reglos, und wartete. Worauf, vermochte er nicht zu sagen; er wusste nur eines, nämlich dass er so angespannt war wie nie zuvor in seinem Leben. Und schließlich tauchte er auf: Karens Vampir! Harry hatte keine Ahnung, wie und auf welchem Weg er ihren Körper verlassen hatte, wollte es auch gar nicht wissen. Es genügte, dass er hier war, hier, wo Harry ihn … wo er ihn haben wollte? Es war ein langgezogener Egel mit faltiger Haut und dem Kopf einer Kobra, blind – und mit einer Unzahl spitz zulaufender Zitzen.

Er schob seinen Kopf hin und her, kroch in den Saal … dann spürte er Harrys Gegenwart und trat hastig den Rückzug an, drehte sich um sich selbst und schlängelte sich davon wie eine Blindschleiche, um in die Sicherheit von Karens untotem Fleisch zurückzukehren. Doch der Necroscope hatte nicht vor, dies zuzulassen.

Harry richtete seinen Flammenwerfer auf ihn und verbrannte ihn … Sterbend legte der Egel seine Eier ab, Dutzende, die zitternd umherschwirrten und sich vibrierend über die Steinfliesen auf ihn zu bewegten. Schwitzend, aber innerlich von einer eisigen Kälte erfüllt, verbrannte Harry sie alle. Aus weiter Ferne, wie aus dem Traum eines Fremden, vernahm er einen entsetzlichen Schrei, und irgendwie wusste er, dass es Karen war, die da schrie.

Unvermittelt wechselte die Szene abermals, so plötzlich, dass ihm davon schwindelte: zu einem hohen Balkon, über den er sich beugte, um hinabzublicken. Und mit einem Mal war ihm klar, warum sich alles um ihn drehte – diese schreckliche Höhe! Tief unter ihm lag auf dem Geröll völlig zerknittert das weiße Kleid der Lady ... nur dass es jetzt nicht mehr nur weiß war, sondern voller roter Flecken.

Und in dem Kleid steckte Karen (zumindest nahm er dies an). Am meisten schmerzte ihn, dass nichts davon einen Sinn ergab – oder wenn, dann bestenfalls nur vorübergehend, greifbar im einen Augenblick, im nächsten schon wieder verschwunden.

Ein weiterer Sprung:

Kalte Flüssigkeit brannte auf seinem Gesicht, rann ihm in den Mund und brachte ihn zum Würgen. War das ... Alkohol? Auf jeden Fall war es flüchtig. Es dampfte und zerstob zu einem Dunst um ihn herum. Und er sah, dass er ... mittendrin lag.

Er rappelte sich auf Hände und Knie und versuchte, die Dämpfe nicht einzuatmen, die sich um ihn herum in einen Abzug direkt über ihm erhoben ... in einen schwarzen Abzug ... einen feuergeschwärzten Kamin?

Harry kniete in einem Becken oder einer Ausbuchtung, die direkt aus dem Felsen gemeißelt war. Er kniete in einer Pfütze aus einer leicht flüchtigen Flüssigkeit.

Die Eindrücke folgten jetzt schnell aufeinander. Er musste sich tief in den Eingeweiden des Schlosses befinden (welchen Schlosses?), direkt im Felsen ... in einer gewaltigen Höhle ... und auf der anderen Seite, wo grob behauene Stufen in höhere Geschosse führten ... da stand der Wamphyri Janos Ferenczy und beobachtete ihn. Das Ungeheuer hielt eine brennende Fackel hoch und das Feuer spiegelte sich in seinen blutroten Augen.

Ihre Blicke begegneten sich und blieben aneinander haften ... Janos' Lippen entblößten seine Zähne in einem grauenhaften Grinsen. Er sagte etwas ... doch der Necroscope vermochte ihn nicht zu hören, konnte die Drohung lediglich ahnen. Janos' Blick wanderte von der Fackel in seiner klauenbewehrten Hand zum Fußboden. Harrys Blick folgte dem seinen zu einer flachen Rinne, die in den Felsen gemeißelt war. Sie führte von Janos' Füßen quer über den Boden zur Spitze des Beckens. Langsam senkte Janos die Fackel!

Mein Gott! *Harry musste sich des Möbius-Kontinuums bedienen – und vermochte es nicht! Seine Macht war ihm genommen! Er war nicht länger der Herr über die Möbius-Raum-Zeit! Das wusste er einfach, ohne dass ihm klar war, woher. Zwar verfügte er noch immer über die Fähigkeit zur Totensprache, aber ...*

... zur Totensprache? Seit wann wurde dies denn so genannt? Doch nein, er durfte gar nicht erst versuchen, sich an etwas zu erinnern, was noch gar nicht eingetreten war! Am besten, er akzeptierte es einfach. Auch wenn ihm das Möbius-Kontinuum genommen war, hatte er immer noch seine Totensprache, die Fähigkeit, mit den Toten zu reden. Weshalb also keinen Gebrauch davon machen? Weshalb nicht die Große Mehrheit, die zahllosen Toten, danach fragen, was all dies zu bedeuten hatte?

Zu spät! Janos' Fackel senkte sich herab. Ein Feuer loderte auf und breitete sich rasend schnell aus. Sengende Hitze fauchte in einer blauen Flammenzunge empor und blakte in den Schornstein über ihm. Flüssiges Feuer versengte Harrys Haare und Bart und setzte seine Kleidung in Brand.

Er sprang auf und hüpfte wie eine menschliche Fackel umher, bis er sich – diesmal wahrscheinlich zum Glück – abermals ein Stück weit in die Zukunft gerissen fühlte ...

... Er stand inmitten uralter Ruinen. Es war tiefste Nacht, und doch sah er alles wie am helllichten Tag! Es dauerte eine Weile, bis der Necroscope begriff, dass er nun ein Wechselbalg war, dass etwas Fremdes von ihm Besitz ergriffen hatte. Geduldig und doch voller Argwohn wartete er in den Trümmern der Burg Ferenczy, und zwar mit ... einem Toten! Mit Bodrogk, einem von den Toten erweckten thrakischen Krieger.

Einen flüchtigen Augenblick lang war Harry klar, weshalb sie sich hier befanden. So viel zumindest verrieten ihm seine hellseherischen Fähigkeiten. Wenig später kamen zwei Frauen von unten herauf. Die eine war Sofia, Bodrogks Eheweib, und dies seit Jahrhunderten. Sie flog ihrem Mann geradezu in die Arme. Beide, sowohl Bodrogk als auch Sofia, waren nicht mehr am Leben, sondern aus ihrer Asche wieder heraufbeschworen. Doch waren sie bei Weitem nicht so tot wie die andere Frau, Sandra, einst Harrys – und später Janos Ferenczys – Geliebte! Der Unterschied war nun unübersehbar.

Denn Sandra schwebte auf ihn zu in der Art der Vampirsklaven. Ihre gelben Augen leuchteten lebendig in der Nacht, aber Harry wusste, dass dies nicht mehr Sandra war. Weniger als sie, womöglich auch mehr. Einst hatte sie ihn geliebt oder ihn zumindest begehrt. Nun gierte sie nach allen Männern – oder doch nach deren Blut!

Sie warf sich in seine Arme und schluchzte an seinem Hals. Er hielt sie fest – musste sich an ihr festhalten, so wie sie sich an ihm. Er blickte über ihre bleiche Schulter und sah, wie Bodrogk seine Frau in die Arme schloss.

Könnte er Sandra doch nur ebenso umarmen! Doch dies ging natürlich nicht. Sandras wunderschöner, halb nackter Körper presste sich kalt gegen den Necroscopen, und Harry wusste, es gab keinen Weg, wie er ihn je wieder wärmen konnte.

Sie spürte seinen Gedanken und wich ein wenig vor ihm zurück. Aber nicht weit genug. Sein dünner, spitzer Pflock, ein Span aus alter Eiche, drang unter der Brust in sie ein und durchbohrte ihr Herz. Sie holte noch einmal Luft, machte einen stolpernden Schritt von ihm weg und brach dann zusammen.

Bodrogk sah Harrys Qualen und übernahm den Rest. Und abermals erlebte Harry einen Zeitsprung ...

Diesmal war es anders, denn sein Traum-Selbst war nicht Teil des Geschehens; es stand vielmehr abseits und sah zu, was mit dem zukünftigen Harry geschah. Das war wahrscheinlich auch besser so, denn was er hier sah, war mit Sicherheit sein Ende. Und obwohl er in diesem Fall lediglich ein Beobachter war, begriff er doch wenigstens zum Teil, was hier vorging, und ... wünschte sich, dass es anders wäre.

Auf Starside, dicht vor der gleißenden Halbkugel des Tores, verbrannte der Necroscope Harry Keogh. Er war ein Vampir, und zu guter Letzt zahlte er den Preis für einen verhängnisvollen Fehler – nämlich dafür, dass er den Wamphyri zu nahe gekommen war!

Er brannte – auch innerlich. In ihm wütete ein alles verzehrender Hass. Auf Shaithis, der in ebendiesem Moment Lady Karen (Karen ...?) direkt vor Harrys Kreuz mit Gewalt nahm. Sie wirkte erschöpft, während Shaithis wie ein wildes Tier über sie herfiel, und leistete keinerlei Widerstand, als er sich in sie verkrallte.

Harrys Traum-Selbst wollte ihr zu Hilfe eilen ... aber er stand da wie angewurzelt. Er vermochte nur zuzusehen, es war ihm versagt, einzugreifen. Während die Flammen rings um den Scheiterhaufen des Necroscopen höher schlugen und Harrys Unterleib verzehrten, verhöhnte Shaithis ihn – allerdings in einer grässlichen Pantomime, ohne dass auch nur der geringste Laut zu hören war. Es war wohl das Grausigste, was Harry je gesehen hatte oder sich vorzustellen vermochte.

Womöglich zu grausig – denn obwohl er lediglich zusah, begann er allmählich die Qualen zu spüren, die die Zukunft für ihn bereithielt.

Die Ereignisse überschlugen sich, rauschten an ihm vorüber in einem Wirrwarr aus Furcht, Feuer, verzweifeltem Fleisch und – Licht! Gleißendem Licht!

Es ging vom Tor aus: eine Kugel sich lautlos ausbreitenden und dennoch alles verzehrenden Lichts. Es verzehrte Shaithis, Karen, den Necroscopen – die ganze Szenerie – und sandte Harrys Traum-Selbst ...

... an einen anderen Ort.

Abermals befanden sich Harry und sein zukünftiges Selbst – der eine träumend, der andere eine zwar physische, allerdings zukünftige Realität – im metaphysischen Möbius-Kontinuum und jagten einen vergangenen Zeitstrom entlang, rasten inmitten der Myriaden blauer, grüner und roter Lebensfäden Starsides durch seit Langem vergessene Zeiten zurück, ihren fernen Ursprüngen entgegen.

Und abermals war Harrys Traum-Selbst lediglich ein Beobachter, der nicht einzugreifen, sondern lediglich festzustellen vermochte, dass sein zukünftiges Ich tot war. Es schlief nicht und war auch nicht untot, sondern hatte den wahren Tod erlitten (in dieser Manifestation zumindest) und gehörte der Vergangenheit an ... oder vielmehr, es lag im Sterben und war im Begriff, an einen Ort zu entschwinden, wo niemand es je finden würde, in die ferne Vergangenheit einer fremden, von Vampiren beherrschten Parallelwelt. Doch da er nun einmal der Necroscope war, wusste Harrys Traum-Selbst, dass es sich keineswegs so einfach verhielt. Der Körper seines zukünftigen Ich mochte tot sein, gewiss, aber sein Geist würde weiterbestehen. Diesmal jedoch ... nun, wer konnte schon sagen, wohin es diesen verschlug? Oder vielleicht war dies auch wirklich das Ende, selbst wenn es geradewegs zurück zum Anfang führte. Ein Paradoxon, gewiss – aber was war denn nicht paradox?

Voller Entsetzen, weil er wusste, dass es sich um ihn selbst handelte beziehungsweise eines Tages um ihn handeln würde, sah Harrys Traum-Ich zu, wie sein Leichnam sich überschlagend in die Vergangenheit trudelte. Feuergeschwärzt vor sich hin schwelend, die Arme weit ausgebreitet und den qualmenden Kopf in den letzten qualvollen Todeszuckungen in den Nacken geworfen, war er das Einzige, was in der von leuchtend blauen, grünen und roten Lebenslinien durchzogenen Finsternis auf grauenhafte Weise ins Auge stach; denn während diese allesamt in der Zeit vorwärts jagten, fiel der tote Harry immer weiter zurück. Dann ...

... geschah etwas Unglaubliches! Denn als dieses verbrannte Zerrbild seiner selbst immer winziger wurde, sah man eine prachtvolle Eruption goldenen Lichts, goldene Splitter, sich wie zum Leben erwachte Sonnenstrahlen nach allen Richtungen ausbreiten und ...

... in zahllose unbekannte Welten und Zeiten entschwinden!

Der Necroscope mochte zwar tot sein, dennoch lebte er weiter. So viel wusste Harry, ohne sagen zu können, woher. Ihm war klar, dass er *– der träumende Harry – überleben würde!*

Vorerst jedoch stürzte er, träumend und körperlos, noch immer kopfüber den Zeitstrom entlang in die Vergangenheit hinab; allerdings in die Vergangenheit des zukünftigen Harry! Dies konnte doch nur ... in seine jetzige Gegenwart münden? Selbst für einen Traum war dies äußerst verwirrend ...

In die Gegenwart, das Hier und Jetzt. (Beziehungsweise wenn nicht ins Jetzt, dann doch in die unmittelbare Zukunft, schließlich handelte es sich um den Wahrtraum eines Hellsichtigen.) Und nun war Harry wieder er selbst. Nicht nur ein Bestandteil – oder bloßer Beobachter – seiner selbst, sondern tatsächlich Harry persönlich. Und was geschah, stieß auch ihm zu.

Es kam so plötzlich, dass ihm die Haare zu Berge standen und ihm der kalte Schweiß ausbrach. Dies war wirklich und er ... das Opfer? Bisher hatte es bei allem, was ihm zu sehen gewährt war – in jedem einzelnen Ausschnitt –, irgendein Opfer gegeben. Und Harry nahm an, dass es nun nicht anders wäre. Das heißt, es war mehr als bloß eine Annahme; es war so ein Gefühl, und es reichte aus, alle Anzeichen äußerster Angst hervorzurufen.

Nun gut, also wahrscheinlich ein Opfer. Doch wovon? Um dies herauszufinden, blieb ihm nichts anderes übrig, als abzuwarten.

Er sah sich um:

Er befand sich in einer großen, unterirdischen Höhle, allerdings nicht sehr tief unter der Erde. An mehreren Stellen sickerte trübes Licht von oben herab. Im schwachen Schein vereinzelter Strahlen tanzten die aufgewirbelten Staubkörner, bis sie sich allmählich wieder legten.

Entschlossen, wenn auch ein wenig zögernd, bewegte Harry sich durch die Finsternis auf einen Fleck zu, an dem das Licht heller leuchtete. Als er den Blick nach oben wandte, sah er eine unbehauene, geschwungene Decke, deren Schichten sich so merkwürdig abzeichneten, als habe etwas den gewachsenen Fels unter enormem Druck einmal fast um sich selbst gefaltet. Über ihm ragten, wo die weicheren Schichten verwittert waren, wie Reihen gezackter Zähne die Überreste härteren, beständigeren Gesteins herab. Noch weiter oben, wo weiteres loses Gestein abgebröckelt war, gewährten schmale, ungleichmäßige Lücken dem Tageslicht – beziehungsweise, wie Harry nun feststellte, dem Glanz der Sterne – Einlass. Doch die Sterne, die vor dem Hintergrund eines diamantenbesäten Himmels durch die Spalten zu sehen waren, funkelten nicht. Dies mochte auf den unterirdischen Standpunkt des Necroscopen zurückzuführen sein, vielleicht lag es auch an der dünnen Atmosphäre oder an beidem. Ihm stand jetzt wirklich nicht der Sinn danach, Spekulationen darüber anzustellen.

Obwohl er mittlerweile spürte, wie kalt es hier war, lief ihm der Schweiß noch immer in Strömen über Gesicht und Nacken. Er blickte sich um. Nun, da seine Augen sich an die rauchige Düsternis gewöhnt hatten, konnte er bedenklich schräg stehende, sich vom Boden zur Decke erstreckende Pfeiler, Wände, Kamine und nach allen Seiten übereinandergestürzte Felsplatten ausmachen. Die Höhle war ein wahrer Irrgarten hochgefalteter, meist unterbrochener Gesteinsschichten, ein geologischer Auswuchs, dessen Decke anscheinend einzig von jenen massiven, aus härterem Gestein bestehenden Säulen getragen wurde. Rings um jenes gigantische Gerüst aus natürlichen, kantigen Streben zog sich ein Netz aus Spalten, schiefen Felsstürzen und gähnenden Löchern, die wie leere Augenhöhlen auf die umherliegenden Felsblöcke herabblickten – wenig einladende Portale zu unbekannten Pfaden durch ein abschreckendes und aller Wahrscheinlichkeit nach gefährliches Labyrinth, das sich wer weiß wie weit erstrecken mochte. Kurz, es würde nicht schwerfallen, sich hier zu verirren.

Harry schien jedoch ... zu wissen, wohin er wollte. Ohne jeden Zweifel! Falls es sich um einen flüchtigen Blick in die Zukunft handelte, dann befand er sich nicht zum ersten Mal hier. Er musste schon einmal an diesem Ort gewesen sein, allerdings in unmittelbarerer und trotzdem noch ferner Zukunft. Daran war nichts Sonderbares, denn die Zeit war nun einmal, wie der Necroscope sehr wohl wusste, relativ. Doch wie dem auch sein mochte, ihm blieb gar keine Gelegenheit, sich darüber Gedanken zu machen, denn es ging weiter voran durch den Trümmerhaufen. Im Traum schwebte er über die Überreste herabgefallener Deckensteine, die zu einem behelfsmäßigen Mosaikpflaster ausgelegt worden waren, um einen Weg oder vielleicht auch mehrere durch das Labyrinth zu markieren; und weil Harry dies am sichersten schien, folgte er einfach den Steinen ...

Mit einem Mal war er da. Er hatte sein Ziel erreicht, den ... Treffpunkt? Einen Ort, an dem die übereinandergestürzten Steinplatten und Felssäulen an der nach innen geneigten Wand der Höhle eine natürliche, wenn auch ziemlich aus dem Lot geratene Treppe bildeten, die hinauf zu einem knapp fünfeinhalb Meter breiten und gut dreieinhalb Meter tiefen Absatz führte, auf dem etwas stand. Ein Tisch? Vielleicht ein Altar? Oder eine Art steinerner Sarkophag?

Harry wusste, dass er mit dieser letzten Vermutung richtig lag; und ihm war klar, dass er tatsächlich schon einmal hier gewesen war und es sich bei diesem scheinbar massiven Felsblock in der Mitte der künstlich geeb-

neten Nische in der ansonsten unbehauenen Felswand in der Tat um ... einen gewaltigen steinernen Sarg handelte.

Der kalte Schweiß rann ihm in Tropfen über die Stirn. Das Hemd klebte ihm zwischen den Schulterblättern am Rücken. Er blieb stehen und blickte sich um, hielt den Atem an, um zu lauschen und die Atmosphäre des Ortes auf sich wirken zu lassen. Er hatte das Gefühl, nicht allein zu sein, und fand dies sofort bestätigt, zumindest einen Hinweis darauf, dass vor ihm schon jemand hier gewesen war, und zwar vor nicht allzu langer Zeit.

Wie es Träume (auch Wahrträume) so an sich haben, entfaltete sich das Geschehen erst allmählich, und nach und nach kamen neue Einzelheiten hinzu. Nun erblickte Harry die Fackeln in den Halterungen an den Wänden und insbesondere am Fuß des gewaltigen Steinsarges – oder vielmehr, er wurde sich ihrer bewusst. Brennende, öl- oder harzgetränkte Reisigbündel, die auf dem Boden in Lücken zwischen den Steinfliesen steckten, so dicht an dem Sarkophag, dass die Flammen den Sockel schwärzten.

Und dieser süßliche Geruch in der Luft. Ein Duft, den er von ... Zante her kannte? Oder war es Samos? Jedenfalls von den griechischen Inseln. Der Rauch trug ihn mit sich, den Geruch nach ... Pinienwäldern? Nun, wenigstens erklärten die Fackeln, woher der Rauch stammte. Und Harry war sich sicher, dass er in Kürze auch erfahren würde, wer sie in Brand gesetzt hatte. Die ... Jünger, die hier ihre Andacht gehalten hatten, würden bald zurückkehren, um der »Großen Rückkehr« beizuwohnen.

Der Necroscope verzog das Gesicht und spürte, wie die Entschlossenheit in ihm wuchs. »Große Rückkehr«? Ha! *Wohl eher die Wiederbelebung eines grässlichen Wesens aus einer fremden Welt, die Auferstehung eines uralten Übels. Darum war er hier – um ebendies zu verhindern! Er bewegte sich weiter, weitaus natürlicher nun, doch noch immer stand ihm der Schweiß auf der Stirn. Er war auf der Hut und begann den Steinhaufen hinaufzusteigen, um zu dem Absatz mit dem Sarkophag zu gelangen. Ein klagender Laut, der von den Wänden der ausgedehnten Höhle widerhallte, ließ ihn innehalten. Ein auf- und wieder abschwellendes Schluchzen, ein ...* Heulen! *Er merkte, wie seine Nackenhaare sich aufrichteten.*

Ihm blieb nicht mehr viel Zeit. Harry beschleunigte seinen Aufstieg. Die Stufen neigten sich mal in die eine, dann wieder in die andere Richtung, einige von ihnen waren fast so hoch wie er selbst, sodass er in der Tat gezwungen war, zu klettern, und bei jedem Schritt aufs Neue um sein Gleichgewicht ringen musste. Doch nachdem er über herabgefallene Steinblöcke und umgestürzte Felssäulen eine Höhe von zwölf Metern erklommen hatte, stand er schließlich am Rand des ominösen Mausoleums.

Wo der Absatz in die Nische zurückwich, bestand die Wand aus einer Reihe schwarzer, nahezu lotrechter Felsansammlungen, die in die beinahe kristalline Form sechseckiger Säulen gepresst waren. Aufgrund einer horizontalen Verwerfung waren schwächere Deckenabschnitte zusammengebrochen, sodass im Zickzack verlaufende Kamine entstanden waren und tiefere Spalten, Öffnungen, die durch den Fels geradewegs bis ins Freie reichten. Vor dem fahlen Glanz der Sterne zeichneten sich die Umrisse dieser Schächte und Löcher ab, sodass Harry davon ausging, dass sich der gesamte Höhlenkomplex in der brüchigen Wand einer Schlucht befinden musste. Allerdings war dies ... mehr als bloß eine Annahme. Er wusste ...

... dass er sich in Schottland befand, irgendwo hoch in den Grampian Mountains, in den Cairngorms östlich von Kingussie!

Das Wissen darum war da ... und dann wieder verschwunden. Doch das Gefühl, dass er sich beeilen musste – diese unnennbare Angst –, wich nicht von ihm. Als das Geheul aufs Neue erscholl, zuckte er zusammen, fuhr sich mit der Zunge über die trockenen Lippen und ging auf den gewaltigen steinernen Sarg zu. Der Duft nach Harz war hier viel stärker. Im Rauch der Fackeln am Fuß des Sarkophages kräuselte er sich nach oben und stieg einem zu Kopf.

In diesem Moment fielen Harry die kreisrunden Löcher an den Bodenkanten der vier Steintafeln auf, die die Seiten des Sarges bildeten. Sie hatten einen Durchmesser von gut fünf Zentimetern. Harry sah sie und begriff auf Anhieb, wozu sie dienten. Es handelte sich keineswegs um bloßen Zierrat, sondern um Abflüsse, durch die der Inhalt des Sarkophages nach außen gelangen konnte. Sechs befanden sich auf der Harry zugewandten, fast drei Meter langen Seite des Sarges und je drei an den beiden etwa ein Meter fünfzig breiten schmalen Enden. Durch die Hitze der Fackeln flüssig geworden, sickerte eine zähe, gelbe Substanz *aus den Löchern, tropfte über den Sockel des Sarkophages hinab und füllte allmählich die Spalten zwischen den Bodenfliesen, bis sich klebrige Pfützen bildeten. Dies war der eigentliche Ursprung des berauschenden Duftes – erwärmtes Harz.*

Der Sarkophag war beinahe einen Meter fünfzig hoch. Der Necroscope nahm eine der mittleren Fackeln aus ihrer Vertiefung vor dem gewaltigen Kasten und beugte sich über den Rand, um einen Blick hineinzuwerfen. Von dem Rauch, dem Geruch und der Düsternis tränten ihm die Augen so sehr, dass er im Innern des Sarges kaum etwas ausmachen konnte. Doch allein die Begriffe, die ihm dazu einfielen – »Sarg« und »Sarkophag« – sagten bereits genug. Denn was erwartete man wohl in einem Grab zu finden? Eine Leiche natürlich, vielleicht auch mehrere. Allerdings, und dessen war sich Harry Keogh nur zu bewusst, war Leichnam nicht unbedingt gleich Leichnam.

Im flackernden Schein der vereinzelt an den Wänden steckenden Fackeln leuchtete Harry hinab. Das durchsichtige, halb feste Harz in dem Sarg glänzte ihm wie polierte Bronze entgegen. Mit einem Mal wurde der verschwommene Umriss von etwas *... sichtbar, allerdings so unvorstellbar grotesk, dass man es nicht glauben mochte. An diesem Punkt verwandelte sich der Traum – der flüchtige Blick in die Zukunft – in einen Albtraum!*

Die im Harz gefangene Gestalt maß mindestens zwei Meter zehn. Ihre Schultern waren einen Dreiviertelmeter breit, Hüfte und Taille hingegen schmal. Sie war zwar kaum zu erkennen, aber offensichtlich handelte es sich um einen Hünen; allerdings hatte er etwas Un-, um nicht zu sagen: Nichtmenschliches an sich. Er lag auf dem Rücken, die Arme über der Brust gekreuzt, und trotz seiner enormen Größe wirkte er auf Harry zu klein, irgendwie geschrumpft, so als habe die Zeit ihren Tribut von ihm gefordert. Was nun die Natur dieses Wesens anging:

Anders als in den bisherigen Phasen seines Traumes wusste Harry über die Wamphyri Bescheid. Ja, der Necroscope wusste mehr über Vampire – wirkliche Vampire – als jeder andere Mensch auf der Welt. Gegen Ende ihrer Blutfehde hatte er Dragosani gesehen, zur Gänze in einen Wamphyri verwandelt, und er hatte Julian Bodescu während dessen Verwandlung gegenübergestanden. Er wusste, wie ein voll entwickelter Vampir aussah, nämlich genauso wie ... wie dieses Ding! Und doch glich es nichts, *was er je zuvor erblickt hatte. Nur eines konnte er mit Sicherheit sagen: Von dem Wesen ging etwas Böses aus, so wahr dieser gewaltige Sarkophag den beißenden Geruch nach Harz verströmte.*

Nun schien der Wahrtraum vollends zum Albtraum zu geraten – zumindest hoffte der Necroscope dies; denn sollte das, was folgte, ein Blick in die Zukunft sein, würde er liebend gern darauf verzichten!

Auf einmal nahm Harry eine verstohlene Bewegung in den Schatten wahr. Er trat von dem Sarkophag zurück, duckte sich und ließ seinen Blick ringsum schweifen. Da hatte sich etwas bewegt, dessen war er sich sicher, dort, auf dem mit Steinen gepflasterten Weg unter den sich wahnwitzig neigenden Felsstürzen ... in den Schatten entlang der Wände ... und zwischen den zahllosen durcheinanderliegenden Steinblöcken, die von oben herabgestürzt waren ...

... Erneut brach das Geheul los, nicht weit entfernt, doch dann erscholl aus nächster Nähe die Antwort. Aus allernächster Nähe!

In seiner Linken hielt Harry die lodernde Fackel, seine Rechte lag auf der Kante des Sarkophages. Und noch während er ein weiteres Mal in den Sarg, auf die kaum wahrnehmbare und doch eindeutig erkennbare Gestalt blickte, stiegen Blasen aus der klebrigen Masse empor, und etwas packte sein Handgelenk!

Es war keine Hand, beileibe nicht! Schwarz, zitternd, verschrumpelt, zu einer Klaue gebogen und doch von einer inneren Kraft brennend, war es halb menschliche Hand, halb Pfote, das reine Entsetzen! Unwiderstehlich zog sie Harry mit sich und schon im nächsten Moment fand er sich zur Hälfte über den steinernen Rand des Sarges gezerrt, geradewegs auf das Harz zu. Endlich gewann er seine Fassung wieder und mit äußerster Anstrengung gelang es ihm, sich von dem Ding zu befreien, das ihn festhielt. Oder vielmehr, er riss ihm die Hand ab.

Doch noch immer umklammerte sie sein Gelenk! Harry hüpfte hin und her und vollführte einen regelrechten Veitstanz in dem Versuch, die Hand loszuwerden und sich aus dem grässlichen Griff zu befreien. Aber er hatte so fest daran gezerrt, dass er den Eigentümer der vertrockneten Klaue gleich mit aus dem Harz gezogen hatte, sodass dieser nun aufrecht in seinem riesigen Sarg saß. Und, Gott stehe ihm bei, in dem vor Harz tropfenden, schon fast mumifizierten Schädel öffneten sich ganz langsam die dreieckigen Augen ... und die Wolfskiefer klafften in einem monströsen Grinsen auseinander!

»Mein Gott!«, *stieß Harry hervor, als das Ding nach ihm langte.*

»Gott?«, *höhnte das Wesen, seine Stimme ein tiefes Grollen, ein Knurren, so als würge es seit Jahrhunderten festsitzenden Schleim nach oben. Spöttisch neigte es den Kopf zur Seite.* »Oh, nein, nicht Gott! Wenn du mir einen Namen geben willst, dann nenne mich Lykan ... Lord Lykan von den Wamphyri! In deinem Fall allerdings ...« – *die gewaltigen Arme schlossen sich um den Necroscopen, während seine Augen gelb aufloderten und sich in Harrys Seele brannten* – »... in deinem Fall mache ich eine Ausnahme! Aye, denn *du* sagst am besten ... Vater zu mir!«

Harry tat nichts dergleichen. Stattdessen fuhr er aus dem Schlaf und rief nach seiner Mutter in ihrem nassen, unkrautüberwucherten Grab über sechshundert Kilometer entfernt in Schottland. Von ihr war zwar kaum mehr übrig als Schlamm und Knochen, und auf jeden anderen mochte sie kalt und schrecklich wirken. Für Harry hingegen war sie das Wärmste und Sicherste, was er in seiner Welt kannte.

Doch wie schon so oft festgestellt, wandelt die Zukunft auf verschlungenen Pfaden. Sie ist schwierig zu verstehen und offenbart sich gemeinhin nicht gewöhnlicher Neugier. Selbst dem Necroscopen, dem wohl ungewöhnlichsten aller Menschen, war es nicht gestattet, allzu viel zu wissen oder sich daran zu erinnern. Und wie es Träume oftmals an sich haben, war auch dieser bereits dabei, zu verblassen. Wenig später erinnerte nur noch eine ungewisse Furcht, wovor auch immer, daran, und der kalte Schweiß auf Harrys Stirn. Dies, und die zerwühlten Bettlaken.

Und die besorgte Frage seiner Mutter, die über all die Meilen hinweg in Harrys metaphysischem Geist seufzte: *Was ist, mein Sohn?*

Harrys Atem beruhigte sich, er holte tief Luft, stieß sie langsam, bedächtig wieder aus und erwiderte: *Nichts, Mutter. Nur ein Traum, das ist alles. Ein Albtraum.*

Nun, sagte sie nach kurzem Schweigen, *das war ja auch nicht anders zu erwarten.* Er konnte sich vorstellen, wie sie beunruhigt die Stirn krauszog. *Immerhin hast du einiges durchgemacht, Harry.* Oh ja, da hatte sie recht! Wenn es um Untertreibungen ging, konnte niemand ihr das Wasser reichen.

Das kann man wohl sagen, meinte er trocken, leise.

Sobald sie sah, dass es ihrem Sohn gut ging, war ihr leichter ums Herz. *Wann kommst du mich wieder besuchen, Harry? Du weißt, dass du hier bei mir jederzeit ein Zuhause hast!* Jedem anderen wäre es bei diesen Worten eiskalt über den Rücken gelaufen, Harry jedoch spürte nichts als ihre Wärme.

Bald, denke ich. Sehr bald. Im Augenblick allerdings ... Er seufzte. Dabei zitterte er leicht, denn allmählich begann der Angstschweiß zu trocknen. *Es gibt da ein paar Probleme ...*

Er bekam mit, wie sie verständnisvoll nickte. *Unter den Lebenden wird es immer Probleme geben, Harry. Selbst unter den Toten gibt es sie, das weißt du! Aber egal, wann du kommst, ich werde hier warten, in der Gewissheit, dass du bald bei mir bist ...*

Ihre körperlose Stimme verhallte.

Schwierigkeiten unter den Lebenden, und unter der Großen Mehrheit ebenfalls. Und allzu oft machte Harry ihre Probleme auch zu den seinen. Sein Albtraum war vorbei und vergessen und nun gänzlich in die Tiefen seines Unterbewusstseins gesunken ... Doch die Worte seiner Mutter brachten, wenn auch nur vorübergehend, eine Saite in ihm zum Schwingen.

Schwierigkeiten unter den Lebenden und den Toten.

Und nun auch mit ... den Untoten?

ZWEITES KAPITEL

»Äh, Harry?«

Darcy Clarke steckte den Kopf durch die Tür der »Suite«, die der Necroscope im E-Dezernat bewohnte – eigentlich nur ein langgezogener, enger Raum, den sie Harry zuliebe wie ein kleines Hotelzimmer ausgestattet hatten, bis dieser die Zeit fand, sich hier in London nach einer eigenen Wohnung für sich und seine Familie umzusehen ... sofern er seine Frau davon überzeugen konnte, bei ihm zu bleiben. So, wie es im Moment allerdings mit Brenda lief, stand dahinter ein verdammt großes Fragezeichen, wenn man Darcy fragte ...

Früher, als das oberste Geschoss noch zu dem darunter befindlichen Hotel gehört hatte, war Harrys Appartement tatsächlich einmal ein Hotelzimmer gewesen. Vorn war es ein einfaches Gästezimmer, vielleicht vier oder fünf Schritte im Quadrat. Der hintere Teil wurde von einer Schiebetür abgetrennt. Dahinter befanden sich ein Waschbecken, Dusche und Toilette. Die eine Wand des vorderen Bereiches nahm ein Computertisch ein, davor ein Drehstuhl, darunter genügend Raum, die Füße auszustrecken. Der Necroscope hatte so gut wie keine Verwendung dafür, da er seine Probleme für gewöhnlich auf andere Art löste. In der Ecke stand ein Kleiderschrank offen. Darin hingen ein paar von Harrys Sachen, andere lagen zusammengefaltet in den Regalfächern an der Seite.

Harry war im Begriff, sich zu rasieren. Er hatte ein Handtuch um die Hüfte geschlungen, Schaum im Gesicht und beugte sich, einen Plastikrasierer in der Hand, über das Waschbecken. Er sah nicht gut aus – bleich und erschöpft, angeschlagen. *Na ja,* dachte Darcy. *Er ist ja schon immer blass gewesen ... jedenfalls seit ich ihn als Harry kenne!* Das war jetzt seit gerade erst siebzehn Monaten der Fall. Davor hatte er ihn wesentlich länger unter einem ganz anderen Namen gekannt. Und diesen anderen sah Darcy nun vor sich – dessen Äußeres zumindest.

Harry war einundzwanzig, aber sein Körper (beziehungsweise derjenige Alec Kyles) war zehn Jahre älter. Sein Haar war kastanienbraun, dicht und lockig. Aber in den letzten Monaten war der Glanz zum größten Teil daraus geschwunden, und hier und da waren an den Schläfen bereits graue Strähnen zu sehen. Seine Augen waren gleichfalls honigbraun, sehr groß, sehr aufgeweckt und – so seltsam das auch klingen mochte – sehr unschuldig! Selbst jetzt, trotz allem, was er gesehen, erlebt und erfahren hatte, blickten sie immer noch unschuldig drein. Man konnte zwar einwenden, dass man diesen Blick auch bei gewissen Mördern antraf, soviel war Darcy klar. Doch bei Harry war dieser Eindruck weitgehend echt. Er hatte nicht darum gebeten, das zu sein, was er war, oder dazu gezwungen zu sein, die Dinge zu tun, die er getan hatte. Aber er hatte sie nun einmal vollbracht.

Seine Zähne waren kräftig, nicht ganz weiß und ein wenig schief; sie saßen in einem Mund, der ungewöhnlich empfindsam war, aber auch grausam und sarkastisch sein konnte. Seine Stirn war hoch, die Nase gerade, und seine Wangen wirkten ein kleines bisschen eingefallen. Letzteres war kaum eine Überraschung, denn der Necroscope hatte abgenommen. Alec Kyle war früher gut gepolstert gewesen, vielleicht ein wenig übergewichtig. Bei seiner Größe hatte das aber nichts weiter ausgemacht. Jedenfalls nicht Alec Kyle, dessen Arbeitsplatz beim E-Dezernat in erster Linie ein Schreibtischjob gewesen war. Harry hingegen kümmerte es durchaus. Es war schon schlimm genug, die überzähligen Jahre mit sich herumzutragen, geschweige denn überschüssige Pfunde. Also nahm er sich Zeit, so gut es ging, um seinen neuen Körper zu trainieren und in Top-Form zu bringen. *Er wäre besser dran,* dachte Clarke, *wenn er zunächst versuchen würde, seine Psyche wieder in den Griff zu bekommen!* Harry musste sich doch vorkommen, als habe man ihn eingesperrt. Wahrscheinlich tigerte er innerlich ruhelos umher, wie eine Katze, die sich nach einem Umzug erst an die neue Umgebung gewöhnen muss. Dabei war es schon über ein Jahr her.

»Was gibt es, Darcy?«, fragte der Necroscope. Er klang teilnahmslos und sah auch so aus – teilnahmslos, aber keineswegs verloren. Er mochte ein junger Mann sein, trotzdem verfügte er über einige Lebenserfahrung. Und im Klang seiner Stimme, seinem durchdringenden Blick, seiner offensichtlichen Intelligenz lag jede Menge Autorität.

Aber sein Äußeres, Harry Keoghs *Aussehen!* Sie alle hatten ihre Schwierigkeiten damit, nicht allein Clarke, sondern jeder einzelne ESPer des E-Dezernats. Jedes Mal, wenn einer von ihnen mit

Harry sprach – oder nur an ihn dachte –, mussten sie sich zusammennehmen, um ihn nicht Alec zu nennen. Auch Clarke wäre es um ein Haar herausgerutscht, und dies, obwohl er sich auf dem ganzen Weg den Korridor entlang unentwegt *Harry, Harry, Harry* vorgesagt hatte.

Clarke zwang sich wieder zurück auf den Boden der Tatsachen. »Es ist spät«, sagte er. »Und ein paar von den Jungs erwähnten zufällig, dass es dir ... du weißt schon, vielleicht nicht ganz so gut geht?« Er trat ein, schloss die Tür hinter sich und setzte sich auf Harrys zerwühltes Bett.

Der Necroscope zuckte die Achseln und gab ein freudloses *»Huh!«* von sich. »Sie sind also rein ›zufällig‹ darauf gekommen, nicht wahr? Ich meine, keiner von ihnen hat womöglich einen Blick in meinen Geist geworfen oder etwas in dieser Art? Himmel, nein! Sie nahmen einfach an, ich könnte mich heute morgen ein bisschen niedergeschlagen fühlen.« Er legte die Stirn in Falten und schnaubte verächtlich. »Mein Gott, hör' auf damit, Darcy! Ich meine, dir müsste doch klar sein, dass ich gemerkt habe, wie sie tagaus, tagein in meinem Kopf herumschnüffeln, und das nun schon seit über einem Jahr!«

Clarke ruderte hilflos mit den Armen. »Sie sind nun mal ... na ja, *ESPer*, Harry!« Es klang wie eine Entschuldigung. »Und sie schaffen es ganz gut, ihre Talente weitgehend bei sich zu behalten. Anders gesagt: Wir haben unseren Ehrenkodex, das weißt du! Aber wir machen uns eben Sorgen um dich ... dagegen kann keiner etwas tun.« *Oder dagegen, sich Gedanken über dich zu machen, und über Alec. Dagegen, sich zu fragen, was für eine Monstrosität aus dir geworden ist. Wie du dich dabei* fühlst. *Und was ist mit dem armen Mädchen unten im Hotel? Wie wird es ihr wohl gehen? Wir haben ihr nämlich erzählt, du seist tot! Und jetzt bist du auf einmal wieder am Leben, aber nicht länger du selbst! Und was Alec angeht, ihn haben wir für immer verloren. Wir wissen, wie es geschehen ist – du hast es uns schließlich erzählt und Ben Trask bestätigte es. Aber trotzdem fragen wir uns ...* Jener Ben Trask aus Clarkes lautlosen Gedankengängen war ein weiterer Agent des E-Dezernats, ein menschlicher Lügendetektor.

Der Necroscope blickte Clarke an und wieder zurück in den Spiegel, wo er den Mann vor sich sah, den er als Alec Kyle, den Hellseher, gekannt hatte. Oder vielmehr, er sah Kyles Gestalt vor sich und in ihr befand sich Harrys Geist. Eine verfahrenere

Situation konnte man sich wohl kaum vorstellen. *Aber wenn es mich schon so fertigmacht,* dachte Clarke, *wie muss es dann erst ihm und seiner Familie gehen?*

Clarke wandte den Blick nicht von Harry, der bereits einen ersten zaghaften Streifen durch den Schaum geschabt und sofort mit dem Rasieren aufgehört hatte. Nun starrte er unverwandt sein Spiegelbild über dem Waschbecken an. Darcy Clarke konnte zwar unmöglich *wissen,* was dem Necroscopen durch den Kopf ging (die Telepathie zählte nicht zu seinen Talenten), aber er vermutete es: *Er blickt sich an und fragt sich, wer er überhaupt ist ... und* wo *er wirklich sein mag! Im Grunde weiß er, dass die Russen sein wirkliches Ich schon vor langer Zeit in Scheiben geschnitten haben, um seine Innereien und sein Gehirn zu untersuchen, und dabei wohl wesentlich gründlicher vorgegangen sind als der Nekromant Boris Dragosani je bei einem* seiner *Opfer.*

Harry versuchte, sich auf sein Tun zu konzentrieren. Er verzog den Mund. »Weißt du, manchmal, wenn ich mich schneide, bin ich überrascht, dass es wehtut. Es stimmt, ich muss lernen, besser auf mich achtzugeben. Es ist wie bei einem Buch, das man aus der Bücherei ausleiht: Niemand geht allzu sorgfältig damit um, weil es einem ja nicht gehört. Aber diesmal verhält es sich anders; es gehört mir und ich bin dafür verantwortlich. Nur dass wir hier nicht von einem Buch reden, sondern von einem Körper, und zwar *meinem!* Eher wird die Hölle zufrieren, als dass ich je einen neuen bekomme! Also muss ich darauf aufpassen – auch wenn er mir ziemlich gleichgültig ist!«

Er vollendete seine Rasur, wenn auch nicht sehr sorgfältig; aber immerhin gelang es ihm, sich nicht zu schneiden. Er warf den Rasierer ins Becken, spritzte sich etwas Wasser ins Gesicht, trocknete sich ab und trat ins Zimmer. Er ließ das Handtuch von seiner Hüfte gleiten und begann sich anzuziehen. »Was meinst du, Darcy, wie sehen wir aus?« Darcy war klar, dass der Necroscope nicht im *pluralis majestatis* sprach. Seine Frage bezog sich vielmehr auf sein doppeltes Ich.

Natürlich stand es dem erst vor Kurzem zum Leiter des E-Dezernats bestimmten Darcy Clarke frei, zu lügen, aber er entschied sich dagegen. »Wie du aussiehst?« Er schüttelte den Kopf und seine Sorge war nicht gespielt. »Nicht allzu gut, Harry! Ehrlich gesagt, du siehst aus wie ausgekotzt!«

Ein Grinsen stahl sich um Harrys Lippen. Wie ausgekotzt! Und dies ausgerechnet von Darcy Clarke! Nicht etwa, dass Darcy so aussah – nein, keineswegs; Darcy war der wohl unscheinbarste Mann, den man sich vorstellen konnte. Doch um sein unscheinbares Äußeres wettzumachen, hatte die Natur ihn mit einem schier einzigartigen Talent ausgestattet. Er war ein Deflektor, das Gegenteil von einem Unglücksraben. Er brauchte sich nur in die Nähe einer Gefahr zu begeben, und schon sprach irgendetwas, sein parapsychologischer Schutzengel, an und bewahrte ihn davor. Er hatte keinerlei Kontrolle darüber und wurde sich dessen auch nur bewusst, wenn er sich wissentlich einer gefährlichen Situation aussetzte oder von einer Gefahr überrascht wurde.

Die Talente der anderen – Telepathie, Vorahnungen, Traumdeutung und Hellsehen oder auch das Entdecken von Lügen – waren verlässlicher. Mit ihnen konnte man arbeiten und sie bei Bedarf einsetzen. Anders bei Darcy. Sein Talent beschützte ihn, und das war alles, was es fertigbrachte. Aber gerade weil es sicherstellte, dass er stets überleben würde, war er die Idealbesetzung für seinen Posten. Beständigkeit war ganz wesentlich für das E-Dezernat. Das Paradoxe daran war, dass er selbst nicht so recht daran glaubte, und zwar so lange nicht, bis er merkte, dass es aktiv wurde. Er stellte immer noch jedes Mal den Strom ab, ehe er es auch nur wagte, eine Glühbirne auszuwechseln. Doch vielleicht war dies ja bereits ein Beispiel dafür, wie sein Talent funktionierte.

Wenn man Clarke so ansah, würde man niemals annehmen, dass er eine leitende Position innehatte, und schon gar nicht bei der geheimsten Abteilung des britischen Secret Service. Gegen alle Hoffnung wünschte er, diese Stellung bald an Harry abtreten zu können. Mittelgroß, mit mausbraunem Haar, vor der Zeit leicht hängenden Schultern und einem kleinen Bauchansatz, war er in einfach jeder Hinsicht durchschnittlich. In einem Gesicht, das nicht allzu oft lachte, saßen irgendwie unauffällige, haselnussbraune Augen. Sein Mund war ernst, und wenn schon an nichts anderes, würde man sich *vielleicht* daran erinnern. Doch abgesehen davon wirkte Darcy im Großen und Ganzen gesichtslos und sein Äußeres blieb nicht im Gedächtnis haften. Selbst seine Art, sich zu kleiden, war ... konservativ.

Harry musterte ihn und fand: *Für einen so außergewöhnlichen Mann wirkt er doch recht durchschnittlich!* Und so sehr die Situation dem Necroscopen auch zuwider sein mochte, fiel es ihm doch schwer, jemanden wie Darcy Clarke nicht zu mögen. »Also, was steht heute auf dem Programm?«, fragte Harry, indem er einen Blick auf seine Armbanduhr warf. Es war 9.45 Uhr und Darcy hatte recht: Es war spät. Mittlerweile dürfte im restlichen E-Dezernat emsige Betriebsamkeit herrschen. Doch noch ehe Darcy etwas erwidern konnte, stellte Harry bereits eine weitere Frage. »Und was ist mit Brenda? Hast du sie heute Morgen schon gesehen?«

»Wir haben unten zusammen gefrühstückt«, antwortete Darcy. »Es geht ihr ... nun ja, gut.« Aber er schien sich dessen nicht allzu sicher. Um das Thema zu wechseln, fügte er hastig hinzu: »Und der Kleine ist einfach niedlich! Ich meine, er macht wirklich Fortschritte ...«

Harry starrte ihn an. Im Augenblick interessierte ihn das Baby nicht im Geringsten. »Sie will mich immer noch nicht sehen, stimmt's?«

Darcy wedelte hilflos mit den Armen. »Harry, es ist doch erst ...«

»... anderthalb Jahre her«, schnitt der Necroscope ihm das Wort ab. Er hatte recht. Die Zeit war wie im Flug vergangen.

»Okay«, nickte Darcy. »Aber du musst Brenda – und dir selbst auch – noch ein bisschen Zeit lassen! Ich meine, wenn weder du noch wir uns bislang daran gewöhnt haben, was erwartest du dann von ihr? Sie ist bloß ein Mädchen und sie hat eine Menge durchgemacht!«

Der Necroscope blickte ihn weiterhin unverwandt an. Schließlich nickte er, zuckte die Achseln und seufzte tief auf. Ihm war klar, dass Darcy recht hatte. Das Leben ging weiter und im Moment spielte sich Harrys Leben hier im E-Dezernat ab. Er musste sich einbringen und ein Teil davon werden. Solange es etwas zu tun gab, würde er es schon schaffen. Nun ja, abgesehen von diesen dämlichen, endlosen Einsatzbesprechungen.

»Wir glauben, dass es etwas für dich zu tun gibt«, sagte Darcy, als habe er Harrys Gedanken gelesen. Sein Atem beruhigte sich allmählich, nun, da er spürte, dass Harrys Anspannung etwas nachließ. »Der Job dürfte dir zusagen!«

Die anderen hatten sich ganz ähnliche Gedanken gemacht wie Harry, und so herrschte im E-Dezernat die allgemeine Übereinstimmung, dass es zum Besten aller Beteiligten wäre, dem

Necroscopen eine Beschäftigung zu geben. Sie verfügten über einen Telepathen, Trevor Jordan, der, dem ungeschriebenen Gesetz des E-Dezernats zum Trotz, hin und wieder einen Blick in Harrys Geist warf und dessen Verwirrung und Sorgen mitbekam. Das Talent des Lokalisierers Ken Layard wurde vom Necroscopen angezogen wie eine Motte vom Licht, sodass er immer wieder ungewollt mit dessen Geist kollidierte. Und der Empath Ray Betts spürte ganz einfach, dass der Necroscope am Ende war. Dies waren jedoch lediglich die besonderen Fälle. Auf die eine oder andere Art wirkte sich Harrys Gegenwart auf *alle* Angehörigen des E-Dezernats aus. Denn jeder der Agenten verfügte über sein jeweils eigenes Talent und noch der Letzte unter ihnen fühlte mit einem übersinnlich begabten Kollegen mit.

Sie kannten den Necroscopen und wussten um seine beeindruckenden, beängstigenden Fähigkeiten. Und sie wussten ebenfalls, was Harry für sie, um nicht zu sagen: für die ganze Welt, getan hatte und welchen Preis er dafür zahlte. Wenn es ihnen gelang, ihn bei sich zu behalten und ihm eine Aufgabe zu geben, würde er vielleicht irgendwann die zahllosen traumatischen Erfahrungen der Vergangenheit und auch der Gegenwart überwinden. Immerhin war er jemand, der unter Druck am besten arbeitete. Und ebendiesen Druck übte Darcy Clarke nun aus, indem er sich eines Falles bediente, mit dem wohl allein der Necroscope fertig werden konnte. In seinem Büro am Ende des Korridors bedeutete der kürzlich ernannte Leiter des E-Dezernats Harry, Platz zu nehmen. »Diesmal könnte es ... ziemlich übel werden!«, erklärte er ihm.

Harry nickte. »Ein Job, genau auf mich zugeschnitten, richtig?«, entgegnete er trocken und wartete auf Darcys Erwiderung. Doch ehe dieser etwas darauf zu sagen vermochte, erwachte die Gegensprechanlage knisternd zum Leben.

»Sir?«, erklang es gehetzt. Gleichzeitig leuchtete ein Alarmknopf auf Darcys Konsole rot auf.

»Was ist los?«, fragte er den diensthabenden Beamten, indem er wie wild auf die Tastatur einhämmerte.

»Ich glaube, es gibt etwas für uns zu tun.« Die Stimme des Diensthabenden klang angespannt.

»Legen Sie es mir auf den Schirm«, erwiderte Darcy. Im nächsten Augenblick erschien auf seinem Bildschirm eine Mitteilung des

Zuständigen Ministers. Harry, der Darcy gegenübersaß, sah, wie diesem der Mund offen stehen blieb und er bleich wurde. *»Mein Gott!«*, entfuhr es Darcy.

Der Necroscope erhob sich, umrundete den Schreibtisch und warf einen Blick auf Darcys Bildschirm:

```
Absender:    Zust.Min.
Empfänger:   Direktor; E-Dez. intern
             Beamter vom Dienst, E-Dez. intern
             Alle Agenten, E-Dez. intern
```

```
Bombenalarm! Vor wenigen Minuten erhielt die
Londoner Polizei einen anonymen Hinweis, dass
heute, 10.25 Uhr, in der Oxford Street eine
Bombe der IRA detonieren wird. Können Sie
irgendwie eingreifen, Mr Clarke? Tut mir leid,
dass ich mich so kurzfristig an Sie wende. Ant-
wort nicht nötig - handeln Sie einfach ...
```

»Dein Zuständiger Minister hat einen merkwürdigen Sinn für Humor!«, meinte Harry trocken. Doch dann ... blinzelte der Necroscope. Er geriet ins Wanken und musste sich an der Schreibtischkante festhalten, um nicht das Gleichgewicht zu verlieren. Vor lauter Eile bekam Darcy, der bereits wieder mit dem diensthabenden Beamten sprach, dies kaum mit.

»Ist Trevor Jordan im Haus?«

»Er befasst sich bereits damit«, erscholl prompt die Antwort. »Ich habe ihn auf dem Weg ins Büro erreicht und sofort umgeleitet.«

»Ich fahre auch gleich los«, bellte Darcy. »Und sonst niemand! Besorgen Sie mir einen Wagen und dann kommen Sie hier rein und übernehmen Sie!«

»Der Wagen wartet hinten vor der Tür.«

Als Darcy sich von seinem Stuhl erhob und der Tür zustrebte, fragte der Necroscope: »Und was ist mit mir?«

Schlitternd kam Darcy zum Stehen und fuhr herum. »Auf gar keinen Fall! Du bist einzigartig, Harry, und dies hier ist ...«

»... viel zu gefährlich?« Harry grinste, wenn auch kalt. Er war wieder ganz der Alte. »Ich habe schon wesentlich Schlimmeres gesehen als die Oxford Street, Darcy.«

Darcy schüttelte den Kopf. »*Du* könntest verletzt werden, Harry, vielleicht sogar getötet!« Er redete schnell und doch betonte er jedes Wort. »Bei mir dagegen ist das nicht sehr wahrscheinlich. Mein Talent wird mich noch nicht einmal in die Nähe dieser Bombe lassen, deshalb kann ich der Polizei ja dabei helfen, sie aufzuspüren. Sobald meine Beine mich nicht mehr weitertragen wollen, haben wir sie! Und was Trevor Jordan betrifft: Er weiß, welches Risiko er eingeht – aber er kennt auch den Geist eines jeden IRA-Bombenlegers, der zurzeit in England arbeitet! Wenn dieser Kerl sich noch irgendwo dort draußen herumtreibt, kann Trev ihn aller Wahrscheinlichkeit nach ausfindig machen. Du hingegen ...«

Er hätte noch weitergeredet, doch Harry hob eine Hand. »Okay, ich habe verstanden. Ich möchte dich nicht aufhalten.«

Darcy machte auf dem Absatz kehrt und war schon im nächsten Augenblick in den Flur verschwunden. Hinter ihm schwankte der altmodische hölzerne Kleiderständer, an dem sein Mantel gehangen hatte, hin und her, erst in die eine, dann in die andere Richtung. Vielleicht wäre er sogar umgekippt, hätte sich nicht wie aus dem Nichts ein Luftzug erhoben und ihn wieder aufgerichtet.

Die Tür war noch nicht ins Schloss gefallen und Darcys sich rasch entfernende Schritte hallten noch von den Wänden des Korridors wider. Auf seinem Bildschirm prangte immer noch der Hilferuf des Zuständigen Ministers und doch befand sich niemand mehr in Darcys Büro.

Entgegen Darcy Clarkes Anweisung, gegen jede Logik und ganz eindeutig gegen alle Vernunft hatte der Necroscope die Möbius-Abkürzung in die Oxford Street genommen. Harry hatte nämlich keineswegs den Eindruck, dass er *sich* in Gefahr begab. Und Alec Kyle konnte er wohl kaum in Gefahr bringen, schließlich war der bereits tot ...

Und sein Talent, war das mit ihm gestorben?

Doch falls dies der Fall war, weshalb war Harry dann schwindlig geworden? Was hatte er in dem Moment, nachdem er die Nachricht des Zuständigen Ministers auf dem Bildschirm gelesen hatte, gespürt? Wie sollte er erklären, was er in jenem kurzen Augenblick gesehen hatte, als würde irgendwo ein Blitz aufzucken, um einen bislang verborgenen Teil seines Gehirns zu erhellen?

Denn ihm war ... ein Möbiustor erschienen, allerdings *in der*

Horizontalen! Ein glänzendes, der Länge nach mitten in der Luft schwebendes Tor, das die Realität überlagerte. Genauso schnell, wie diese Vision gekommen war, war sie auch wieder verschwunden. Doch in dem Sekundenbruchteil, ehe sie verschwand, hatte der Necroscope gesehen, wie etwas das Tor erschütterte und es sich krümmte wie eine Rauchfahne im Wind. Und er hatte mitbekommen, was aus dem Tor hervorbrach wie aus einem ungeheuren Vulkan, hoch in den sich mit einem Mal verdunkelnden Himmel!

Harry kannte sich in London so gut wie nicht aus. Der Necroscope war zwar schon viel herumgekommen und hatte einige weite und auch äußerst sonderbare Reisen hinter sich, aber London hatte er bislang kaum besucht. In der Oxford Street war er allerdings bereits gewesen und kannte darum ein paar Koordinaten; es reichte jedenfalls aus, um nicht im dichtesten Verkehrsgewühl mitten auf der Straße aufzutauchen. Nicht, dass dies jemals vorgekommen wäre; im Zweifelsfall konnte er immer noch einen Blick durch sein Tor werfen, ehe er hinaustrat. Doch was nun die Oxford Street mit ihren Kreuzungen und Kurven anging, also die Eigenheiten dieser Straße, vermochte Harry nicht das eine Ende vom anderen zu unterscheiden.

Im Eingangsbereich eines Schuhgeschäftes auf halber Höhe der Straße trat er aus dem Möbius-Kontinuum und wurde von einem ausnehmend groß gewachsenen Mann mit Brille, der aus dem Geschäft kam und es offensichtlich eilig hatte, angerempelt. Der Mann wirkte überrascht und entschuldigte sich sofort. Doch Harry ließ seinen Blick bereits ringsum schweifen, um ein Gefühl für die Lage zu bekommen.

Es war zwar mitten unter der Woche, trotzdem waren Unmengen von Menschen unterwegs. Auf der Straße sah er in beiden Richtungen Polizisten. Sie hatten sich bereits verteilt. Irgendwo da draußen musste sich Trevor Jordan aufhalten, wahrscheinlich in Begleitung einiger Polizeibeamter in Zivil. Darcy Clarke hingegen hatte wahrscheinlich noch nicht einmal seinen Wagen erreicht. Doch wenn er erst hinter dem Steuer saß, würde auch er in Nullkommanichts hier sein. Und aller Wahrscheinlichkeit nach toben. Dabei vermochte Harry noch nicht einmal zu sagen, weshalb er überhaupt hergekommen war.

Ein Schild wies den Weg zum Hyde Park nach Westen, zum

Oxford Circus, nach Holborn und zur Stadtmitte hin nach Osten. Ein Blick in Richtung Hyde Park zeigte Harry, dass es auf dieser Seite von Polizisten nur so wimmelte. Eine Panik war noch nicht ausgebrochen, aber es herrschte reger Betrieb. Wie aus dem Nichts tauchten Absperrungen auf. Sie wurden über die Straße geschleppt, der Verkehr aus Harrys Richtung musste halten und wurde umgeleitet. Der fragliche Bereich musste also weiter westlich, zum Zentrum hin, liegen.

In Richtung Holborn wurden Fahrzeuge wie auch Fußgänger von der Hauptverkehrsstraße in Seitenstraßen umdirigiert und etliche der Polizisten dort benutzten Megafone. Ein Großteil der Leute schien dies gewohnt zu sein; sie gingen zwar etwas schneller, legten im Großen und Ganzen aber keine besondere Eile an den Tag.

Die meisten wirkten verärgert über die Störung ihrer Alltagsroutine, befolgten aber trotzdem die Anordnungen der Polizei, während immer weitere Beamte am Schauplatz eintrafen. Andere hingegen achteten überhaupt nicht darauf, sondern gingen unbeirrt weiter ihrer jeweiligen Beschäftigung nach, so als ob überhaupt nichts wäre.

Sechs mit Gebetsperlen behängte Hare-Krishna-Jünger mit rasierten Schädeln zogen, die Arme in den weiten Ärmeln ihrer roten Gewänder verschränkt, in einem beinahe mechanischen, schlurfenden, trippelnden Gänsemarsch mit gesenktem Kopf den Bürgersteig entlang. Sie bewegten sich rasch, aber ohne aus dem Tritt zu geraten, und hielten die Köpfe so tief gesenkt und schienen so sehr in die Betrachtung ihrer Füße versunken, dass Harry sich wunderte, weshalb sie nicht irgendwo anstießen. Ihr Anführer und der Mann, der den Schluss bildete, trugen winzige goldene Glöckchen, die im Takt ihrer exakt bemessenen Bewegungen klingelten. Es sah beinahe so aus, als würde ein Uhrwerk ablaufen.

Allerdings befand sich Harry nicht hier, um dem Treiben der Lebenden zuzusehen, sondern um dem Tod Paroli zu bieten. Schön, nur wie sollte er dies anstellen? Er stand unentschlossen herum, bis ein junger Polizeibeamter, etwa so alt wie er, auf ihn zukam und sagte: »Besser, Sie gehen von den Absperrungen weg, Sir! Nicht mehr lange, dann räumen wir die ganze Straße.«

Harry blickte ihm direkt in die Augen. »Sehen Sie, ein paar Freunde von mir – Angehörige des E-Dezernats, Trevor Jordan und Darcy Clarke? – helfen euch da vorne aus. Wahrscheinlich haben Sie noch nie etwas von diesen Leuten gehört, aber Ihre Vorgesetzten müssten Bescheid wissen. Und weil ich davon ausgehe, dass meine Freunde wesentlich näher am Ort des Geschehens sind, muss ich da hin. Deshalb wäre ich Ihnen dankbar, wenn Sie mich dorthin bringen könnten. Dahin, wo alles passiert?«

Der Polizist hörte Harry zu und wirkte zunächst überrascht; doch dann wurde sein Blick ausdruckslos. Er legte die Stirn in Falten, bis seine Augenbrauen einander berührten, und sah Harry streng an: »Vom E-Dezernat, was? Tut mir leid, Kumpel, aber Sie haben recht: Davon habe ich noch nie gehört! Sie sind von der Presse, nicht wahr? Egal, meine Anweisungen lauten anders. Darum muss ich Sie bitten, weiterzugehen!«

Der Bürgersteig war noch immer voller Menschen. Indem Harry auf sie deutete, erwiderte er: »Wie, nur ich? Ich meine ... können Sie denn nicht erst die dazu bringen, von hier zu verschwinden? Und was ist mit den Hare-Krishna-Leuten?«

Das brachte den jungen Officer auf die Palme. Zwischen zusammengepressten Zähnen sagte er: »Hör zu, *Freundchen,* irgendwo müssen wir nun mal anfangen und du bist zufällig der Erste! Also lass deine Unverschämtheiten und beweg' deinen Arsch von hier weg!«

Harry schluckte seinen Ärger hinunter. Stattdessen nickte er nur, beschwor ein Möbiustor herauf und trat hindurch. Von einem Augenblick auf den anderen war er verschwunden. »Und wenn du einen guten Rat von mir ...«, begann der Beamte. Doch dann unterbrach er sich. Da war niemand mehr und die Leute fingen schon an, ihn schief anzusehen. Ungelenk drehte er sich ein paar Mal im Kreis, um nach Harry Ausschau zu halten, aber der blieb verschwunden. Schließlich verzog er sich in einen Ladeneingang, wo er den Blicken entschwand ...

An der Einmündung der Regent in die Oxford Street tauchte der Necroscope wieder aus dem Möbius-Kontinuum auf, und ihm war klar, dass er sich nun ziemlich nah am Schauplatz befinden musste. Überall waren Polizisten in Uniform, hektisch bemüht, die Straße zu räumen. Ein Blick auf seine Uhr verriet Harry den Grund: Es war 10.16 Uhr. Wenn tatsächlich jemand eine Bombe gelegt hatte, würde sie in nicht einmal neun Minuten hochgehen.

Eingepfercht in eine Menschenmenge, wurde er in die Regent Street gedrängt und trat an die Seite, um sich umzusehen. Gerade als ihn der Strom wieder mitreißen wollte, entdeckte er auf einer Verkehrsinsel Trevor Jordan, eifrig ins Gespräch mit zwei ranghöheren Uniformierten vertieft. Indem er sich an der Absperrung vorbeizwängte, rannte er los und rief Jordan zu: »Trevor, kann ich irgendwie helfen?«

Jordan sah ihn und redete rasch auf die Inspektoren ein. Einer der beiden bedeutete einem Polizisten, der Harry dicht auf den Fersen war, von ihm abzulassen. Als Harry schlitternd zum Stehen kam, entschuldigte er sich. »Ich ...«, stieß er hervor, »ich fand, es wäre ganz gut, hier dabei zu sein.«

»Im Augenblick weiß ich zwar nicht so recht, was du tun könntest«, meinte Jordan achselzuckend. »Aber wo du nun schon einmal hier bist ...« Abermals zuckte er mit den Schultern. Normalerweise war Jordan recht unkompliziert, doch der Klang seiner Stimme machte deutlich, dass der Necroscope in der jetzigen Situation nur eine Last für ihn darstellte. Hier gab es keine Toten, mit denen er reden konnte ... zumindest noch nicht!

Jordan war zweiunddreißig und ein erfahrener Telepath, auch wenn seine Vorhersagen nicht immer ganz zuverlässig waren. Sein Aussehen entsprach exakt seinem Wesen. Für gewöhnlich war er sorglos und herzlich, ein offenes Buch. Es war, als versuche er, für andere so erfassbar zu sein wie sie für ihn, so als wolle er auf diese Art einen physischen Ausgleich für sein metaphysisches Talent schaffen. Sein Gesicht spiegelte diese Haltung wider; es war frisch, oval, offen, beinahe ein Jungengesicht. Sein Haar hatte eine unscheinbare Farbe und fiel ihm in Strähnen nach vorn über die grauen Augen. Sein Mund war ein wenig schief und wurde nur dann zu einem geraden Strich, wenn er verärgert oder besorgt war. Jeder, der Trevor Jordan kannte, mochte ihn auch. Und da er den Vorteil hatte, zu wissen, wenn jemand ihn nicht mochte, ging er diesen Leuten einfach aus dem Weg. Aber bei seinem kräftigen Knochenbau und der athletischen Konstitution war es ein Fehler, sein offensichtlich empfindsames Wesen misszuverstehen. Denn wenn es sein musste, konnte er auch sehr hart sein.

»Wird es hier geschehen?«, fragte Harry. Er ließ seinen Blick ringsum schweifen, bemüht, zu begreifen, was hier vor sich ging.

Seinerzeit (es war jetzt gerade einmal siebzehn Monate her)

hatte auch der Necroscope so einiges in die Luft gejagt, doch er sagte sich, dass dies etwas anderes und zudem notwendig gewesen sei. Oder lag alles nur im Auge des Betrachters? Nun, vielleicht, doch handelte es sich hier keinesfalls um ein Spionagenest voller größenwahnsinniger ESPer und Schlägertypen in einem albtraumhaften Schloss in der UdSSR, sondern um eine belebte Durchgangsstraße im Herzen Londons. Noch immer befanden sich viel zu viele Menschen hier, die mit hineingezogen, verletzt oder getötet werden konnten. Dabei hatten sie sich nichts zuschulden kommen lassen, außer dass sie zur falschen Zeit am falschen Ort waren.

Aus den Läden die Straße hinauf und hinunter strömten weitere Menschen und ließen die Menge, die sich in der Regent, Portland und New Bond Street drängte, noch anwachsen. Die Polizei arbeitete fieberhaft; überall waren Hundeführer mit Spürhunden, die an ihren Leinen zerrten; links und rechts dröhnten Anweisungen aus Megafonen; Autofahrer ließen ihre eingekeilten Fahrzeuge einfach im Stau stehen und hasteten zu Fuß weiter, irgendwohin, wo es ihnen jeweils am sichersten schien.

»Das reinste Chaos!«, sagte Harry in der Annahme, dass Jordan ihm keine Antwort auf seine Frage gegeben hatte. Genau wusste er es nicht.

»Genau das wollen sie damit erreichen«, entgegnete einer der Inspektoren schroff. »Drei Dinge, nämlich Unruhe, Tod, Zerstörung, und zwar so unmenschlich wie nur möglich. Chaos, ja! Aber wenn Sie zu Mister Clarkes E-Dezernat gehören und Ihnen dies neu ist – wo waren Sie dann in den letzten Jahren?«

»Oh, hier und da!« Harry bedachte ihn mit einem ganz bestimmten Blick und war froh darüber, dass Alec Kyle sich nie in die Öffentlichkeit gedrängt hatte. Zu Jordan meinte er: »Uns bleiben nur noch sechs Minuten und hier wimmelt es nur so von Menschen!«

Doch Trevor Jordan hörte ihm gar nicht zu. Halb zusammengesunken kauerte er mit schmerzverzerrtem Gesicht auf dem Rücksitz eines auf der Verkehrsinsel geparkten Streifenwagens und presste sich die Hände gegen die Schläfen. Die Polizisten blickten einander an und wollten zu ihm gehen. Doch Harry hielt sie zurück. »Lassen Sie ihn! Er macht nur seinen Job!«

Die Polizisten, die die Regent Street absperrten, hatten einen Wagen durch das Gedränge gelassen. Er schleuderte quer über die Straße und kam neben dem Streifenwagen holpernd zum Stehen. Darcy Clarke stieg aus und erblickte als Erstes Harry. »Großer Gott, Harry ...!«, wollte er loslegen.

Doch der Necroscope kniete bereits neben Jordan, der vor sich hinmurmelte: »Es ist ... es muss ... Sean sein!«

»Sean?« Harry packte ihn an der Schulter und starrte in sein zusammengekniffenes Gesicht.

»Sean Milligan!«, zischte Darcy Harry ins Ohr. »Er ist einer ihrer besten oder vielmehr schlimmsten Bombenleger!«

»Er ist bewaffnet«, stieß Jordan hervor. »Und zwar nicht nur mit einer Bombe! Er ... er hat sie noch nicht scharf gemacht. Zu viel Polizei hier. Sean weiß, dass er entdeckt wird, dass sie ihn kriegen werden. Er überlegt, wie ... wie er sie ablenken kann. Ja, das ist es, ein Ablenkungsmanöver!« Jordan riss die Augen weit auf. »Oh, Scheiße! *Eben* hat er sie scharf gemacht!«

»Sie ist scharf!«, herrschte Darcy die beiden Beamten an, die sofort herumfuhren und in ihre Walkie-Talkies zu sprechen begannen. Hoch oben auf dem Dach eines Gebäudes sah Harry etwas metallisch aufblitzen, als ein Scharfschütze hinter einer Brüstung in Stellung ging.

»Scharf, ja ...« Jordan hatte die Augen wieder fest zusammengepresst, der Schweiß rann ihm in Strömen übers Gesicht. »Und er hat den Zeitzünder auf ... eineinhalb Minuten eingestellt!«

»Mein Gott!« Darcy zitterte am ganzen Körper. Er sah aus, als wolle er gleich weglaufen; und dies verriet ihm – und auch Harry Keogh – eine Menge.

»Trevor«, sagte der Necroscope sanft. »Wenn Sean nur noch neunzig Sekunden hat, dann muss er in Bewegung bleiben. In welche Richtung läuft er?«

»Oh, das kann ich dir sagen!«, plapperte Darcy Clarke dazwischen.

»Hat er die Bombe noch?«, wollte Harry von Jordan wissen.

»Ja«, stieß Jordan hervor, während er den Druck auf seine Schläfen verstärkte. »Aber ihm ist klar, dass er sie loswerden muss, und zwar auf der Stelle! Jesus, fünfzehn Pfund Semtex!«

»Oh Gott!«, kreischte Darcy mit einem Mal auf. »Lasst mich zu meinem Auto. Ich muss hier weg!« Er wollte zu seinem Wagen stürzen, stolperte und landete der Länge nach auf dem Heck des Streifenwagens.

In diesem Moment passierte es. Ein hochgewachsener, dürrer Mann mit einem von schlimmen Pockennarben gezeichneten Gesicht kam mitten auf der Straße im Laufschritt angerannt. Sein Mantel flatterte hinter ihm und er trug eine längliche Reisetasche bei sich. Jordan blickte auf, sah ihn und stieß nur ein einziges Wort hervor: »Sean!« Und auch Sean Milligan wusste, was Sache war. Nicht dass er Trevor Jordan erkannt hätte. Doch als er den Streifenwagen sah und daneben die beiden Uniformierten und drei Männer in Zivil, die auf der Verkehrsinsel herumstanden – und alle ihn anblickten –, war ihm klar, dass sie ihn entdeckt hatten.

Mit der Rechten schlug er den Mantel zurück und die hässliche Mündung einer kurzläufigen Maschinenpistole kam zum Vorschein. Harry bekam eine hastige Bewegung auf dem Dach mit. Da oben richtete jemand sein Visier neu aus. Milligan registrierte es ebenfalls, die Waffe in seiner Hand ruckte hoch. Fluchend zog er die schmalen Lippen zurück und die Maschinenpistole ratterte los. Kugeln schrammten über die Brüstung und zwangen den Scharfschützen in Deckung; über dem Knattern von Milligans Waffe hörte Harry Jordan brüllen:

»Der Fluchtwagen! Er hält nach dem Fluchtwagen Ausschau!«

Milligan war gut zwölf Meter entfernt und schwenkte seine Waffe auf der Suche nach einem Ziel hin und her. Aus einem Kaufhaus drängte erneut eine Menschenmenge auf die Straße, aber sie stellte keine Bedrohung für den IRA-Mann dar. Die längliche Reisetasche in seiner Hand hingegen war ganz eindeutig eine Gefahr für diese Menschen. Und auch für Sean Milligan selbst wurde sie zusehends bedrohlicher.

Als der Necroscope bei einem neuerlichen Blick auf seine Uhr feststellte, dass ihnen nicht einmal mehr eine Minute blieb, geschahen zwei Dinge gleichzeitig. Darcy Clarke war es endlich gelungen, ins Auto zu steigen und den Motor zu starten. Nun machte er Anstalten wegzufahren. Als sein Wagen von der Verkehrsinsel auf die Straße ruckte, raste ein dunkler Wagen heran – tiefer gelegt, schnell, gefährlich – und durchbrach in einem Gewirr aus verbogenem Metall die Absperrung. Die beiden Fahrzeuge stießen zusammen; Darcys Wagen wurde zurück auf die Verkehrsinsel geschleudert, das Schurkenauto prallte ab, brach durch zwei Poller, schoss auf den Randstein und landete mit dem Kühler voran in einem Schaufenster. So würde Sean Milligan seine Flucht nicht bewerkstelligen.

Sean Milligan war dies ebenfalls klar. Jetzt wurde es Zeit, die irrsinnige Logik des totalen Terroristen anzuwenden. Wegen der vielen Menschen auf der Straße konnte der Scharfschütze auf dem Dach es nicht riskieren, zu schießen. Sean musste seine Reisetasche loswerden, und zwar innerhalb der nächsten zwanzig Sekunden, und dann rennen, als sei der Teufel hinter ihm her; doch zunächst musste er zusehen, dass die Leute ihm nicht den verdammten Weg versperrten, und er konnte sie unmöglich alle erschießen. Er richtete seine Waffe auf die Brüstung, hinter die sich der Scharfschütze duckte, zog den Abzug durch und verpasste dem Gebäude eine saubere Stichnaht aus Kugeln. Während die umherwuselnde Menge verzweifelt in Deckung hastete, suchte Sean sich sein Ziel. Dies fiel ihm nicht weiter schwer, denn im Grunde gab es nur ein einziges: die Innenstadt selbst, und dazu ein Haufen offensichtlich hoher Beamter und Polizeioffiziere.

Mittlerweile dürfte er eigentlich schon nicht mehr am Leben sein, auch dies war ihm klar. Und das konnte nur bedeuten, dass sich in unmittelbarer Nähe keine bewaffneten Polizisten befanden. Vielleicht hatte er also doch eine Chance ... *sofern* ihm noch ein paar Sekunden blieben.

Keuchend und schweißüberströmt rannte er fluchend auf die Gruppe auf der Verkehrsinsel zu, um, wie ein Diskuswerfer um die eigene Achse wirbelnd, seine Reisetasche zu schleudern. Dies war der Moment, in dem er Harry Keogh erblickte. Harry war auf die Straße getreten und stellte sich zwischen seine Freunde und Sean Milligan. Sean stand kurz davor, seine Drehung zu vollenden. Im Begriff, die todbringende Reisetasche loszulassen, drückte er den Abzug, und seine Waffe spie einen ungezielten Feuerstoß.

Harry hatte diese Reaktion kommen sehen und zwischen sich und Milligan bereits ein Möbiustor heraufbeschworen. Ein paar verirrte Kugeln zischten an ihm vorüber, doch im Großen und Ganzen begrenzte das Tor, das niemand außer dem Necroscopen zu sehen vermochte, den Bereich, den Sean bestrich. Ein Großteil der Salve passierte einfach die Schwelle und verschwand aus diesem Universum. Unterdessen nahm der Scharfschütze oben auf dem Dach Milligan ins Visier und feuerte einen hastigen Schuss ab.

Der IRA-Mann stolperte und stürzte, in die Hüfte getroffen, mitsamt seiner Reisetasche der Länge nach hin. Geradewegs in Harrys Tor!

Der Necroscope wusste, was jetzt zu tun war. Wenn er das Tor einfach in sich zusammensinken ließ, würde es eine Menge unangenehmer Fragen geben, schließlich löste sich niemand einfach so mir nichts, dir nichts in Luft auf. Doch vor Harrys geistigem Auge stand bereits unverrückbar ein Bild, das ihm die Lösung präsentierte. Er ließ das Tor zur Seite kippen. Ihm blieben noch drei Sekunden.

Sein Geist rang mit den fremdartigen, metaphysischen Gleichungen ... und siegte! Als hinge die Tür mit der Oberkante an einem Scharnier, schwenkte sie um neunzig Grad aufwärts in die Horizontale und der Necroscope warf sich zurück, nur weg davon, während die Bombe hochging!

Fünfzehn Pfund Semtex im Möbius-Kontinuum, an einem Ort, an dem sogar Gedanken Gewicht hatten und schon ein einziges gesprochenes Wort ohrenbetäubend hallte. Und nichts als der schwache Körper eines Menschen, mochte dieser auch noch so brutal sein, um die Druckwelle aufzufangen. Bis auf einen kleinen Unterschied war alles fast genauso, wie Harry es einen Sekundenbruchteil lang in seiner Vision in Darcy Clarkes Büro erlebt hatte. Der Unterschied bestand in dem Lärm. Denn obwohl das Möbius-Kontinuum die Explosion ablenkte, war doch ein gedämpftes Grollen zu vernehmen, als sich der substanzlose Rahmen des Tores erst durchbog, dann verzog und schließlich von einem Moment auf den anderen einfach verschwand.

Zuvor jedoch entließ das Möbius-Kontinuum noch einen grauenvollen Schwall feuchter, roter, stinkender menschlicher Überreste. Sie wurden herausgeschleudert wie bei einem Vulkanausbruch. Hirnmasse, schleimige Eingeweide und zerschmetterte Knochen spritzten gegen Hauswände und Fenster, um schließlich auf die Straße herabzuregnen. Und über allem lag der Geruch nach Cordit und Kupfer ...

Es war vorüber, trotzdem war auf der Straße immer noch alles ungewohnt ruhig, und nirgends war jemand zu sehen. Die Kehrfahrzeuge der Straßenreinigung waren bereits unterwegs, irgendwo in der Nähe erscholl das unverkennbare Heulen von Polizei-

und Ambulanzsirenen. Eine Handvoll uniformierter Beamter hatte Pech. Sie sammelten auf, was ... noch groß genug war, um von der Straße gekratzt zu werden. Ein schwankender, blutüberströmter Mann wurde von einem zertrümmerten Schaufenster weggeführt, aus dem merkwürdig schräg das Heck seines Wagens ragte.

Einer der Inspektoren legte Harry die Hand auf die Schulter. »Mann, Sie haben ja ein verdammtes Glück gehabt. Sie standen doch ganz dicht dabei, als die Bombe hochging.« Mit einem Mal klang seine Stimme sehr leise. »Was genau haben Sie eigentlich ... gesehen? Ich meine, was ist da eigentlich *passiert?*« Bedächtig tupfte er sich Blutspritzer und was sonst noch dort kleben mochte von der Stirn.

Darcy Clarke war wieder ganz der Alte, und eine nützliche Lüge, dachte er sich, konnte nicht schaden. »Ich habe alles gesehen«, mischte er sich ein. »Als Sean getroffen wurde, fiel er direkt auf seine Reisetasche. Dann ging sie auch schon hoch. Sein Körper hat wohl die Detonation gedämpft, sie dafür aber mit voller Wucht abbekommen. Er wurde ... einfach in Stücke gerissen.«

»So ungefähr war es«, nickte Harry. »Aber um ehrlich zu sein, habe ich in dem Moment gerade nicht hingesehen.«

Wie der Zufall es wollte, hatten fast alle in dem Moment weggesehen, als es passierte. Nur hinter der Dachbrüstung eines Hochhauses untersuchte ein Polizei-Scharfschütze mit aschfahlem Gesicht seine Waffe. *Was zum Teufel ...?*, fragte er sich. Denn es war eine Sache, einen Mann zu erschießen, aber eine völlig andere, ihn zu treffen, ihn stürzen zu sehen und ... dann mitzubekommen, wie er einfach verschwand!

Keine fünfzehn Meter von der Gruppe auf der Verkehrsinsel entfernt, drängten sich Harrys Krishna-Jünger in den Eingang eines Geschäftes. Zum ersten Mal tatsächlich völlig reglos blickten sie auf die Stelle, an der sich um ein Haar eine unvorstellbare Katastrophe abgespielt hätte. Harry sah, wie sie hinstarrten. Ihre Füße mochten sie im Moment zwar ruhig halten, doch in ihren Mienen zeichnete sich immer noch das Gesehene ab, und ihre Schlitzaugen huschten unstet hin und her. Einer von ihnen – ihr Anführer? – ließ eine Kamera sinken, und Harry hätte zu gern gewusst, was er da wohl fotografiert hatte. Und weshalb ...

Erstaunlicherweise sah Darcys Wagen aus, als könne man damit noch fahren, auch wenn er vielleicht ein bisschen ramponiert war. Die Polizeioffiziere schienen ihre Bedenken zu haben, doch noch ehe sie etwas Gegenteiliges zu sagen vermochten, hatte Darcy den Necroscopen und Trevor Jordan bereits ins Innere verfrachtet und fuhr los. Auf dem Rückweg in die Zentrale des E-Dezernats sagte er: »Wie es aussieht, sollte man dich niemals unterschätzen, Harry. Ich habe keine Ahnung, was du dort angestellt oder wie du es gemacht hast, aber ich weiß, dass du es geschafft hast.«

»Im Vergleich dazu sind meine telepathischen Fähigkeiten der reinste Kinderkram!«, meinte Jordan.

»Wir alle haben unseren Teil dazu beigetragen«, tat Harry den Einwand mit einem Achselzucken ab. »Wir haben früher doch auch schon zusammengearbeitet, und allmählich sieht es so aus, als würden wir ein gutes Team abgeben.« Doch bevor jemand dies missverstehen und daraus womöglich irgendwelche Schlüsse auf die Zukunft ziehen konnte, fügte er hinzu: »Na ja, *diesmal* ist es wenigstens gut ausgegangen.«

Darcy gab ein verächtliches Schnauben von sich. »Wenn ich mir nur nicht immer wie ein ... verdammter *Feigling* vorkommen würde!«

»Das brauchst du nicht«, erklärte ihm Jordan. »Zugegeben, Harry war derjenige, der die Situation gerettet hat, das stimmt schon! Aber doch nicht allein! Woher willst du wissen, ob dein Schutzengel ihn nicht irgendwie dazu gebracht hat, auf dich aufzupassen, Darcy, so wie stets?«

Den Rest des Weges über schwiegen sie nachdenklich ...

Zurück in Darcys Büro, säuberten Harry und Darcy sich erst einmal. Nachdem sich alles einigermaßen beruhigt hatte, nahm Darcy die Unterhaltung an dem Punkt wieder auf, an dem sie der Hilferuf des Zuständigen Ministers unterbrochen hatte.

»Harry, wir wissen, dass wir dir nicht zu viel aufbürden dürfen. Damit will ich sagen, uns ist klar, dass du jeden ungelösten Mord, den wir je hatten, für uns aufklären könntest, ganz gewiss diejenigen Fälle, bei denen die Opfer ihren Mörder kannten. Das heißt ...«

»... *wenn* sie ihn kannten«, warf Harry ein, und Darcy war klar, dass er recht hatte. Schließlich war Harry der Necroscope und sprach mit den Toten. Für ihn hörte ein Mensch, wenn er starb, nicht einfach auf zu existieren. Sein Körper schon, gewiss, nicht aber der Geist. Und mittels seines Talents konnte Harry mit jenen körperlosen Wesenheiten Kontakt aufnehmen. Jeder normale Polizist brauchte Spuren und musste Beweise finden, um einen Mörder der Gerechtigkeit zuzuführen. Harry hingegen erhielt seine Hinweise stets »aus erster Hand«. Für ihn waren die Toten nicht, nun ja, von uns gegangen, zumindest nicht allzu weit, sondern lediglich ein bisschen ins Abseits getreten, als befänden sie sich nur im Zimmer nebenan, sodass er sich immer noch mit ihnen zu unterhalten vermochte. Er brauchte ein Opfer bloß zu fragen, wer ihm etwas angetan hatte!

... Nun, vielleicht war es nicht ganz so einfach. Nein, einfach bestimmt nicht! Das Talent, über das er verfügte, war nahezu einzigartig. Wäre Harry junior nicht auf die Welt gekommen, wäre es dies noch immer. Eben darin lag, kurz gesagt, das Problem: Wie setzt man ein einzigartiges Talent ein, um damit die bestmögliche Wirkung zu erzielen? Albert Einstein zum Beispiel würde ja auch niemand als Buchhalter einstellen! Und was machte man mit dem Necroscopen Harry Keogh? In einer Welt, in der brutale Morde und die Gräueltaten von Terroristen zum Alltag gehörten, könnte Harry darin leicht eine Lebensaufgabe finden. War er deshalb in diese Zeit hineingeboren? War dies der Sinn seines Daseins? *Mehr nicht?* Das konnte Darcy nicht glauben.

»Was ich sagen will«, fuhr er fort, »ist, dass niemand von dir – von uns, dem E-Dezernat – erwarten kann, dass wir der Polizei die Arbeit abnehmen. Na ja, zumindest nicht die ganze Arbeit. Ein bisschen was erledigen wir ja schon – die ganz großen Verbrechen und hin und wieder auch die scheußlichen Fälle, für die ganz einfach irgendjemand bezahlen *muss*. Und manchmal auch die ›dringenden‹ Angelegenheiten, wie die Sache vorhin in der Oxford Street. Vornehmlich aber sind wir Agenten ... Gedankenspione. Wir beschützen weniger den Einzelnen als vielmehr das ganze Land, unsere Lebensweise – ›die westliche Zivilisation‹, wenn man so will – vor den Kräften, die sie bekämpfen. Ich weiß, das hast du alles schon gehört, noch dazu von jemandem, der mit Worten weit besser umzugehen verstand als ich ...«

Harry nickte. Darcy meinte Sir Keenan Gormley, den ersten

Leiter des E-Dezernats, der Harry damals rekrutiert hatte. Zufälligerweise handelte es sich dabei um so einen scheußlichen Fall. Grässlich war noch ein harmloses Wort dafür ... Boris Dragosani hatte Sir Keenan regelrecht abgeschlachtet! Aber wäre Sir Keenan nicht gewesen, hätte Harry nicht mit seinen Überresten gesprochen, hätte er wahrscheinlich niemals das Möbius-Kontinuum für sich entdeckt und in Alec Kyles hirntotem Körper auch nicht zu neuem Leben gefunden. Doch er musste endlich aufhören, es so zu betrachten! Alec Kyle war tot, er, Harry Keogh, hingegen ... sehr lebendig.

»Du befürchtest also, ich könnte diesen Job, den du mir anbieten möchtest, was es auch immer sein mag, für zu profan und unter meiner Würde halten. Du hast Angst, ich könnte meinen, dass es bloß ein Köder sei, um mich von anderen, weitaus persönlicheren Problemen abzulenken – und genau darum geht es ja wohl auch! Aber wir beide, du und ich, stehen auf derselben Seite, Darcy, und zwar in mehr als nur einer Hinsicht. Tatsache ist, ich *brauche* diesen Job, ganz egal, worum es sich handelt. Das ist auch der Grund, weshalb ich mich vorhin in der Oxford Street eingemischt habe – ja, ich weiß, gegen deinen ausdrücklichen Ratschlag –, weil es mal etwas anderes war ... Na ja, einer der Gründe! Okay, der Job, von dem du sprichst, ist also nichts besonders Großartiges. Aber wenigstens habe ich dann etwas zu tun! Kann ich mir zumindest vorstellen! Und du dir wahrscheinlich auch, nehme ich an. Also, warum reden wir dann nicht einfach weiter?«

Darcy nickte, er schien erleichtert. »In Ordnung! Aber ich habe die Polizei nicht zufällig erwähnt. Diesmal haben sie uns tatsächlich um Hilfe gebeten. Oh, wir bekommen viele Anfragen von denen, so ist es nicht ... So wie heute zum Beispiel, wenn sie wissen, dass wir jemanden haben, der helfen kann. Ich rede natürlich von Jordan, er ist in der Vergangenheit schon öfter für sie eingesprungen. Aber selbst die hohen Tiere bei der Polizei sehen in ihm bloß einen komischen Kauz, der Glück beim Raten hat. Für die sind wir nicht mehr als ein Haufen Wahrsager, Psychos im wahrsten Sinne des Wortes, und zwar in der volkstümlichen und damit schlimmstmöglichen Bedeutung. Die glauben, wir sitzen den ganzen Tag nur um einen Tisch herum und halten Séancen ab – was im Grunde ja sogar irgendwie der Wahrheit entspricht! Aber wie dem auch sein mag, eigentlich sind wir immer nur ihr letzter Ausweg.«

»Diesmal allerdings nicht«, nickte Harry. »Diesmal sind sie nämlich ... Sag' bloß, sie sind selbst betroffen?«

Darcy blickte ihm fest in die Augen. »Ja! Es geht um einen Irren, der Polizisten umbringt. Und wenn ich sage irr, meine ich wirklich wahnsinnig, verrückt wie eine Scheißhausratte. Ein Serienmörder, der keine Polizisten mag.«

Der Necroscope ließ sich das durch den Kopf gehen und sagte schließlich: »Es muss eine Menge Leute geben, die etwas gegen Polizisten haben.«

»So ungefähr jeder Kriminelle, den man im Telefonbuch findet«, erwiderte Darcy. »Deshalb ist der Bastard ja so schwer zu fassen! Die Akten sind voll von Leuten, die es sein könnten. Verdächtige? Jeder, der jemals ein Gewaltverbrechen begangen hat! Dreizehntausend allein in den letzten zwölf Monaten. Das könnte der Durchbruch sein, auf den wir so lange gewartet haben. Was den Sicherheitsdienst und die übrigen Geheimdienste angeht, stehen wir bereits in dem Ruf, äußerst kooperativ zu sein. Aber der ganz gewöhnliche Streifenpolizist hat immer noch seine Vorbehalte gegen uns. Wenn wir denen klar machen könnten, dass wir tatsächlich mehr zu bieten haben als eine alte Oma namens Madame Zaza, die mit ihrer Kristallkugel in einem Zigeunerwagen sitzt ... Ich meine, die Bullen können über die merkwürdigsten Dinge stolpern und wir erfahren nie etwas davon. Das könnte tatsächlich der Durchbruch sein!«

»Merkwürdige Dinge? Eben hast du es noch profan genannt.«

»Nein, das warst *du!* Wenn du einen entsetzlichen, blutigen Mord profan nennen willst, dann bitte! Aber es ist auch durchaus *möglich,* dass ... etwas anderes dahinter steckt. Sollte ich jetzt unschlüssig klingen, dann liegt es daran, dass wir noch nicht ganz glauben können, was wir da ... herausgefunden haben.«

Harry runzelte die Stirn. »Dann sag' mir doch einfach, was ihr herausgefunden habt. Du verschweigst mir doch etwas!?«

Nun legte auch Darcy die Stirn in Falten. Schließlich wandte er den Blick ab. »Ach, ich weiß nicht!«, entgegnete er. Seine Stimme klang mit einem Mal viel leiser, dunkler, womöglich bebte sie sogar ein bisschen. »Aber vielleicht – verstehst du, nur *vielleicht* – ist das ja wirklich ein Job für dich ...«

DRITTES KAPITEL

»Sie geschehen immer bei Vollmond«, sagte Darcy.

»Was denn?« Nun senkte auch Harry die Stimme.

»Die Morde. Immer bei Vollmond! Und hinterher ist jedes Mal ein wildes Geheul zu hören, und wenn man die Leichen der Opfer findet, sind sie ... zerfetzt.«

»Zerfetzt?«

Darcy nickte. »Als habe sie ein Tier angefallen. Ein großer Hund vielleicht oder ...«

»... ein Wolf?«, führte der Necrocope den Satz für ihn zu Ende. Er vermochte nicht zu sagen, was ihn zu diesem Einwurf bewegte. Aber als Darcy das Geheul erwähnte und von einem großen Hund sprach, machte in seinem Kopf etwas »klick!«. Möglicherweise hatte er etwas Derartiges geträumt. Aber falls dem so war, war es nun weg und nur ein schwacher Nachhall davon plagte ihn noch. Harry holte tief Luft und schüttelte den Kopf; aber dabei grinste er nicht, und dies verriet einiges. »Na, na! Wovon reden wir hier eigentlich, Darcy? Von einem Werwolf?«

»Von jemandem, der sich für einen Werwolf hält.« Darcy zuckte die Achseln. »Oder zumindest will, dass wir dies annehmen.« Seine Anspannung ließ etwas nach. Er war angenehm überrascht, dass der Necroscope keine großen Umschweife machte. Harry Keogh war schon immer schnell von Begriff gewesen, keine Frage; aber es steckte natürlich weit mehr dahinter – nämlich alles, was er bisher erlebt hatte, seine ganze Geschichte und seine Bekanntschaft mit der dunkleren Seite des Lebens.

»Und an Werwölfe glauben wir nicht, nicht wahr?« Schwang da ein Hauch Sarkasmus in Harrys Stimme mit?

Jedenfalls ging Darcy in die Defensive. »Wir sind das E-Dezernat! Wir können es uns nicht erlauben, etwas einfach so abzutun oder nicht zu glauben – nicht nach all den Erfahrungen, die wir gemacht haben. Aber in diesem Fall verhält es sich eher so, dass wir schon ganz gerne ...«

»... Du willst Beweise!? Auf die ein oder andere Art musst du es einfach wissen. Falls es sich nämlich tatsächlich um das Unvorstellbare handelt, darfst du nicht zulassen, dass es weitergeht?«

Erneut zuckte Darcy die Achseln, ein bisschen nervös vielleicht, aber keineswegs nachlässig. »Noch vor zwei Jahren hätte uns so etwas völlig kalt gelassen. Aber seither ...« Er verstummte, und Harry wusste, weshalb. Denn seither war der Necroscope auf den Plan getreten, und sie hatten einige andere Erscheinungen kennengelernt, Vampire, um genau zu sein. An die hatte vorher auch niemand geglaubt.

»Aber ein Werwolf ... das ist etwas völlig anderes«, meinte Harry nachdenklich. Mit einem Mal war sein Blick durchdringend und gar nicht mehr seelenvoll. Indem er Darcy scharf ansah, fuhr er fort: »Du glaubst also, diese Morde habe jemand begangen, ›der sich für einen Werwolf *hält*‹. Und gleichzeitig machst du mir klar, dass dies das E-Dezernat ist. Was hältst *du* eigentlich davon?«

Darcys Miene verfinsterte sich, plötzlich wirkte er ausgezehrt. Sein Blick ging ins Leere, schien in die Vergangenheit zu schweifen. »Es kommt mir vor, als wäre es gestern geschehen«, erwiderte er. »Ich kann kaum glauben, dass es schon – wie lange? – achtzehn Monate her ist.« Harry war klar, worauf Darcy anspielte: auf die Bodescu-Affäre.

»Ich habe das meiste davon miterlebt, unten in Devon«, fuhr Darcy fort. »Und ich sah ... ich habe gesehen, was aus dem armen Peter Keen *geworden* ist. Verdammt, ich habe ihn gefunden, zumindest das, was von ihm übrig war! Aber, weißt du, wir konnten uns nie darauf einigen, wer ihm das überhaupt angetan hat. Julian Bodescu? Nun, vielleicht. Möglicherweise aber auch sein verdammter Hund oder vielmehr dieses *Wesen,* das er sich als Hund hielt. Ich gebe zu, dass ich deshalb immer noch Albträume habe, Harry, und sie werden wohl nie vergehen. Wir glaubten, wir hätten Harkley House gesichert. *Hah!* Wie sehr man sich irren kann! Julian konnte fliehen und sein beschissener Hund wäre uns um ein Haar ebenfalls durch die Lappen gegangen. Aber das war schon ziemlich am Ende, der krönende Abschluss sozusagen. Und seither lässt mich ein Gedanke nicht mehr los ...«

»... ich weiß«, fiel ihm der Necroscope ins Wort. »Du weißt, wie schwer solche Wesen zu töten sind, und jetzt fragst du dich, ob nicht etwas – so etwas wie dieser Hund vielleicht – entkommen sein könnte, *bevor* ihr zugeschlagen und Harkley House dem Erdboden gleichgemacht habt!«

Darcy nickte, besann sich dann jedoch eines Besseren. »Na ja, eigentlich nicht. Im Grunde waren wir recht zufrieden damit, dass wir alles zur Strecke gebracht hatten, was es dort gab. Aber erst die Sache mit Dragosani, dann die Bodescu-Affäre und so weiter, die ganzen Ereignisse, all dies lief doch nur darauf hinaus, dass wir erkennen mussten, dass wir ESPer nicht als Einzige anders sind. Wir sind die eine Seite der Medaille, gewiss, aber wo es Licht gibt, gibt es auch Schatten, und wo das Gute ist, ist das Böse ebenfalls nicht fern. Das wussten wir natürlich, allerdings war uns nicht bekannt, auf wie viele Arten das Böse in Erscheinung treten kann. Ich meine, wir hatten ja keine Ahnung, wie übel sie wirklich werden können!«

»Und was denkst du – jetzt, wo du es weißt? Ich meine, was hältst *du* von diesem sogenannten Werwolf?«

»Ich persönlich? Wie gesagt, ich hoffe, dass es sich um einen Menschen handelt und nichts weiter! Um einen Verrückten, der bei Vollmond durchdreht und versucht, so viele Polizisten umzubringen wie nur möglich, ehe sie ihn schnappen.«

»Aber warum ausgerechnet Polizisten? Weshalb sollte ein ›Werwolf‹ derartige Unterschiede machen? Opfer ist Opfer, vor allem wenn der Mond am Himmel steht und er sich nicht mehr in der Gewalt hat – vorausgesetzt, wir interpretieren den Mythos richtig!«

Darcy nickte. »Ebendeshalb gehe ich ja davon aus, dass es ein Mensch ist! Das ist zumindest einer meiner Gründe; ich meine, abgesehen von Logik und gesundem Menschenverstand, die mir dasselbe sagen! Wir haben es hier mit jemandem zu tun, der *denkt* und *vernünftig handelt* und weiß, dass die Polizei alles daransetzen wird, ihn zu kriegen. Wenn er also schon töten muss, dann doch am besten gleich diejenigen, die ihm ohnehin auf den Fersen sind und eine Bedrohung für ihn darstellen!«

Harry hörte wie gebannt zu, und zwar keineswegs mehr bloß weil er eine Beschäftigung suchte, um die Zeit totzuschlagen. Denn wenn jemand sich mit merkwürdigen Dingen auskannte, dann der Necroscope; und ihm war klar, dass er manches davon nicht länger zulassen durfte.

»Okay, du hast mich überzeugt«, sagte er schließlich. »Zumindest davon, dass es hier etwas gibt, was wir regeln müssen. Wie sieht es mit den Einzelheiten aus?«

Darcy schüttelte den Kopf. »Wir haben keine! Nur einen Haufen absolut sinnloser Morde. Da wären zum einen zwei Polizisten, die schon unter der Erde sind, und ein dritter im Leichenschauhaus, der nur darauf wartet, bis sie ihn begraben. Dann haben wir noch ihre Freunde und Kollegen und die trauernden Familien. Dazwischen, wo eigentlich Motive und Beweise sein müssten, klafft ein riesengroßes Loch. Ich meine, es klingt wie ein Klischee, ich weiß, Harry, aber diesmal ist es außerdem auch eine Tatsache: Wir haben nicht die geringste Spur.«

»Aber dafür wissen wir, wo wir anfangen müssen«, erwiderte der Necroscope grimmig. Und in der Tat standen ihm gleich drei Orte zur Auswahl ...

Es gibt Zeiten, da verkrafte ich es ganz gut, erklärte Jim Banks Harry. *Ich schlafe sehr viel, wie jemand, der emotional am Ende ist, weißt du? Aber wenn ich erst ›wach‹ bin, dann ist es wirklich schlimm. Ständig versuchen* sie, *mir Trost zuzusprechen ... Na ja, immerhin etwas. Aber selbst so fällt es schwer. Oh, ich weiß, ich hatte noch einen harten, steinigen Weg vor mir. Mein Leben war nicht leicht und daran hätte sich wohl auch nichts geändert, aber immerhin war es ein Leben!*

Einstmals war Banks ein wirklich harter Brocken gewesen. Hinter der körperlosen Stimme ahnte der Necroscope ein Schluchzen, doch Banks ließ es nicht an die Oberfläche dringen. Harry nahm an, dass er bereits genug geweint und geflucht hatte, als er sich schließlich eingestehen musste, dass er tot war, nachdem sie endlich zu ihm durchgedrungen waren. »Sie« – das waren die zahllosen Toten, die Große Mehrheit derer, die lange vor ihm existiert hatten und nun in der kalten Erde ruhten oder zu Asche verbrannt waren.

Banks gehörte zu Ersteren. Er lag auf einem Friedhof im Norden Londons begraben, unter einem schlichten Grabstein, auf dem sein Name und seine Lebensdaten standen, dazu ein Motto und ein trauriger letzter Gruß seiner Familie. Das Motto war auf Latein und lautete: *Exemplo Ducemus.* Harry fragte sich, was das wohl heißen mochte.

Ich war bei der MP, erklärte Banks, *Militärpolizei, zwölf Jahre lang, in einer Einheit für Sonderermittlungen. Das ist das Motto unseres Korps:* Exemplo Ducemus – *›mit gutem Beispiel gehen wir voran‹. Aber das war einmal. Hier gehe ich niemandem mehr voran. Jetzt hinke ich nur noch den anderen armen Schweinen hinterher, die es vor mir erwischt hat. Vielleicht hätte ich besser ein einfaches ›Ruhe in Frieden‹ genommen, he?*

Aber wie Harry sehr wohl wusste, ruhten die Toten keineswegs so friedlich. Auch wenn sie keinen Körper mehr hatten, suchten sie doch nach Möglichkeiten, sich zu beschäftigen. Und auch im Tod würde Jim Banks wohl nichts anderes tun als das, was er bereits im Leben getan hatte; und da er ein Bulle gewesen war, dürfte er zur Zeit wohl, wenn auch nur im Geist, seinen eigenen Tod untersuchen, den Mord an ihm selbst. Natürlich, was sonst! Zumindest dürften seine Gedanken um nichts anderes kreisen. Aber nicht anders als seine Kollegen in der Welt der Lebenden hatte er nicht viel, womit er etwas anfangen konnte. Alles, was er wusste, war, dass er irgendeiner Sache zu nahe gekommen war. Viel zu nah!

»Aber was Sie wissen, werden Sie mir doch sagen?«

Bleiben wir beim Du, Harry. Da gibt es nicht viel zu sagen. Noch vor einem Monat leitete ich die Ermittlungen gegen eine Bande von Autoschiebern. Ich erhielt einen Hinweis auf einen Pub im Eastend. Eines Nachts ging ich hin, musste allerdings unverrichteter Dinge wieder abziehen. Aber von da an wurde es richtig … unheimlich! *Ich hatte das unbestimmte Gefühl, verfolgt zu werden. Dabei gab es überhaupt keinen Grund, so etwas anzunehmen! Ich hatte ja nicht die geringste Ahnung, dass ich auf einer brandheißen Spur war!*

Harry blickte sich um und ließ seinen Blick über die verwitterten, zum Teil bereits schiefen Grabsteine schweifen und weiter die weißen, kiesbestreuten Wege entlang, die sich zwischen den grauen Grabreihen hinzogen, bis zu der hohen Steinmauer, die den Friedhof begrenzte. Dahinter zeichnete sich in der Ferne ein Hügel vor dem rauchigen Abendhimmel ab, auf dem sich eine Ansammlung von Häusern dicht zusammendrängte, in denen gerade die ersten Lichter angingen. Der Friedhof war ziemlich abgelegen. Von fern drang, leise wie das Flüstern einer Geisterstimme, das Rauschen des Verkehrs durch die klamme Luft hierher. Es war Ende Februar und das Wetter so mies, wie es nur in London sein konnte. Andererseits musste Harry sich eingestehen, dass es hier wirklich friedlich war. Nun ja, für ihn zumindest …

Allerdings spürte er den Schmerz und die Trauer der Toten, darunter auch Banks'. Harrys Entschluss stand fest: Er würde Jim Banks rächen. Denn allein die zahllosen Toten – und der einzige Mensch, der mit ihnen zu sprechen vermochte – wussten den

Wert des Lebens wirklich zu schätzen und hatten einen Begriff davon, wie schrecklich es war, es jemandem zu nehmen.

Sofern Harry seine Gedanken nicht gerade abschirmte, vernahmen die Toten sie ebenso, als hätte er sie laut ausgesprochen. Banks hatte alles mitbekommen und warf rasch ein: *Dieser verrückte Drecksack hat es mir nicht einfach genommen, Harry! Wenn du meinst, dass er dabei hinterrücks vorging, nun ja, das schon. Aber das war nicht alles. Er war unglaublich stark, aber auch furchtbar schnell und regelrecht wütend. Irgendetwas drang in meine Brust ein wie die Zinken einer Heugabel und durchbohrte mein Herz und ich fiel tot um!*

»Willst du mir zeigen, wie es geschah?« Aus Erfahrung wusste der Necroscope, dass es den Toten so oft leichter fiel. »Wenn du nicht darüber reden willst, kannst du es dir auch einfach ... vorstellen. Auf diese Art bekomme ich eher einen Geschmack davon.«

Geschmack? Banks' körperlose Stimme klang mit einem Mal sauer. *Wir reden hier nicht über Eiscreme, Harry!*

»Entschuldigung, ich habe meine Worte falsch gewählt«, meinte Harry und verfluchte sich selbst dafür. Aber es war halb so wild. Banks würde alles tun, was er konnte, um seinen Mörder zur Strecke zu bringen.

Du willst ein Gefühl dafür bekommen, richtig? Du willst die ganze Atmosphäre auf dich wirken lassen?

»Nicht alles, nur die fragliche Nacht. Wie sie angefangen hat«, entgegnete Harry. Aber er vergaß, dass er mit einem ehemaligen Polizisten sprach.

Du solltest dir besser auch vor Augen führen, wie es dazu gekommen ist, erklärte ihm Banks. Harry nickte; ihm war bewusst, dass der schon lange verweste Tote in seinem Grab einen Meter achtzig tief unter der Erde dies spürte.

Denn ich werde das Gefühl nicht los, dass das Ganze in jener Nacht in diesem Pub anfing, als ich ins Leere lief. Die Spur, der ich folgte, verlor sich dort zwar, aber ich glaube, dass er *da meine Witterung aufnahm! Wenn ich so zurückblicke, denke ich, ich habe einen ganz simplen Fehler begangen. Ich rechnete nicht damit, dass jemand auf Gewalt aus sein könnte, verstehst du? Ich verfolgte ein paar Autodiebe und nicht einen durchgeknallten, irren, mordgierigen Bastard! Deshalb war ich vielleicht ein bisschen ... unvorsichtig bei meinen Nachforschungen.*

»Willst du damit sagen, du hast dich verraten?«

Der Necroscope hörte den Mann in seinem Grab aufseufzen. *Ja, wahrscheinlich. Oder vielmehr ... ich weiß es.*

»Wie denn? Ich meine, ich bin kein Polizist, Jim. Wenn ich weiß, womit du die Aufmerksamkeit auf dich gelenkt hast, kann ich es dir nachmachen und dafür sorgen, dass er sich auch für mich interessiert.«

Was? Du willst selber den Köder spielen? Keine Chance, Harry! Gott, ich wurde dafür ausgebildet und wusste, was auf mich zukam. Aber mit so einer Scheiße hätte ich nicht gerechnet! Du magst der Necroscope sein, okay. Aber eben hast du selbst zugegeben, dass du kein James Bond bist. Und du bist mit Sicherheit auch nicht Muhammad Ali!

»Nein, das nicht, aber ich habe ziemlich viele ... Freunde? Du weißt, was ich damit sagen will, Jim! Ich bin niemals allein, und ich bin mir auch nicht zu schade, gute Ratschläge von denjenigen anzunehmen, die vor mir lebten. Glaub' mir, ich kann sehr gut auf mich selbst aufpassen!«

Tatsächlich? Das konnte ich auch, wenigstens dachte ich das! Banks hatte sich mittlerweile wieder etwas beruhigt, trotzdem klang er verbittert und wütend ... und zwar keineswegs auf Harry, sondern auf sich selbst. Harry war lediglich das auslösende Moment. Er erinnerte ihn an alles, was er verloren hatte, daran, dass es in dieser Welt auch noch ein paar anständige Leute gab. In einer Welt weit über ihm, jenseits der endgültigen Finsternis. *Okay,* sagte er deshalb. *Es war folgendermaßen ...*

Dem Besitzer eines Nachtclubs wurde der Porsche gestohlen. Dies ging Banks nicht besonders nahe, denn er wusste, dass der Besitzer, ein gewisser Geordie King, selbst eine ganze Latte an Vorstrafen hatte. Früher war er ein Hansdampf in allen Gassen gewesen, ein richtiger Gangster alter Schule. Aber das war schon lange her. Nun war er ein respektabler »Geschäftsmann« und ließ sich nichts mehr zuschulden kommen.

Trotzdem hatte Geordie King noch seine Kontakte in die Unterwelt und stellte auf eigene Faust ein paar Nachforschungen an. Allzu viel fand er zwar nicht heraus, aber es war immerhin besser als nichts. Ein Informant, der Geordie einen Gefallen schuldete, hatte ihm gesagt, er solle die Augen nach einem gewissen Skippy offenhalten. Er würde ihn an einer Spinne »oder so einem Vieh« erkennen, das auf seinen rechten Handrücken tätowiert war. Eine Spinne mit fünf Beinen und einem Stachel. Mehr noch: Dieser Skippy stammte »von oben, aus dem Norden«, aus Geordies altem Revier in Newcastle, wo das Geschäft mit »Gebrauchtwagen« noch lief wie geschmiert. Sein starker Akzent würde ihn verraten, man hörte ihm sofort an, wo er herkam.

Also ließ King überall herumerzählen, dass er sich gerne mal mit einem Typ namens Skippy von oben aus dem Norden unterhalten würde. Seine diversen Kontaktleute in den Pubs und Clubs hielten die Augen nach dem Spinnen-Tattoo offen; und schon bald gingen die ersten Berichte ein – in Form ominöser Warnungen! Skippy gehöre zu einer Bande, mit der man sich besser nicht anlegte. Mit anderen Worten: Kassier' das Geld von deiner Versicherung, Geordie, und vergiss die Sache!

Gleichzeitig hatte King jedoch munkeln hören, Skippy solle häufig eine Kneipe unweit seines eigenen Clubs im Eastend aufsuchen.

Nun, King hatte zwar eine bewegte Vergangenheit, aber seine besten Jahre lagen weit hinter ihm. Also befolgte er den Ratschlag und ließ die Finger davon ... was ihn allerdings nicht davon abhielt, die Information den Bullen zukommen zu lassen, genauer: Jim Banks. Es ging ihm sozusagen ums Prinzip. Ganovenehre und so weiter!

So kam es also, dass Banks in jener Nacht vor gerade mal einem Monat in die fragliche Kneipe ging ...

»Und du hast keinem gesagt, dass du einen Tipp bekommen hattest?« Das fand Harry ein bisschen seltsam.

Rivalitäten, erwiderte Banks mit einem körperlosen Achselzucken. *Schließlich war es mein Fall. Mag sein, dass es nicht ganz den Dienstvorschriften entsprach, aber vielleicht wollte ich mir etwas beweisen. Vielleicht hatte mich auch mein Gespür verlassen? Aber wir sind hier in England und nicht in den USA, und bisher war es bei uns nicht üblich, dass Polizisten in der Ausübung ihres Dienstes getötet werden. Außerdem hatte ich es, soweit ich wusste, sowieso nur mit einer Bande von Autoschiebern zu tun. Vielleicht hätte ich mir ja ein Beispiel an Geordie King nehmen und ein bisschen vorsichtiger vorgehen sollen.*

»Glaubst du, dass mehr dahintersteckt? Mehr als bloß Autodiebstähle?«

Nein, ich denke nicht. Die klauen Autos, schlicht und ergreifend. Sie sind in erster Linie jung und durchgeknallt und nehmen wahrscheinlich auch Drogen, aber sie sind bloß Autodiebe. Und mindestens einer von ihnen schert sich offensichtlich einen Dreck um ein Menschenleben! Und ein Polizist ist ihm noch weniger wert ...

»Erzähl' mir, wie es in jener Nacht war!«

Ich dachte, du wolltest es »sehen«?

»Können wir uns das nicht für später aufheben? Für ... sagen wir, den Schluss?«

Banks schwieg einen Moment. *Für ... den Mord an mir?*

»Wenn es nicht zu – oh, Shit!«, unterbrach Harry sich. Um ein Haar hätte er »schmerzhaft« gesagt.

Er spürte Banks, wenn auch grimmig, grinsen. *Hey, lass dir darüber keine grauen Haare wachsen, Harry! Sehen wir den Tatsachen doch ins Gesicht, meine Wortwahl könnte auch manchmal etwas sorgfältiger sein!* Doch er wurde gleich wieder ernst.

Ich ging natürlich in Zivil hin, das versteht sich von selbst. Ich meine, ich habe schon lange keine Uniform mehr getragen. Aber ich zog mir nichts Besonderes an, der Laden hatte einen ziemlich üblen Ruf. In jener Nacht herrschte das reinste Sauwetter, Regen, Hagel und Gott weiß was noch alles prasselte nur so herab. Es war Freitagabend und die Kneipe gerammelt voll mit den merkwürdigsten Gestalten. Ich bestellte mir einen Rum, um mich aufzuwärmen, und gab dem Barkeeper auch einen aus. Und dann fragte ich ihn, ob Skippy da sei. Gute Frage – schlechtes Timing!

Ein Typ drei Hocker weiter zuckte wie von der Tarantel gestochen zusammen. Ich hatte ihn mir in dem Spiegel hinter der Bar bereits angesehen – so um die sechsundzwanzig, blasses Pickelgesicht, weiß und ganz schön hässlich, ziemlich langer Unterkiefer, loses Mundwerk, unsteter Blick und ein Bürstenschnitt wie die Borsten an einem Rasierpinsel. Alles andere als unauffällig! Lass es mich mal so sagen: Deine Schwester würdest du mit so einem nicht ausgehen lassen!

Seine Hand umklammerte ein Bier auf dem Tresen. Und da dämmerte es mir: »Skippy« musste die Abkürzung für einen Spitznamen sein, der den Kumpels, die dieser Typ wohl in Newcastle hatte, etwas zu übertrieben klang – eine Nummer zu theatralisch für so einen Schwachkopf. Also hatten sie aus »Skorpion« einfach Skippy gemacht.

Die Tätowierung auf seinem Handrücken zeigte nämlich einen Skorpion, keine Spinne, und zwar mit fünf Beinen (künstlerische Freiheit?), deren haarige Glieder sich über seine Finger und den Daumen erstreckten! Die glänzenden Knopfaugen des Tieres saßen auf den Knöcheln von Zeige-

und Mittelfinger, sodass sie hervorstanden, wenn er die Faust ballte. Der Stachel am Ende des gegliederten Körpers zog sich knapp zehn Zentimeter das Handgelenk hoch.

Und noch etwas: Skippy trug einen mit Öl und Farbe verschmierten Overall. Seine Hände waren schmutzig und er hatte frische Farbreste unter den Fingernägeln. Von dem Moment an, in dem ich seinen Namen erwähnte, hatte er mich im Spiegel gemustert, regelrecht angestarrt. Und plötzlich war die Hand verschwunden, und Skippy ebenfalls. Er war gegangen.

Nun, wie gesagt, der Pub war brechend voll; darum hatte ich nicht die geringste Chance, Kojak zu spielen und ihm nachzusetzen. (Erstens hätte ich mich damit endgültig verraten, zweitens war der Kerl viel jünger und wahrscheinlich sowieso ein ganzes Stück schneller als ich, außerdem wusste er, wo er hinwollte, und kannte den Weg. Und drittens war ich mir fast sicher, dass er irgendwelche Vorstrafen hatte. Aus den Polizeiakten von Newcastle oder New Scotland Yard konnte ich alles über ihn in Erfahrung bringen.) Also ... bestellte ich mir noch etwas zu trinken und blieb noch eine Viertelstunde, ehe ich wieder raus in dieses Hundewetter ging.

Ich nehme an, damit beging ich meinen zweiten Fehler. Ich hätte machen sollen, dass ich da rauskam. Weißt du, früher waren die Gangs nicht so dreist wie heute. Wenn zu Geordie Kings Zeiten ein Gangster glaubte, die Bullen hätten ihn im Visier, suchte er das Weite und rannte, so schnell er konnte. Aber heutzutage ... ich hatte ihn am Arsch, also wollte er mich fertigmachen.

Banks hielt inne, und Harry schlug den Kragen hoch, weil ein plötzlicher Windstoß einen leichten Nieselregen mit sich brachte. Ihm kam der Gedanke, dass man ihn, sollte jemand ihn so sehen, wie er da auf der Grabplatte saß und Selbstgespräche führte, für verrückt halten und aller Wahrscheinlichkeit nach die Polizei rufen wurde!

Ich bin die Polizei, rief Banks ihm mit einem absolut humorlosen Grinsen, das Harry eher ahnte als tatsächlich mitbekam, ins Gedächtnis. *Und wahrscheinlich ist in deinem Oberstübchen wirklich etwas nicht in Ordnung! Oder weshalb sonst besuchst du mich nicht bei Tag?*

»Weil ich in dieser Sache unbedingt weiterkommen muss«, erwiderte der Necroscope. »Ich habe genügend eigene Probleme, weißt du, und eigentlich wollte ich mich damit davon ablenken, wenigstens vorübergehend.«

Mit den Toten zu sprechen, hat demnach also eine therapeutische

Wirkung? ... Doch im nächsten Moment fuhr er beschwichtigend fort: *Was für Probleme denn, Harry? Richtig schlimme?*

»Nichts, was man nicht lösen könnte«, entgegnete Harry. *Jedenfalls nicht so schlimm, wie tot zu sein!* Obwohl dieser letzte Gedanke wie stets voller Mitgefühl war, hätte man ihn unter Umständen doch falsch auffassen können; darum behielt Harry ihn für sich und sagte nur: »Sprich weiter!«

Als ich den Pub verließ, fuhr Banks fort, *hatte ich einen Schatten. Damals war ich mir darüber gar nicht so recht im Klaren, jetzt hingegen schon. Seither hatte ich jede Menge Zeit, darüber nachzudenken. Und von da an kam mir alles irgendwie ... unheimlich vor. So als ob ... ich weiß nicht ... irgendwie war es ganz ähnlich wie dies hier, ich meine ... mit dir zu reden. Es fühlte sich an wie – wie soll ich es dir erklären? – als sei ich in meinem Kopf ... nicht mehr allein!*

»In deinem Kopf? Hast du im Geist mit jemandem gesprochen?«

Ein körperloses Kopfschütteln. *Nein, nicht gesprochen,* zugehört! *Und auch nicht ich, sondern jemand anders. So als ob da noch jemand – ein Fremder – drin gewesen wäre! Jemand, der einfach nur in meinem Hinterkopf rumsaß und sich eins grinste, während er meine Gedanken belauschte und mich ... beobachtete! Genau so hat es sich angefühlt, Harry: Auf einmal wusste ich, dass ich beobachtet wurde! Das Gefühl wurde immer stärker, bis ... na ja, bis es dann aus war. Unheimlich, was?*

Harry hatte schon unheimlichere Dinge erlebt. Im Augenblick behielt er dies jedoch ebenfalls lieber für sich. Doch nachdem er Banks aufmerksam zugehört hatte, kam ihm der Gedanke, dass Darcy Clarke wohl recht haben dürfte, und zwar in beiden Punkten.

Zum einen hatte er sich bereits bis über die Ohren in den Fall vertieft, so sehr, dass dies ihn mit Sicherheit von seinen Grübeleien ablenken und er nicht mehr unentwegt darüber nachdenken würde, wer, was oder wo *er* eigentlich überhaupt war. Zum andern sah es tatsächlich so aus, als müsse er die Sache bis zum Schluss durchziehen, weil es eine Aufgabe für den Necroscopen war. Wer außer Harry Keogh sollte damit zurechtkommen?

Und je länger er Jim Banks zuhörte – und dessen Schock und Entsetzen spürte –, desto fester wurde sein Entschluss ...

So fing alles an, fuhr Banks nach einer Weile fort, *und daran änderte sich auch nicht viel. Es war nicht die ganze Zeit über bei mir, nur wenn ich tatsächlich an dem Fall arbeitete. Doch je näher ich der Sache kam, umso stärker spürte ich seine Gegenwart. Und es war auch kein »Es«, sondern ein Er! Jemand, der genauso real ist wie du und ich ...*

»Du redest von einem Telepathen«, erklärte Harry ihm, »einem Mentalisten. Jemand, der einfach so in den Geist eines Menschen eindringt, muss ...«

... ein Hirngespinst sein, schnitt Banks ihm das Wort ab. *Ja, ich weiß. Zumindest dachte ich das.*

»Nicht unbedingt ...«, sagte Harry nachdenklich. Denn der Necroscope entsann sich der Sache, die Boris Dragosani zugestoßen war. Der Vampir Thibor Ferenczy, jenes untote Wesen in der Erde, war in dessen Geist eingedrungen, um Dragosani seinem Willen zu unterwerfen. Außerdem wusste er, dass die Gedankenspione des E-Dezernats sich mitunter solch geistiger Lauschangriffe bedienten. Telepathie war kein wildes Hirngespinst, keine Ausgeburt der Fantasie. Es gab sie wirklich. Selbst die Gedanken, die er sich im Augenblick darüber machte, waren eine Ausprägung dieses Talents. Auch dies bekam Banks selbstverständlich mit.

Ich hatte also recht, sagte er nach einem Moment des Schweigens. *Nenn' es meinetwegen, wie du willst, aber was du da im Augenblick tust, ist genau dasselbe.*

»Na ja, nicht ganz«, entgegnete Harry, indem er den Kopf schüttelte. »Soweit ich weiß, gibt es nur zwei Leute, die das hier können. Der eine bin ich, und der andere ist ... mein Sohn! Anscheinend hat er dieses Talent von mir geerbt. Und offenkundig spionieren wir dich nicht aus! Du *weißt,* dass ich hier bin, und es steht dir frei, dich mit mir zu unterhalten oder nicht. Echte Telepathie dagegen ist die mentale Kommunikation unter Lebenden ...« *Mitunter auch Untoten!* Diesen Gedanken behielt er jedoch ebenfalls für sich. Es brachte nichts, die Angelegenheit noch komplizierter zu machen, als sie ohnehin schon war.

»Außerdem«, fuhr er fort, »bedeutet Telepathie nicht zwangsläufig, dass man es mit einem ungebetenen Eindringling zu tun hat. Sie kann durchaus auch auf Gegenseitigkeit beruhen. Gewisse Freunde von mir spionieren Gedanken aus, zugegeben – allerdings um unsere Gesellschaft zu schützen und unsere Art zu leben, dieselben Ideale, für die du mit deiner Arbeit eingetreten bist. Wenn meine Freunde mir von ihren Fähigkeiten berichten, dann hat das nichts mit der unheimlichen Sache zu tun, die du erlebt hast.«

Nein, natürlich nicht, bei mir war es nämlich ein ungebetenes Eindringen!, erklärte Banks mit Nachdruck. *Und mehr noch, es war richtig angsteinflößend. Hätte es nicht schließlich ein Ende gefunden, wie auch immer, dann – ich weiß nicht – hätte es mich wahrscheinlich in den Wahnsinn getrieben.* Hah! *Stattdessen ... gab ich den Löffel ab. Aber vorher fing ich tatsächlich schon so langsam an zu glauben, ich leide unter Verfolgungswahn! Ich dachte, es würde sich alles nur in meinem Kopf abspielen! Ich meine, ganz wörtlich. Erst hinterher, es ist noch gar nicht so lange her, merkte ich, dass es sich um etwas anderes handelte.*

»Und um was?«

Um ein ... Ablenkungsmanöver!, erwiderte Banks.

»Willst du damit sagen, jemand hätte sich absichtlich in deinen Geist gedrängt, um dich von deinen Nachforschungen abzuhalten?«

Ja, wie eine lästige Nebelwand, zeigte Banks sich überzeugt. *Aber ich kämpfte dagegen an und machte weiter. Er konnte mich nicht aufhalten. Und da ich mich nicht abschrecken ließ, ...*

»... hat er dich schließlich umgebracht!«

Ja. Aber selbst zuletzt half ihm noch sein telepathischer Trick dabei. Ich meine, er wusste, wann ich ihn festnehmen wollte und von wo ich kommen würde! Darum war er mir immer eine Nasenlänge voraus ...

»Und was hast du über ihn herausgefunden? Über den Kerl mit der Skorpiontätowierung, meine ich!«

Harry spürte Banks nicken. *Wie ich vermutet hatte, verfügte er über ein langes Vorstrafenregister. Aber alles bloß Kleinkram. Oben im Norden hatte er schon mehrmals gesessen, allerdings nie für längere Zeit. Aber ich brachte trotzdem auch etwas Nützliches in Erfahrung: Skippy war für ein Jahr auf Bewährung draußen. Sie hatten ihn nach London ziehen lassen, damit er dort einen Job in einer Autowerkstatt im Eastend annehmen konnte. Sie gehört seinem Cousin. Irgend so ein lächerliches Rehabilitationsprogramm: Sie wollten sehen, ob eine anständige Arbeit ihn wieder auf den rechten Weg bringen würde. Mein Gott, Harry! Die Therapie für diesen Scheißkerl bestand darin, dass er geklaute Autos umspritzte!*

»Die Farbe unter seinen Fingernägeln?« Fragend hob Harry eine Augenbraue. »Auf einmal ergab für dich alles einen Sinn.«

Stimmt!

»Und was hast du dann gemacht?«

Was ich dann gemacht habe? Ich habe mir natürlich diese Werkstatt angesehen, was sonst? Sie war im Kellergeschoss eines städtischen Parkhauses untergebracht, das abgerissen werden sollte. Die oberen Stockwerke waren schon entkernt, und nur noch das nackte Stahlskelett ragte in den Himmel; aber im Erd- und Kellergeschoss hatten sie eine komplette Garage eingerichtet mit Gruben zum Ölablassen, Nischen, um die Wagen umzuspritzen, und allem, was dazugehört, eine Reparaturwerkstatt mit allem Drum und Dran. Ich schätze, das meiste von dem, was sie da machten, war legal, eine Fassade für das, womit sie wirklich ihr Geld verdienen, nämlich mit dem Umschlagen gestohlener Autos. Es musste wahrscheinlich alles in einem Wahnsinnstempo über die Bühne gehen. Eine Nobelkarosse klauen, schnell umgespritzt, und dann weg damit. Und das alles in zehn bis zwölf Stunden, höchstens, hauptsächlich nachts, nach Feierabend.

»Hast du das mit angesehen? War das der Grund ...«

... Nein, dazu blieb mir überhaupt keine Zeit. Allein der Gedanke daran und dass ich alles dazu in die Wege leitete, genügte ihnen, mich umzubringen! Denn er – der Spürhund der Gang – hatte nicht vor, es so weit kommen zu lassen. Er hat mich die ganze Zeit über beschattet, und dann, an dem Abend, bevor ich mir einen Durchsuchungsbefehl besorgen wollte, passierte es.

»Noch bevor du irgendjemanden einweihen konntest ...« Harry verstummte, doch in seiner Stimme schwang deutlich seine Missbilligung mit – und auch Wut, und zwar darüber, dass Banks so sinnlos sterben musste.

Banks nahm es hin. *Ja, ich hätte mich besser an die Vorschriften gehalten. Aber diesmal wollte ich es alleine regeln. Wie gesagt, Rivalitäten. Es wäre ein weiterer Pluspunkt für mich gewesen. Aber stattdessen bekam ich eine Heugabel ins Herz – oder etwas, was sich genauso anfühlte!*

»Deshalb gab es nach deinem Tod, abgesehen von dem, was du mir eben erzählt hast, auch keinerlei Hinweise! Weil du es im Alleingang machen musstest!«

Ja, erwiderte Banks. Er klang niedergeschlagen, und Harry spürte, dass es nicht bloß daran lag, dass ihn sein Versäumnis das Leben gekostet hatte. Banks bekam diesen Gedanken natürlich mit und brach in ein Schluchzen aus, das niemand außer dem Necroscopen Harry Keogh je zu hören vermochte. *Ich habe einen Fehler begangen und teuer dafür bezahlt, Harry.* Waren das etwa ... Gewissensbisse?

»Hör' auf, dich zu quälen, Jim. Du hast nichts falsch gemacht.«

Und meine Familie? Was ist mit meiner Frau und den Kindern? Haben die vielleicht etwas falsch gemacht? Nein, aber trotzdem tragen sie die ganze Last, Harry. Und ... und die anderen und deren Familien? Was ist mit denen? Aber nein, ich musste es ja allein durchziehen, der große Einzelgänger! Es wäre halb so schlimm, wenn ich der Einzige wäre, der dran glauben musste. Aber die anderen armen Kerle hat es ebenfalls erwischt, nur wegen mir!

»Wegen dir? Nein, das sehe ich anders, Jim! Du hast nur deinen Job gemacht, und nachdem du tot warst, machte eben ein anderer weiter. Damit hast du nichts zu ...«

Doch, damit habe ich etwas zu tun! Und jetzt frage ich mich ständig, ob es nicht anders gekommen wäre, wenn ich ihnen alles erzählt hätte.

Der Necroscope schüttelte den Kopf. »Ich verstehe nicht ganz. Was soll das heißen: ›wenn du ihnen alles erzählt hättest‹? Deinen Kollegen? Ich denke, die wussten nichts davon, oder doch?«

Sagen dir die Namen Stevens und Jakes etwas? Nach außen hin wahrte der Tote einen Anschein von Selbstbeherrschung; doch es gelang ihm nicht ganz, seinen Schmerz zu verbergen.

»Sind das die anderen Opfer?«

Banks antwortete mit einem körperlosen Nicken. *Die beiden waren die Einzigen bei der Truppe, die dem, was man einen Freund nennt, nahe kamen. Ich meine, ich* hatte *Bekannte, so ist es nicht, aber die beiden standen mir ... nah. Ich fragte sie, ob sie dabei sein wollten, wenn ich die größten Autoschieber Londons hochnahm. Ich Idiot erzählte Derek Stevens – er war mein engster Freund – von der Werkstatt. Und die ganze Zeit über belauschte mich dieser Bastard in meinem Kopf und bekam alles mit!*

Nun begriff Harry, was Banks so zu schaffen machte. Nicht sein eigener Tod, sondern derjenige seiner Freunde. Er spürte, wie der Tote bestätigend nickte. *Ich habe ihnen zu wenig erzählt, und noch dazu viel zu spät. Gerade genug, dass sie davon ausgingen, dass sie es diesen Kerlen heimzahlen könnten, nachdem ... nachdem ich ...*

Ihm versagte die Stimme.

»... nachdem sie dich umgelegt hatten?«, führte Harry den Satz für ihn zu Ende.

Ja. Es war nur ein verhaltenes Schluchzen.

»Sie wollten die Werkstatt unter die Lupe nehmen, ohne zu wissen, worauf sie sich da einließen, und gerieten so selbst in die Schusslinie?«

Ja ... Mein Gott, ja!

»Und sie hatten nicht die geringste Ahnung von diesem

Telepathen und seinen Tricks, weil du ja gar nichts davon wusstest. Du hast es doch selbst gesagt, Jim: Du hast geglaubt, du würdest wahnsinnig.«

Hör' auf, Ausreden für mich zu erfinden, Harry.

»Das brauche ich nicht, die hast du nämlich nicht nötig. Du hast lediglich versucht, dem Gesetz Geltung zu verschaffen, und deine Freunde ebenfalls. Und ich werde dasselbe tun!« Es war nun sein Fall, ob Banks dies gefiel oder nicht. »Okay, Jim, du hast mir genug an die Hand gegeben, dass ich weitermachen kann. Zumindest habe ich jetzt einen Anhaltspunkt. Aber jetzt lass es mich auch spüren: deinen Schmerz, deine Wut! Ich muss so zornig werden, dass ich mit dem Kerl abrechnen will. Ich brauche den richtigen Kick, ein besseres Wort fällt mir dafür nicht ein.«

Die Nacht, in der es passierte? Wie es passierte? Und was ich gesehen habe?

»Das alles, ja.«

Gib mir noch einen Augenblick, sagte Banks. Kurz darauf konzentrierte er sich, in direktem Kontakt mit dem metaphysischen Geist des Necroscopen, auf jene Nacht und durchlebte alles noch einmal, nur dass Harry diesmal von Anfang bis Ende mit dabei war ...

Banks wohnte keinen Steinwurf von der Peckham High Street weit weg. Nichts Besonderes, ein hohes Reihenhaus mit Vorgarten, einem Balkon im ersten Stock und einem kleinen runden Fenster am Giebel, von dem aus man den perfekten Überblick hatte. Hinter dem Haus, eingezwängt zwischen die Nachbargärten, ein paar Gemüsebeete. Die Häuser sahen hier alle gleich aus, nur das Außendekor variierte leicht. Dafür waren die Zimmer groß, mit hohen Decken, und es gab genügend Platz für die Kinder.

Allerdings nicht für den Wagen. Banks' Garage war einer von zwölf niedrigen, schlecht verarbeiteten Kästen in einem asbestgedeckten Betonklotz am Ende der Straße. Das bedeutete einen Fußmarsch von knapp hundert Metern, nachdem er sein Auto abgeschlossen hatte. Wenn es regnete, musste er sie im Laufschritt zurücklegen, und wenn das Wetter wirklich schlecht war, so wie in jener Nacht, kam er durchnässt bis auf die Haut ins Haus gerannt und machte alles nass. Das kotzte ihn an.

Dies in etwa ging ihm durch den Kopf, während er den Motor

abstellte, die Schlüssel aus dem Zündschloss zog, die Tür mit dem Ellbogen aufstieß und aufs Garagentor zuhastete.

Verdammte Scheiße, war sein nächster Gedanke. *Warum denke ich bloß nie daran, den Garagenschlüssel von diesem dämlichen Ring abzumachen?* Wie üblich musste er den Wagen nun erst neu starten, um reinzufahren. Er stand unter der tropfenden Regenrinne, und endlich gelang es ihm, den richtigen Schlüssel ins Schloss zu fummeln und umzudrehen – nur um, als er am Griff zerrte, festzustellen, dass er das verdammte Ding *abgeschlossen* hatte!

Noch während bei Banks plötzlich alle Alarmglocken losgingen, war auf einmal *er* wieder da! Jene ominöse, düstere Präsenz, die ihn aus dem Verborgenen heraus beobachtete, abwartete. Ihr leises Kichern war zu einem regelrechten Knurren in Banks' Hinterkopf angewachsen.

Mein Gott!, dachte Banks. *Jetzt verliere ich auch noch den Verstand! – Na, komm schon, du Scheißding!* Damit konzentrierte er sich wieder auf sein Tun, drehte den Schlüssel in die andere Richtung und zog am Griff, um das Tor nach oben zu schwingen. In der Garage herrschte finsterste Nacht. Die hintere Wand war mit allem möglichen Plunder zugestellt. Und der Lichtschalter ... funktionierte nicht!

So eine Scheiße! Aber das machte nichts. Das Licht der Scheinwerfer würde ausreichen, um den Wagen abzustellen. Doch ... hatte sich da nicht eben etwas bewegt?

Zwei dunkle Gestalten, deren Umrisse sich undeutlich von der Finsternis abhoben, kamen auf ihn zu; und Banks stand nur da wie angewurzelt, viel zu überrascht, um sich zu rühren! In diesem Moment wurde ihm einiges klar und die Alarmglocken in seinem Kopf schrillten lauter. Das Kichern nahm ebenfalls einige Dezibel zu.

Das Garagentor: Er überprüfte immer noch einmal, ob er auch wirklich abgeschlossen hatte! Aber diese billigen Schlüssel bekam man heutzutage ja in jedem Baumarkt. Und das Licht – erst letzte Woche hatte er die Birne ausgewechselt! Und das Gekicher in seinem Kopf vernahm er plötzlich nicht mehr nur in Gedanken, sondern nun befand es sich ... direkt vor ihm! Es wurde zu einem leisen, warnenden Knurren.

In Banks kehrte wieder Leben ein ... doch zu spät! Die Gestalten aus dem Dunkel waren bereits heran und packten ihn. Der von Regenschleiern getrübte Schein der Straßenlaterne fiel für einen Augenblick auf sie, und Banks hätte schwören können, dass es sich bei einem der beiden um Skippy handelte. Ein Arm wurde um seine Kehle geschlungen, und eine Hand, auf die ein Skorpion tätowiert war, hob ein Messer, in dem sich das Licht brach.

»Nein!«, sagte der andere, seine Stimme ein tiefes, kehliges Grollen voller Hass und aufgestauter Wut. »Er gehört mir! Um diesen ... Drecksbullen kümmere ich mich persönlich!« Banks erkannte in ihm den Unbekannten, der in seinen Geist eingedrungen war. Er war keineswegs mehr ein körperloses, kicherndes Gespenst, das ihm nachspürte, sondern stand nun leibhaftig vor ihm. Wie zur Bestätigung erscholl in Banks' Geist wieder die Stimme, nun jedoch eindeutig vernehmbar:

Dein Arsch gehört mir, du dreckiges Bullenschwein!

Banks spürte Skippys Knie in seinem Rücken. Dann wurde er auch schon nach vorn gestoßen und traf auf etwas, das ihn mir nichts, dir nichts einfach so aufschlitzte. Und dann der Schmerz! Ein unvorstellbarer Schmerz, und danach Hieb auf Hieb mit dem silbern aufblitzenden, rasiermesserscharfen Stahl, und jedes Mal hinterließ die Klinge einen tiefen Schnitt ... Heiß und feucht lief Banks das Blut übers Gesicht, quoll ihm aus Brust, Bauch und Genitalbereich, während er zu Boden ging. Innerhalb von Sekunden verlor er mehrere Liter Blut. Er hatte genug; er spürte, dass sein Gesicht bis auf den Knochen aufgerissen, sein Bauch zerfetzt war. Ein paar schnelle, aufwärts geführte Schnitte nahmen ihm seine Männlichkeit. Allein der Schock hätte ausgereicht, ihn umzubringen.

Aber es war noch nicht zu Ende. Die Hiebe prasselten weiterhin auf ihn ein, während seine Knie nachgaben und er versuchte, auf allen vieren wegzukrabbeln, ehe er endgültig zusammenbrach. Doch wie durch ein Wunder ... wich der Schmerz von ihm, wurde zu einem dumpfen Pochen, das schließlich ganz verschwand. Sein bebendes Fleisch ging in Fetzen, doch er spürte nichts mehr davon; dafür wusste er, wie es um ihn bestellt war: Es war aus mit ihm! Sein Blut lief nur so davon, vermischte sich mit dem Regen und dem ölverklumpten Schmutz auf dem Boden ...

Er lag gerade noch im Innern der Garage, die Augen ins Freie gewandt. Nach einer Weile (es kam ihm vor wie Stunden, dabei konnte es sich nur um Sekunden handeln) blieb sein Blick ein letztes Mal auf der regenverhangenen Straßenlaterne haften.

Vielleicht lag es auch bloß daran, dass die Flüssigkeit auf den kraftlosen Augäpfeln austrocknete und ihm noch einmal alles gestochen scharf erscheinen ließ. Jedenfalls beugte sich, kurz bevor sein Gehirn seine Tätigkeit einstellte, jemand – etwas – über ihn, um in sein zerfetztes, blutiges Gesicht zu sehen.

Guter Gott, warum? Weshalb musste dies der letzte Anblick sein, den er in seinem Leben wahrnahm? Es war nicht Skippy. Es war auch kein Mensch, sondern etwas, an dessen Existenz Banks niemals geglaubt hätte – ebenso ungeheuerlich wie der Tod, den es ihm bereitet hatte, sodass er nicht einfach nur starb, sondern sein Leben mit einem, wenn auch lautlosen, Schrei auf den Lippen aushauchte.

Wie zum Hohn war das Letzte, was er in diesem Leben hörte, ein fernes Triumphgeheul ...

... Banks schrie noch immer, lautlos natürlich, nun jedoch angesichts der Erinnerung. Vor Wut, Enttäuschung, Entsetzen, während die grässliche Wolfsfratze vor seinem geistigen Auge allmählich verblasste. So langsam drang der stete Nieselregen in Harrys Kragen und Banks' Schluchzen ließ einen unbändigen Zorn in ihm wachsen. Der Necroscope würde nicht eher ruhen, bis er den armen Kerl gerächt und die Täter ihrer Strafe zugeführt hatte.

Um ein Haar hätte Harry Darcy Clarkes Werwolf-Theorie abgetan, hätte er die Wolfsfratze nicht selbst »gesehen«. Doch nun, da er Bescheid wusste, war er nicht minder entsetzt als der Tote, der ihm diese Bilder übermittelt hatte, genauso sprachlos wie Banks in jener Nacht, als er ermordet wurde. Er fragte sich, ob es ihm anders ergangen wäre. Aller Wahrscheinlichkeit nach nicht! Nun hingegen sah dies anders aus. Schließlich wusste er, womit er es zu tun hatte.

Er riss sich zusammen. »Das heißt also, sie waren zu zweit!« Harry klang eiskalt, und Jim Banks war klar, dass der Necroscope ihn niemals im Stich lassen würde, selbst wenn sein eigenes Leben auf dem Spiel stünde. »Skippy und ... dieser – dieses andere Ding, was immer es war.«

Ja! Und was denkst du darüber?, fragte der Tote. *Ich meine, bin ich jetzt ganz durchgeknallt oder was, Harry?*

»Du bist genauso normal wie ich«, erwiderte Harry. *Was im*

Augenblick allerdings nicht allzu viel heißen mag. »Aber was hältst du davon?«

Banks schüttelte die grauenhafte Erinnerung ab. *Was ich davon halte? Soll das eine Fangfrage sein, Harry?* Seine Worte enthielten nicht den geringsten Humor. *Na gut, ich glaube, es war nur ein Typ im Wolfskostüm. Ein Wolf oder meinetwegen auch ein großer Hund läuft auf allen vieren, weißt du, aber dieser Kerl beugte sich* zu mir hinab. *Nur ... weshalb die Verkleidung? Ich meine, wenn ich das Ganze überlebt hätte, wären sie ohnehin erledigt gewesen. Skippy hatte ich ja sowieso bereits erkannt. Weshalb also diese verrückte Horrormaske?*

»Bleiben wir mal bei ›verrückt‹«, erklärte Harry. »Vielleicht handelt es sich ja um einen Irren, um jemand, der sich unter dem Einfluss des Vollmonds für einen Werwolf *hält.*«

Meinst du? Dem Necroscopen kamen diese beiden Worte vor wie ein erleichtertes Aufseufzen. Selbst im Tod fiel Banks noch ein Stein vom Herzen, weil sein Verstand nicht gelitten hatte.

Harry straffte die Schultern, schlug den Kragen ein bisschen höher und machte Anstalten, sich zu verabschieden. »Da gibt es ein paar Leute, die auf mich warten«, entschuldigte er sich. »Aber ehe ich gehe, möchte ich mich noch einmal bei dir bedanken, Jim, dafür, dass du mir das alles erzählt hast. Ich weiß, dass es dir nicht leichtgefallen ist. Ich meine, das weiß ich *wirklich!*«

Schon gut, erwiderte Banks. *Aber lass mich auf jeden Fall wissen, was dabei herauskommt. Vielleicht fällt es mir dann leichter, mich an ...* dies *hier zu gewöhnen.*

»In Ordnung, versprochen«, antwortete Harry. »Auf die eine oder andere Art gebe ich dir Bescheid ...«

Vor dem Friedhofstor warteten Darcy Clarke und der Lokalisierer Ken Layard in einem Dienstwagen des E-Dezernats. Darcy saß am Steuer und Layard döste zusammengesunken auf dem Rücksitz mit offenem Mund vor sich hin. Als die Gestalt des Necroscopen aus den Nebelschwaden auftauchte, hielt Darcy ihm die Beifahrertür auf.

Harry stieg ein. »Das wäre nicht nötig gewesen«, meinte er, indem er Darcy mit einem Blick bedachte. »Weißt du, eine Fahrgelegenheit ist das Letzte, was ich im Moment brauche. Ihr könntet mit eurer Zeit wirklich Besseres anfangen.«

Darcy zuckte bloß die Achseln und ließ den Motor an. »Harry, du bist für uns unersetzlich. Wir wissen noch nicht, wie wir es anstellen sollen und ob es überhaupt klappt, aber wenn es irgendwie machbar ist, hätten wir gerne, dass du die Leitung des E-Dezernats übernimmst. Allerdings haben wir, wie du weißt, in den letzten beiden Jahren bereits zwei Chefs eingebüßt! Und darum ...«

»Ja, ich weiß! Darum wollt ihr mich nicht aus den Augen lassen ...«

Als der Wagen vom Bordstein losfuhr, wurde Layard wach und fuhr hoch. *»Huh?«*, machte er, und: »Ach, du bist es, Alec!«

Harry merkte, wie Darcy neben ihm peinlich berührt zusammenzuckte. Sein bleiches Gesicht ruckte herum und er blickte den Lokalisierer finster an. Der hätte sich am liebsten auf die Zunge gebissen. Der Necroscope setzte dazu an, etwas zu sagen, aber Darcy kam ihm zuvor. »Ken, bist du so blöd auf die Welt gekommen oder muss man lange dafür üben?«

»Ich ...«, sagte Layard und schaute erst Darcy, dann Harry an. »Ich bin wohl eingeschlafen«, seufzte er schließlich achselzuckend. »Was soll ich dazu sagen? Es ... tut mir leid, Harry! – Übrigens ...«, versuchte er das Thema zu wechseln, »wie ist es gelaufen? Ich meine, hast du es geschafft, mit ihm ... na ja, mit ihm zu reden?«

Mit der Laune des Necroscopen war es ohnehin nicht zum Besten bestellt. Doch nun war es ganz aus.

»Ja, ich ...›na ja, habe es geschafft‹«, äffte er den Lokalisierer nach. »Ich bin Jim Banks zwar nie begegnet, solange er noch am Leben war, aber dafür haben wir uns recht gut verstanden. Es ist schon komisch, aber er wusste sofort, wer ich war. Dabei hatte er bloß einen Augenblick, sich meinen Namen zu merken – und nicht achtzehn gottverdammte Monate!« Es war vielleicht ein bisschen ungerecht, aber Harry war nun einmal danach.

Doch wie dem auch sein mochte, es wurde kein Wort mehr gewechselt, bis sie an ihrem Ziel ankamen. Jedenfalls keines, das Darcy oder Layard mitbekommen hätten ...

VIERTES KAPITEL

Banks hatte es als Ersten erwischt. Zumindest war er der *erste Polizist,* der dabei umgekommen war. Doch als sie zum nächsten Friedhof fuhren, diesmal im Bezirk Muswell Hill, und der Necroscope versuchte, sich auf dem Beifahrersitz zu entspannen, indem er die Augen schloss und es sich auf dem reichlich mitgenommenen Lederbezug bequem machte, erscholl eine Totenstimme, die er überall wiedererkannt hätte, ganz gleich an welchem Ort.

Harry? Es war Sir Keenan Gormley, einstmals Leiter des E-Dezernats. *Harry? Harry, mein Junge! Ich kann dir gar nicht sagen, wie gut es tut, zu wissen, dass du am Leben bist und es dir ... wieder ... gut geht. Ich habe gehört, womit du dich gerade beschäftigst. Immerhin bist du der Necroscope und deine Gedanken sind sehr stark. Mitunter können wir gar nicht anders, als dich zu belauschen. Seit wir festgestellt haben, dass du wieder unter den Lebenden weilst, waren wir alle natürlich sehr gespannt. Um die Wahrheit zu sagen, halte ich mich, oh, schon ziemlich lange zurück, weil ich weiß, dass du viel um die Ohren hast. Aber ich glaube, eins solltest du wissen: Wenn wir irgendetwas für dich tun können ...*

»Sir Keenan?«, hauchte der Necroscope. Es war nur ein Flüstern, das im Dröhnen des Motors unterging. »Schön, zu wissen, dass es Sie noch gibt.« (Wie begrüßte man jemanden, der schon vor zwei Jahren eingeäschert wurde?) »Wahrscheinlich wissen Sie bereits, dass ich ... wie soll ich es ausdrücken? – ein anderer geworden bin!« Sich mit den Toten zu unterhalten, war nicht immer ganz einfach.

Ja, wir hörten davon. In Sir Keenans körperloser Stimme schwang Trauer um Alec Kyle mit. *Und auch von deinen Problemen, Harry, von den ... Unannehmlichkeiten, die du hast. Aber du solltest wissen, dass die Sache mit Alec wirklich außergewöhnlich war. Er war jenseits von gut und böse, verloren für die Welt der Toten wie der Lebenden gleichermaßen. Ohne ihn hätten wir allerdings dich nicht! Du siehst, was dir so sehr zu schaffen macht, bedeutet für uns den reinsten Segen. Wo wären wir denn ohne den Necroscopen? Was könnten wir dann noch bewirken?*

»Wo wir gerade davon sprechen, was können Sie denn im

Moment tun?« Die Frage mochte gedankenlos klingen, doch sie bezog sich lediglich auf den Zustand der Großen Mehrheit. Die Toten waren Harrys Freunde und er hielt große Stücke auf sie. Aber wenn sie nicht gerade für ihn ... *tätig wurden,* waren sie nun einmal körperlos. Doch obwohl die Verständigung mitunter nicht leicht fiel, vermittelte die Totensprache – ähnlich wie die Telepathie – meist mehr als nur das, was gesagt wurde, und Sir Keenan verstand sehr wohl, dass der Necroscope sich wie stets nur bescheiden und mitfühlend gab.

Nun, zunächst einmal können wir dir mitteilen, dass die Fälle, die du gerade untersuchst, bei Weitem nicht die ersten Morde sind, die auf das Konto dieses Verrückten gehen! Hier in London hat er ein Dutzend Mal zugeschlagen, immer bei Vollmond, manchmal auch einen Tag davor oder danach. Aber die Opfer waren kein großer Verlust für die Menschheit ... und uns haben sie auch nicht gerade bereichert. Um ehrlich zu sein, handelt es sich hauptsächlich um Elemente aus der Unterwelt!

»Kriminelle?« Das überraschte Harry nicht. In London hatte es schon immer Bandenkriege gegeben, meist Revierstreitigkeiten, und das würde auch niemals ein Ende nehmen. »Aus dem Eastend?«

Die meisten, ja. Aber aus ihnen war kein Ton rauszukriegen, Harry! Ganovenehre und dieser ganze Unsinn! Und natürlich konnte keiner etwas dafür, dass es so kam. Ah, aber nun, wo du den Fall übernommen hast, sieht das alles ganz anders aus! Schließlich bist du der Necroscope und kein »Bulle«. Wenn sie dir etwas erzählen, ist es kein »Singen« im eigentlichen Sinn und sie kommen sich nicht wie Informanten vor!

»Wie verlässlich sind ihre Informationen?«, fragte Harry erwartungsvoll; denn im Grunde hatte er so gut wie nichts in der Hand.

Ich fürchte, dazu kann ich dir nicht allzu viel sagen, erwiderte der Tote. *Und das meiste wäre ohnehin bloße Mutmaßung. Aber immerhin besser als nichts, oder?*

Harry gab ein mentales Nicken von sich. »Lassen Sie es mich hören. Dann kann ich es auch beurteilen!«

Die Morde hatten sich allesamt während der letzten drei Jahre ereignet, immer um Vollmond herum, aber nicht so gehäuft, dass die Polizei irgendwelche Schlüsse daraus zog; schließlich hatte es in diesem Zeitraum ziemlich viele Morde gegeben. Das

Einzige, worin man unter Umständen eine Verbindung sehen könnte, war die Tatsache, dass sie allesamt ungelöst waren ... und dass die letzten drei Morde (bevor es die Polizeibeamten erwischte) von einem Wesen halb Mensch, halb Wolf verübt worden waren oder zumindest von jemandem, der eine derartige Verkleidung trug. Das könnte darauf hindeuten, dass der Irre erst kürzlich zu seiner Rolle als Werwolf gefunden hatte. Letzteres allerdings, nämlich dass der Täter eine Wolfsmaske benutzte, war den Ermittlern nicht bekannt; denn außer den Opfern hatte keine lebende Seele den Angreifer je zu Gesicht bekommen – bis auf Harry Keogh, den Necroscopen ...

Das grausame Vorgehen bei jenen letzten drei Morden – und natürlich auch bei Jim Banks, Stevens und Jakes – hatte die Behörden endlich wachgerüttelt. Doch nun ordneten sie das Ganze fälschlicherweise als Serienverbrechen ein. Dass diese Gräueltaten das Werk eines Irren waren, stellte wohl niemand infrage. Aber ein Serienmörder? Sir Keenan Gormley und die Große Mehrheit hegten da ihre Zweifel.

Harry hatte es schon richtig gesehen: Bei den ersten Morden, die scheinbar nichts miteinander zu tun hatten, hatte es sich um Revierstreitigkeiten gehandelt. Ein Mitglied einer Bande von Autoschiebern hatte damit begonnen, die Angehörigen rivalisierender Gangs einen nach dem anderen, beinahe systematisch, auszuschalten. Doch nach einer Weile, etwa nach den ersten sechs Morden, fing es wohl an, ihm Spaß zu machen. Vielleicht wurde ihm klar, über welche Macht er verfügte und welche Überlegenheit ihm sein unheimliches Talent, die Fähigkeit, in den Geist eines Widersachers einzudringen und jeden seiner Schritte vorherzusehen, verschaffte. Womöglich hegte er einen Groll gegen die Polizei. Hinzu kam eindeutig der Drang, jedweden hartnäckigen Gegner ein für alle Mal aus dem Weg zu räumen!

Ein übersinnliches Talent in Verbindung mit einem verbrecherischen Geist – und heraus kamen grauenhafte Morde. Lykanthropie – mehr als ein Fantasieprodukt, handelte es sich hier um eine Wahnvorstellung, um ein in der Psychiatrie bekanntes und anerkanntes Phänomen. Der Verrückte stand unter dem Zwang, sein Opfer wie ein wildes Tier in Stücke zu reißen. Immer bei Vollmond, wenn die Anziehungskraft des Himmelskörpers sich nicht nur auf die Gezeiten, sondern auch auf seine Hirnflüssigkeit auswirkte, erlag er seiner Blutgier. Und dann das schmerzerfüllte Geheul, wenn er seinen innersten Trieben in einem fürchterlichen Wüten Luft gemacht hatte!

Mit dem Wahnsinn eines tollwütigen Tieres und der Verschlagenheit des Gewohnheitsverbrechers – damit hatte es der Necroscope hier zu tun! Und er hatte noch immer keinen blassen Schimmer, wer der Mörder sein könnte ...

»Was schlagen Sie vor?«, fragte er Sir Keenan Gormley, während der Wagen sich mit hoher Geschwindigkeit dem Friedhof von Muswell Hill näherte, wo seine nächste Kontaktperson lag.

»Eh?« Darcy Clarke bedachte Harry mit einem Blick aus dem Augenwinkel. »Hast du was gesagt?«

Harry zuckte leicht zusammen und murmelte: »Ich, äh, habe bloß ... mit mir selbst geredet.« Er wusste, dass die ESPer des E-Dezernats seinem Talent mit einem gewissen Unbehagen begegneten. Obwohl sie den Umgang mit parapsychologischen Phänomenen gewohnt waren, fanden sie es dennoch beunruhigend. Indem er sich wieder in seinen Sitz zurücklehnte, begnügte er sich damit, die Unterhaltung in Gedanken weiterzuführen:

Sir?

In seinem Geist hörte er Keenan Gormley vor sich hin lachen. *Was ich vorschlage? Nun, zunächst einmal würde ich an deiner Stelle mich nicht allzu weit von Darcy entfernen! Ich kenne – oder vielmehr kannte – niemanden, bei dem man sicherer aufgehoben wäre als bei Darcy Clarke. Und ganz abgesehen von seinem Talent war er auch ein sehr guter Freund. Bei seinem Schutzengel und all dem ist es besser, ihn zum Freund als zum Gegner zu haben, Harry! Wer würde schon freiwillig zu einem Duell gegen ihn antreten? Also sei froh, dass er ein wachsames Auge auf dich hat.*

Ich werde daran denken, erwiderte Harry. *Aber das habe ich nicht gemeint. Ich sprach nicht von Darcy.*

Nein, selbstverständlich nicht. Ich dachte mir nur, ich sollte es mal erwähnen, mehr nicht. Es freut mich, dass du immer noch beim E-Dezernat bist. Er schwieg einen Augenblick, während er sich die Frage, die Harry ihm gestellt hatte, durch den Kopf gehen ließ. *Ich glaube ...* – Sir Keenans körperlose Stimme klang mit einem Mal wesentlich ernster, nachdenklicher – *... ich würde wahrscheinlich versuchen, es ihm in gleicher Münze heimzuzahlen. Denn wo wir gerade von Darcy und* *dem E-Dezernat sprechen, fallen mir einige der erstaunlichen Talente ein, über die du verfügst – im wahrsten Sinne des Wortes. Du brauchst sie nur darum zu bitten.*

Oh?, meinte Harry abwartend.

Der Mann, hinter dem du her bist, hat anscheinend telepathische Fähigkeiten und bislang war er deshalb im Vorteil. Aber dir, Harry, stehen all die voll ausgebildeten Talente des E-Dezernats zur Verfügung. Warum sollte er es nicht einmal am eigenen Leib zu spüren bekommen? Nach allem, was ich von dir weiß, hast du es so doch am liebsten, nicht wahr? Auge um Auge und all das!

Harrys Interesse war geweckt. *Sie meinen, ich sollte einen Telepathen des E-Dezernats einsetzen?*

Nun, wo du weißt, womit du es zu tun hast? Alles andere wäre doch Dummheit! Und Sir Keenan erklärte ihm, wie er es sich vorstellte.

Harry überlegte einen Moment. *Vielleicht,* sagte er dann, *wenn es darauf hinausläuft! Fürs Erste muss ich mich jetzt allerdings verabschieden. Ich werde nämlich gleich mit Derek Stevens reden, dem zweiten Polizisten, den dieser Verrückte umgebracht hat.*

Doch Keenan Gormley zog sich bereits zurück; er zuckte regelrecht zusammen, als habe ihm jemand einen Schlag versetzt, sodass Harry nicht umhin kam, zu fragen: *Gibt es noch etwas, was ich wissen sollte?*

Er spürte sein Gegenüber nicken und schließlich erwiderte Gormley zögernd: *Mitunter gibt es ... Leute ... die einfach noch nicht bereit dazu sind, Harry. Nicht jeder findet sich so ohne Weiteres mit dem Tod ab. Und manche ... nun ja, manche werden sich wohl nie daran gewöhnen. Als ich davon hörte, dass du den Fall übernommen hast, versuchte ich mit Stevens Kontakt aufzunehmen, wie ich es auch bei den anderen Opfern getan habe – damit es ein bisschen schneller geht, weißt du?* Harry ahnte ein Seufzen. *Es tut mir leid, Junge, aber ... Derek Stevens hat sich noch nicht damit abgefunden!*

Harry spürte, wie Darcy Clarke ihn mit dem Ellbogen anstupste. Als er aufblickte, stellte er fest, dass der Wagen vor dem Friedhof von Muswell Hill zum Stehen gekommen war. Und da sie nun schon einmal hier waren, konnte er genauso gut auch einen Versuch wagen.

Nun, dann tu, was du nicht lassen kannst, meinte Sir Keenan Gormley, seine hallende Geisterstimme nur mehr ein fernes

Flüstern im metaphysischen Geist des Necroscopen. *Besser du als ich, Harry! Besser du als ich ...*

Auf dieser Seite von Muswell Hill fiel einem sofort ins Auge, dass der Stadtteil auf einem Hügel lag. Nach Süden hin erstreckten sich die nächtlichen Straßen Londons wie ein gigantisches glitzerndes Spinnennetz, das sich hinter der Erdkrümmung verlor. Im Augenblick hatte es aufgehört zu regnen, doch in Harry Keoghs lebhafter Fantasie verwandelte sich der kalte Glanz der fernen Straßenlaternen in der feuchtklammen Luft zum Widerschein von Myriaden funkelnder Tautropfen. Wie winzige Spinnen krochen die Autos über den schwarzen Asphalt.

Doch so verlockend die Aussicht auch sein mochte, sie war nicht der Grund, weshalb der Necroscope diesen Ort aufsuchte.

Als er über den Friedhof ging, brachte ihn das immer lauter werdende, klagende Stimmengewirr der Toten, das in seinem für das Übersinnliche offenen Geist widerhallte, schnell auf den Boden der Tatsachen zurück. Sie schienen beunruhigt. Allem Anschein nach machten sie sich Sorgen um Stevens. Keiner von ihnen wandte sich an Harry (noch nicht, denn sie ahnten ja nichts von seiner Gegenwart), sondern sie unterhielten sich miteinander und redeten mit Stevens. Versuchten dies jedenfalls.

Es fiel nicht schwer, sein Grab ausfindig zu machen. Es lag genau in der Mitte des nach außen hin ach so stillen Friedhofs. Das Geplapper im metaphysischen Äther hingegen schwoll mit jedem Schritt, den Harry zurücklegte, an. Ein brandneuer Grabstein, der frisch aufgeschüttete Kies und frische Blumen bestätigten ihm, dass er hier richtig war. Natürlich auch Stevens' Name samt Lebensdaten und Nachruf:

Von uns gegangen in Erfüllung seiner Pflicht
– ein Mann des Gesetzes
und Kämpfer bis zuletzt.
Von allen schmerzlich vermisst.
In unserer Erinnerung lebst du weiter
in Ewigkeit.

Eine traurige Angelegenheit. Doch noch weitaus trauriger war die unentwegt vor sich hin stammelnde Kreatur in ihrem Grab ...

Es verhielt sich genau so, wie Sir Keenan Gormley vorhergesagt hatte: Die Toten vermochten ihm keinen Trost zu spenden. Derek Stevens konnte sich mit seinem Ableben nicht abfinden und gab einfach keine Ruhe. Obwohl er im tiefsten Innern *wusste,* dass er tot war, kämpfte er dagegen an und schrie sein Entsetzen hinaus, bis seine Grabstelle und der ganze Friedhof von seinen lautlosen Schreien hallte. Sein Sarg war nicht länger nur eine hölzerne Kiste, sondern eine Zelle in einem unterirdischen Irrenhaus.

Was ist mit ihm? Dreht er durch?, fragte Harry die in ihren Gräbern stöhnenden Toten.

Er ist vor lauter Kummer, Enttäuschung und Grauen wahnsinnig geworden, Necroscope!, erwiderte eine bebende Stimme. *Die Lebenden sind nämlich nicht die Einzigen, die Kummer empfinden können. Auch wir trauern – um die geliebten Menschen, die wir zurücklassen mussten und die keine Ahnung davon haben, dass wir hier unten weiterexistieren ... und dies auch niemals erfahren dürfen! Sonst würden sie den ganzen Tag nur an unseren Gräbern sitzen und die kurze Zeit, die sie auf Erden weilen, sinnlos vergeuden ...*

Dies wurde so gefühlvoll und schicksalsergeben vorgetragen, dass der Necroscope eine Zeit lang überrascht schwieg.

Entschuldigen Sie, Sir, entgegnete er schließlich und schirmte respektvoll seine Gedanken vor den übrigen Bewohnern des Gottesackers ab, um mit seinem Gesprächspartner ungestört zu sein. *Wir kennen uns nicht, aber eines weiß ich mit Sicherheit: Sie mögen zwar zur Großen Mehrheit gehören, aber als einziger Schwarzseher unter lauter Optimisten stehen Sie doch ziemlich allein da! Ich habe schon mit einer ganzen Reihe von Verblichenen gesprochen, aber, um der Wahrheit die Ehre zu geben, hörte ich noch nie jemanden, der den Zustand respektive das Schicksal der zahllosen Toten so trübsinnig und hoffnungslos umschrieben hätte wie Sie. Selbst ein Vampir, der nicht nur das Leben, sondern noch dazu den Untod und die Unsterblichkeit einbüßt, scheint sich eher in seine Lage zu ergeben als Sie! Das ist keineswegs abwertend gemeint, mich interessiert vielmehr die Frage, was ... na ja, was Sie so weit gebracht hat?*

Im ersten Augenblick verschlug es dem anderen die Sprache. Sollte dies wirklich der Necroscope sein, dessen Mitgefühl allenthalben gerühmt wurde? Harry spürte einen kalten Hauch in der unruhigen Nacht, der zu seiner Erleichterung allerdings allmählich wieder verschwand. *Ja, du hast recht,* erscholl schließlich die Stimme des Unbekannten, nun jedoch gelassen und ohne vor Verzweiflung zu beben. Anscheinend akzeptierte er die Wahrheit. *Verzeih mir meine Zweifel und das Gejammer, Harry, und meinen Mangel an Überzeugung. Ah, aber einem Prediger fällt es nun einmal schwer, sich eine Standpauke halten zu lassen. Für einen Mann des Glaubens ist es nicht leicht, wenn er feststellen muss, dass er seinen Glauben verloren hat! Noch dazu, wenn ihn ein so junger Mann wie du darauf stößt! Und doch bist du so ...* überzeugend! *Du hast es vollkommen richtig dargelegt! Vielleicht hättest* du *der Geistliche werden sollen. Oder womöglich würdest du eher einen guten Philosophen abgeben. Hast du Philosophie studiert, Harry?*

Ein bisschen, entgegnete der Necroscope, was ja auch zumindest teilweise der Wahrheit entsprach. *Oder vielmehr, ich habe hin und wieder ein paar Wortspiele gespielt, und zwar mit ausgesprochenen Experten. Ich verstehe zu argumentieren, falls Sie das damit meinen.* Näher wollte er nicht darauf eingehen. Was der Tote ihm gesagt hatte, erklärte hingegen eine Menge.

Sein Leben lang hatte dieser Mann von Gott und einem Leben nach dem Tod gepredigt ... und wo war er nun? Weshalb nahm Er diese Seelen nicht in Sein Reich auf? Weder der Necroscope noch der Priester wussten eine Antwort darauf; eine Tatsache jedoch blieb, dass Er sie zu sich gerufen hatte beziehungsweise dies irgendwann noch tun würde. Was das Paradies anging, hatte Harry jedoch schon immer seine Zweifel gehegt; und sie wurden umso größer, je länger die Himmelfahrt der Toten auf sich warten ließ. Wie es sich wirklich verhielt, sollte er erst noch herausfinden, allerdings viel später, in einer anderen Welt ...

Harry hätte seine Gedanken über die Seelennot des Predigers ebenso gut laut aussprechen können. *Ich muss dir schon wieder recht geben,* erwiderte der Tote. *Im Leben war es schon schwer genug, meine Herde zu überzeugen; aber jetzt im Tod, wo die Auferstehung, auf die alle hofften, ausbleibt?*

Ja, das stelle ich mir nicht leicht vor, nickte Harry. *Aber Sie hören sich immer noch an wie ein Priester!*

Ich denke auch noch wie einer, ganz tief im Innern! Es ist nur so, dass meine Worte jetzt so leer und sinnlos erscheinen, sogar mir selbst kommen sie manchmal so vor! Und das Schlimmste ist, ich kann ihnen noch nicht einmal einen Zeitpunkt nennen und sie auf die Stunde ihrer Erlösung vertrösten. Aber wenn ich mit jemandem wie dir rede und deine Wärme spüre, dann kehrt mein Glaube zurück! Denn wenn es tatsächlich nichts gibt außer dieser Finsternis, diesem Fegefeuer, das uns umgibt, weshalb kommst du dann zu uns, um uns an die Vergangenheit zu erinnern – wenn nicht als lebendes Zeugnis für die herrliche Zukunft, die uns erwartet? Denn Er war, Er ist und Er wird sein in alle Ewigkeit …

Ein Bote Gottes? So kam Harry sich nun wirklich nicht vor.

Aber genau das bist du!, beharrte der Prediger. *Du trägst das Licht in die ewige Finsternis, Harry, und bringst Hoffnung, wo es keine Hoffnung mehr gab. Du … entzündest die Flamme aufs Neue! Ja, und ich glaube, ich weiß auch, was dich hergetrieben hat: die einem in die Seele dringenden Schreie dieses armen Verrückten hier, der gehen musste, bevor seine Zeit gekommen war. Du bist hier, um ihm Trost zuzusprechen. Habe ich nicht recht?*

Nicht ganz! Harry schüttelte den Kopf. Er wusste, dass sein Gegenüber dies mitbekam. *Wenn ich ihm Trost spenden kann, schön und gut! Aber eigentlich bin ich hier, um ihm ein paar Fragen zu stellen. Ich möchte wissen, wer ihn umgebracht hat, damit ich für Gerechtigkeit sorgen kann!*

Rache? Mit einem Mal klang die Stimme des Priesters sehr leise.

Auge um Auge, knurrte Harry.

Und was hältst du davon, die andere Wange hinzuhalten?

Damit der Mörder frei ausgeht und wieder zuschlagen kann?

Ich sage nicht, dass ich das gutheiße, Harry.

Ich auch nicht! Aber ich werde tun, was ich tun muss!

Und dich dabei auf dasselbe Niveau wie dieser Mörder herabbegeben?

Warum sagen Sie das nicht dem ganzen Dutzend Leuten, wenn nicht mehr, die er umgebracht hat!?

Dafür kann ich dir meinen Segen nicht geben! Der Prediger schüttelte körperlos den Kopf.

Helfen Sie mir, an ihn heranzukommen, mehr verlange ich nicht! Pfeifen Sie die anderen zurück, denn was sie tun, hat ohnehin keinen Zweck; sie überschreien mich nur.

Das stimmte. Derek Stevens trieb sie noch alle in den Wahnsinn! Jeder einzelne – Bewohner? – dieses Friedhofs stand am Rande eines Nervenzusammenbruchs. Solange er keine Ruhe gab, würden sie keinen Frieden finden. Bei dem Lärm, den er veranstaltete, konnten sie untereinander weder Gedanken austauschen noch sich selbst denken hören. Von allen Seiten redeten sie behutsam auf ihn ein, die etwas Abgebrühteren versuchten es mit Drohungen, doch nichts, was sie anstellten, vermochte ihn zu beruhigen, denn er wollte sich einfach nicht trösten lassen. Auf jeden Außenstehenden, jemanden aus der Welt der Lebenden, hätte der Friedhof von Muswell Hill ruhig und friedvoll gewirkt. Doch diejenigen, die hier begraben lagen, wurden fast wahnsinnig.

Nun, dachte Harry, *immerhin hat Sir Keenan versucht, mich zu warnen.* Als er sich auf einer nahe gelegenen Grabplatte niederließ, ebbte der Aufruhr ein bisschen ab, und als die zahllosen Toten seine Gegenwart spürten, zogen sie sich zurück, um ihm den Weg zu ebnen. Das körperlose Geplapper wurde allmählich leiser, bis es nur noch ein zischendes Flüstern war, das schließlich ganz verstummte. Sie warteten ab.

Auf dem Friedhof herrschte Schweigen. Zumindest beinahe, denn tief in der Erde erscholl ein Schluchzen, das außer den Toten und dem Necroscopen Harry Keogh niemand zu hören vermochte. Ein gebrochenes Herz, das noch nicht in Verwesung übergegangen war, lag dort unten, eine Seele, die weder ein noch aus wusste, jemand, der vor lauter Kummer um seinen viel zu frühen Tod den Verstand verloren hatte und nun, nicht mehr Herr seiner Sinne, am Rande des Wahnsinns dahintaumelte.

In der Erinnerung des Necroscopen blitzte flüchtig ein Bild auf, eine Illustration, die er einmal in einem uralten Buch gesehen hatte: ein Mann, der wie ein Fötus zusammengekrümmt auf einem schmutzigen, von Ungeziefer wimmelnden Lager aus Stroh lag, das über nackte, zerbrochene Steinfliesen geschüttet war, umringt von ausgemergelten, sabbernden, hohläugigen Gestalten, die ziellos hin und her schlurften. Nahm Harry zu dieser Szene all das Flehen, Protestieren und gar Drohen der Großen Mehrheit hinzu, fragte er sich, ob es so wohl für Derek Stevens sein musste.

Da Harry seine Gedanken nicht abschirmte, bekamen die zahllosen Toten sie klar und deutlich mit.

Jaaa!, schluchzte Stevens und klammerte sich an Harrys Geist, drängte sich an ihn, um die Wärme des Lebenden zu spüren.

Jeder andere wäre auf der Stelle zurückgewichen. Die Vorstellung, von einem Leichnam umarmt zu werden, und sei es auch nur im Geist, ist nicht unbedingt erstrebenswert. Doch Harry war der Necroscope und die Toten seine Freunde. Der Besuch bei Stevens war für ihn auch nicht wesentlich anders, als würde er einen Freund im Krankenhaus aufsuchen. Darum umgab er den Toten instinktiv mit seiner Wärme und ließ ihn für eine Weile daran teilhaben ... allerdings nur kurz, denn eine innere Stimme warnte ihn davor, der durch nichts zu lindernden Kälte seines Gegenübers zu erliegen.

Doch als er Anstalten machte, sich zurückzuziehen:

Nein! Geh nicht! Wer bist du? Was *bist du? Ein Krankenpfleger? Ein Arzt? Du bist am Leben, das weiß ich, weil du so warm bist. Ich kann deine Wärme spüren! Alle anderen hier an diesem ... an diesem Ort, sie sind alle so kalt! Also sag' mir, sag' mir, sag' mir ... du musst mir sagen, dass sie lügen! Ich muss es wissen. Ich muss wissen, dass ... dass ich ... am Leben biiiiin!* Stevens' Gejammer endete in einem langgezogenen Klagelaut, einem schluchzenden Aufschrei, der mit einem Mal abebbte, als wolle die Erde ihn wieder verschlucken.

»*Ich* bin am Leben, ganz recht«, sagte Harry leise. Es fiel ihm leichter, wenn er es aussprach, und für die Große Mehrheit machte es keinen Unterschied. »Aber dies hier ist ... *keine* Klinik, Derek. Ich bin Harry Keogh, man nennt mich den Necroscopen, und manchmal wünschte ich mir, ich wäre es nicht. Jetzt zum Beispiel!« Wie sollte er es ihm sonst sagen? Es gab keine andere Möglichkeit. Seine Worte sprachen Bände und vermittelten weit mehr, als es den Anschein hatte, doch selbst in seinen Ohren klangen sie hohl.

Neeiiin!, heulte der Tote. *Meine Eltern, meine Frau, meine Familie und Freunde! Alles, was ich hatte ... verloren?* Diesmal geriet das letzte Wort zu einem Flüstern.

»Nein, sie sind nicht verloren!« Harry liefen die Tränen übers Gesicht und in seiner Stimme schwang seine Seelenqual mit. »Sie sind immer noch da, Derek, sie alle. Sie haben sich mit dem abgefunden, was du nicht akzeptieren willst. Weil sie dich sahen, berührten und fühlten und ihnen klar war, dass sie von dir lassen mussten. Mit ihren fünf Sinnen überzeugten sie sich davon, dass du ... tot bist.«

Das Schluchzen hatte aufgehört und sekundenlang herrschte fassungsloses Schweigen, beinahe so, als hielten die Toten den Atem an, als warteten sie darauf, dass Derek Stevens sein irres Geschrei wieder aufnahm.

Als der Necroscope merkte, dass es wieder losgehen wollte, kam er Stevens zuvor:

»Ich kann ihnen sagen, dass es dir gut geht. Deiner Familie, deinen Freunden, Jim Banks und George Jakes. Ich bin der Einzige, der das vermag. Ich kann sie beruhigen, damit es ihnen leichter fällt, weiterzumachen. Auch Banks und Jakes, denen es nicht anders geht als dir, auch wenn sie sich damit abgefunden haben. Ich kann es aber auch bleiben lassen. Oder ich kann ... ihnen sagen, in welchem Zustand du dich befindest. Das würde ich allerdings nur äußerst ungern tun, denn dann würden sie vor Sorge um dich bald wahnsinnig werden und müssten dasselbe durchmachen wie du ...«

Niemand kann dasselbe durchmachen wie ich, noch nicht einmal annähernd!, erwiderte der Tote. Mit einem Mal schwang in seiner Stimme ein Unterton mit, der zuvor nicht da gewesen war, sodass Harry sich vorkam, als würde er ein Verhör führen und habe sein Gegenüber unter Druck gesetzt, wenn nicht bedroht. *Aber genau das tust du!*, sagte Stevens höhnisch. *Du drohst einem Toten! So viel also zum vielgerühmten »Mitgefühl« des Necroscopen! Und wenn das eine Lüge war, was ist dann mit allem Übrigen, das man mir weisgemacht hat?*

Als Harry dies hörte, ließ seine Anspannung etwas nach, womöglich grinste er sogar trotz seiner Tränen. Endlich entwickelte sich das Wortspiel, das er spielte, in seine Richtung. »Du bist nicht verrückt, Derek«, entgegnete er. »Nicht, solange du noch so argumentieren kannst!«

Verrückt? Stevens schien überrascht. *Hat mich denn jemand für verrückt gehalten?* Seine Stimme war immer noch voller Bitterkeit, aber Harry spürte, dass er nun nicht mehr kurz davor stand, durchzudrehen. *Wahnsinnig vor Kummer und Enttäuschung, das ja* (genau wie der Prediger gesagt hatte). *Aber ich bin nicht verrückt! Dickköpfig, das ist alles! Ich bin ein schlechter Verlierer und kann nicht aufgeben, auch wenn eine Sache längst verloren ist. Aber, zur Hölle, so war ich schon immer!*

Natürlich! Und im Tod verhielt er sich nicht anders als im Leben. Aber auch der schlechteste Verlierer musste irgendwann einsehen, dass es endgültig aus und vorbei war.

Harry hörte die Toten leise aufseufzen, denn nun hatte er eindeutig die Oberhand gewonnen. Doch dem Necroscopen war klar, dass ein übler Nachgeschmack zurückbleiben würde, wenn er einem, der ohnehin schon am Boden lag, auch noch einen

Tritt versetzte. Man sollte immer einen Ausweg offen lassen und jemandem, der sich tapfer geschlagen hatte, die Chance geben, das Gesicht zu wahren. Darum sagte er wie beiläufig:

»Na ja, du kannst immer noch als Sieger dastehen.«

Eh? Wie das? Stevens hatte sich wieder weitgehend gefasst, das Schluchzen war aus seiner Stimme geschwunden. Es war die Aussicht, am Ende doch noch zu gewinnen, auch wenn alles bereits verloren schien. Doch wie konnte alles verloren sein, wenn er noch immer da war und nicht aufgab? *Ich kann immer noch gewinnen?*

»Ja, und das wirst du auch«, versicherte Harry ihm. »Denn am Ende sitzen wir ... hm, schließlich alle doch im selben Boot! Irgendwann erwischt es jeden von uns.«

Was? Stevens kam nicht ganz mit.

»Der Tod dauert verdammt lange«, erklärte Harry. »Du hast nichts verloren, Derek. Die Lage, in der du dich im Augenblick befindest, mag schlimm sein, aber das geht vorüber. Irgendwann, in ferner Zukunft, wirst du jeden, von dem du dich verabschieden musstest, hier wieder begrüßen können. Allerdings ist es durchaus möglich, dass du dies dann gar nicht mehr willst!«

Ich und das nicht wollen? (Erstaunen!) *Ich soll mir nicht wünschen, wiedervereint zu werden mit ...*

»... du wirst *älter* werden, Derek, und sie ebenfalls. Du wirst alt und erfahren sein, was den Tod angeht, und sie körperlich alt. Das wird dir erspart bleiben. Sie werden neue Freunde haben und ... sich verändern. Und du ebenfalls! Doch wer weiß? Vielleicht werden sie genau wie du sein, ebenso widerspenstig, und dich brauchen, damit ihnen jemand den Weg weist, wenn sie schließlich ... wenn sie schließlich hier ankommen. So wie die Toten dir den Weg weisen, wenn du sie nur lässt.«

Ich kann neue Freunde finden?

»Und auch alte! Jim Banks liegt gar nicht so weit entfernt. Du müsstest eigentlich mit ihm reden können. Du brauchst nur deinen Geist schweifen zu lassen.«

War ich ... selbstsüchtig?

»Nein, bloß verängstigt. Und den Toten hast du ebenfalls eine Heidenangst eingejagt; denn hin und wieder verlieren sie jemanden wie dich. Es kommt vor, dass jemand sich so sehr in sein Elend zurückzieht, dass er auf immer verloren ist. Sie glaubten schon, ebendies würde mit dir geschehen, Derek.«

Und deshalb riefen sie dich ...

Harry schüttelte den Kopf. »Ich bin nicht hergekommen, um dir zu helfen, sondern um dich um deine Hilfe zu *bitten!* Jim Banks hat mir bereits geholfen, und George, hoffe ich, ebenfalls.«

Jim, George und ich ... Nun war dem Toten klar, worum es ging, gehen musste, und Harry spürte seine Aufregung. *Hey, noch aus dem Grab zurückschlagen? Das wäre mal ein krönender Abschluss! Was willst du wissen?*

Harry sagte es ihm und erfuhr das Wenige, das Stevens wusste – wie üblich aus erster Hand ...

Später, nachdem der Necroscope sich von Stevens verabschiedet hatte und im Begriff war, den Friedhof zu verlassen, meldete sich der Prediger noch einmal zu Wort:

Harry, das war einfach ... großartig! Du verstehst dich wirklich aufs Argumentieren, weißt du das?

»Das sagte ich doch! Aber um der Wahrheit die Ehre zu geben, war ich Ihnen gegenüber im Vorteil. Ich wusste etwas, was Sie unmöglich wissen konnten.«

Oh?

»Es war ein Satz, der auf seinem Grabstein steht. Die Menschen, die ihm nahestanden und ihn besser kannten als wir beide, ließen ihn dorthin schreiben. Er lautet: ›ein Kämpfer bis zuletzt‹! Nur dass der Kampf, wie wir ja gesehen haben, noch nicht vorüber ist ...«

Der Necroscope hatte noch einen weiteren Besuch vor sich. Diesen Gang hätte er allerdings lieber ausgelassen – nämlich zum Leichenschauhaus der Polizei in Fulham. Dort lag John Jakes mit aufgeschlitztem Bauch auf einem Stahltisch und erwartete ihn. Denn es ist eine Sache, mit den Toten zu reden, aber etwas völlig anderes, vor einem bis zur Unkenntlichkeit verstümmelten, nach Blut und Eingeweiden stinkenden Leichnam zu stehen, um sich mit ihm zu unterhalten.

Harry machte sich auf das Schlimmste gefasst. Unterwegs erzählte er seinen Gefährten, was er von Derek Stevens erfahren hatte:

»Nicht ganz so viel wie von Banks, fürchte ich! Als Banks ermordet wurde, sah Stevens darin zunächst einmal keine direkte

Verbindung zu dem Fall, an dem Banks gerade gearbeitet hatte. Banks war einer Bande von Autoschiebern auf der Spur. Aber er wurde von einem Verrückten umgebracht, der wahrscheinlich für eine ganze Reihe weiterer Morde verantwortlich war. Womöglich hatte Banks sich nebenher auch noch damit beschäftigt? Das Einzige, was Stevens mit Sicherheit wusste, war, dass Banks einem Hinweis nachgegangen war, der ihn zu dieser Werkstatt im Eastend geführt hatte. Und er wusste ebenfalls, dass Banks ganz heiß darauf gewesen war, es zu Ende zu bringen. Also beobachtete er den Laden, wartete ab und tat sich mit George Jakes zusammen, um Pläne zu schmieden. Aber weil Stevens und Jakes eng mit Banks befreundet gewesen waren, wurde der Fall einem anderen, ›emotional unbeteiligten‹ Team übertragen. Nicht, dass es irgendjemanden wirklich kalt gelassen hätte. Ein Kollege war ermordet worden und wenn es um so etwas geht, sind Polizisten sehr eigen. Aber wie dem auch sein mochte, Stevens und Jakes waren aus dem Spiel.

Sollte es allerdings doch einen Zusammenhang zwischen dem Mord an Banks und seiner Theorie über die Werkstatt und die Autodiebstähle geben, dann ging Stevens davon aus, dass das Geschäft jetzt auf Sparflamme lief. Dann würde die Gang sich erst einmal bedeckt halten, um zu sehen, woher der Wind wehte. In diesem Fall würde eine Razzia vorerst nichts bringen, denn natürlich wäre die Werkstatt ›sauber‹.

Und tatsächlich ging während der nächsten drei bis vier Wochen die Zahl der Anzeigen wegen Autodiebstahls auffällig zurück. Doch das mochte ein Zufall sein. Jedenfalls konnte Stevens noch immer keine Verbindung zwischen Banks' Ermordung und der verdächtigen Werkstatt herstellen. Innerhalb dieser vier Wochen hatte der Mond allerdings ab- und wieder zugenommen. Gegen Ende dieses Zeitraums stieg die Rate der Autodiebstähle wieder an. Als ein paar Porsches geklaut wurden, war es so weit. Eine Razzia stand unmittelbar bevor ... und der Mond war schon fast wieder voll.

Unterdessen hatten Stevens und Jakes sich die Bude bereits angesehen, ein abbruchreifes mehrgeschossiges Parkhaus, das früher einmal der Stadt gehört hatte. Die Werkstatt war riesig und genauso heruntergekommen wie der Rest, nur noch ein Betonkasten. Die oberen Stockwerke waren schon entkernt und standen zum Abriss bereit, nur das Erdgeschoss und den Keller konnte man noch nutzen, und ebendort befand sich die Werkstatt. Trotzdem war es keinesfalls leicht, hineinzugelangen. Das Erdgeschoss hatte keine Fenster, und die ehemalige Ausfahrt war versperrt. Der verbliebene Zugang wurde von einer bemannten Schranke und einem per Elektromotor hochklappbaren Stahlgitter abgeriegelt. Im ganzen Arbeitsbereich gab es kein Tageslicht, nur künstliches, und außer den Kunden, deren Fahrzeuge gerade repariert wurden, wurde niemand eingelassen. Ohne Durchsuchungsbefehl lief da gar nichts.

Während Stevens und Jakes den Laden in Augenschein nahmen, machten sie dieselbe Erfahrung wie Jim Banks vor ihnen: Etwas oder vielmehr jemand war in ihren Geist eingedrungen! Das Gefühl war so seltsam, unnatürlich, unheimlich, dass keiner der beiden dem anderen auch nur ein Sterbenswörtchen davon sagte! Wahrscheinlich dachten sie, sie seien im Begriff, überzuschnappen. Zumindest Stevens machte sich Sorgen in dieser Richtung – aber keiner von beiden sagte etwas, jedenfalls nicht seinem Partner. Derek Stevens führte es auf Nervenflattern zurück und auf den Verlust von Jim Banks. Aber mittlerweile habe ich mit beiden gesprochen und weiß, dass sie exakt dasselbe empfanden.

Dieses Wolfswesen, dieser selbsternannte Lykanthrop, war in ihren Geist eingedrungen. Vielleicht war er auf sie aufmerksam geworden, weil sie die Werkstatt, während sie ihre Razzia vorbereiteten, mit einem unauffälligen Blick zu viel bedacht hatten. Was es auch sein mochte, zu einer Durchsuchung sollte es nicht mehr kommen ...

Vor fünf Nächten, einen Tag vor Vollmond, fuhr Stevens von der Arbeit nach Hause. Es nieselte und die Straßen waren nass. An einer Baustellenampel vor einer Brücke über einen Bahndamm musste er halten ... aber der Lkw hinter ihm fuhr einfach weiter! Das Einzige, was Stevens warnte, war das obszöne Kichern in seinem Kopf und eine gurgelnde Stimme, die sagte: ›Verabschiede dich von deinem Arsch, Dumpfbacke!‹ Darauf folgte ein irres Geheul, wie von einem Verrückten, der versuchte, einen Wolf nachzuahmen.

Der Lkw erwischte seinen Wagen rechts hinten und schob ihn nach links von der Straße weg, wo er eine provisorische

Absperrung durchbrach und über neun Meter tief auf die unter Strom stehenden Gleise stürzte ... «

Darcy Clarke nickte. »Es hat in der Zeitung gestanden. Allein der Sturz und die Hochspannung hätten wahrscheinlich ausgereicht; aber der Pendlerzug, der zwei Minuten später in seinen Wagen raste, gab ihm endgültig den Rest. Es war ein Wunder, dass der Zug nicht entgleiste und es keine weiteren Verletzten gab.«

»Das ist alles, was ich von Derek Stevens erfuhr«, nickte Harry. »Bleibt noch John Jakes – beziehungsweise was von ihm übrig ist!«

»Harry!«, sagte Darcy, mit einem Mal sehr leise. »Ich weiß, dass du schon so einiges gesehen hast. Aber die Polizei hat uns mitgeteilt, dass es in diesem Fall, nun ja, wirklich übel ist. Jakes hatte keinerlei Familie, darum haben sie ihn nicht allzu sehr hergerichtet. Er befindet sich noch in demselben ... Zustand, in dem unser Irrer ihn vor drei Nächten zurückließ. Die Polizei ist jetzt mit ihm fertig und übermorgen wird er verbrannt. Jakes war ein Ökofreak und er wollte es so. Er meinte wohl, dass ohnehin schon alles zugebaut wird, da müsse man nicht auch noch totes Fleisch in der Erde vergraben – das sind seine Worte, Harry, nicht meine! Das jedenfalls hat mir sein Chef erzählt.«

Harry überlegte einen Augenblick. »Du hast recht, Darcy, ich habe wirklich schon einiges gesehen. Das Schloss Bronnitsy ... war voll davon! Aber trotzdem vielen Dank für die Warnung. Wahrscheinlich könnte ich auch von hier oder von meinem Zimmer im E-Dezernat aus Kontakt zu Jakes aufnehmen, aber du weißt, dass dies nicht meiner Art entspricht. Meiner Meinung nach ist Respekt eine zweigleisige Angelegenheit: Wer Respekt erwartet, sollte auch bereit sein, Respekt zu zollen. Deshalb werde ich ihn so oder so aufsuchen.«

Wenig später befanden sie sich dort ...

Harry wusste, dass die Toten keineswegs alle gleich waren. Jim Banks war ein harter Bursche gewesen, aber nur nach außen hin, und Derek Stevens dickköpfig, jemand, der sich eine Niederlage nicht eingestehen konnte und bei Weitem noch nicht bereit war, zu gehen, obwohl ihm gar nichts anderes übrig blieb. Die beiden verhielten sich wie jemand, der einen neuen Anzug trägt, um Eindruck zu schinden. Nach außen gaben sie sich als Polizisten, doch unter der rauen Schale waren sie bloß zwei ganz normale

Menschen. Nun, das galt für diese beiden. Bei George Jakes hingegen war der Fall völlig anders gelagert. George war wirklich stahlhart. Und zwar noch immer!

Oh, er hatte auch seine weichen Stellen, so weich jedenfalls, wie die Totenstarre dies zuließ. Doch bei Gelegenheiten wie dieser vermochte der Necroscope seine Gedanken sehr wohl für sich zu behalten ...

Harry und seine Gefährten wurden von einem Polizei-Pathologen hinab in den Raum geführt, in dem die Leichen aufbewahrt wurden, die eines unnatürlichen Todes gestorben waren beziehungsweise deren Todesursache noch ungeklärt war. Ihr Führer hatte gerade eine Autopsie in einem anderen Saal hinter sich und wischte sich, während er ihnen freundlich plaudernd vorausging, die Hände an seinem ursprünglich weißen Kittel ab, ehe er die dünnen Gummihandschuhe abstreifte, um die drei in die verschlossene Kühlhalle einzulassen. »Geben Sie den Schlüssel in meinem Büro ab, wenn Sie fertig sind«, sagte er, indem er sie allein ließ. Der Rest seines Geplappers ging in der morbiden Atmosphäre des Ortes unter, weil er die Stimme zu einem Murmeln senkte.

Clarke und Layard folgten Harry schweigend, während dieser von Schublade zu Schublade schritt und die Etiketten in Augenschein nahm. Als er jedoch vor einer Lade mit der Aufschrift »George Jakes« stehen blieb, traten sie etwas zurück. Darcy räumte ein, dass ihm von der Sache in der Oxford Street noch immer ganz mulmig sei, und Layard hatte keine Lust, sich irgendetwas anzuschauen, nur damit er es gesehen hatte. Aber falls Harry sie brauchen sollte ...? Er schüttelte den Kopf und ließ sie gehen. Dann zog er die Schublade auf.

Was gibt's, Necroscope?, fragte George Jakes. Auf seinem Gesicht lag ein entsetztes Grinsen, das er bis in alle Ewigkeit tragen würde, oder doch zumindest so lange, bis er verwest war. Noch ehe Harry etwas erwidern konnte, fuhr Jakes, diesmal jedoch wesentlich gemäßigter, während er die überraschten Gedanken seines Besuchers las, fort: *Hey, ist es denn wirklich so schlimm? Komisch, ich spüre nämlich überhaupt nichts! Aber ich kann mich sehr gut daran erinnern – und wie! Aber wenn man es in Technicolor sieht, ist das auch keine große Hilfe. Wie wär's, wenn du es jetzt einfach abstellst, Necroscope? Ich meine, ich habe noch nie allzu viel davon gehalten, mich selber auf Heimvideos zu betrachten, weißt du?* Mittlerweile war jeder Humor aus Jakes' Stimme gewichen und Harry begriff, dass der Tote sich durch seine, Harrys Augen selbst sah!

Rasch schob er die Schublade wieder zu und tastete nach einem Stuhl aus Stahlrohr, um sich daran festzuhalten. Schwer ließ er sich auf die Sitzfläche sinken. »George ... ich ... Was soll ich sagen? Es tut mir leid!« Das schien nicht allzu viel, doch ihm fiel nichts Besseres ein.

Obwohl die Lade geschlossen war, sah Harry ihren Inhalt noch immer vor sich. Jede blutige Einzelheit hatte sich seinem geistigen Auge eingeprägt. Aber Darcy hatte sich geirrt. Jemand hatte die Leiche notdürftig präpariert, um den Anblick erträglich zu machen. Allerdings waren die Stiche nicht allzu ... kosmetisch. Jakes' Leiche sah aus wie ein zerrissenes Stück Sackleinen, das jemand schlampig wieder zusammengeflickt hatte, so als habe man ihn nur zusammengenäht, damit die Innereien auch innen blieben und er nicht auseinanderfiel.

Mit Bedacht verbannte Harry das Bild aus seinem Geist – damit Jakes es nicht sehen musste – und atmete tief durch. Er dachte daran, was Jim Banks ihm erzählt hatte. »Aber wenigstens musstest du nicht alles spüren, George. Du kannst das unmöglich alles mitbekommen haben!«

Ich habe genug gespürt, entgegnete Jakes. *Mehr als genug, um noch als Toter nicht darüber zu reden!* Offensichtlich wollte er es vergessen, wusste jedoch, dass dies nicht so einfach war. Er würde es noch eine ganze Zeit lang mit sich herumschleppen. *Also los, Harry! Ich weiß, was du möchtest. Fangen wir an ...*

Ich habe keine Familie, begann Jakes seine Geschichte. *Meine einzigen Freunde, und noch dazu ziemlich wenige, hatte ich bei der Truppe. Ich war von Jugend an ein Cop, seit ich achtzehn war, bis vor wenigen Wochen, als ich vierzig wurde. Und genau wie du, Harry, war immer ich derjenige, der die richtig scheußlichen Fälle bekam. Anscheinend ergab es sich einfach so: Vergewaltiger, Mörder und Brandstifter, Zuhälter, Perverse und was sich sonst noch alles auf dem Strich herumtreibt, sie alle schienen es auf mich abgesehen zu haben. Deshalb schloss ich nur eine Handvoll Freundschaften und wollte auch nicht heiraten, um eine Familie zu gründen. Ich hatte Tag für Tag nur mit Abschaum zu tun, da wollte ich nicht auch noch andere mit hineinziehen. Oder … vielleicht hatte es auch etwas mit Vertrauen zu tun. So viele da draußen wollen auf Teufel komm raus nur Karriere machen und gehen dabei über Leichen – wenn es sein muss, selbst über die von uns Übrigen –, dass ich einfach keine Lust hatte, in die Schusslinie zu geraten. Ich meine, natürlich wollte ich ein guter Bulle sein, aber ich kam auch sehr gut alleine zurecht, ohne mich auf irgendjemand anderen zu verlassen. Und genau das tat ich auch.*

Niemand kam mir in die Quere, noch nicht einmal andere Cops, es sei denn, sie kannten mich gut. Ich hatte nun mal diesen Ruf. Mag sein, dass ich zu viele Zigaretten rauchte und zu viel billigen Whisky trank … aber ich erledigte meinen Job. Vor allem die Sachen, mit denen sich sonst keiner befassen wollte. Und ich war hart, denn trotz all meiner schlechten Angewohnheiten hielt ich meinen Körper in Schuss. Wenn sich einer mit mir anlegte, musste er schon ein knallharter Bursche sein. Na ja, und das war er ja auch …

Normalerweise wäre ich nicht darauf reingefallen; aber zu dem Zeitpunkt lief nichts mehr wie sonst. Ich trauerte um Derek Stevens. Ich meine, am einen Tag waren wir noch zu zweit, und am nächsten … gab es ihn schon nicht mehr! Ein lausiger Verkehrsunfall mit Fahrerflucht, musste das wirklich sein? Aber wenigstens bewies es meine Theorie, dass ein Mann besser alleine zurechtkommt, und sei es auch nur, weil er dann niemanden zurücklässt, der sich die Augen ausweint. Weißt du, ich glaube, ich war ziemlich verbittert. Und ich hatte keine Chance, eine Verbindung zwischen den Morden an Derek und Jim Banks herzustellen oder einen Zusammenhang mit Jims Arbeit an den Autodiebstählen zu sehen.

Nur eines war sicher: Ob mit oder ohne Durchsuchungsbefehl, am nächsten Tag wollte ich mir diese Werkstatt im Eastend vornehmen. Nichts würde mich davon abhalten! Das Dumme daran war, dass ich mir das überlegte, während ich mit den Händen in den Hosentaschen und der vierzigsten Zigarette im Mundwinkel direkt vor dem Laden die Straße entlangspazierte, um noch einmal einen letzten Blick darauf zu werfen, ehe ich die Bande hochnahm. Und natürlich belauschte er *mich! Ich merkte, dass er da war, in meinem Kopf, schob es aber auf meine niedergedrückte Stimmung.*

Nun ja, man lernt nie aus – bis man stirbt …

Bevor ich ging, sah ich noch einen Lieferwagen von der Parkhausausfahrt auf die Straße rollen. Darin saßen zwei Kerle, die ihre Dschungelmusik voll aufgedreht hatten. Ich meine, so ähnlich wie dieses Calypso-Zeug, das dein Namensvetter, Harry Belafonte, früher gesungen hat, nur eine ganze Ecke wilder. Hey, ich bin nie über Bill Haley, Little Richard und Fats Domino rausgekommen, also frag' bloß nicht, was für Musik genau. Irgendwas aus der Karibik, Jamaika oder so, das mit Sicherheit, und daher stammte wohl auch der Typ auf dem Beifahrersitz.

Ein typischer Rastamann mit schmierigen Dreadlocks, und seine Augen waren genauso schwarz wie seine Zöpfe. Er starrte mich an, als der Lieferwagen an mir vorüberrauschte, und sein Blick schien zu sagen: »Wir sehen uns wieder, Weißbrot!« Und so kam es dann ja auch!

Der Kerl am Steuer war drei, vier Jahre jünger, ein Weißer – na ja, schmutzigblass – mit einem Pickelgesicht. Die Unterlippe hing ihm herab, als hätte er sie nicht mehr alle, und er trug einen Bürstenschnitt. Jaah, Harry, ich weiß! Glaubst du etwa, ich liege hier untätig herum? Natürlich unterhalte ich mich hin und wieder mit Jim Banks und bei diesem Kerl handelte es sich wohl um Skippy. Aber das wusste ich damals noch nicht. Für mich waren diese Kerle bloß ein paar Rowdys, die in dieser Werkstatt arbeiteten. Ja, bloß ein paar Schläger, die in meiner Wohnung auf mich warteten, als ich nach Hause kam.

Wie gesagt, wäre ich nicht so niedergeschlagen gewesen, hätte ich es wahrscheinlich gemerkt. Dann hätte ich wohl geahnt, dass etwas nicht ganz koscher war. Aber als ich es schließlich merkte, war es bereits zu spät.

Meine Wohnung liegt im Erdgeschoss und die beiden anderen Mieter über mir arbeiten abends. Deshalb war das Haus leer. Als ich nach Hause kam, war es – ich weiß nicht genau – kurz vor sieben. Draußen brannte bereits die Straßenbeleuchtung. Als ich den Schlüssel im Schloss drehte, schien er ein bisschen zu klemmen. Aber als ich dann die Tür aufhatte, eintrat und versuchte, *das Licht einzuschalten …*

… da wurde mir plötzlich alles klar! Aber da war es auch schon zu spät.

Direkt vor der Haustür stand eine Straßenlaterne. Die Vorhänge waren zwar zugezogen, doch durch die Ritzen fiel ein bisschen Licht. Ich befand mich noch keine Minute in meiner Wohnung, da wusste ich, dass sie da waren. Es war nur so ein Gefühl – die Tatsache, dass das Licht kaputt war; und dann die Schatten an Stellen, an denen eigentlich gar keine sein durften.

Ich erhielt einen Schlag auf den Kopf, keine Ahnung von wem. Aber als ich wieder zu mir kam, war der Teppich feucht von meinem Blut und eine Stelle hinter meinem Ohr fühlte sich weich an. Ich konnte höchstens eine Sekunde lang weg gewesen sein, doch als ich mich rührte und versuchte, mich in eine sitzende Position aufzurichten, hörte ich eine unangenehme Stimme mit breitem Akzent, eindeutig aus Newcastle, sagen: »Ein harter

Bursche, was?« Und eine andere, tiefe, dunkle, kehlige Stimme erwiderte, allerdings nur in meinem Kopf:

»Yeah. Aber innen bist du viel weicher, mein Junge, nicht wahr?«

Und als ich die Augen aufschlug, um einen Blick auf das Gesicht zu erhaschen, das, wie ich wusste, zu der Stimme gehörte …

… war es die Wolfsfratze, die Jim Banks gesehen hatte, was sonst? Die irren Augen, die mich aus den Höhlen anstarrten, waren pechschwarz und funkelten wie Kohle; aber sie gehörten einem Menschen … und doch auch wieder nicht! Das Wesen rollte mich mit dem Fuß auf den Rücken, setzte sich rittlings auf meine Oberschenkel und präsentierte mir seine Klaue – fünf rasiermesserscharfe Klingen, die in einem Kettenhandschuh steckten, den er sich über die Hand gestreift hatte!

Wie gesagt, in meiner Wohnung war es dunkel. Das einzige Licht stammte von der Laterne vor der Tür, das durch die Ritzen in den Vorhängen fiel. Aber so dunkel war es nun auch wieder nicht. Hinter der Schulter des Kerls konnte ich diesen Skippy sehen. Ich sah, wie blass er war und dass er es nicht ertrug, zuzuschauen. Er musste sich abwenden!

Und dann der Schmerz, als der Kerl seine Klingen in mich senkte, wieder und wieder, und anfing, mich aufzuschlitzen …

Du hast schon recht, Harry, seufzte Jakes nach einer geraumen Weile, *ich habe nicht alles gespürt. Weißt du, es gibt eine Grenze, bis zu der man etwas ertragen kann! Komisch, das Letzte, woran ich mich erinnere, bevor ich das Bewusstsein verlor und hier wieder aufwachte, ist der Gedanke: »Mein Gott, wie wird meine Wohnung bloß aussehen …?«*

Er verstummte. Womöglich ließ er sich alles noch einmal durch den Kopf gehen. Gerade als der Necroscope sich bedanken und zum Gehen wenden wollte, sagte er: *Oh, da ist noch etwas. Wahrscheinlich ist es nicht der Rede wert, aber das solltest du entscheiden. Da war noch ein Mädchen.*

»Ein Mädchen?«, echote Harry.

Draußen vor der Werkstatt. Sie ging auf und ab. Zweimal habe ich sie dort gesehen, und dann wieder an dem Abend … als es geschah. Er tat es mit einem Achselzucken ab. Die Sache war für ihn erledigt. *Sie sah verdammt gut aus! Groß, schlank, verführerisch, und nichts davon war aufgesetzt. Möglicherweise Eurasierin, ihren mandelförmigen, leicht schräg stehenden Augen nach zu urteilen. Das Haar fiel ihr in Wellen auf die Schultern; es wirkte pechschwarz, aber wenn sich das Licht darin brach, schimmerte es grau. Sie war dieser alterslose Typ, Harry. Sie konnte alles zwischen neunzehn und fünfunddreißig sein. Aber hübsch, oh ja!*

Er stellte sie sich vor, damit sich der Necroscope selbst ein Bild machen konnte, und Harry pflichtete ihm bei: Ja, sie war wirklich verdammt hübsch. »Eine Kundin, die wartet, bis ihr Wagen fertig ist?«

Vielleicht! Abermals zuckte Jakes die Achseln. Er verstummte.

Das Gespräch war vorüber ...

FÜNFTES KAPITEL

Als sie wieder vor der Zentrale des E-Dezernats eintrafen, war es eigentlich an der Zeit, Feierabend zu machen; es war schon spät. Doch Darcy hatte, seinem Bekunden zufolge, noch einigen Schreibkram zu erledigen, ehe er nach Hause ging, und auf Ken Layard wartete ebenfalls noch Arbeit. Also fuhren sie mit Harry im Fahrstuhl nach oben und begleiteten ihn bis an seine Tür. Vielleicht war der Papierkram aber auch nur ein Vorwand. Vielleicht ahnten sie, dass der Abend, was den Necroscopen betraf, noch nicht ganz vorüber war.

Alles war ruhig. Nun, da die meisten ESPer bereits nach Hause gegangen waren, hätte man den Hauptkorridor auch für einen ganz gewöhnlichen Flur in einem der besseren Londoner Hotels halten können. Doch vor dem Aufzug hatte sie der Beamte vom Dienst empfangen, und als der Necroscope in sein Zimmer ging und gerade die Tür hinter sich schließen wollte ... war ihm mit einem Mal, als höre er jemanden seinen Namen flüstern! Prompt packte ihn die Wut. Indem er zurück in den Korridor trat, rief er: »Hey, hört mal zu! Lasst das! Wenn es um mich geht, warum redet ihr dann nicht einfach *mit mir* anstatt über mich? Was bin ich, etwa ein Aussätziger?«

Layard befand sich bereits in seinem Büro. Nur Darcy und der diensthabende Beamte, ein ESPer namens John Grieve – ein spindeldürres, allmählich kahl werdendes Männchen in grauen Hosen und Hausschuhen, mit Brille und hochgekrempelten Hemdsärmeln und einer präzisen, knappen, beinahe militärisch anmutenden Redeweise, wegen der er, wie Harry mutmaßte, ohne Weiteres auch als Finanzbeamter durchgegangen wäre, was er allerdings bei Weitem nicht war – standen, die Köpfe beinahe verschwörerisch zusammengesteckt, beisammen.

»Nun?«, raunzte er die beiden an, als sie sich verwirrt zu ihm umwandten.

»Nun was?« Darcy stand die Verärgerung deutlich ins Gesicht geschrieben. »Wir haben nicht über dich geredet, Harry!«

»Äh, aber wir waren gerade im Begriff, damit anzufangen.« John Grieve klang nicht ganz so selbstsicher und fummelte an seinem rechten Ohrläppchen herum. »Beziehungsweise nicht von dir, sondern von deiner Frau. Und du hast natürlich vollkommen recht: Wir hätten dich mit einbeziehen sollen! Aber ich wollte zunächst Darcys Meinung hören.«

Nun war es an Darcy, Grieve nicht minder verwirrt anzublicken. »Was? Was ist hier eigentlich los?«

»Das versuchte ich dir doch zu sagen! Es geht um Brenda.« Und rasch, ehe Darcy und der Necroscope ihn mit wütenden Fragen löchern konnten, fuhr er fort: »Wie es aussieht, haben wir sie verloren – und das Baby ebenfalls.« Grieves nüchterner, offizieller, beinahe emotionsloser Ton schien im Geist des Necroscopen widerzuhallen wie ein Donnerschlag. Darcy empfand es ebenso. Vielleicht lag es an dem leeren Flur und den verlassenen Büros, dachte Harry, und schob den Gedanken vorerst beiseite. Brenda und Harry junior verschwunden? Das hatte im Moment Vorrang.

»Ihr habt sie verloren?«, wiederholte er Grieves Worte. »Meine Frau und meinen Sohn? Was soll das heißen – ›verloren‹?« Die Formulierung schien wohlüberlegt und klang so endgültig. Harrys müde Augen waren mit einem Mal hellwach, sein Blick starr. Er packte den Diensthabenden am Ellbogen. »Ist ihnen ... ist ihnen etwas zugestoßen?«

Grieve sah ihm direkt in die Augen. »Nein, nicht dass wir wüssten! Würde es dir etwas ausmachen, jetzt meinen Arm loszulassen, damit ich wie ein normaler Mensch mit dir reden kann?«

Harry biss die Zähe zusammen und ließ ihn los. Während er darauf wartete, dass Grieve endlich anfing, rief er sich noch einmal ins Gedächtnis, was er über den Mann wusste. Grieve verfügte über zwei Talente, eines davon eher »zweifelhaft«. Im Sprachgebrauch des E-Dezernats war dies die Bezeichnung für eine bislang noch nicht ausgereifte ESP-Fähigkeit. Das andere hingegen war wirklich erstaunlich und möglicherweise einzigartig. Seine erste Gabe bestand im Hellsehen. Grieve war eine menschliche Kristallkugel. Das Dumme daran war nur, dass er genau wissen musste, wo und wonach er suchen musste, sonst konnte er nämlich nichts sehen. Sein Talent funktionierte nicht aufs Geratewohl, sondern er brauchte ein eindeutiges Ziel, um es einzusetzen.

Seine zweite Fähigkeit machte ihn doppelt wertvoll. Möglicherweise handelte es sich nur um eine Reflexion seines ersten

Talents, aber mitunter erwies sie sich als wahre Gottesgabe. Grieve war ein Telepath, und zwar kein gewöhnlicher. Allerdings musste er auch dieses Talent zielgerichtet benutzen. Er vermochte die Gedanken eines Menschen nur dann zu lesen, wenn er gerade mit ihm sprach ... Sofern er den Betreffenden kannte, galt dies jedoch auch für Telefongespräche! Solange man sich John Grieves bediente, hatte man keinen Zerhacker mehr nötig. Dies war mit ein Grund, weshalb Darcy ihn so oft wie möglich als Diensthabenden einsetzte.

Aber ... hatte das, was der Necroscope einen Augenblick zuvor gespürt hatte, etwas mit Grieves Talent zu tun? War dies überhaupt möglich?

»Ihr habt nicht über mich gesprochen?« Harry runzelte die Stirn und fuhr sich mit der Zunge über die trockenen Lippen, während seine Gedanken zu dem sonderbaren Gefühl zurückkehrten, das ihn befallen hatte, als er sein Zimmer betrat. Er hatte den Eindruck gehabt, jemand würde seinen Namen flüstern. Und dann dieser merkwürdige Halleffekt, der noch immer da war, so als befände sich in seinem Kopf ein Hohlraum – oder ... noch jemand anders? Jemand, der seine Gedanken ausspähte? »Hast du vielleicht an mich *gedacht?* Und falls ja, wäre ich dann in der Lage, das, was du denkst, mitzubekommen?« Mit einem Mal standen Brenda und der Kleine nicht mehr an erster Stelle von Harrys Prioritätenliste. Nein, das stimmte nicht ganz. Aber zumindest sah er nun einen möglichen Zusammenhang zwischen ihrem Verschwinden und diesem neuen Problem. Es handelte sich zwar nur um eine entfernte Möglichkeit, aber immerhin war es eine – darum betete er.

Abermals packte er Grieve am Arm, erst einen, dann beide, als ihm klar wurde, was dessen Blick zu bedeuten hatte. Nein, er wäre nicht in der Lage gewesen, was Grieve dachte, mitzubekommen. »John, ich möchte, dass du meine Gedanken liest!«, herrschte er ihn an. »Geh' in meinen Geist und sieh zu, was du da findest. *Wen* du da findest! Jetzt, auf der Stelle, so rasch du kannst!«

Beinahe instinktiv tat Grieve wie geheißen und wich prompt zurück. Indem er sich Harrys Griff entzog, stolperte er einen Schritt von ihm fort. »Was ...?«

»Und?« Harry setzte ihm nach und drückte ihn gegen die Wand des Korridors. »Was hast du gesehen?« (Der Widerhall war verschwunden, was den Necroscopen nicht sonderlich überraschte. Er hörte jetzt alles wieder so klar und deutlich wie immer. Kein Geflüster mehr in seinem Hinterkopf.)

Besorgt blickte Darcy von Harry zu Grieve und wieder zurück. »Was, um Himmels ...«, setzte er an. Doch Grieve schnitt ihm, zu Harry gewandt, das Wort ab: »Da war noch jemand! Noch vor einem Moment war da noch jemand! Und jetzt bist du wieder allein. Nur noch ... du!«

Harry ließ ihn los und wandte sich bebend ab. Jemand war in seinen Geist eingedrungen! Nicht anders als bei Banks, Stevens und Jakes. Sekundenlang lag eine geradezu elektrische Spannung in der Luft, bis Darcy schließlich brüllte: »Könnte mir vielleicht jemand erklären, was hier vorgeht?«

Worauf Harry die beiden mit in sein Zimmer nahm und Grieve zuhörte, wie er von Brendas und Harry juniors Verschwinden berichtete. Grieve kam sofort zur Sache, doch dem Necroscopen ging es nicht schnell genug. Während er Grieve zuhörte, lauschte er gleichzeitig darauf, ob da noch etwas anderes in seinem Kopf war. Doch es kam nicht zurück. Noch nicht ...

»Sie ging nach Knightsbridge zum Einkaufen«, begann Grieve. »Den Kleinen hatte sie dabei. Natürlich behielten unsere Leute sie im Auge, drei unserer besten Männer. Dieselben, die schon die ganze Zeit über auf sie aufpassten; vom Sicherheitsdienst, und die verstehen ihren Job. Zwar keine ESPer, aber ziemlich nah dran.« Er schüttelte den Kopf. »Bei jedem anderen würde ich davon ausgehen, er wollte sich rausreden. Aber nicht diese Leute. Die wissen, was sie tun! Und wenn die sagen, sie sei einfach verschwunden, dann verhält es sich auch so ...

Allerdings ist sie nicht in der Menge untergetaucht, versteht ihr, obwohl es auf der Straße nur so von Menschen wimmelte. Stattdessen ging sie mit Harry junior zu einem Babyausstatter und ließ ihre Aufpasser draußen warten. Dort warteten sie und warteten ... bis sie schließlich reingingen, um nachzusehen, was los war. Nun, es gab keinen Hinterausgang, aber Brenda und der Kleine ...«

»... waren verschwunden.« Harry klang nun schon viel ruhiger. »Ja, so langsam wird mir klar, was geschehen ist. Um wie viel Uhr war das?«

»Ungefähr um halb sechs. Ihr beide hattet die Zentrale bereits zusammen mit Ken Layard verlassen. Ich wollte keine Panik auslösen und euch auch nicht von dem, was ihr vorhattet, abhalten. Wie es aussah, würden wir Brenda ja ohnehin bald wieder aufsammeln. Ich meine, wir passen ja nicht auf sie auf, weil sie von irgendwem bedroht wird, sondern vor allem weil ... nun, weil ...«

»... weil sie manchmal anscheinend nicht selbst auf sich aufpassen kann!«, fiel Harry ihm ins Wort. »Es ist okay. Na los, sag' es schon! Sie hat Probleme, ich weiß.« Bei sich dachte er: *Brenda und Probleme? Das ist die Untertreibung des Jahrhunderts!*

All die Verhöre über Wochen und Monate hinweg, die der Bodescu-Affäre folgten, nachdem Harry schließlich einen neuen Körper gefunden hatte. Die Tatsache, dass es ihn überhaupt noch gab, wo Brenda ihn doch für tot gehalten hatte! Das hätte ausgereicht, einen jeden ... aus der Bahn zu werfen. Und im Verlauf der Befragungen, während Harry nach und nach genas, war allmählich immer deutlicher geworden, dass Brenda wirklich krank war. Im Grunde war nichts anderes zu erwarten gewesen, und eigentlich hätte man damit rechnen müssen.

Immerhin war Brenda erst vor Kurzem Mutter geworden und hatte sich noch nicht von der beschwerlichen Schwangerschaft und der schwierigen Geburt erholt. Eine Zeit lang hatte der Arzt sogar geglaubt, er werde sie verlieren.

Hinzu kamen das unheimliche Talent ihres Mannes – Brenda wusste, dass er mit den Toten redete, und dies nagte bereits seit Monaten an ihr – und die Tatsache, dass ihr neugeborener Sohn anscheinend dieselben, wenn nicht noch beängstigendere Kräfte besaß, sodass selbst die ESPer des E-Dezernats ihn mit Argwohn betrachteten. Außerdem war Harry nun auch noch ein (im wahrsten Sinne des Wortes) vollkommen anderer geworden, jemand, der zwar über Harrys Vergangenheit, seine Erinnerungen und Eigenheiten verfügte, sich aber im Körper eines völlig Fremden befand. Dazu das Entsetzen, das Brenda in jener Nacht empfunden hatte, als sie dem Ungeheuer Yulian Bodescu von Angesicht zu Angesicht gegenüberstand. Selbst in ihren schlimmsten Albträumen hätte sie niemals angenommen, dass etwas Derartiges existierte ...

Kein Wunder, dass ihr bei all dieser Anspannung die Nerven durchgingen. Zu allem Überfluss fühlte sie sich in London auch noch äußerst unwohl und hatte keine Möglichkeit, in den

Nordosten nach Hartlepool zurückzukehren. Ihre ehemalige Wohnung würde nur monströse Erinnerungen in ihr wachrufen und wäre das reinste Gift für sie. Schließlich hatte Bodescu, oder vielmehr das Wesen, zu dem er geworden war, sie dort angegriffen und versucht, sie und ihr Kind zu töten!

Je mehr Brenda den Kontakt zur Realität verlor, desto häufiger suchte sie diverse Spezialisten und psychiatrische Kliniken auf. Bis jetzt ... doch was war geschehen? War sie zu dem Entschluss gelangt, dass es endlich genug war? Oder war dies das Werk von Dritten? Oder konnte es möglich sein, dass das Baby ...

»Wie dem auch sein mag«, redete Grieve weiter, froh, dass Harry ihn aus der Verantwortung entließ, »es kam anders, als ich dachte, und sie sind noch immer verschwunden. Wir haben jeden Agenten, den wir entbehren können, dafür abgestellt. Im Augenblick durchkämmen sie die Innenstadt und tun, was sie können.«

Seine Worte holten den Necroscopen wieder auf den Boden der Tatsachen zurück. »Wo liegt der Laden?«, fragte er mit finsterer Miene.

Grieve führte Darcy und Harry in die Einsatzzentrale, wo er auf dem riesigen Schirm den Stadtplan von London aufrief und dem Necroscopen zeigte, wo genau sich das Geschäft befand.

»In Ordnung«, sagte Harry. »Jetzt habe ich etwas zu tun.« An John Grieve gewandt, fuhr er fort: »Ich werde nicht lange weg sein. Aber in der Zwischenzeit kann Darcy dir vielleicht erklären, an was für einem Fall wir gerade arbeiten.« Zu Darcy meinte er: »Ich hoffe, die Sache mit Brenda hat nichts mit unserem Werwolf zu tun. Aber seit wir hierher zurückgekehrt sind – ich weiß nicht, ich bin mir nicht sicher – aber ich glaube, jemand ist in meinen Geist eingedrungen, genau wie bei Banks und den anderen.«

»Guter Gott!«, entfuhr es Darcy, als er begriff, was der Necroscope da gesagt hatte. »Wenn er weiß, dass du ihm auf den Fersen bist ... glaubst du, er hat sie als Geiseln genommen?«

Harry hob hilflos die Arme, doch im nächsten Moment schüttelte er grimmig den Kopf. »Nein, ich kann mir nicht vorstellen, dass mein Sohn so etwas *zulassen* würde! Hoffen wir, dass es sich bloß um einen Zufall handelt. Eines weiß ich jedoch mit Sicherheit: Wir dürfen diese Nacht nicht ungenutzt verstreichen lassen! Während ich weg bin, könntest du vielleicht Trevor Jordan

Bescheid sagen? Oder, besser noch: Gib mir seine Adresse und sag' ihm, er soll dort auf mich warten. Sir Keenan Gormley hat mir dazu geraten ...«

Der Necroscope begab sich zu dem Geschäft in Knightsbridge, indem er sich mehrerer Koordinaten bediente, die er kannte, und drang über das Möbius-Kontinuum in das Gebäude ein. Seine Ankunft löste sofort die Alarmanlage aus, was ihn jedoch nicht weiter störte. Falls sein Plan funktionierte, würde er sich nicht lange hier aufhalten.

Früher, als Harry körperlos gewesen war, noch bevor er Alec Kyles Hülle übernommen hatte, war er in der Lage gewesen, in die Vergangenheit zu reisen und dort an jedem ihm beliebigen Ereignishorizont ein geisterhaftes Abbild seiner selbst erstehen zu lassen. Nun, wo er wieder einen Körper besaß, ging dies nicht mehr. Es würde unvorstellbare Paradoxien heraufbeschwören, vielleicht gar den Zeitstrom selbst in Mitleidenschaft ziehen. Er konnte immer noch durch die Zeit reisen, doch solange er dies tat, durfte er keinesfalls den Versuch unternehmen, das Möbius-Kontinuum zu verlassen, um in die wirkliche Welt überzuwechseln.

Indem er wieder zurück ins Möbius-Kontinuum trat, fand er eine Tür in die Vergangenheit und verharrte einen Augenblick auf der Schwelle, um alles in sich aufzunehmen. Der Anblick der Myriaden blau leuchtender, ineinander verschlungener Lebenslinien, die sich durch die metaphysische Leere einer bis dato für reine Spekulation gehaltenen vierten Dimension wanden, verschlug ihm jedes Mal aufs Neue die Sprache. Am ehesten waren diese Fäden vielleicht mit einem Bild zu vergleichen, das sich der Zeit quasi in die Netzhaut eingebrannt hatte, die Spuren ungezählter Menschen, deren Lebensweg sie hier entlanggeführt hatte; oder wenn schon nicht hier entlang, so doch durch die Welt des Alltäglichen jenseits des Möbius-Kontinuums.

In weiter Ferne verlor sich der Ursprung der Menschheit im Dunst der Vergangenheit, in einer blauen Supernova, aus der all diese Fäden entsprangen, die sich in eine endlose Zukunft erstreckten. Harry vermeinte ein Seufzen zu vernehmen, ein langgezogenes *Ahhhhhh* wie von einem vielstimmigen Orchester, einen einzigen, reinen Ton, erzeugt von einem überirdischen Instrument, ähnlich einem gewaltigen Chor, dessen Gesang in einer Kathedrale widerhallte. Im Grunde war ihm jedoch klar, dass dies nur ein Effekt seines erstaunten Geistes war und in Wirklichkeit Stille herrschte. Denn sollte irgendjemand je den geballten Lärm all dessen, was jemals war, vernehmen, würde dies seinen Geist sprengen und er wäre auf ewig mit Taubheit geschlagen.

Beinahe widerstrebend wandte der Necroscope sich der Aufgabe zu, die nun vor ihm lag. An diesem Ort waren vor wenigen Stunden seine Frau und sein Sohn verschwunden. Er machte sich seine eigenen Gedanken über das, was ihnen zugestoßen sein mochte, und auf die eine oder andere Art würde er einen Beweis dafür finden. Ohne länger zu zögern, stürzte er sich in den vergangenen Zeitstrom.

Doch nun geschah etwas Merkwürdiges, Paradoxes. Denn da Harry nie in dieser speziellen Raum-Zeit existiert hatte, hatte er dort auch keine in die Vergangenheit führende Lebenslinie, der er folgen konnte, sondern musste sich einfach fallen lassen. Und weil dieser Bereich der Vergangenheit nun *seine* Gegenwart war (und auch seine Zukunft!), erstreckte sich sein Lebensfaden *hinter* ihm, spulte sich regelrecht aus ihm ab bis hin zu der Tür, durch die er getreten war. Dass er mithilfe dieses Fadens jederzeit zurückkehren konnte, fand Harry doch sehr beruhigend ...

Kurz darauf erreichte er das Ziel, auf das er zustrebte, einen Punkt in der Vergangenheit, an dem sich später erweisen sollte, dass sein Sohn, der kleine Harry, etwas wahrhaft Außergewöhnliches, nahezu Einzigartiges zustande gebracht hatte.

Er erkannte die Lebenslinie Brendas und diejenige des Babys auf Anhieb. Sie schienen ihn regelrecht anzuziehen und mitzureißen, als sie auf ihrem Weg aus der Vergangenheit in die Zukunft auftauchten und wie zwei leuchtend blaue Meteore an ihm vorüberrauschten, der eine ein tiefblauer Kern, der seinen Faden hinter sich herzog, der andere kleiner, dafür erstrahlte er jedoch nur so vor neuem Leben. Das waren sie oder vielmehr ihr zeitlicher »Widerhall«, nachdem sie den Laden betreten hatten. Doch was der Necroscope herausfinden wollte, war, welchen Weg sie von dort aus genommen hatten.

Rasch änderte Harry die Richtung, um ihnen zu folgen, und kam ihnen stetig näher; schließlich war er ihnen gegenüber im Vorteil. Denn er wusste um die Relativität der Zeit und wusste außerdem, dass im metaphysischen Möbius-Kontinuum der *Wille* die einzige Ursache ist, die eine Wirkung hervorbringt. Mittels reiner Willenskraft holte er auf, »gerade noch rechtzeitig«.

Wie der Necroscope so hinter ihnen herraste, fest entschlossen, Klein-Harry zu folgen, ganz gleich wohin dieser seine Mutter auch bringen mochte, wurde er Zeuge eines Phänomens, das selbst ihn in Erstaunen versetzte. Ganze sieben Jahre lang sollte seine Verblüffung anhalten – die »verlorenen Jahre«; als solche sollte ihm ein Großteil jener Zeit später erscheinen. Denn Harry hatte eine simple Tatsache außer Acht gelassen: Wozu er nämlich in der Lage war, wenn es um das Möbius-Kontinuum ging, das vermochte sein Sohn schon lange, und zwar weitaus besser als er!

Was geschah, war schlicht und einfach dies: Die Lebensfäden von Brenda und dem Kleinen kamen zu einem abrupten, völlig unerwarteten, offensichtlich gewaltsamen Ende! Geblendet von einem plötzlichen zweimaligen Aufblitzen, schloss Harry die Augen und schoss geradeaus weiter, mitten hindurch durch die nach allen Seiten sprühenden glitzernden Funken, bei denen es sich wohl nur um die Überreste seiner Familie handeln konnte, da sie genau den »Raum« einnahmen, in dem die beiden sich soeben noch befunden hatten. Doch als er sich umblickte, stellte er fest, dass dies nicht sein konnte. Denn von ihnen war absolut nichts zurückgeblieben. Jedenfalls nicht in dieser Welt ...

... oder vielmehr – nicht an diesem Ort?

Es war durchaus verzeihlich, wenn Harry annahm, dass sein Sohn seine Mutter lediglich an einen anderen, sichereren Ort versetzt habe und er keine Schwierigkeiten haben würde, beide wiederzufinden und später aufzusuchen.

Doch »später« kann mitunter »sehr lange« heißen, wie der Necroscope bald feststellen sollte. Und in seinem Fall sollte es Jahre dauern ...

Bei dem Babyausstatter schrillte der Alarm immer noch. Als Harry einen Moment innehielt, um seine Koordinaten zu überdenken, begann das Telefon zu läuten. Im ersten Augenblick ignorierte er es, doch dann fing er an zu überlegen. Wer rief um diese Zeit schon bei einem Geschäft für Kleinkinderbedarf an? Die Antwort lag auf der Hand.

Im vorderen Ladenbereich fand er das Büro mitsamt Schreibtisch und Telefon. Er hob den Hörer ab. »Harry?«, meldete sich Darcy Clarke am anderen Ende der Leitung.

»Ja?«

»Gut, ich bin froh, dass ich dich noch erwische! Hör zu, du brauchst nicht zu Trevor. Ich habe gerade mit ihm telefoniert und mittlerweile ist er schon auf dem Weg hierher. Aber ich soll dir, äh, ausrichten, dass er unter keinen Umständen mit dir irgendwohin geht. Ich meine, nicht auf *deine* übliche Art. Hast du verstanden?«

Harry grinste, wenn auch kühl. »Ja, ich verstehe«, nickte er. »Kannst du ihn in seinem Wagen erreichen?«

»Ja.«

»Dann sag' ihm, er soll zu dieser Adresse kommen. Ich warte dort auf ihn.« Harry nannte die Adresse der Werkstatt im Eastend. »Und sag' ihm, er soll sich bedeckt halten!«

»Harry, findest du das klug?« In Darcys Stimme schwang unmissverständlich Besorgnis mit. »Musst du dieser Sache unbedingt nachgehen? Heute Nacht, meine ich?«

»Wahrscheinlich nicht; aber ich habe ja nicht damit angefangen.«

»Was hältst du von der Polizei oder dem E-Dezernat, um dir Rückendeckung zu geben?«

»Auf gar keinen Fall! Nur Jordan, kein Back-up-Team. Ich will nicht, dass sich jemand einmischt!«

Einen Moment lang herrschte Schweigen. »Höre ich da eine Alarmanlage im Hintergrund?«, fragte Darcy dann.

»Und Sirenen!«, entgegnete Harry. Damit legte er auf. Vor dem Schaufenster hielt ein Streifenwagen mit quietschenden Bremsen. Blaulicht und Martinshorn waren eingeschaltet. Ein junger Polizist trat an die Scheibe, schirmte die Augen mit der Hand ab und versuchte ins Innere zu blicken. Als er Harry aus dem Büro kommen sah, schrak er zusammen, wich zur Seite und begann aufgeregt in sein Funkgerät zu sprechen. Harry winkte ihm fröhlich zu, ging in den rückwärtigen Teil des Ladens, der noch immer im Dunkeln lag, beschwor ein Möbiustor herauf und verschwand.

Für heute hatte der Necroscope schon genug Ärger mit der Polizei gehabt. Sollten *die* doch mal etwas erklären – zum Beispiel, weshalb sie ohne ersichtlichen Grund die Ladentür aufbrachen ...

Über das Möbius-Kontinuum begab Harry sich ins Eastend und trat hinaus in die Nacht und einen feinen, alles durchdringenden Nieselregen, von dem die Pflastersteine schwarz glänzten. Er schlug den Kragen hoch und ging den knappen halben Kilometer bis zu der heruntergekommenen Gegend, in der die Werkstatt lag, zu Fuß. Von einer Seitenstraße aus nahm er den Laden in Augenschein. Alles entsprach ziemlich genau den Beschreibungen, die er erhalten hatte.

Die Streben und Obergeschosse bildeten ein sechs Stockwerke hohes Betonskelett. Die Teilstücke, aus denen die Außenwände bestanden hatten, waren herausgebrochen worden, sodass die Zwischendecken wie riesenhafte, auf gigantischen Stahlbetonpfeilern ruhende Stürze aussahen. Das Gebäude, das vor Harry in den Nachthimmel ragte, wirkte wie ein Stonehenge des zwanzigsten Jahrhunderts oder wie eine dem Geist eines surrealistischen Bildhauers entsprungene Stufenpyramide.

Unten im Erdgeschoss hatte man auf der Harry zugewandten Seite des weitgehend leer stehenden Gebäudes die Auffahrt abgerissen und den Eingang zugemauert. Doch hinter einer zirka zweieinhalb Meter hohen Mauer erstreckte sich ein Lagerplatz noch einmal gut und gern zwanzig Meter über das Hauptgebäude hinaus. Harry blickte sich rasch um, um sicherzugehen, dass niemand ihn beobachtete, und versetzte sich mit einem Möbiussprung auf diesen Hof, um sich dort einmal umzusehen ...

... nur um sich blitzschnell wieder zurückzuziehen, als er die offenen Hallentore an der Stirnseite des Gebäudes bemerkte, aus denen heller Lichtschein drang. Von drinnen vernahm Harry Stimmen und Motorengeräusche. Auf dem Hof standen jede Menge Markenfahrzeuge herum. Er sah mehrere Porsche und sogar einen Lotus! Anscheinend machte die Werkstatt Überstunden, und der Necroscope wusste, woran man hier gerade arbeitete. Er hoffte nur, dass sie bald Feierabend machten und Trevor Jordan nicht die ganze Nacht brauchte, um hierher zu kommen.

Denn falls der »Werwolf« heute Abend im Einsatz war, würde er zwangsläufig früher oder später den hier auf der Lauer liegenden Harry entdecken. Und das konnte nur Ärger bedeuten. Sir Keenan Gormley hatte dazu geraten, den unbekannten Widersacher mit seinen eigenen Waffen zu schlagen, und Harrys

Antwort auf dessen telepathische Fähigkeiten hieß Trevor Jordan. Vielleicht gelang es Jordan ja, den anderen abzublocken und dem Necroscopen so den Vorteil zu verschaffen, den dieser brauchte. Harry verfügte zwar über genügend eigene Fähigkeiten, doch durch die Augen der Toten hatte er gesehen, was ihn hier erwartete.

Sein Plan war simpel:

Er wollte in die Werkstatt eindringen, sich ein paar Kennzeichen, Motornummern und was sonst noch alles ansehen, dann wieder verschwinden und das Ganze der Polizei melden. Die Information über den verrückten Wolfsmenschen und dessen Morde konnte das Dezernat weiterleiten. Und sollte es nicht genug Beweise gegen ihn geben ... nun, dann würde Harry schon etwas einfallen, es ihm auf andere Art heimzuzahlen. Vielleicht würde er sogar selbst den Köder spielen.

Doch Recht blieb immer noch Recht. Auch wenn der Necroscope sich hin und wieder über die Auswüchse der Bürokratie aufregte, hatte er nicht vor, so mir nichts, dir nichts zur Selbstjustiz zu greifen. Er wusste, dass dies nicht im Sinne der Ermordeten wäre; und Jim Banks und die übrigen toten Polizisten würden es schon dreimal nicht wollen. Nicht solange es sich vermeiden ließ ...

Sollte ihm allerdings keine andere Wahl bleiben, würde er sich nach Sir Keenan Gormleys Ratschlag richten. Dann würde Harry es auf seine Art erledigen: Auge um Auge ...

Vorerst jedoch kam er zu dem Schluss, dass er hier, im undeutlichen, verschwommenen Schein der Straßenlaternen, quasi wie auf dem Präsentierteller stand. Darum überquerte er die Fahrbahn und verschwand auf der gegenüberliegenden Seite in einer Gasse. Kaum war er in ihren Schatten getreten, wurde ihm bewusst, dass er sich nicht allein auf der scheinbar leeren Straße befand. Als er in die Nacht hinausspähte, sah er auf der anderen Seite an der Außenwand der Werkstatt entlang eine weibliche Gestalt auf sich zukommen.

Sie trug flache schwarze Schuhe, wirkte aber dennoch schlank und geschmeidig. Die Handschuhe, die sie anhatte, waren ebenfalls schwarz, desgleichen ihr Hosenanzug. Das Haar hatte sie zu einem Pferdeschwanz nach hinten gebunden, und in der Hand schwang sie sorglos eine teure schwarze Tasche, gerade so, als käme sie eben von einem Einkaufsbummel zurück, bei dem sie das gute Stück erstanden hatte. Der Regen schien ihr nicht das Geringste auszumachen. Harry konnte ihr Gesicht nicht richtig erkennen, strengte sich jedoch an, es besser zu sehen, denn er hatte das sichere Gefühl, dass sie eine Schönheit war ... Plötzlich fiel ihm ein, was George Jakes ihm erzählt hatte.

Handelte es sich etwa um dasselbe Mädchen? Die Beschreibung, die Jakes ihm gegeben hatte, passte auf sie. Aber wenn sie es war, was trieb sie dann vor der Werkstatt? Kam sie rein zufällig hier vorbei, weil sie gerade Lust dazu hatte? Wahrscheinlich!

Doch als sie die Mauer des Lagerplatzes erreichte und er einen Blick auf die mandelförmigen, leicht schräg stehenden Augen in dem herzförmigen Gesicht erhaschte, als sie über die Straße in seine Richtung schaute, wich der Necroscope in den Schatten der Gasse zurück.

Genau in dem Moment, als er mit dem Rücken gegen eine Hauswand stieß, erklang in seinem Geist plötzlich eine wohlbekannte Stimme: *Harry? Gott sei Dank habe ich dich gefunden! Du bist so schnell, mein Junge, dass es einem schwerfällt, mit dir Schritt zu halten!* Harry war aufs Äußerste angespannt, sodass er unwillkürlich zusammenzuckte und im Dunkeln hörbar die Luft einsog, als Sir Keenan ihn so unvermittelt ansprach. Der Tote bekam dies mit. *Oh, und was hast du jetzt vor? Weshalb so schreckhaft?*

Harry versuchte sein Glück und spähte rasch um die Ecke. Doch das Mädchen war ... weg. Nur wie? Die Straße zog sich endlos dahin – soweit er sehen konnte, vollkommen leer in beide Richtungen – und in der Nähe zweigten keine weiteren Seitenstraßen ab. Selbst ein trainierter Sprinter hätte es nicht geschafft, so schnell zu verschwinden. Und dass sie über die Mauer geklettert war, schien nicht sehr wahrscheinlich ... oder doch?

Nun?, drängte Sir Keenan. *Was ist los?*

Fürs Erste vergaß Harry das Mädchen, um die wichtigeren Details zu erläutern. »Wissen Sie«, flüsterte er, »dass jemand in meinen Geist eindringt, hatte ich fast erwartet; aber mit Ihnen hätte ich nun wirklich nicht gerechnet!« Andererseits war es nicht sehr wahrscheinlich, dass irgendein lebender Eindringling ihn belauschte, solange er sich mit dem körperlosen Keenan Gormley unterhielt. Noch nicht einmal ein telepathisch begabter »Werwolf« vermochte die Gedanken der Toten abzufangen.

Sir Keenan hingegen vernahm sehr wohl, was der Necroscope dachte. *Harry,* sagte er, *du weißt, dass ich dich nicht ohne Grund belästigen würde, aber dies halte ich für wichtig. Ich glaube, ich habe, wonach du suchst – ich kann dir sagen, wer der Mörder ist!*

Harry erstarrte. »Ich glaube, ich kenne ihn bereits. Na ja, vielleicht nicht seine Identität, aber immerhin habe ich eine Beschreibung. Aber es wäre bestimmt gut, es auch von anderer Seite zu hören.«

Es geschah, nachdem du Banks, Stevens und Jakes aufgesucht hattest, erklärte Sir Keenan. *Danach meldete sich noch jemand.*

»Ein weiterer Toter?«

Oh ja, ein Opfer, genau wie die anderen. Nur womöglich war das Verbrechen an ihm noch schlimmer. In diesem Fall hatte der Mörder nämlich seinen eigenen Bruder umgebracht! Der Necroscope bekam mit, wie Sir Keenan traurig den Kopf schüttelte. *Harry,* fuhr dieser fort, *ich möchte dich mit R. L. Stevenson Jamieson bekannt machen. Er kann dir alles erzählen ...*

Harry hatte ein Talent dafür entwickelt, Gut und Böse zu unterscheiden, sobald er eine Totenstimme vernahm. Und als dieser Mann ihn ansprach, bebend zunächst und dann mit wachsender Zuversicht, erkannte er auf Anhieb, dass er einen anständigen Kerl vor sich hatte.

Ja, ich schätze, das war ich wohl, pflichtete sein neues Gegenüber ihm, reichlich bescheiden, bei. *Ich gab jedenfalls mein Bestes. Mein Bruder allerdings ... Willst du unsere Geschichte hören, Necroscope? Weißt du, ich glaube, es reicht jetzt mit ihm. Ich habe gehört, wie du mit den anderen über diese Sache gesprochen hast. Ich war zwar ziemlich weit weg, und du hast ja auch nicht mit mir geredet, aber trotzdem spürte ich diese Wärme in dir. Jetzt weiß ich, warum die Toten dich so sehr lieben. Und Gott ist mein Zeuge: Sollte dir irgendetwas zustoßen, soll mein Name mitsamt meinen Knochen auf ewig verflucht sein! Und das will ich nicht, auf gar keinen Fall! Also ... hast du Zeit, mir zuzuhören, Necroscope?*

Selbstverständlich hatte Harry Zeit dafür. Er nickte ...

Ich werde es kurz machen, begann R. L. Stevenson seinen Bericht. *Wir wurden in Haiti, in Port-au-Prince geboren. Mit wir meine ich mich und meinen Bruder, A. C. Doyle Jamieson. Und bevor du fragst: Ja, unser Paps war ein Mann, der verdammt viel las! Wir hatten noch eine ältere*

Schwester, Shelley beziehungsweise M.W., wie wir sie manchmal nannten, weil Wollstonecraft doch ein bisschen umständlich ist.

Ich bin Jahrgang 1946, mein Bruder Arthur Conan kam sieben Jahre später. Du musst wissen, er war mein kleiner Bruder. Aber da draußen auf den Antillen verhält es sich nicht viel anders als hier in England, schätze ich, oder sonst irgendwo auf der Welt. Sieben Jahre sind ein verdammt großer Unterschied! Ich meine, ich bin dazu erzogen worden, Respekt vor den Leuten zu haben, genau wie Shelley vor mir. Aber als Arthur Conan zur Welt kam, war alles schon ganz anders. Paps wurde langsam alt und kam nicht mehr mit ihm zurecht.

Ma starb bei Arthur Conans Geburt und drei Jahre später heiratete Shelley und zog nach Jamaika. Damals war ich zehn und sie ließ mich mit Paps und A. C. allein zurück. Das war auch keine große Hilfe. Danach hatten wir keine Frau mehr im Haus, die A. C. Manieren beibringen und ihm den Kopf zurechtrücken konnte, wenn er etwas angestellt hatte. Nur noch Paps und ich, und wir verwöhnten A. C. nach Strich und Faden ... Zu dem Zeitpunkt war Paps schon richtig alt; A. C. war sozusagen sein letzter Schuss gewesen, wenn du verstehst, was ich meine.

Paps hatte Obeah-Blut in den Adern; ich auch ein bisschen, aber bei A. C. floss es reichlich! Weißt du Bescheid über Obi, Harry? Blöde Frage, natürlich kennst du dich aus! Das, was du da gerade machst, ist ja auch nichts anderes als ... Obeah, Schwarze Magie! Obi! Hab' ich recht? Auf den Inseln da unten wird es noch immer praktiziert, habe ich mir sagen lassen. Sogar Regierungen wurden damit gestürzt. Allerdings früher, als A. C. und ich noch Kinder waren, eher als heute. Die Schwarzen haben es aus Afrika mitgebracht. Unser Priester sagte immer, Obi sei aus der Sünde geboren und entspringe reiner Dummheit und in einer gottesfürchtigen Welt gäbe es keinen Platz dafür. Aber ich habe immer gewusst, dass er größere Angst vor Zauberei hatte als vor Gott!

Was Paps machte, war harmlos, meistenteils betrieb er nur Schutzzauber. Ich meine, er hätte nie jemandem etwas zuleide getan! Er gab sich zufrieden mit seinen Sprüchen und Liebestränken und hat nie mit Gift oder Toten herumexperimentiert – entschuldige, Harry, aber ich rede von Zombies! Aber Schutzzauber, ja! Allerdings hatte Paps ziemliche Ahnung, und wenn er gewollt hätte, hätte er damit ganz groß rauskommen können. Ich meine, auf Haiti und den Westindischen Inseln sind ganze Regierungen darüber gestolpert! Ja! Paps hatte nämlich die Macht, in den Geist seiner Gegner einzudringen; darum wusste er immer im Voraus, was sie vorhatten.

Und, mehr noch: Er wusste einfach, wenn er es mit jemandem zu tun hatte, der ihm Böses wollte! Sein Talent schlug sofort an und er las jeden schlechten oder gefährlichen Gedanken, der auf ihn gerichtet war. Er wusste jedes Mal ganz genau, woher sie kamen! Nicht dass so etwas oft vorgekommen wäre, verstehst du? Paps hatte nämlich keine Feinde.

Es gab spezielle Zeiten, zu denen Paps sein Obeah ausübte, bei Vollmond zum Beispiel. Wir hatten ein kleines Häuschen mit Garten an der Südküste. Es lag im Schutz der Klippen am Ende eines Kiesstrandes in einer Bucht bei Port de Paix. Wir hielten ein paar Hühner und ein, zwei Schweine, und in der Meerenge zwischen Haiti und Tortuga wimmelte es nur so von Fischen. Dazu noch das Grünzeug aus den Wäldern und dem Garten ... alles in allem kamen wir ganz gut über die Runden. Aber als Paps älter wurde und A. C. heranwuchs, hatte ich immer öfter das Gefühl, dass mein kleiner Bruder damit nicht zufrieden war. Unser Garten und der Strand genügten ihm nicht. Er wollte hinaus in die große weite Welt ...

Bei Vollmond schlichen wir Paps hinterher. Er hatte eine Hütte, die er als sein »Obeah-Haus« bezeichnete, bloß eine Bretterbude am Rand des Gartens, in der er meistens nur in einem alten Schaukelstuhl herumhockte und sein Bier trank. Aber manchmal verbrannte er dort auch Kräuter und murmelte ein paar Sprüche, drehte sich im Kreis und ließ den Blick ringsum schweifen, um zu »fühlen«, was in der Welt so vor sich ging. Am nächsten Tag gab es dann jedes Mal das Hühnchen zu Mittag, das er für sein Ritual gebraucht hatte. Und wenn er uns dabei erwischte, wie wir ihm hinterherspionierten, mein Gott, konnte er dann ausrasten! Er wollte nicht, dass wir irgendetwas mit Obeah zu tun bekamen! Aber dann nahm er mich einmal beiseite und erklärte mir:

»Du hast eine gute Aura, Robert, wie Schokolade – das soll heißen, bei dir ist es natürlich. Der Wald ist grün, Fische sind silbern und du hast die Farbe von Schokolade. So wie ein Baumstamm braun ist und der Himmel blau und das Meer tief unten dunkelgrün, hast du die Farbe deiner Seele. Aber eins sage ich dir, mein Sohn, dein Bruder ist schwarz; und damit meine ich dunkler als bloß seine Haut! Aber Arthur ist noch jung und das kann sich ändern – und es wäre auch besser so, sonst nimmt es nämlich kein gutes Ende mit ihm! Nur werde ich nicht mehr so lange da sein, um auf ihn aufzupassen, darum muss ich das in deine Hände legen. Du bist schließlich sein Bruder!« Damit blieb es an mir hängen. Nicht dass es mir etwas ausgemacht hätte, jedenfalls nicht damals ...

Aber als A. C. siebzehn wurde, hatte ich einen Job und arbeitete von morgens früh bis abends spät und mir blieb nicht allzu viel Zeit, mich um ihn zu kümmern. Paps konnte sich kaum noch auf den Beinen halten und ich begriff nicht, wie es kam, dass der alte Bursche es überhaupt noch machte. Und mein Bruder ... na ja, er entwickelte sich zu einer ziemlichen Plage!

Da war dieses Mädchen in Port de Paix, das er in Schwierigkeiten brachte (nicht dass das viel zu sagen gehabt hätte, sie war ohnehin bekannt dafür, dass sie mit jedem ins Bett ging), und A. C. rauchte ständig irgendwelches Zeug, das man besser nicht rauchen sollte. Außerdem vermutete ich, dass er sich mit einer Gang eingelassen hatte, die es mit dem Gesetz nicht allzu genau nahm. Du darfst nicht vergessen, Harry, dass man die Polizei da unten, noch dazu damals, nicht mit der Polizei hier in England vergleichen kann! Nein, Sir! Menschen wurden für ihre politischen Ansichten umgebracht oder verschwanden ganz einfach spurlos, was so ziemlich auf dasselbe hinausläuft. Aber, schlimmer noch: Ich ahnte, dass A. C. Obeah praktizierte oder sich zumindest darin versuchte.

Ich redete mit Paps darüber und er sagte: »Mein Sohn, genau das habe ich befürchtet. Niemand kann seine Natur verleugnen. Der Obeah liegt mir im Blut und dir auch und deinem Bruder ebenfalls. Aber wenn A. C. meine Kräfte erbt, wird er sie zum Schlechten einsetzen, das weiß ich! Ich weiß aber auch, dass du da sein wirst, um das Schlimmste zu verhindern. Solange du lebst, sind meine Kräfte zwischen dir und deinem Bruder zweigeteilt. Wo immer er hingeht, was auch immer er tut, du musst da sein, um es wieder in Ordnung zu bringen, ich meine, bei den Mächten des Obeah zurechtzurücken. Sei einfach da, dann kann Arthur nicht über seine vollen Kräfte verfügen. Aber, Junge, ich glaube, ich muss dir sagen, dass es ... wirklich stark in deinem Bruder ist. Ich weiß es, oh, schon seit Jahren. Ich schätze, das ist der Grund, warum ich mich weigere, zu sterben – weil ich weiß, dass seine Kräfte sich erst, wenn ich tot bin, voll entfalten ...«

Na ja, Harry, an diese Nacht werde ich mich wohl ewig erinnern, denn als ich meinen alten Herrn in seinem Obeah-Haus zurückließ, sah ich einen Schatten durch den Garten davonschleichen, und dieser Schatten sah genau so aus wie mein Bruder ... Nun, wenige Tage später starb Paps, zusammengerollt wie ein welkes Blatt, und er hielt sich den Magen, als hätte er etwas Falsches gegessen. Ich hegte einen Verdacht, aber mein Gott, ich konnte mir nicht vorstellen, dass A. C. so etwas tun würde! Nicht so etwas ...!

Die Jahre vergingen und Paps sollte recht behalten: Seine Kräfte gingen auf mich und A. C. über. Doch, wie gesagt, ich bekam ein bisschen und mein Bruder jede Menge – und alles davon nur schlecht!

A. C. war neunzehn und wurde von der Polizei gesucht. Nicht wegen irgendetwas Speziellem, sondern hauptsächlich weil er gegen die sogenannte »Obrigkeit« war. Hätten sie ihn gekriegt, wäre es um ihn geschehen gewesen, das wusste A. C. Das genügte, dass er von da an einen Hass auf jede Art von Autorität entwickelte. Er wollte heimlich das Land verlassen und er hatte auch die Kontakte dazu. Alles, was ihm noch fehlte, waren die dafür notwendigen Papiere. Die waren nicht schwer zu bekommen für jemanden, der sich mit ein paar Obeah-Tricks erkenntlich zeigen konnte. Und für mich besorgte er auch gleich einen Pass.

Weißt du, ich nahm das Versprechen ernst, das ich Paps gegeben hatte – dass ich A. C. überallhin begleiten und auf ihn aufpassen würde, egal was er anstellte. Immerhin war er mein kleiner Bruder. Also gingen wir nach England. Ich schätze, wir waren wohl so etwas wie illegale Einwanderer, schließlich hatten wir falsche Papiere und so; aber wie dem auch sein mochte, niemand erwischte uns. Unser Glück – und Obeah – beschützten uns. Außerdem leben hier eine ganze Menge Leute aus der Karibik. Es gibt immer jemanden, der bereit und in der Lage ist, einem Obeah-Mann Schutz zu gewähren. Ich glaube, die Leute halfen mir, weil sie mich mochten, und A. C., weil sie ... Angst vor ihm hatten.

Aber niemand kann vor seinen Schwierigkeiten weglaufen, Harry, und hier im U. K. war es auch nicht anders als zu Hause. A. C. zog den Ärger geradezu an. Schwarze Gangs, kleine Gaunereien, Drogen und so weiter ... er war eben ein übler Bursche; es gab nichts, was er nicht machte! Hätte ich es Paps nicht versprochen, hätte ich ihn schon längst aufgegeben gehabt. Außerdem war mir klar, dass er es noch viel schlimmer treiben würde, wenn ich nicht da wäre, um einen Gegenpol zu bilden. Aber wie es aussah, hielten meine Kräfte die seinen in Schach und ersparten ihm eine Menge Ärger. Na ja, zumindest den schlimmsten.

Schließlich ging jeder von uns seine eigenen Wege. Ich suchte mir einen Job, einen recht guten sogar, und ein Mädchen ... aber das tut hier nichts zur Sache.

Eines Nachts kam A. C. bei mir vorbei. Er hatte zu viel getrunken und meinte, er wolle mit mir reden. Na ja, du weißt ja, was Betrunkene so von sich geben. Aber manchmal steckt selbst im Gefasel eines Besoffenen ein Körnchen Wahrheit. Mein Bruder sah mich ganz merkwürdig an, dabei atmete er schwer. Und, weißt du, Necroscope, da musste ich an jene Nacht denken, in der Paps mir vom Gleichgewicht zwischen mir und meinem Bruder erzählte und mir sagte, dass A. C. Doyle Jamiesons Kräfte sich erst dann voll entfalten würden, wenn er tot wäre; doch selbst dann gäbe es immer noch mich, um ihn auf den rechten Weg zu lenken. Und ich gebe zu, dass ich dachte: »Nun, wie es aussieht, will A. C. jetzt wirklich eigene Wege gehen. Der Junge ist auch noch hinter meinen Kräften her!«

Aber wie dem auch sein mochte, ich fragte ihn, was los sei, und er erzählte mir, der Anführer einer rivalisierenden Gang sei hinter ihm her. Aber A. C. konnte nur hin und wieder einen flüchtigen Blick auf den Burschen erhaschen. Ich meine, einen Obeah-Blick, verstehst du? So wie Paps, wenn er wusste, dass jemand es auf ihn abgesehen hatte. Nur diesmal war es ernst und A. C. musste über alles Bescheid wissen, was der Kerl unternahm. Aber das konnte er nicht, weil meine Kräfte die seinen blockierten! Ich hatte von dem Burschen gehört und wusste, dass er ein wirklich schlimmer Finger war.

Na ja, ich Idiot versprach A. C., ich würde meine Kräfte in Zaum halten, und genau das machte ich auch. Seit jenem Gespräch mit Paps hatte ich kaum an meine Obeah-Kräfte gedacht, aber jetzt konzentrierte ich mich darauf, den Weg für A. C. freizumachen. Es war nichts Körperliches, sondern spielte sich alles nur im Geist ab. Ich hörte einfach damit auf, mein Obeah zu verströmen. Ich schätze, du weißt, wovon ich spreche, Necroscope, weil es bei dir ja so ähnlich ist. Aber … oh, ein paar Nächte lang hatte ich schlimme Träume, bis A. C. wieder vorbeikam.

Das war um Vollmond herum, Obeah-Zeit. In der Zeitung hatte ich von dem Toten gelesen, den sie völlig zerfetzt aufgefunden hatten. Und da stand mein Bruder vor mir, A. C. Doyle Jamieson, wie das blühende Leben, ganz anders als beim letzten Mal, als er da gewesen war. Und wieder konnte ich es mir nicht vorstellen, so etwas traute ich ihm ganz einfach nicht zu, nicht meinem Bruder. Aber trotzdem, nur für den Fall, dass er es vielleicht doch war, ließ ich meinen Obeah-Kräften wieder freien Lauf, diesmal allerdings nicht um Arthur zu lenken, sondern um ihm zu begegnen! Und natürlich wusste er, was ich da tat. Woher? Weil er auf einen Gegner aufmerksam geworden war, nämlich mich!

Na ja, ein weiterer Monat verging … der Vollmond kam … und dann … ich meine, dann war es mit mir zu Ende, Harry! Aber frag' mich bloß nicht danach, ich will nicht darüber reden. Außerdem hast du es ja sowieso schon von den anderen gehört. Ebendeshalb weiß ich ja, dass Arthur es war! Bei mir war es kein bisschen anders. Mir ist doch genau dasselbe passiert! Irgendwann musste ich den Tatsachen schließlich ins Auge blicken; aber ich sagte mir ständig, dass A. C. doch mein Bruder war …

»Dir ist natürlich klar«, sagte Harry nach einer Weile, »dass dein Bruder damit rechnen muss, das man ihn für den Rest seiner Tage einsperrt? Etwas Besseres kann er kaum erwarten!«

Und was wäre schlimmer?, fragte R. L. Stevenson Jamieson.

»Er hält sich für einen Werwolf, R. L., und so, wie ich die Sache sehe, werden auch Gitter oder eine Gummizelle die Menschheit nicht vor ihm schützen! Wenn es zum Schlimmsten kommt, könnte er sein Leben verlieren. Sollte er sich zur Wehr setzen ... nun ja, dann ist er fällig; sonst müssten nämlich andere dran glauben!«

Er spürte, wie R. L. nickte. *Ich glaube, tief im Innern wusste ich Bescheid. Natürlich, sonst wäre ich ja nicht zu dir gekommen. Aber ich dachte mir, wenn er schon sterben muss, dann am besten doch von deiner Hand, Necroscope!*

»Nicht, wenn es sich vermeiden lässt, R. L.« Harry schüttelte den Kopf. »Nicht jetzt, wo ich mit dir geredet habe. Aber sollte es darauf ankommen ...«

Ich verstehe, erwiderte R. L. *Und, Harry, wenn ich dir irgendwie helfen kann ...?*

»Nun ja, vielleicht kannst du das wirklich!« Plötzlich hatte der Necroscope eine Idee. »Wie steht es um deine Obeah-Kräfte, R. L.?«

Eh? Harry konnte den überraschten Gesichtsausdruck seines Gegenüber beinahe sehen. *Na ja, die sind wohl mit mir gestorben!*

»Ach, tatsächlich?« Harry wusste, dass dem nicht so war; denn was auch immer ein Mensch im Leben getan hatte, das führte er in der Regel auch nach dem Tod weiter. Es war sogar gut möglich, dass R. L.s Obeah-Kräfte dazu beigetragen hatten, die Identität seines Bruders vor der Großen Mehrheit geheimzuhalten.

Glaubst du nicht? Offensichtlich hatte R. L. noch gar nicht darüber nachgedacht. *Mein Gott! Du meinst, ich habe immer noch auf A. C. aufgepasst, selbst nachdem er mich umgebracht hatte?*

»Schon möglich«, sagte Harry. »In gewisser Weise hast du nie aufgehört, ihn zu beschützen – oder wenigstens seinen guten Ruf.«

Ha!, machte R. L. *Seinen guten Ruf!*

»Dann eben deinen«, entgegnete Harry. »Und jetzt, na ja, vielleicht kannst du jetzt ja auch mich schützen.«

Eh? Und wie?, wollte R. L. wissen.

Harry erklärte es ihm und R. L. begriff. Er war zwar tot, aber immerhin hatte er noch seine Obeah-Kräfte ... oder vielleicht auch nicht. Aber durch den Necroscopen könnte er wieder über sie verfügen und sie so seinem Bruder nehmen! »Aber erst, wenn es so weit ist«, sagte Harry ...

... und zuckte erschreckt zusammen. Inmitten der dunklen Schatten der Seitenstraße war er so sehr in sein Gespräch mit dem Toten vertieft gewesen, dass er die leisen Schritte, die verstohlen näher kamen, nicht gehört hatte. Und als er sie schließlich hörte, war es zu spät. Eine Hand senkte sich auf seine Schulter.

»Harry?«, sagte Trevor Jordan, als der Necroscope hörbar die Luft einsog und vor ihm zurückwich. »Habe ich dich erschreckt?«

»Guter Gott!«, flüsterte Harry, indem er sich an die Wand lehnte. »Trevor ... Trevor, was machst du denn hier?«

»Genau das, was du mir gesagt hast«, erwiderte Jordan verwirrt. Er zuckte die Achseln. »Ich halte mich bedeckt, was sonst?«

SECHSTES KAPITEL

Nun, da die Unterhaltung mit R. L. beendet war, bestand wieder die Gefahr, dass jemand in Harrys Geist eindrang. Der Telepath Trevor Jordan war ebenfalls ein potenzielles Ziel, schließlich zählte auch er zu A. C. Doyle Jamiesons Feinden. Die außersinnliche Präsenz der beiden war zu viel, ihre ESP-Auren, für die große Masse gewöhnlicher Menschen nicht wahrnehmbar, durchdrangen die regnerische Nacht und strahlten geradezu nach allen Seiten aus – auch in die Werkstatt auf der anderen Straßenseite.

Prompt spürte der Necroscope ... etwas. Doch anstatt davor zu erschrecken oder zurückzuweichen, antwortete er auf die gleiche Art und versuchte, in den Geist desjenigen einzudringen, der seine Gedanken las. Trevor Jordan spürte es ebenfalls, das unverhohlene Umhertasten sonderbarer, unheimlicher Geisteskräfte. »Was ...?«, setzte er an.

Doch Harry hob die Hand, um ihn zum Schweigen zu bringen. »Du kannst zuhören, wenn du willst«, flüsterte er. »Aber sieh zu, dass du deinen Geist vorerst noch abgeschirmt hältst. Ich gebe dir Bescheid, wenn es so weit ist.«

Hä?, grunzte der Eindringling, nun nicht länger heimlich, sondern eindeutig ein fremdes Bewusstsein, überrascht, dass der Necroscope seine Gegenwart entdeckt hatte, aber auch über dessen unerwartete Reaktion darauf.

Du ... schon wieder? Der kehlige, drohende Tonfall war unverkennbar, ebenso die an Größenwahn grenzende Überheblichkeit dieser Stimme. Jeder andere wäre vor dem geistigen Abgrund, der sich hier auftat, zurückgewichen. Man musste schon ein geborener Telepath sein und über einige Erfahrung mit derart gestörten Persönlichkeiten verfügen, um dies zu ertragen. Ein erfahrener Telepath ... oder der Necroscope Harry Keogh. Denn Harry hatte schon Bekanntschaft mit Vampiren gemacht, toten wie lebenden, und im Vergleich dazu klang diese Stimme geradezu angenehm.

Der geistige Kontakt mit einem Lebenden war nicht wesentlich anders, als sich mit einem Toten zu unterhalten. Allerdings war Harry kein Telepath im eigentlichen Sinn; er vermochte nicht zu »senden«, sondern lediglich eingehende Informationen zu empfangen. Jedwede Antwort, die er hervorbrachte, konnte der andere nur »hören«, weil er selbst ein Telepath war – was in diesem Fall jedoch auf das Gleiche hinauslief.

Und diesmal vernahm der andere – in der Tat *kein* anderer als A. C. Doyle Jamieson –, was der Necroscope dachte. Allerdings waren dies wohl kaum die Gedanken eines eingeschüchterten Mannes und ganz gewiss klang so auch niemand, der an seinem Verstand zweifelte!

Wer bist du? In seiner Stimme schwang Ärger mit und vielleicht auch so etwas wie Unsicherheit, wenn nicht gar Furcht. *Was bist du? Was ... zur Hölle ... bist ... du?*

»Ich bin das Ende der Straße für dich, Arthur«, erwiderte Harry. »Ich bin eine verdammt große Dosis Zauberkraft, die jetzt über dich kommt, eine Silberkugel, die auf dein Herz zielt. Ich bin die schon viel zu lange aufgestaute Gerechtigkeit und werde dich zur Rechenschaft ziehen für all die Morde, die du begangen hast!« Doch in Harrys metaphysischem Geist war noch ein weiterer Gedanke, den er zwar nicht ausdrücklich aussprach, der sich allerdings auch nicht unterdrücken ließ: *Ich bin derjenige, den man den Necroscope nennt.*

A. C. bekam alles mit. Er hatte zwar keine Ahnung, was ein Necroscope sein mochte, aber es klang bedrohlich und gefiel ihm nicht. Vor allem der letzte Wortteil beschäftigte ihn. *Hä? Necroscope? Totenhorcher?* Schließlich begriff er, zumindest glaubte er dies. *Ach so, ein Spitzel! Du arbeitest für die Bullen. Es gibt also gleich eine Razzia, was du nicht sagst?!* A. C. versuchte, höhnisch zu klingen, in Wirklichkeit jedoch hatte ihn die nackte Angst gepackt, was ihn umso gefährlicher machte. Schließlich verstummte er einen Augenblick, ehe er fortfuhr: *Okay, Bruder, du kannst mich mal!* Damit war er aus Harrys Geist verschwunden.

Die Sekunden verstrichen.

Ein Stück weiter die Straße entlang, am anderen Ende der Werkstatt, fuhr das Schwenktor nach oben. Ratternd verschwanden die breiten Stahllamellen in ihrem Rahmengehäuse. Es war gut und gern sechzig Meter entfernt, aber in der Stille der mitternächtlichen Straße hörten Harry und Trevor Jordan selbst auf diese Entfernung die heiseren, wütenden Rufe. Mit einem Mal zerschnitten Scheinwerferstrahlen die Dunkelheit und ein regelrechter Konvoi donnerte über die Ausfahrtrampe. Hintereinander rollten die Fahrzeuge auf die Straße. Weiß-blaue Funken stoben durch die Nacht, wenn Kotflügel an den Wänden entlangschrammten oder die Limousinen und Lieferwagen auf dem glänzenden Asphalt aufsetzten, als sie halsbrecherisch mit quietschenden Reifen auf die Straße einbogen, die einen in die eine, die anderen in Harrys Richtung.

Er und Jordan duckten sich, pressten sich eng an die Wände, die die Gasse begrenzten, und sahen zwei Wagen und einen Kleinbus vorüberrasen. Bleich zeichneten sich die Gesichter der über die Lenkräder gebeugten Fahrer vor ihnen ab. »Die Ratten verlassen das sinkende Schiff!«, flüsterte Jordan in Harrys Ohr. Harry warf ihm einen Seitenblick zu und sah, dass er die Augen zu Schlitzen zusammengekniffen und das Gesicht vor lauter Konzentration in Falten gelegt hatte. »Aber der Scheißkerl, der sie gewarnt hat, ist immer noch dort drin!«

»Was?« Harry runzelte die Stirn. »Du hast immer noch Verbindung zu ihm? Ich habe dir doch gesagt, du sollst dich da raushalten! Wir haben keine Ahnung, womit wir es hier zu tun haben.«

»Mit einem mächtigen Telepathen, zugegeben«, entgegnete Jordan. »Aber er hat die Hosen ganz schön voll. Irgendetwas beeinträchtigt sein Talent. Er versucht, herauszufinden, wo du bist, aber irgendetwas behindert ihn. Weder du noch ich, aber – oh, ich weiß nicht – jedenfalls etwas anderes. Es war keine Absicht, dass ich deine Warnung in den Wind schlug, Harry. Aber wenn ein Talent so stark ist ... kann man sich ihm nur schwer entziehen.«

Harry nickte grimmig. »R. L. Stevenson! Das macht ihm zu schaffen: die Obeah-Kräfte seines Bruders! Fast spüre ich, wie sie mich durchströmen!«

Jordan hatte keine Ahnung, was Harry meinte; schließlich gab er sich die allergrößte Mühe, sich aus dem Geist des Necroscopen fernzuhalten.

Doch in ebendiesem Augenblick entschloss sich der Eindringling dazu, wiederzukehren, und *er* las Harrys Gedanken:

Was ...!? Es war nicht mehr als ein ungläubiges Krächzen. *R. L.? Aber ... er ist tot! Hör' mir zu, Weißarsch, was auch immer du sein magst: Mein Bruder ist tot! Kapierst du das? Tot! Ich muss es ja wissen, schließlich habe ich ihn umgebracht! Und wo wir gerade dabei sind: Dich werde ich auch gleich erledigen ... und die beiden anderen, die du mitgebracht hast, ebenfalls!*

Die beiden anderen?, fragte Harry sich. *Kann er R. L. etwa auch spüren? Nicht nur seine Obeah-Kräfte, sondern ... R. L. selbst?*

Wen versuchst du hier zu verarschen, du Fuckscope? Von wegen »R. L. spüren«, das läuft nicht, R. L. ist nämlich tot! Ich meine deine beiden Freunde da draußen! Gleich drei Gegner – oder besser: nur drei! Na los, kommt und holt mich, wenn ihr den Mut dazu habt. Ich meine, drei gegen einen ... worauf wartet ihr noch? Aber vergesst nicht: Ich habe den Mond auf meiner *Seite!* Sein verhallendes Gelächter klang wie das Bellen eines tollwütigen Hundes.

»Er hat keine Angst mehr«, zischte Jordan. »Dafür kocht er vor Wut; außerdem ist er verrückt wie eine Scheißhausratte!«

»Er hat drei Gegner ausgemacht, wir sind aber nur zu zweit«, meinte Harry verwirrt. »Wenn er in der Lage ist, auch noch R. L.s Talent zu erkennen, heißt das, dass er selber so etwas wie ein Necroscope ist!«

»Was immer er ist, er will Blut sehen ... und zwar deins!«, entgegnete Jordan. »Und meins ebenfalls, wenn ich seine Gedanken richtig gelesen habe! Wir sollten die Finger von der Sache lassen und auf der Stelle die Polizei rufen.«

Ihr feigen Bastarde!, brüllte das Wesen in Harrys Kopf. *Scheiß auf euch! Dann kämpfen wir eben ein anderes Mal!* Vor seinem geistigen Auge sah Harry klar und deutlich den Eindringling, wie er in der Werkstatt zu seinem Wagen hastete. Doch er hatte den Necroscopen herausgefordert; schlimmer noch, er hatte sich über ihn lustig gemacht, ihn einen Feigling genannt. Und tief im Innern hatte Harry immer noch das unbestimmte Gefühl, dass *er* sich nicht in Gefahr befand. Jedenfalls nicht der Harry Keogh, der er früher einmal gewesen war.

In der Zwischenzeit hatte Jordan sich wieder eingeschaltet, diesmal allerdings absichtlich. »Er ist nicht allein dort drin, da ist noch jemand. Er hat einen Freund dabei. Vielleicht auch ... mehrere?«

»Skippy«, erwiderte Harry, etwas vorschnell; zumindest lag er damit nur zur Hälfte richtig. »Sie sind beide da drin. Und sollten sie diesmal davonkommen, wer weiß, wann wir es dann schaffen werden, die beiden zur Rechenschaft zu ziehen.«

Jordan wusste, was als Nächstes kommen würde, und sagte: »Harry, ich ...«

»Kommst du mit?« Der Necroscope streckte ihm die Arme entgegen.

Jordan wich zurück. »Auf deine Art? Lieber *nicht!* Ich habe einen Blick in deinen Kopf geworfen, Harry, und kann mir vorstellen, wie es in deinem Möbius-Kontinuum aussieht! Ich klettere über die Mauer.« Bevor Harry etwas erwidern konnte, trat er aus dem Schutz der Gasse und machte Anstalten, über die Straße zu laufen, hielt jedoch noch einmal inne und wandte sich um, um Harry einen stählern glänzenden Gegenstand zuzuwerfen. Harry fing ihn auf: eine 9-mm-Browning. »Du wirst wohl zuerst da sein«, rief Jordan mit gedämpfter Stimme. »Vielleicht kannst du sie brauchen.«

Als er an der Mauer ankam, blickte er zurück ... und sah, dass er recht hatte. Harry war nicht mehr da ...

... er befand sich im Innern der Autowerkstatt. Und A. C. Doyle Jamieson wusste es! Die Verblüffung des Irrsinnigen stand wie drei riesige Ausrufungszeichen im Geist des Necroscopen, darauf folgte ein Anflug von Entsetzen und ein Schwall von Fragen: *Wer? Was? Wo? Wie?* ..., ehe seine Wut erneut aufflammte. Sein Kopf war voller Mordgedanken; und für heute Nacht war Harry sein Ziel.

Mit einem Mal wurde es still ...

Jemand schaltete das Licht aus. Harry hörte die Schalter klicken. Nun herrschte völlige Dunkelheit. Nur eine einzige Glühbirne an der riesigen Betondecke, gut fünfzehn Meter entfernt, brannte noch. Sie gab mehr Schatten als Licht.

Dann eine Bewegung inmitten der Schatten!

Harry ahnte sie viel mehr, als dass er sie sah ... Irgendetwas klapperte metallisch, als jemand darüber stolperte oder es beiseite trat. Das war links von ihm. Zu seiner Rechten glitt ein Schatten durch das Dunkel, nur ein Huschen, mehr nicht, doch es genügte, dass seine Nackenhärchen sich aufrichteten. Sein Blick wanderte unstet hin und her, richtete sich schließlich nach oben. Über ihm erstreckte sich ein Gerüst aus Streben, das eine Kabine und einen motorgetriebenen Kran trug. Die schweren Ketten, die von den Umlenkrollen hingen, schwangen immer noch hin und her. Immer noch? Oder waren sie gerade eben erst in Schwingung versetzt worden?

A. C. und Skippy ... und wer noch? Harry entsann sich dessen, was Trevor Jordan ihm nur einen Augenblick zuvor gesagt hatte: »Er hat einen Freund dabei. Oder vielleicht auch ... mehrere?« Großartig! Und wie viele? Jordan hatte recht: Skippy war wahrscheinlich nicht der Einzige.

Sie sind zu dritt!, erscholl aus dem Nichts eine Stimme, oder vielmehr aus der metaphysischen Finsternis hinter den Augen des Necroscopen. Auf Anhieb erkannte er ihren Besitzer: R. L. Stevenson Jamieson. *Drei Gegner! Nur wessen Gegner ... das ist schwer zu sagen! Zwei von ihnen sind eindeutig gegen dich. Und was den dritten angeht ...* Harry spürte, wie der Tote die Achseln zuckte.

»R. L.«, flüsterte Harry. »Du solltest dein Obeah lieber einsetzen, die Kräfte deines Bruders zu dämpfen. Will sagen, du solltest deine Kraft dafür aufheben und sie nicht verschwenden, indem du mit mir redest.«

Du bist da, um die Dinge wieder in Ordnung zu bringen, Necroscope, und ich werde alles tun, was in meiner Macht steht, um dir zu helfen, entgegnete R. L. *Mach' dir keine Sorgen um mein Obeah. Es funktioniert, glaub' mir. Aber in deinem Geist habe ich gerade mitbekommen, wie mein Bruder damit angegeben hat, dass er mich umgebracht hat. Also fühl' dich bloß nicht an irgendwelche Versprechen gebunden! Wegen mir brauchst du dich nicht zurückzuhalten. Schnapp' dir diesen ...*

Harrys Augen hatten sich mittlerweile an das hier herrschende Dämmerlicht gewöhnt. In einer Doppelreihe an Arbeitsbuchten, eine jede mit Inspektionsgrube, Flaschenzug und diversen Werkzeugen versehen, befanden sich Karosserien in unterschiedlichen Reparaturstadien, manche zum Teil schon umgespritzt oder umgebaut. Hebebühnen und andere Apparaturen zum Rollen standen ungenutzt im Mittelgang herum und von der Decke baumelten überall Ketten herab. Die Werkstatt war in Windeseile verlassen worden und nun nichts als eine einzige Mausefalle. Selbst für jemanden, der sich hier auskannte, konnte eine plötzliche oder hastige Bewegung gefährlich enden.

Harry stand im Schutz eines der gewaltigen Stahlträger, auf denen die Decke ruhte, direkt am Rand einer Arbeitsbucht, in der er aus dem Möbius-Kontinuum getreten war. Ungefähr zwölf Meter zu seiner Linken sah er die Hallentore, die, wie er wusste, zum Lagerplatz führten. Allerdings hatte sie jemand ... geschlossen! Mittlerweile dürfte Jordan unverrichteter Dinge davor stehen, was bedeutete, dass Harry sich selbst überlassen war. Ihm war klar, dass der Telepath, selbst wenn Harry einen Möbiussprung in den Hof unternahm, niemals auf *diesem* Weg mit ihm zurückkehren würde. Und was brachte es eigentlich, wenn er Jordan mit hier herein nahm? Nichts, es würde ihn nur in noch größere Gefahr bringen. Natürlich könnte Harry auch einfach seine Hände in Unschuld waschen und verschwinden. Doch das entsprach nicht seiner Art.

Das Dumme an der Sache war, dass er hier in der Finsternis, inmitten der Gefahr, sich allmählich wieder als ganz er selbst fühlte. *Er* hatte sich hier hineinmanövriert, Harry Keogh, oder zumindest sein Geist, auch wenn sein Körper nun ein anderer war. Doch, zum Teufel, gab es da überhaupt einen Unterschied? Hier, in dieser Situation, wurde ihm schmerzlich bewusst, dass dies *er* war! Und er war allein ...

Nicht ganz, Necroscope, erscholl mit einem Mal George Jakes' Stimme. So fern er auch sein mochte, klang er doch ganz nah. Harry fuhr zusammen. *Harry, du musst das – wie heißt es doch gleich – Möbius-Kontinuum benutzen!* Jakes war aufgeregt und nicht ganz sicher, ob er Harrys Gedanken richtig mitbekommen hatte. *Unbedingt! Aber nicht bloß, um abzuhauen! Du brauchst Verstärkung, Harry, und vielleicht habe ich die Antwort darauf.* Hastig umriss er seinen Plan. Und weil George Jakes tot war und niemand als der Necroscope ihn zu hören oder mit ihm zu sprechen vermochte, bekam auch niemand sonst etwas davon mit.

Harry hörte interessiert zu und handelte entsprechend. Der Gedanke, einen Verbündeten wie Jordan in Gefahr zu bringen, schreckte ihn zwar ab, doch Harry war kein Narr. Ihm war klar, dass er George Jakes nach Belieben einsetzen konnte, ohne dass er sich Sorgen um die Konsequenzen machen musste. Außerdem brauchte er auf diese Art weder sein Versprechen gegenüber R. L. Stevenson noch gegenüber den zahllosen Toten zu brechen. Ein Möbius-Sprung brachte ihn ins Polizei-Leichenschauhaus in Fulham und wenige Sekunden später wieder zurück in die Werkstatt im Eastend – allerdings nicht allein ...

Ich hab' ihn!, verkündete R. L. triumphierend, sobald der Necroscope aus seinem Möbiustor trat. *Du hast recht gehabt, Harry. Ich habe meine Obeah-Kräfte wieder, und zwar durch dich. Damit bin ich jetzt der Stärkere und A. C. hat das Nachsehen. Nun dürfte er seine*

Schwierigkeiten haben, dich aufzuspüren. Das Gleichgewicht ist wiederhergestellt, ihr seid jetzt gleich stark. Zumindest solange ich ihn in Schach halten kann.

»Vielen Dank, R. L.«, flüsterte Harry. In der leeren Werkstatt hallten seine Worte wie Donnerschläge wider. Fast im selben Augenblick nahm er links und rechts von sich verstohlene Bewegungen wahr ... und über ihm regte sich ebenfalls etwas.

Die eher bedächtigen, zielstrebigen Schritte zu seiner Rechten störten ihn wenig. Er wusste, dass das Schlurfen von George Jakes' Füßen stammte, der zu seinem einsamen Rachefeldzug aufbrach. Jakes' grobschlächtige Gestalt wirkte irgendwie völlig absurd. Vor der einsamen schwachen Glühbirne warf er einen grotesken Schatten, der sich verzerrt, wie eine riesige, albtraumhafte Spinne in ihrem Netz, auf den kantigen Gerätschaften und den von der Decke baumelnden Ketten abzeichnete.

Doch was war das links von Harry? In dieser Richtung lag das Tor zum Lagerplatz. War es Trevor Jordan gelungen, sich irgendwie Zugang zu verschaffen, oder lauerte dort jemand im Dunkel auf ihn? Harry beschwor ein Möbiustor herauf und unternahm einen Sprung an das Hallentor. In der beinahe völligen Finsternis hielt er den Atem an und hörte ... nichts. Jedenfalls nicht im Innern der Werkstatt. Von außen jedoch vernahm er Jordans telepathisches Flüstern, das Ergebnis einer übermenschlichen Anstrengung: *Harry? Kannst du ... mich reinlassen?*

Nein, entgegnete Harry. *Halte einfach die Verbindung zu mir. Und sollte irgendetwas passieren, mach', dass du hier wegkommst, und ruf' die Polizei!*

In Ordnung! Er spürte die Erleichterung in Jordans Geist. Aber damit hatten sie sich verraten und gaben auch preis, in welcher Lage sie sich befanden.

Hey, du, Fuckscope! Vor seinem geistigen Auge sah Harry eine ungeschlachte Gestalt durch das Gewirr aus Apparaturen und Gerätschaften schleichen. *Ich weiß, wo du bist, Scheißkopf! Du bist hier eingeschlossen, und der andere Mistkerl kann nicht rein. Und jetzt komme ich dich holen, Fuckscope!* Der Irre lachte bellend, allerdings lautlos.

»Trevor, hast du das mitbekommen?«, sagte Harry, diesmal laut, durch das Guckloch einer ins Haupttor eingelassenen Tür. »Kannst du feststellen, wo er sich aufhält?«

»Ja«, antwortete Jordan, ängstlich flüsternd. »Er befindet sich unten im Tiefgeschoss, wo sie ihre Privatwagen abstellen. Aber er bewegt sich in deine Richtung. Er kommt direkt auf dich zu, Harry!«

Ja, mag sein, aber A. C. ist kein Necroscope. Diesen Gedanken behielt Harry für sich. *Und er hat nicht die leiseste Ahnung, was ihn erwartet!* Auch Jordan ahnte nichts davon, bis er es in Harrys Geist sah. Doch dann wich er davor zurück, als habe ihn jemand ins Gesicht geschlagen. *Aber nun, wo A. C. Doyle weiß, wo ich bin,* fuhr Harry fort, *ist wohl ein Stellungswechsel angebracht.*

Die Arbeitsbuchten als Deckung nutzend – diesmal ging er zu Fuß – huschte er den Gang entlang zurück in den mittleren Teil der Werkstatt. Doch plötzlich, auf halbem Weg zu der einsamen Glühbirne, vernahm er ein leises Klirren wie von zerbrechendem Glas. Seine einzige Lichtquelle erlosch!

Harry blieb wie erstarrt stehen. Wer auch immer die Birne zerschlagen hatte, George Jakes war es mit Sicherheit nicht gewesen. Denn ganz gleich ob hell oder dunkel, für ihn machte dies keinen Unterschied. Ihn trieben andere ... Kräfte an! Die Liebe zum Necroscopen hauptsächlich, vielleicht auch Harrys Macht über die Toten, je nachdem, wie man es sehen wollte. Also konnten es nur A. C. oder Skippy gewesen sein – oder sonst noch jemand?

Da ist noch jemand anders, verkündete Jordan. *Aber ich kann seine ... ihre ... Gedanken nicht lesen! Komisch, das kenne ich. Man kann nur sehr schwer in ihren Geist eindringen, weil jeder telepathische Versuch an ihnen abprallt. So ähnlich wie Hirnsmog, weißt du? Ich glaube nicht, dass es bewusst passiert, aber ...*

Verstehe, unterbrach Harry ihn. Sein Daumen wanderte zum Sicherungshebel der Browning. Doch noch ehe er ihn umlegen konnte, hörte er direkt über sich eine Kette rasseln.

Sein Blick ruckte nach oben und der Necroscope sah in zwei Augen, die ihn aus der Düsternis des Laufsteges heraus, der die Flaschenzüge miteinander verband, anfunkelten. Geschmeidig glitt eine schwarz gekleidete Gestalt an den ölverschmierten Ketten herab und trat ihm die Waffe aus der Hand, so fest, dass sich sein ganzer Arm taub anfühlte.

Es kam völlig überraschend und traf Harry gänzlich unvorbereitet. Seine Gedanken überschlugen sich. Krampfhaft versuchte er ein Möbiustor heraufzubeschwören, stolperte im Zurückweichen über einen offenen Werkzeugkasten und schlug der Länge nach in einen Haufen frischer Eisenspäne. Er merkte, wie sein Hosenbein in Fetzen ging, und riss sich bei dem Versuch, sich wieder hochzurappeln, die Hände auf. Plötzlich stand die Gestalt in Schwarz über ihm. Ihre Augen glühten hinter einer schwarzen Strumpfmaske und an der Stelle, an der sich der Mund befinden musste, klaffte ein dunkler Schlitz. Der Schlitz formte Worte:

»Bloß noch ein verdammter Bulle«, knurrte er im reinsten Newcastle-Akzent, »aber jetzt hat er ausgeschnüffelt!« – Skippy! Der Necroscope konnte sich lebhaft vorstellen, wie sich der an seinem Handgelenk eintätowierte Skorpion krümmte, während Skippy zum tödlichen Schlag ausholte. Um festzustellen, womit Skippy dies bewerkstelligen wollte, brauchte Harry seine Fantasie nicht anzustrengen. Er sah die lange, gekrümmte Schneide einer Machete aufblitzen.

Die Klinge wurde angehoben, sauste in hohem Bogen herab und ...

... aus dem Dunkel kam mit einem vibrierenden Beben etwas angeschossen und durchschnitt mit einem heimtückischen Surren ... die Luft, ohne den Necroscopen zu berühren!

Die Machete flog Skippy aus der Hand. Die Gestalt, die sich breitbeinig vor Harry abzeichnete, fuhr kerzengerade in die Höhe und wurde zurückgeschleudert. Skippy langte nach etwas, das aus seiner Brust ragte, hustete, spuckte eine dunkle Flüssigkeit, die in Wirklichkeit rot war. Lautlos sackte er zusammen und rührte sich nicht mehr.

Nicht weit entfernt glitt geschmeidig ein Schatten vorüber. Harry vernahm ein Geräusch, ein Ziehen, als würde etwas unter großer Kraftanstrengung gespannt, und das scharfe Klicken, mit dem ein Verschluss einrastete. Harry kannte sich aus mit Armbrüsten und wusste, was Skippy gefällt hatte.

Keinen Augenblick später leuchtete ihm der helle Strahl einer Taschenlampe ins Gesicht. Er lag noch immer inmitten der scharfen Feilspäne und von der Hand, die er sich vor die Augen hielt, tropfte Blut. Doch kurz bevor das Licht erlosch, sah er die Browning vor sich liegen und griff danach. Und diesmal legte er den Sicherungshebel um, noch bevor er sich befreit hatte. Doch noch während er dies tat, sah er den Schatten ... einer Frau? ...

durch den Mittelgang davonhuschen. Er hatte sie schon einmal gesehen! Ganz sicher konnte er sich allerdings nicht sein, denn er war immer noch geblendet.

Reiß dich zusammen!, raunzte Trevor Jordan ihn an und fuhr, als Harry endlich wieder auf die Beine kam, in einem versöhnlicheren, besorgten Ton fort: *Wie schlimm ist es? Bist du verletzt?*

Ich werde es überstehen, erwiderte der Necroscope. Er hoffte, dass Jordan ihn hörte. *Aber so langsam läuft die Sache aus dem Ruder. Ich habe keine Ahnung, was hier eigentlich gespielt wird. Mach', dass du zurück über diese Mauer kommst, und hol Hilfe! Soll die Polizei sich darum kümmern!*

Die Zentrale hat von Anfang an einen Lokalisierer auf uns angesetzt, entgegnete Jordan. *Ich habe in dem Moment Verstärkung gerufen, als ich sah, dass du … unter Schock stehst. Ich dachte, mit dir sei es aus, Harry!*

Nein, noch nicht ganz! Und jetzt lass mich um Himmels willen gehen! Ich muss mich konzentrieren.

Als Jordan aus dem telepathischen Äther verschwand, übernahm Harry. *R. L.?*, wandte er sich an R. L. Stevenson Jamieson. *Ich hoffe, deine Obeah-Kräfte laufen auf Hochtouren. A. C. dürfte fuchsteufelswild werden, wenn er rausfindet, dass er seinen Busenfreund verloren hat.*

Leider nein, Necroscope, erscholl prompt R. L.s Antwort. *Du bist auf dich gestellt. Mein Obeah hält nur das Gleichgewicht aufrecht, mehr nicht. Aber wie es aussieht, senkt die Waage sich nun zu* deinen *Gunsten! Und falls es dich interessiert, kann ich dir sagen, dass wir gerade einen Neuen in den Reihen der Großen Mehrheit willkommen heißen. Das heißt, wahrscheinlich werden wir das irgendwann tun, sofern er es wert ist, wenn er endlich mit dem Theater und dem Gezeter aufhört!*

Skippy? Harry legte die Stirn in Falten. Er wusste, dass R. L. mitbekam, wie tief seine Abscheu war, und dass ihn ein Schauder durchlief. *Er ist es nicht wert, glaub' mir!* Kaum hatte er dies gesagt, merkte er, dass sein Erschauern noch eine andere Ursache hatte. Der Eindringling, A. C. Doyle Jamieson, war wieder zurück. Doch nun wimmerte er wie ein geprügelter Hund, während er sich in Harrys metaphysischem Geist zusammenkauerte, als wolle er sich dort verkriechen!

Verzieh' dich, A. C.!, sagte Harry gelassen, kalt. *Ich habe keine Lust, deine Schmerzen zu spüren, wenn es dich endlich erwischt.*

Ich werd' dir was zeigen, Fuckscope! A. C.s Entsetzen war blanker

Wut gewichen. Aus ihm sprach der nackte Wahnsinn. Sein Atem ging immer noch stoßweise, aber nicht mehr aus Furcht, sondern vor lauter Hass und Blutgier. *Ich werde dir zeigen, wie es den anderen Bastarden ergangen ist, die versuchten, den Werwolf zu bändigen!*

Nein!, schnitt der Necroscope ihm das Wort ab. *Das habe ich schon gesehen, A. C.! Ich weiß genau, wie es war. Aber ich will* dir *etwas zeigen!* Er rief sich Skippys Bild in Erinnerung, von einem Armbrustbolzen durchbohrt, im wahrsten Sinne des Wortes erstarrt, wie er der Länge nach in den blutigen Eisenspänen lag, in die er gestürzt war. Doch weil dies Harry noch nicht genug schien, öffnete er seinen Geist und offenbarte A. C. die tiefsten Abgründe, die absolute, gähnende Weite des Möbius-Kontinuums. A. C. sah, dass es vollkommen anders war als alles, was er kannte, und dass Harry ein Teil davon war, untrennbar damit verbunden; die übernatürliche Kälte der endlosen Leere kroch ihm bis ins Mark.

Nun?, fragte der Necroscope leise. *Willst du immer noch kommen, um mich zu holen, Arthur?*

Die Antwort war ein schmerzerfülltes Geheul, das enttäuschte Aufjaulen eines kranken Geistes, der kurz davor stand, endgültig überzuschnappen. Es hallte im Dunkel der Werkstatt wider und brach schließlich ab. Was blieb, war Stille, unterbrochen nur von raschen Schritten. Nein, A. C. hatte es nicht mehr auf ihn abgesehen. A. C. lief weg!

Aus dem Untergeschoss drang das Stottern eines Anlassers und gequält heulte ein Motor auf, als das Gaspedal durchgetreten wurde. Wie es aussah, wollte A. C. sich aus dem Staub machen. Es gab nur eine Ausfahrt: über die Rampe des ehemaligen Parkhauses und dann durch die Schranke. Doch was, wenn jemand die Schranke schloss?

Harry schätzte die Koordinaten ab. Ein übereilter Möbiussprung brachte ihn an den Werkstatteingang, direkt am Rolltor. Zu seiner Linken sah er die dunkle Öffnung der zweispurigen Abfahrt, die hinab ins Untergeschoss führte. Dort unten schlingerten Scheinwerfer hin und her und das Dröhnen des Motors wurde lauter, als der Wagen mit quietschenden Reifen nach oben raste.

Hastig glitt Harrys Blick über die Wände zu beiden Seiten der Ausfahrt, um den Knopf zu finden, mit dem man das Tor schließen konnte; aber vergebens. Und die Zeit reichte nicht mehr, die knapp zehn Meter zu der winzigen Kontrollbude zurückzulegen, die Schranke einzuschalten und dann herunterzulassen, denn A. C. donnerte bereits auf der Auffahrt heran.

Doch plötzlich erscholl George Jakes' körperlose Stimme in Harrys Geist: *Keine Sorge, Necroscope. Die Kavallerie ist schon da! Du musst bloß die Augen aufmachen!*

Dies tat Harry, und was er da sah, konnte selbst der Necroscope kaum fassen. Doch mit den Toten zu reden, vermittelt oft mehr als nur das, was gesagt wird, und bis der verbeulte Lieferwagen es nach oben schaffte, hatte Jakes ihm schon das ganze Bild gezeigt oder vielmehr die Lage geschildert, wie sie sich noch vor wenigen Augenblicken darbot:

A. C. Doyle Jamieson, hochgewachsen, kräftig, mit seiner Wolfsmaske herausgeputzt, trug seine Handschuhwaffe. Im Dunkel des Kellers hastete er, wie ein Betrunkener umhertapsend und dabei Obszönitäten ausstoßend, wie ein Verrückter auf seinen Lieferwagen zu. Der Wagen war mit der Fahrertür zur Wand geparkt; A. C. riss die Beifahrertür auf und warf sich Hals über Kopf in die Kabine. Doch noch ehe er nach dem Zündschlüssel zu langen vermochte, erwachte der Motor stotternd zum Leben. Eine Gestalt saß, über das Lenkrad gebeugt, auf dem Fahrersitz. A. C. war klar, dass es sich nur um einen seiner Gegner handeln konnte! Aber weshalb war er dann nicht in der Lage, seine Gedanken zu lesen?

Die Antwort lag auf der Hand, allerdings konnte A. C. natürlich nicht wissen, dass niemand außer dem Necroscopen die Gedanken der Toten zu lesen vermochte.

Der Fahrer trat das Gaspedal durch und mit schaukelndem Chassis jagte der Transporter in den Mittelgang, auf das Rechteck aus Dämmerlicht zu, das die Ausfahrt markierte. Die Scheinwerfer wurden eingeschaltet und erhellten eine Gestalt, die mitten im Weg stand, eine Frau, die mit ausgestrecktem Arm auf A. C. deutete – oder vielmehr zielte.

Sie griffen ihn mit vereinten Kräften an, alle seine Gegner gingen gemeinsam auf A. C. Doyle los, eindeutig, alles war perfekt aufeinander abgestimmt. Mit einem kurzen Aufjaulen duckte er sich, drehte sich in einer fließenden Bewegung zur Seite und stieß zu. Die messerscharfe Stahlklaue traf den Mann am Lenkrad direkt ins Gesicht und schälte ihm das Fleisch von den Knochen, dass es nur so in Fetzen herunterhing. Grinsend wandte sich der Fahrer ihm zu, das blutige Zahnfleisch entblößt. Blut lief ihm über die Zähne und Eiter tropfte aus seinen Augen.

In diesem Moment hätte A. C. gern geschrien, doch er brachte bloß ein

»Argh, argh, arghhh!« zustande, als das Wesen neben ihm den grotesken Kopf in den Nacken legte und gurgelte:

»Hoho, Wolfsmensch! Zeit für die Silberkugel!«

Tatsächlich jedoch war es ein Armbrustbolzen, der die Windschutzscheibe durchschlug und A. C.s Schulter an das Sitzpolster nagelte, indem die Spitze sich in die Rückwand aus Aluminium bohrte …

All dies entnahm der Necroscope Jakes' Geist, während der Transporter die Auffahrt hinter sich ließ, aufsetzte und im Erdgeschoss links statt rechts einbog, um mit aufheulendem Motor die Rampe, eigentlich nur noch ein Gerüst, in die nächste Etage zu nehmen, und in die nächste, und in die darüber liegende ebenfalls. Bis hoch zum Dach des Parkhauses. Harry sah alles durch die Augen des Toten. Was er hörte, hörte er jedoch selbst, mit eigenen Ohren, sogar über das Dröhnen des Motors hinweg:

A. C.s schrille, angsterfüllte Schreie. Er schrie wie ein Wahnsinniger, als ihm endlich dämmerte, dass ein Mann, den er getötet hatte, nun dabei war, ihn umzubringen!

Tschüs, Necroscope!, krähte Jakes in Harrys metaphysischem Geist, während der Lieferwagen geradewegs auf die Brüstung im sechsten Obergeschoss zuhielt. *Vielen Dank, dass ich dabei sein durfte! Das ist für Jim Banks und Derek Stevens, vor allem aber für mich! Der Tank von der Karre ist voll, so einen Abgang wollte ich schon immer haben – in einer Flamme des Ruhms! Oh, und wo wir gerade dabei sind: So sieht der hässliche Scheißkerl aus, der für das alles verantwortlich ist!*

Damit langte er mit seiner Totenhand hinüber und riss A. C. die Wolfsmaske vom Gesicht. Genau in diesem Augenblick krachte der Transporter gegen die Mauer und durchbrach sie. Kreischend verzog sich das Blech des Wagens, verrotteter Mörtel und zerschmetterte Betonstücke stoben nach allen Seiten.

Unten am Werkstatteingang wankte Harry zurück gegen die Wand und ließ sich mit offenem Mund kraftlos dagegen sinken. Durch George Jakes' Augen sah er A. C., der wiederum Jakes anstarrte, blickte in die vor Irrsinn verzerrten Züge des schreienden Schwarzen, der sich die Klauenhand vors Gesicht hielt, weil er den Anblick des Leichnams nicht ertragen konnte. Der Nachtwind zerrte an seinen Rastalocken, als die Tür des Lieferwagens aus den Angeln gerissen wurde. Die Augen traten ihm schier aus den Höhlen, Schaum stand ihm vor dem Mund, als sein Körper im freien Fall zu schweben begann und ihn nur noch der

Armbrustbolzen, dessen Gefieder aus seiner Schulter ragte, an der Rückenlehne festhielt.

Lass uns ein anderes Mal reden, Necroscope, meinte Jakes. *Im Moment möchte ich lieber die Wärme auskosten ...*

Harry schüttelte sich. Ihm blieb gerade noch Zeit, sich wieder aufzurichten und einen Blick hinaus auf die Straße zu werfen ... wo in ebendiesem Augenblick etwas mitten auf die Fahrbahn krachte. Jakes hatte recht gehabt: Der Tank des Lieferwagens musste randvoll gewesen sein.

Unter einem Himmel, an dem sich die Wolken verzogen und der volle Mond die nass glänzenden Straßen Londons erhellte, schlug A. C.s Transporter wie eine Bombe auf, mit der Front zuerst, und ging mit gewaltigem Getöse hoch. Der Feuerball erleuchtete die Nacht plötzlich taghell. Genau so, wie George Jakes es gewollt hatte ...

Harry schüttelte sich erneut. Die Starre wich von ihm und er hörte ... Polizeisirenen? Was auch sonst? Und sie würden in wenigen Minuten eintreffen.

Harry, bist du okay? Das war Trevor Jordan, allerdings nur noch ganz schwach, nun, wo die Anspannung von ihm gewichen war.

Ja, antwortete Harry. *Bist du in Sicherheit?*

Ja, seufzte Jordan.

Wir sehen uns später, erwiderte Harry mit einem Nicken.

Vorerst jedoch ... hatte er noch etwas zu tun. Es gab etwas, was er in Erfahrung bringen musste.

Vor der Werkstatt hatte er das Mädchen gesehen. Und dann wieder im Innern (obschon er sich dessen nicht ganz sicher sein konnte), als sie ihm das Leben gerettet hatte. Ein drittes Mal hatte er sie in Jakes Geist gesehen, und *dessen* war er sich sicher! Und nun wollte er sie wiedersehen und herausfinden, wer sie war, weshalb sie sich hier befand! Durch Jakes' Augen hatte er sie am entgegengesetzten Ende des Erdgeschosses erblickt. Soweit der Necroscope wusste, gab es dort keinen weiteren Ausgang. Außerdem war ihm klar, dass das Tor zum Hof in dieser Etage geschlossen war. Sie war zwar auf diesem Weg hereingekommen, konnte dort aber unmöglich wieder hinaus. Damit blieb ihr nur ein Weg, den sie nehmen konnte. Sie musste hier entlangkommen. Und dies tat sie auch.

Ihr Atem ging schwer und sie passte auf wie ein Schießhund. Ihr war sehr wohl klar, dass das Sirenengeheul immer lauter wurde. Harry erwartete sie am Werkstatteingang, an dem Absatz, an dem die Auffahrt ins Erdgeschoss mündete. Sie kam im Laufschritt angerannt, ihre »Einkaufstasche« noch immer unter den Arm geklemmt. Der Necroscope wusste, was sich darin befand: ihre Armbrust! Sie hatte zwei Bolzen abgefeuert, mit tödlicher Wirkung, und hatte wahrscheinlich keine Munition mehr, sonst würde sie die Waffe wohl in der Hand halten. Er hingegen hatte immer noch seine Browning. Und er hatte den Hauptschalter gefunden, mit dem das Licht anging. Er befand sich in einer Nische oberhalb der Auffahrt.

Als das Mädchen das Erdgeschoss erreichte, legte er den Schalter um und stellte sich ihr in den Weg. Sie schrie überrascht auf, während sie schlitternd zum Stehen kam und in der plötzlichen Helligkeit blinzelte. »Wer ...? Was ...?«

»Keine Angst!«, sagte Harry. »Es ist vorbei. Ich wollte mich nur bei Ihnen bedanken – dafür, dass Sie mir das Leben gerettet haben.«

»Ach, Sie sind es«, hauchte sie, vor Erleichterung seufzend. »Ich ... wusste nicht, wen von ihnen ich erschießen sollte! Ich hatte wohl einfach ... Glück, nehme ich an.« Sie hatte einen unverkennbaren Akzent, den Harry seit frühester Kindheit kannte – aus Schottland, Edinburgh. Irgendwie klang es sexy.

»Ich wohl auch«, lächelte er, wenn auch reichlich trocken. »Und zwar eine ganze Menge!« Zum ersten Mal spürte er, wie ihm das trocknende Blut seine zerrissene Hose ans Bein klebte.

»Aber der Kerl mit der Strumpfmaske«, fuhr sie fort, »na ja, er sah wohl am ehesten wie jemand aus, auf den man schießen sollte.« Nervös fuhr sie sich mit der Zunge über die Lippen, während ihr Blick unstet hin und her huschte. Es war offensichtlich, dass sie nach einer Möglichkeit suchte, zu verschwinden. Sie hatte die Waffe in Harrys Hand gesehen.

»Und der Mann im Lieferwagen?« Harry ließ nicht locker, sein Blick hielt sie fest. »Der Beifahrer? Ich meine, warum haben Sie nicht auf den Fahrer geschossen?« Es machte zwar keinen Unterschied, aber er wollte es trotzdem wissen.

Ihre Augen wichen ihm aus. »Ich ... ich sah einen großen Hund oder Wolf in dem Transporter sitzen, aber es sah nur so aus, in

Wirklichkeit war es bloß ein maskierter Mann. Er griff den Fahrer an, und ich ... ich ...«

»... Sie schossen auf denjenigen, der am gefährlichsten aussah«, nickte Harry. »Heißt das, Sie ... machten Jagd auf sie, oder wie soll ich das verstehen?« Er tat einen Schritt auf sie zu. Sie wich nicht zurück. Draußen wurden die Sirenen lauter und er spürte geradezu, dass sie weg wollte.

»Bloß auf den einen«, entgegnete sie. Nun, da ihre Anspannung wuchs, wurde ihr Akzent breiter. Sie trat dicht an Harry heran. »Sind Sie 'n Bulle?«

»Nein«, antwortete der Necroscope mit einem Kopfschütteln und traf im selben Moment eine Entscheidung. Eigentlich sollte dieses Mädchen ein paar Fragen beantworten – wenn schon nicht ihm, so doch der Polizei –; aber immerhin hatte sie ihm das Leben gerettet. »Ich war auch hinter ihnen her.«

»Na ja, jetz' ham wir se ja! Aber jetzt ... muss ich wirklich gehen ...« Damit machte sie Anstalten, sich an ihm vorbeizuzwängen. Draußen vor der Werkstatt erhellten rötliche Flammen die Nacht und schwarzer Qualm stieg zum Himmel. Mehrere Wagen hielten mit quietschenden Reifen.

Er ergriff sie am Arm. »Beantworten Sie mir noch eine Frage, dann helfe ich Ihnen!« Sie blickte auf die Hand, die sie festhielt. »Ich schaffe Sie hier raus, versprochen!«

An der Einfahrt wurden rasche Schritte laut.

»Dann aber besser schnell!«, stieß sie hervor.

»Warum waren Sie hinter ihm her?«

»Und warum Sie?« Sie entzog sich ihm mit erstaunlicher Kraft. »Die Kerle haben Freunde von mir umgebracht.«

»... und Freunde von mir ... bedroht. Aber jetzt ist es zu spät, hier abzuhauen!«

Harry langte hinter sich und legte den Hauptschalter um. In der Werkstatt wurde es stockdunkel. Anschließend beschwor er ein Möbiustor herauf und schob das Mädchen hindurch. »Wohin?«, wollte er wissen.

Ihre Gedanken hallten so laut wider, als würde jemand einen riesigen Gong anschlagen: *WAS? ... WAS? ... WAS?*

Pssst!, machte Harry. *Halten Sie sich einfach an mir fest und sagen Sie mir, wohin ich Sie bringen soll. Wohin wollen Sie?*

Sie umklammerte ihn und drückte sich so eng an ihn, wie sie

nur konnte. »Ganz egal, irgendwohin, bloß weg von *hier!*«, flüsterte sie heiser. Allerdings klang ihr Flüstern in der allumfassenden Leere des Möbius-Kontinuums wie ein Schrei.

Also begab er sich mit ihr an einen Ort, den er kannte, verließ das Kontinuum und stützte sie so lange, bis sie festen Boden unter den Füßen spürte und aufhörte zu beben. Als sie langsam wieder die Augen aufschlug ... geriet sie ins Wanken und setzte sich abrupt ...

... auf die regennassen Pflastersteine der Seitenstraße direkt gegenüber der Werkstatt. Doch es hatte aufgehört zu regnen; leichte Nebelschleier waberten wie ein milchiger Fluss knöcheltief durch die Gasse und krochen in die Nischen der Hauseingänge. Das plötzliche Auftauchen des Necroscopen hatte sie aufgewirbelt.

Harry wollte vorerst keine weiteren Fragen mehr beantworten. Aber vielleicht hatte er später ein paar Fragen an sie. »Leider muss *ich* jetzt gehen«, sagte er. »Wie kann ich Sie wiederfinden? Ich meine, falls ich ... oder ... falls Sie ... dies wünschen?«

Er hielt ihr die Hand hin und half ihr auf. »Das ... das glaub' ich nich!«, stieß sie hervor. »Was da passiert ist! Ich kann's nich fassen!« Hilflos fuhr sie mit den Händen über ihre Oberschenkel und wischte sich das Wasser von ihrem nassen Hosenboden.

»Ich muss jetzt wirklich los«, sagte Harry, bereits im Begriff, die Gasse entlangzugehen, weg von der im rötlichen Feuerschein lodernden Straße.

»Im B. J.'s«, flüsterte sie. »Du findest mich im B. J.'s«

»Oh?« Von der im Dunkeln liegenden Schwelle des Hintereingangs zu einem Lagerhaus blickte Harry noch einmal zurück und neigte fragend den Kopf zur Seite.

»Ein Weinlokal – in Edinburgh! Es gehört mir!« Sie hatte die Lippen leicht geöffnet. Ihre Worte waren kaum mehr als ein Hauch.

Aber Harry hatte genug von Abkürzungen, A. C.s und R. L.s, B. J.s eingeschlossen. »Wofür steht das? B. J., meine ich?«

»Eh?« Ihr Mund stand noch immer offen und sah einfach zauberhaft aus. »Oh, meine Initialen? Für Bonnie Jean.«

Der Name kam ihm irgendwie bekannt vor. Im Fernsehen hatte er einmal ein Musical gesehen, damals, als er noch die Wohnung in Hartlepool hatte – wie lange war das jetzt her? Nun fiel ihm auch der Titel wieder ein, und ein paar Zeilen aus einem Lied:

Geh' nach Haus, geh' nach Haus,
geh' nach Haus mit Bonnie Jean.
Geh' nach Haus, geh' nach Haus,
ich geh' nach Haus mit Bonnie Jean.

Nun ja, vielleicht ... aber nicht heute Nacht, Bonnie Jean. »So wie in Brigadoon?«, fragte er.

Offensichtlich begriff sie sofort, was er meinte. Fürs Erste nahm sie jedoch hin, dass das Ganze einfach reichlich merkwürdig war, schloss den Mund wieder und lächelte, wenn auch etwas unsicher. »Aye, mein tapferer Held, *genau* wie in Brigadoon. Und wie heißt du ...?« Für einen Moment wurde sie von einem Streifenwagen abgelenkt, der mit heulender Sirene und quietschenden Reifen an der Einmündung der Gasse vorüberraste, und warf einen Blick zurück über die Schulter.

B. J.s Frage hing unbeantwortet in der feuchten Nachtluft, denn als sie sich wieder umwandte ... war von Harry nichts mehr zu sehen. Nur die Dunstschleier wirbelten noch an der Stelle, an der er einen Augenblick zuvor gestanden hatte, und fielen in sich zusammen ...

Harry legte mehrere kurze Zwischenstopps ein – allesamt auf Friedhöfen, um zu berichten, wie sein Abenteuer der heutigen Nacht ausgegangen war. Dank der Bemühungen eines gewissen R. L. Stevenson Jamieson waren die wesentlichen Einzelheiten allerdings bereits bekannt. Bevor Harry in die Zentrale des E-Dezernats zurückkehrte, sprach er noch einmal mit R. L. persönlich.

»Nun ja, hier zeigt sich, dass ein bewährtes Prinzip tatsächlich noch funktioniert. Will sagen, dass man das, was man im Leben getan hat, auch im Tod weiter betreibt. Die zahllosen Toten werden dir dafür dankbar sein. Um deinen guten Namen und deinen Ruf brauchst du dir jetzt keine Sorgen mehr zu machen, R. L.!«

Redest du von meinen Obeah-Kräften, Necroscope?

»Das weißt du doch«, nickte Harry. »Denn im Leben hast du auf deinen Bruder aufgepasst, so gut es ging, und das Gleichgewicht aufrechterhalten. Und nun, im Tod, wirst du dies weiterhin tun.«

Dazu muss ich mich nicht groß anstrengen, Harry, erklärte R. L. *Das ist ganz normal für mich, vor allem jetzt, wo ich wieder mit Paps in*

Verbindung stehe! Weißt du, ich wollte ihn mit der ganzen Sache nicht belästigen. Aber jetzt sind wir ja alle sozusagen wiedervereint ...

Abermals nickte Harry. »Weder dir noch deinem Paps macht irgendjemand einen Vorwurf, R. L. Wie gesagt, die Toten werden dir ewig dankbar sein, dass du A. C. in die Schranken weist. Was ich sagen möchte, ist, wenn die zahllosen Toten sich miteinander unterhalten, dann tun sie das aus freiem Willen. Da können sie niemanden gebrauchen, der sich in ihren Geist einschleicht!«

Oh, A. C. macht jetzt keine Schwierigkeiten mehr, Harry. Mit dem Werwolf ist es ein für alle Mal vorbei, kein Geheule mehr, nur noch das Wimmern eines einsamen kleinen Welpen, dem es kalt ist. Aber er wird schon wieder in Ordnung kommen, wenn er erst einmal merkt, dass er hier, im Dunkel und der Stille, in Sicherheit ist.

»Na schön«, erwiderte der Necroscope. »Belassen wir es dabei ...«

SIEBTES KAPITEL

Trotz seiner vielen Zwischenstopps traf Harry dennoch noch vor Trevor Jordan in der Zentrale des E-Dezernats ein und fand alles genau so vor, wie es dem Ratschlag des Telepathen entsprach: Darcy Clarke hatte die Leitung, und jeder war an seinem Platz und bereit, ihm innerhalb von Sekunden hundertprozentige Unterstützung zukommen zu lassen ... wenn schon nicht physisch, dann doch zumindest auf übersinnlichem Weg. Letztlich hatte er diese Hilfe nicht gebraucht, da andere, neu gewonnene Freunde eingesprungen waren; außerdem hatte er Darcy von Anfang an darum gebeten, sich herauszuhalten. Doch wie dem auch sein mochte, der Leiter des E-Dezernats hatte Gewehr bei Fuß gestanden und alles in Bewegung gesetzt, und dies sagte eine Menge darüber aus, welches Ansehen Harry bei den ESPern genoss.

Schließlich beendete der Necroscope seinen Bericht und in den frühen Morgenstunden saß er allein mit Darcy in dessen Büro. Nun, da Harry alles erledigt hatte, fand er endlich die Zeit, sich nach Brenda und seinem kleinen Sohn zu erkundigen. Nicht, dass ihm das keine Sorgen bereitete oder er es gar auf die leichte Schulter nahm; aber er wusste, dass es seiner Frau und seinem Kind, wo sie auch sein mochten, aller Wahrscheinlichkeit nach gut ging. Denn Harry junior mochte zwar ein Säugling sein, dennoch hatte er bereits unter Beweis gestellt, dass er sehr wohl in der Lage war, seine Mutter auch vor der schlimmsten Bedrohung zu schützen. Zudem war Harry senior klar, dass der Kleine zwar die banalsten Alltagsdinge nicht selbst erledigen konnte; aber Brenda und die Große Mehrheit würden sich schon um ihn kümmern.

»Habt ihr irgendetwas herausgefunden?«

Darcy schüttelte besorgt den Kopf. »Nichts. Nicht das Geringste! Jeder Mann, den wir bei deinem Fall entbehren konnten, hat nach Brenda und dem Baby Ausschau gehalten. Aber nichts! Hellseher, Telepathen, Wahrsager, Lokalisierer – keiner hat irgendetwas gefunden. Es ist, als wären sie vom Erdboden verschluckt! Als Brenda zum ersten Mal hier auftauchte, hatte Harry junior sie hergebracht. Jetzt müssen wir davon ausgehen, dass er sie wieder weggebracht hat. Aber weshalb und wohin ... das kann man nur raten. Natürlich werden wir weiter nach ihnen suchen, aber im Augenblick ...« Seine Schultern sackten herab. »Tut mir leid, Harry! Du hast so viel für uns getan, so viel Zeit und Energie für uns geopfert, doch wenn es einmal darum geht, dir zu helfen, sind wir anscheinend machtlos.«

»Das heißt nur, dass ich es wohl selbst tun muss«, entgegnete Harry, allerdings ohne jede Bitterkeit. »Darcy, dir war doch von Anfang an klar, dass der einzige Grund, weshalb ich mich dazu überreden ließ, hierzubleiben, Brenda war? Du hattest die ganzen Kontakte und ich hoffte, dass die Leute, die du hinzuziehen konntest, in der Lage sein würden, ihr zu helfen. Ich wusste, dass sie hier sicher war, sollten sich als Folge meiner Arbeit irgendwelche Komplikationen ergeben. Aber das ist jetzt vorbei.«

Darcy war klar, was als Nächstes kam. »Heißt das, du ziehst aus?«

»Allerdings! Das E-Dezernat ist nichts für mich, Darcy. Ich war schon immer ein Einzelgänger und so soll es wohl auch bleiben. Außerdem hast du mich ja selbst oft genug gefragt, ob ich mein Leben wirklich damit verbringen will, geistige Jauchegruben auszumisten. Ich habe keine Lust, wie ein zahmer Affe ständig nach der Pfeife der Polizei zu tanzen und auf Abruf bereitzustehen, wenn irgendwo ein schäbiger Mord passiert. Oh, ich weiß, dass es so gar nicht werden würde, aber irgendwie eben doch! Und dafür bin ich nun mal nicht geschaffen. Wie es aussieht, kommt es früher, als wir dachten. Aber wenn du es wissen willst: Ja, ich gehe!«

»Wann?«

»Hier gibt es nichts, was mich noch halten könnte. Ich meine, niemanden, mit dem ich enger befreundet wäre oder so. Gut, ich habe Freunde hier ... ich hoffe, ihr *alle* seid meine Freunde. Aber es gibt niemanden, dem ich ›Auf Wiedersehen!‹ sagen müsste. Außer vielleicht dir. Also, auf Wiedersehen!«

Darcy wusste ganz offensichtlich nicht, was er dazu sagen sollte. »Du bist für uns Gold wert, Harry – oder vielmehr, du warst es.«

»Ich bin bloß ein Mensch«, entgegnete Harry und meinte dies auch. »Außerdem hat das Dezernat genügend Leute, die auch hinter ihrer Arbeit stehen.«

»Aber ... willst du die Zelte völlig abbrechen?«

Harry zuckte die Achseln. »Da gibt es nicht viel abzubrechen.

Eigentlich gar nichts. Die Sachen in dem Kleiderschrank in meinem Zimmer lasse ich vorerst hier. Vielleicht komme ich irgendwann mal vorbei, um sie abzuholen.«

»Das habe ich nicht gemeint. Willst du nicht in Verbindung mit uns bleiben?«

»Nur wenn ihr meine Frau und meinen Sohn findet. Aber wahrscheinlich werde ich sie vor euch ausfindig machen.« Der Necroscope unterdrückte ein Gähnen, streckte sich und verzog das Gesicht, als er spürte, wie die Kruste an seinem frisch verbundenen Bein aufbrach. Mit ausdrucksloser Miene betrachtete er seine ebenfalls bandagierten Hände.

»Du hättest es nähen lassen sollen«, meinte Darcy besorgt.

»Ich *hasse* Nadeln«, entgegnete der Necroscope. »Ganz zu schweigen von den Narben! So bleibt wenigstens nichts zurück, wenn ich Glück habe.«

»Wohin willst du gehen? Und wann? Doch nicht schon heute Nacht, oder?«

»Ich habe immer noch die Wohnung in Hartlepool. Die könnte einen Großputz vertragen, ehe ich sie verkaufe. Sie steht schon seit über einem Jahr leer. Dann ist da noch das große alte Haus, das ich in Bonnyrigg geerbt habe. Ich glaube, die Abgeschiedenheit dort könnte mir gefallen; außerdem wäre ich dann näher bei meiner Mutter. Und was das Wann angeht: heute Nacht – warum eigentlich nicht?«

»Hör zu«, sagte Darcy. Mit einem Mal schien er beunruhigt. »Wir sind beide müde, besonders du! Du siehst fix und fertig aus! Wenn man so erschöpft ist, kann man kein klares Urteil mehr fällen, keiner kann das. Wie wär's, wenn du die ganze Sache überschläfst. Morgen früh frühstücken wir gemeinsam und dann kannst du deine Entscheidung treffen!«

Abermals zuckte Harry die Achseln. »Sie ist bereits getroffen«, erwiderte er. »Aber du hast recht, ich bin wirklich todmüde. Also okay, morgen ist es immer noch früh genug ...«

Darcy wirkte zufrieden. »Und du bleibst in Kontakt mit uns – ich meine, wenn du eine neue Bleibe hast?«

Harry seufzte. »Wenn du mir versprichst, dass ihr mich in Ruhe lassen werdet ... vielleicht. Aber eines möchte ich gleich hier und jetzt klarstellen: Mit dem E-Dezernat habe ich abgeschlossen, Darcy! Das ist nichts für mich. Ich hätte ohnehin keine Zeit dafür, eigentlich für überhaupt nichts. Nicht bevor ich weiß, was aus Brenda und dem Kleinen geworden ist!«

»Na gut ...«, nickte Darcy. Doch dann fiel ihm noch etwas ein: »Was soll ich der Polizei erzählen?«

»Eh?«

»Sie haben zwei Tote in dem ausgebrannten Lieferwagen gefunden. Der eine ist unser Werwolf, aber der andere ...? Früher oder später werden sie ihn identifizieren. Und dann ist da noch die Leiche in der Werkstatt. Sie wurde erschossen – mit einer Armbrust!«

»Also, befassen wir uns zunächst mal mit George Jakes«, erwiderte Harry. »Die Frage dürfte doch sein: Wie kommt George aus dem Leichenschauhaus in Fulham in einen ausgebrannten Lieferwagen im Eastend? Richtig?«

»Du bist der Letzte, der ihn in – äh, besagter Lage – gesehen hat. Wenn man uns danach fragt ... ich meine, das haben wir zwar nicht vor, aber falls wir müssen ...«

»Dann käme mein Name ins Spiel, ja ...« Harry überlegte einen Augenblick. »Sag' ihnen doch einfach, A. C. Jamieson sei ein Obeah-Mann aus Haiti gewesen. Das können sie leicht überprüfen. Sag' ihnen, dass wahrscheinlich er Jakes' Leichnam gestohlen hat, um die Polizei mit einem Fluch oder so zu belegen. Und weshalb er Selbstmord begangen hat? Wer kann das schon wissen! Schließlich war er verrückt. Ach, und sag' ihnen noch, sie sollen nach einer verbrannten oder verschmorten Wolfsmaske und einem Klauenhandschuh suchen. Dann haben sie alles, was sie brauchen.«

»Das dürfte reichen«, pflichtete Darcy ihm bei. »Immerhin war der ganze Laden voller teurer Autos, die meisten davon geklaut!«

»Und was den Kerl in der Werkstatt angeht, diesen Skippy ... der geht wahrscheinlich auch auf Jamiesons Konto. Jamieson war doch total durchgeknallt! Skippy hat er umgebracht, um keinen Zeugen zu hinterlassen. Ganz einfach ...«

»Und die Mordwaffe?«

Harry schüttelte den Kopf. »Die wird niemand finden.«

»Gibt es da irgendetwas, was du mir nicht gesagt hast?«

»Nur eine Sache, der ich vielleicht irgendwann selbst einmal nachgehe.«

»Na gut«, meinte Darcy mit einem nachdenklichen Nicken.

»Wie es aussieht, decken wir damit alles ab.« Doch dann wich das schwache Lächeln, das sich beinahe um seine Lippen gestohlen hätte, einem Stirnrunzeln. »Trotzdem bin ich froh, dass Jakes niemanden hinterlässt. Keine Familie und so.«

»Ich weiß, was du sagen möchtest«, erwiderte Harry. »Wie sollte man das denen erklären? Aber mach' dir um Jakes keine Sorgen, Darcy. Ich weiß aus erster Hand, dass es ihm nichts ausmacht. Er ist froh, dass er den Kerl endlich erwischt hat – wenn auch erst hinterher.«

Als Darcy dies hörte, wurde er bleich. Er erinnerte sich noch sehr gut an den Fall Bodescu in Hartlepool an der Nordostküste und daran, wie die zahllosen Toten damals ihren Gräbern entstiegen waren. Wäre es nicht eine unbestreitbare Tatsache, dass er – was? Den Necroscopen *gern hatte*? Ihm vertraute? Wusste, dass er keine Bedrohung darstellte? Wäre dies nicht unbestritten, hätte sein Talent wahrscheinlich längst angeschlagen und sein Schutzengel würde ihm zubrüllen, er solle die Beine in die Hand nehmen und laufen!

»Man darf gar nicht darüber nachdenken«, sagte er leise.

»Nun, wenn du es schon tust«, erklärte der Necroscope, »dann sieh es doch einmal so: Jakes hat nichts anderes getan als das, was er im Leben auch gemacht hat und was er am besten konnte. Er hält sich für einen Glückspilz, weil er eine zweite Chance bekam und diesmal ganze Arbeit leistete. Wenn jeder von uns so viel Glück hätte ...«

»Ich weiß nur eins«, entgegnete Darcy. »Wenn ich erst einmal tot bin, will ich nichts als nur ganz ruhig und still daliegen!«

»Ja, jetzt, im Augenblick«, hielt ihm Harry gelassen entgegen. Aber in seinen Augen, die so viel gesehen hatten, glomm ein merkwürdiges Feuer.

Darcy hörte kaum zu und sah ihn auch nicht an, was wahrscheinlich ganz gut war, sondern dachte immer noch an die jüngsten Ereignisse. An den toten Dieb und Mörder in der Werkstatt zum Beispiel. Harry hatte recht: Bislang hatte die Polizei die Mordwaffe noch nicht gefunden, dafür aber das Gerät, das seinen Tod herbeigeführt hatte, einen kurzen Hartholzbolzen. Die Beamten hatten mit ihm darüber gesprochen und er sollte es doch zumindest erwähnen.

»Bist du sicher, dass du mir nicht noch etwas sagen möchtest,

Harry? Über die Sache mit der Armbrust vielleicht? Ich meine, eine Armbrust ist schon eine recht merkwürdige Waffe. Die Gerichtsmediziner haben den Bolzen unter die Lupe genommen und was sie irritiert, ist der Widerhaken an der Spitze.«

Das war Harry neu. Fragend hob er eine Augenbraue. »Was ist damit?«

Darcy zuckte die Achseln. »Die Spitze besteht, wie zu erwarten, aus Stahl. Aber weshalb war sie mit Silber beschichtet? Verwendet man Silber nicht, um einen Werwolf zu töten?«

Harry hatte einiges Geschick darin, seine Gedanken und Gefühle, und diesmal auch sein Erstaunen, zu verbergen. Noch überraschter war er, festzustellen, dass er anscheinend auch recht gut lügen oder zumindest Halbwahrheiten erzählen konnte. Die Toten belog er niemals, die Lebenden hingegen ... »Ich wusste ja nicht, womit ich es zu tun hatte«, erklärte er. »Oh, natürlich, *wir* waren zu dem Schluss gelangt, dass dies das Werk eines ... wie sagt man ... Lykanthropen sein musste. Eines Irren! Aber was, wenn wir falsch lagen? Es gibt die merkwürdigsten Dinge auf der Welt, das weißt du genauso gut wie ich!«

Darcy nickte. »Also hast du ihn getötet? Daher die fehlende Waffe?«

Der Necroscope wandte den Blick ab. Schließlich murmelte er: »Er ist tot, oder nicht?« Doch nun würde er der Sache endgültig auf den Grund gehen ... irgendwann.

Er erhob sich etwas unsicher. »Anscheinend bin ich müder, als ich dachte – aber wie soll ich Schlaf finden? Mir geht so vieles im Kopf herum. Manchmal kann ich mich schon gar nicht mehr daran erinnern, dass es irgendwann einmal anders war. Schade, dass wir keinen Knopf zum Ausschalten haben, mit dem man das einfach abstellen kann.«

Darcy schrak zusammen, als falle ihm gerade etwas ein. »Aber natürlich kann man das! Glaubst du etwa, als Chef dieses verdammten Vereins hätte ich sonst je eine Chance, einzuschlafen? Gott, im Leben nicht!«

Harry sah Darcy zu, wie dieser eine Schreibtischschublade aufzog, ein kleines Fläschchen herausnahm, aufstand und an den Wasserspender trat. »Hast du irgendwelche Allergien?« Er ließ eine kleine weiße Pille in ein Glas fallen und füllte es mit Wasser. Die Tablette löste sich in Nullkommanichts auf.

»Nein.« Harry schüttelte den Kopf. »Nicht dass ich wüsste. Aber ... Schlaftabletten?«

»Nur eine«, beruhigte Darcy ihn. »Das hat mir noch jedes Mal geholfen. Als würde man einen Schalter umlegen.«

Harry nahm das Glas. »Na ja, dieses eine Mal!« Damit legte er den Kopf in den Nacken und stürzte den Inhalt des Glases hinunter. Ihm fiel nicht auf, dass der Chef des E-Dezernats dabei den Atem anhielt ...

Nachdem der Necroscope ihn verlassen hatte, um sein Zimmer aufzusuchen, wählte Darcy die Privatnummer eines »Experten«. Der Mann war zwar kein ESPer im eigentlichen Sinn, dennoch verfügte er über ein außergewöhnliches Talent. »Doktor Anderson?«, fragte Darcy, als schließlich jemand den Hörer abnahm. »James Anderson? Darcy Clarke hier ...«

»Ja, ich weiß, wie spät es ist, Anderson«, beschwichtigte er einen Augenblick später die blecherne, müde Stimme am anderen Ende der Leitung. »Entschuldigen Sie, dass ich um diese Zeit anrufe. Aber es ist wichtig. Entsinnen Sie sich der Sache mit Keogh, über die wir sprachen? Nun, jetzt ist es so weit!«

Und einen weiteren Augenblick später: »Ja, vor zwei Minuten!«

»Gut«, sagte er schließlich, ehe er den Hörer auflegte. »Ich warte auf Sie.«

Danach blieb Darcy nichts Weiteres zu tun, als Andersons Ankunft abzuwarten und sich in Selbstzweifeln zu ergehen. Er hasste sich für das, was er tat, es widerte ihn an. Wie weit war er heruntergekommen! Er kam sich vor wie der trügerische Abschaum auf der Oberfläche eines alles verschlingenden Sumpfes. Andererseits ... nun ja, Pflicht war eben Pflicht und das Gewissen spielte dabei keine Rolle, jedenfalls nicht in seinem Job. Darcys Loyalität galt in erster Linie dem E-Dezernat (dem Sumpf?), darüber war er sich im Klaren. Das Gewissen musste da schon mal in den Hintergrund treten ...

Möglicherweise nahm der Necroscope das Ganze nicht ernst genug, vielleicht fühlte er sich seiner selbst auch zu sicher. Das E-Dezernat vermochte den Aufenthaltsort seiner Frau und seines Sohnes also nicht ausfindig zu machen ... na und? Schließlich verfügte *er* über den Zugang zum Möbius-Kontinuum, nicht sie! (Wie ein kleines Kind, das seinen Ball nicht hergeben will – nein!

Nein! Nein! Vielleicht war er auch zu eigensinnig und selbstverliebt, zu stolz darauf, dass er überhaupt einen Ball hatte.) Doch wie heißt es so schön? Früher oder später rächt sich alles; und wie jedes kleine Kind musste Harry nun feststellen, dass man nicht alleine spielen kann. Insbesondere nicht Verstecken!

Von seinem weitläufigen alten Haus bei Bonnyrigg aus rief Harry Darcy Clarke an und redete sich seinen Frust von der Seele. Doch Darcy konnte ihm nicht viel mehr sagen als das, was er ohnehin bereits wusste (sonst hätte das E-Dezernat sofort Kontakt zu ihm aufgenommen). »Wir haben nicht die leiseste Ahnung, wo sie sein könnten, Harry. Es ist, als habe sie der Erdboden verschluckt!«

»Wie lange geht das jetzt schon so? Einen Monat? Fünf Wochen?« Harry blickte das Telefon an, als könne er nicht glauben, was er da hörte. »Seit fünf Wochen befasst ihr euch mit dem Fall, das ganze E-Dezernat mit all seinen Lokalisierern, Wahrsagern, Wünschelrutengängern und Hellsehern, und was dabei herauskommt ist – nichts? Ihr habt noch nicht einmal die leiseste Ahnung?«

Das brachte Darcy in Rage. »Was willst du damit sagen?«, fuhr er Harry an. »Denkst du etwa, wir strengen uns nicht genug an? Vielleicht suchen wir ja überhaupt nicht nach ihnen, ist es das? Na, dann fang' endlich an, zwei und zwei zusammenzuzählen; und glaube mir: Wir sind ebenso sehr an dem Kind interessiert wie du – wenn auch aus anderen Gründen!«

Das gefiel Harry zwar nicht besonders, dennoch war ihm klar, dass es wohl die Wahrheit sein musste. Natürlich wollte das E-Dezernat Harry junior aufspüren. Bloß weil sein Vater ihnen einen Korb gegeben hatte, hieß das noch lange nicht, dass der Sohn dies ebenfalls tun würde – *wenn er so weit war!* Doch Darcy erkannte, dass er womöglich zu weit gegangen war.

»Harry«, meinte er in etwas ruhigerem Tonfall, »Ich ... ich möchte mich nicht mit dir streiten. Ich meine, mein Gott, wir sollten nicht zanken! Wir suchen nach den beiden, das weißt du! Es war nicht richtig von mir, so hochzugehen. Was ich sagte, das war ... nicht so gemeint.«

»Aber du hast es gesagt«, entgegnete Harry, auch er wieder ruhiger. »Mein Sohn soll also der Nächste sein, den das E-Dezernat ausnutzen wird! Wann? Wenn er fünfzehn ist oder sechzehn?

Und solange ihr wartet, haltet ihr euch im Hintergrund, beobachtet ihn, wie er aufwächst, wägt seine Fähigkeiten ab und seht zu, wie er sich entwickelt? Oder werdet ihr vorher eingreifen und ihn rekrutieren, so wie ihr es mit mir gemacht habt? Indem ihr ihm all das Böse in der Welt zeigt und ihm erzählt, dass das E-Dezernat mit seiner Hilfe die Macht haben wird, all das zu ändern? Und was dann, Darcy? Wird er derjenige sein, der am Ende die ganzen geistigen Senkgruben ausmistet? Ach, wirklich? Nicht solange ich es verhindern kann ...«

»Und auch nicht, solange ich ein Wörtchen mitzureden habe, Harry!« Darcys Stimme klang mittlerweile flehend. »Hör zu, du bist außer dir, sonst würdest du nicht so mit mir reden. Und ich habe es wirklich nicht so gemeint, wie du es auffasst. Willst du mein Wort darauf? Ich gebe es dir! Wir werden deinen Sohn in Ruhe lassen und uns niemals in sein Leben einmischen. Aber, Harry, Tatsache ist doch, dass keiner von uns je irgendetwas mit ihm zu tun haben wird, wenn wir ihn nicht finden! Und im Augenblick sind wir dazu nicht in der Lage!«

Der Necroscope schwieg einen Moment. »Aber ihr werdet es weiterhin versuchen?«, sagte er schließlich.

»Selbstverständlich!«

»Nun, dann vielen Dank wenigstens dafür!« Damit legte Harry auf ...

Unten am Ufer, wo der Fluss in einer kleinen Schleife wirbelnde Strudel bildete, redete Harry mit seiner Mutter. Es war das erste Mal, seit er vor drei Wochen hierher gekommen war, nachdem er die Wohnung in Hartlepool verkauft hatte, und so langsam fühlte die Mutter des Necroscopen sich vernachlässigt. Doch ihm ging – oh, schon seit Langem – so vieles im Kopf herum und wie jede Mutter spürte sie dies. Darum hatte sie ihn, obschon sie ihn jederzeit und an jedem Ort zu erreichen vermochte, in Ruhe gelassen. Außerdem wusste sie ja, dass er die Leute, mit denen er sprach, gerne persönlich aufsuchte.

Es war Mitte April, ein stürmischer Tag, aber wenigstens regnete es nicht, als Harry im Mantel am Flussufer saß. *Du wirst dir trotzdem noch den Tod holen!,* ermahnte sie ihn, als sie die kalte Brise in seinem Haar spürte und ihr Blick (durch Harrys Augen natürlich) auf die grauen Wolken fiel, die sich in den Wellen spiegelten, sodass es aussah, als würden sie durch den Fluss ziehen. *An so einem Tag solltest du nicht draußen sein, Harry!*

Dort unten lag sie, unter Schlamm und Algen begraben, ihr Geist zumindest und wohl auch ihre Knochen, auch wenn der Fluss den Rest schon vor langer Zeit weggespült hatte. Das war typisch Mutter (und zwar für jede Mutter, ganz gleich, wo)! Mary Keogh konnte selbst zwar keine Kälte mehr empfinden, dennoch fühlte sie mit ihrem Sohn.

»Ich fühle mich ganz gut so«, sagte Harry.

Nein, tust du nicht! Aber sie wollte es nicht auf die Spitze treiben, jedenfalls nicht im Augenblick. Und weil er keine Anstalten machte, das Gespräch zu beginnen, fuhr sie fort: *Wie steht es draußen in der Welt, Harry? Ich meine, mit dem Rest der Welt …*

Er durchschaute sie. Sie wollte ihn von seinen Problemen ablenken, indem sie ihn dazu brachte, vom Zustand der Welt insgesamt zu berichten. Nun, da die Toten in der Lage waren, sich aus ihren Gräbern und diversen Ruhestätten heraus miteinander zu unterhalten, konnten sie Neuigkeiten genauso gut von den neu Hinzugekommenen erfahren. Allerdings war es wesentlich plastischer, wenn der Necroscope es vermittelte; dann konnte man es sehen und vielleicht sogar spüren, wenn nicht gar selbst miterleben. Harry war ihre einzige Verbindung zu den Lebenden. Und insbesondere in diesem Fall ließ Harry sich darauf ein. Seine Mutter hatte recht; es ging ihm nicht gut.

Nicht dass es allzu viele gute Nachrichten gab. »Willst du es wirklich wissen?«

Steht es so schlimm?

»Na ja, nicht gerade zum Besten!« Er verzog das Gesicht. »Aber sieh doch selbst!« Damit rief er sich die letzte Nachrichtensendung in Erinnerung:

»Ganz Afrika befindet sich in Aufruhr: neben Sambia auch Rhodesien, Mogadischu, Somalia und Äthiopien. Mit der Vormachtstellung der Weißen in Rhodesien geht es zu Ende. Bei den jüngsten Abstimmungen sprach sich die Mehrheit dafür aus, dass die schwarze Bevölkerung selbst eine Regierung bilden soll.«

Aber ist das denn nicht richtig? Schließlich sind alle Menschen gleich geschaffen!

Er zuckte die Achseln. »Solange die neuerdings Gleichen sich damit zufriedengeben, gleich zu bleiben – ich meine, solange sie nicht *gleicher* sein wollen – dürfte das wohl in Ordnung sein ...« Und um das Thema zu wechseln, bevor sie ihm widersprechen oder mit einer Moralpredigt anfangen konnte, fügte er hinzu: »In den USA ist es in einem Ort namens Three Mile Island, das ist ein Atomkraftwerk, zu einer Kernschmelze gekommen.«

Oh? Sie klang nicht sehr beeindruckt. *Da ist also etwas geschmolzen? Ist das denn so wichtig?*

Harry musste grinsen. Zu Lebzeiten seiner Mutter hatte die industrielle Nutzung der Kernkraft noch in den Kinderschuhen gesteckt. »Ja, ziemlich wichtig! Es ist ein gefährliches Zeug und absolut tödlich, Ma. Ein hässlicher, unsichtbarer, lautloser Tod!« Das Grinsen war aus seinem Gesicht gewichen und seine Mutter begriff, weshalb. Sie hatte die entsetzlichen Auswirkungen in seinem Geist gesehen. Er spürte, wie ihr körperlos schauderte.

Was gibt es sonst noch?, wollte sie wissen.

»Na ja, aus Kambodscha hört man grauenhafte Dinge, aber ...«

Harry biss sich auf die Zunge und versuchte, die Bilder aus seinem Geist zu verbannen. Das konnte er seiner Mutter nun beim besten Willen nicht erzählen, nicht *das!* Wo war er nur mit seinen Gedanken gewesen, dass er überhaupt davon angefangen hatte? Vielleicht lag es daran, wie *sie*, seine Mutter, gestorben war; aber als er die Meldungen über den Todes-See in Stung Treng gelesen hatte, hatte er davon Albträume bekommen – zweitausend Menschen, mit Stricken aneinandergefesselt und dann mit Steinen beschwert ...

Aber natürlich hatte sie von dem Augenblick an, als er das Wort Kambodscha aussprach, alles mitbekommen. Leise sagte sie: *Mach' dir deshalb keine Sorgen, Harry! Wir alle wissen darüber Bescheid. Und was Pol Pot angeht: Früher oder später wird auch er sich zu uns gesellen, weißt du, und er hat nicht die geringste Ahnung, was ihn hier unten erwartet.*

»Was erwartet ihn denn?« Harry hatte die Toten nie als besonders rachsüchtig empfunden. Außerdem ... was konnten sie überhaupt tun – sofern nicht er, Harry Keogh, der Necroscope, ihnen Anlass gab, aus ihren Gräbern zu steigen?

Tun?, entgegnete seine Mutter prompt. *Wir werden gar nichts tun. Niemand wird mit ihm reden oder irgendetwas mit ihm zu tun haben wollen, nicht mit ihm! Ihm wird kalt sein und er wird sich einsam und verlassen fühlen, so als ob es ihn überhaupt nicht gäbe, noch nicht einmal hier unten im Grab. Er wird dahinwelken, immer mehr, und irgendwann einfach aufhören zu existieren und ins Nichts eingehen. Aber er wird* wissen, *weshalb ...*

Dies sagte sie so eisig, dass es Harry dabei kalt über den Rücken lief. Doch das Gefühl verging und er spürte ihre Wärme wieder. Seltsam, aber von all den Toten war sie die Einzige, bei der er so etwas wie Wärme spürte! Andererseits, vielleicht war dies ja gar nicht so außergewöhnlich. Immerhin war sie seine Mutter.

»Tja, so steht es«, sagte er nach einer Weile achselzuckend. »Oh, es ist noch eine ganze Menge anderes Zeug passiert, aber vielleicht war es doch keine so gute Idee, dir zu erzählen, was in der Welt vor sich geht. Ich meine, wenn man genauer darüber nachdenkt, dürfte diese Kernschmelze in Three Mile Island wohl unser geringstes Problem sein!«

Sie war gleichfalls froh, das Thema wechseln zu können. *Aber wenn diese ... »Kernschmelze« so gefährlich ist, weshalb haben sie es dann gemacht?*

»Wie bitte?« War sie denn so schwer von Begriff? »Aber es war ein *Unfall,* Ma! Das hat niemand mit Absicht getan!«

Oh! Sie lachte kurz auf. *Dagegen kann man wohl nichts tun, oder?* Doch ihr Lachen erstarb und sie wurde sofort wieder ernst. *Das heißt also, dass sich im Grunde gar nichts geändert hat, alles ist so wie immer: Die Menschen machen weiterhin Fehler! Und ich glaube nicht, dass sich daran viel ändern lässt. Aber jetzt solltest du mir erzählen, wogegen man etwas unternehmen kann, Harry. Sag' mir, wie ich dir helfen kann ...*

Endlich kam die geliebte Mutter des Necroscopen, die ja ohnehin immer alles wusste (zumindest wenn es um ihn ging) zur Sache. Sie bekam mit, wie er die Schultern hängen ließ, ehe er seufzte und ihr erklärte: »Ich habe sie noch nicht gefunden, Ma – Brenda und den Kleinen. Oh, es gibt eine Million Orte, an denen ich es noch gar nicht versucht habe, ich weiß, aber das sind ungefähr eine Million zu viel, um zu wissen, wo ich überhaupt anfangen soll!«

Sie schwieg eine Zeit lang. Schließlich sagte sie leise: *Möchtest du, dass ich mich unter den Toten umhöre, Harry? Ich meine, hältst du es für möglich, dass ...*

Harry wagte es kaum, die Frage zu äußern, aber ihm war klar, dass es notwendig war. »Eigentlich nicht, Ma, oder?« Es klang beinahe flehend. »Wenn das der Fall wäre, wenn sie tot wären, hättest du es doch sicherlich mitbekommen?«

Nicht unbedingt, Junge. Das hängt vom Wann und Wo ab. Wenn es um dich ginge, dann wüssten wir es natürlich, dessen kannst du dir sicher sein! Und zwar ganz egal, wann oder wo, schließlich gibt es nur einen einzigen Necroscopen ... nun ja, zwei mittlerweile. Würde dein Licht verlöschen, würden wir es sofort merken. Aber im Allgemeinen ist der Tod nichts Besonderes: Man wird geboren, lebt und stirbt irgendwann. Das ist unvermeidlich. Brenda ist eben nur Brenda, irgendein ganz gewöhnlicher Mensch mit einem ganz normalen Leben. Und sollte sie irgendwo weit entfernt sterben, dann könnte es einige Zeit dauern, bis ich davon erfahre.

»Und dein Enkel, Harry junior? Ist das auch nur ein ganz ›gewöhnlicher‹ Mensch? Ich denke doch nicht – und das nicht bloß, weil er dein Enkel ist. Er weiß Bescheid über dich und du über ihn! Wüsste die Große Mehrheit denn nicht ebenfalls Bescheid, würde sein Licht verlöschen?«

Aber du bist schon seit geraumer Zeit bei uns, Harry, rief sie ihm ins Gedächtnis. *Die Große Mehrheit hatte zunächst auch von dir keine Ahnung. Wie auch, sie wussten ja noch nicht einmal übereinander Bescheid, bis du auf den Plan tratst! Oh ja, ich weiß, dass du etwas Besonderes warst, aber ich bin ja deine Mutter! Doch glaub' mir, es dauerte eine ganze Weile, bis ich die anderen davon überzeugt hatte. Aber zum Schluss glaubten sie mir, was auch sonst? Schließlich spürten sie deine Wärme, wenn du vorübergingst; sie hörten dich träumen und fühlten, wie du bebtest, wenn du Angst hattest. Damals, als du noch ein Kind warst, taten sie alles, um dir zu helfen. Dabei hatten sie keine Ahnung, dass du eines Tages der große Verfechter für die Belange der Toten sein würdest!*

»Willst du mir damit sagen, sie wissen noch gar nicht, dass es ihn überhaupt gibt? Dass er dazu noch nicht lange genug auf der Welt ist? Aber damals in Hartlepool – wie lange ist das jetzt her, ein Jahr, anderthalb? –, da stiegen sie doch sogar aus ihren Gräbern, um ihm zu Hilfe zu eilen.«

Euch beiden, Harry! Oh ja, Harry junior beschwor sie herauf, aber wen, glaubst du, wollten sie retten?

»Soll das heißen, er ist nicht ... *warm?* Anders als ich?«

Doch, er ist warm. Die Toten nehmen ihn als kleine, freundliche Flamme wahr. Aber er ist nicht das Licht, das ihr Dunkel erhellt, nicht so wie du. Eines Tages vielleicht, aber das wird noch dauern!

»Das heißt also, ihr würdet es gar nicht mitbekommen, sollte er sterben ...« Dies war keine Frage, sondern eine Feststellung. Und in gewisser Weise war Harry sogar froh darüber. Er legte keinen besonderen Wert darauf, vom Tod seines Sohnes oder auch von Brendas Tod in Kenntnis gesetzt zu werden. Weder von den Toten noch von den Lebenden.

Früher oder später ... würde ich es erfahren, erklärte ihm seine Mutter. *Aber im Augenblick kann ich dir nur so viel sagen: Bislang ist mir nichts Derartiges zu Ohren gekommen. Soweit ich weiß, weilen sie noch unter den Lebenden.*

Harry seufzte erleichtert auf. Wenn seine Mutter ihm sagte, dass es sich so verhielt, dann war es auch so. Und um der Wahrheit die Ehre zu geben, war dies auch nur eine seiner kleineren Sorgen. Er war sich im Klaren darüber, vollkommen im Gewissen, dass seine Frau und sein Sohn noch am Leben waren. Irgendwo! Doch wo?

Seine Mutter vernahm seine lautlose Frage und wollte ihrerseits wissen: *Wohin würdest du dich wenden, Harry, wenn du untertauchen wolltest? Und wohin Brenda? Du weißt doch mit Sicherheit einiges über ihre Geheimnisse, ihre Träume und Fantasien?*

Mit einem Mal wurde dem Necroscopen klar, wie selbstsüchtig er ihr vorkommen musste. Kein einziges Mal hatte er versucht, die Sache aus der Sicht seiner Ehefrau zu sehen, stets nur aus seiner Perspektive. Und nun gab seine Mutter ihm auf ihre Art zu verstehen, dass Brenda eine eigene Persönlichkeit war mit eigenen Geheimnissen, Fantasien und Träumen. Mit Gefühlen, Emotionen und Leidenschaften, die nun durch den Kontakt mit Harrys Welt allesamt einen Knacks erlitten hatten oder so weit vergiftet waren, dass ihr einziger Wunsch nur noch darin bestand, sich davor zu »verstecken«.

Das wollte ich damit doch gar nicht sagen, Junge, erklärte ihm seine Mutter. *Und das weißt du auch! Das ist bloß meine ... meine Art, mich auszudrücken.*

Doch Harry wusste, dass mit den Toten zu reden oft mehr vermittelt als das, was gesagt wird; vielleicht hatte er ja doch einen Blick auf das, was seine Mutter wirklich dachte, erhascht. Auf jeden Fall hatte sie einen wunden Punkt berührt. Etwa mit Absicht? Jedenfalls verstand sie es, die Dinge ins rechte Licht und *ihm* den Kopf zurechtzurücken!

Gleichzeitig jedoch hatte sie den Necroscopen mit ihrer Art, das Problem anzugehen, nachdenklich gemacht. Denn natürlich war Brenda anders als er, eine eigenständige Persönlichkeit mit eigenen Gedanken, Vorlieben und Abneigungen, sodass Harry sich nun fragte, wo sie wohl untertauchen würde, wenn sie den einzigen Ausweg nur noch darin sah, sich zu verbergen. Sie hatte sich noch nie viel aus der Sonne gemacht, sondern immer den Regen genossen! Sie liebte Gärten, den Wind in ihrem Haar, dramatische, nebelverhangene Landschaften. Sie liebte es, am Fenster ihrer Mansardenwohnung zu sitzen und darauf zu lauschen, wie der Regen auf die Dachziegeln trommelte ... das war eine ihrer Lieblingsbeschäftigungen gewesen.

Wenn das so ist, schaltete sich Harrys Mutter wieder ein, *dann würde dieses Haus zu ihr passen! Genau dieses Haus!*

Er schüttelte den Kopf. »Sie hat es noch nie gesehen.«

Und gibt es einen ähnlichen Ort?

»Vielleicht, vielleicht auch nicht. Ich glaube, gewisse Küstenstriche haben ihr gefallen, zerklüftete Klippen bei Regenwetter ... und Gärten; eigentlich jeder Garten, vor allem aber wenn es darin eine Ecke gab, die sich selbst überlassen war. Hohes Gras, wilde Blumen und eine Stelle, an der sie sich hinlegen und die Wolken betrachten konnte. Und die Sterne – je klarer, desto besser. Sie kennt kein einziges Sternbild, aber sie mag sie trotzdem. Ein ungezähmter Ort – eine Wildnis – und eine Menge Sterne am Nachthimmel: Das würde ihr gefallen!«

Du bist ein Dichter und weißt es noch nicht einmal!

»Woher ich das wohl habe?«, erwiderte Harry und sie spürte, dass seine Stimmung sich etwas hob.

Ich glaube, es wird Zeit, dass du anfängst, dir deine Million Orte einmal anzusehen, ermahnte sie ihn. *Schließlich haben wir deinen Suchbereich mittlerweile ein bisschen eingegrenzt.* Da konnte Harry ihr nur recht geben.

Keiner von beiden ahnte, dass Brenda und Harry junior sich tatsächlich an einem solchen Ort aufhielten, wie Harrys Mutter vermutete, an einem Ort, der haargenau der Vorstellung entsprach, die der Necroscope soeben so lebhaft geschildert hatte. Eine dramatische, wenn auch fremdartige Landschaft, lange, nebelverhangene Nächte, Tage voller Sonne, die sich dem Abend entgegenneigten, hohes Gras, wilde Blumen und ein Garten, der

Brendas Erwartungen weit übertraf und mit nichts vergleichbar war, was sie von dieser Welt kannte.

Denn zu diesem Zeitpunkt wusste noch nicht einmal der Necroscope, dass es diesen Ort überhaupt gab. Erst viel später, als er schon längst jede Hoffnung, die beiden jemals wiederzufinden, aufgegeben hatte, sollte er davon erfahren ...

Vorerst jedoch ging Harry noch einmal die Orte durch, an denen er bereits nachgesehen hatte, angefangen bei Brendas einstigem Zuhause und ihrer Verwandtschaft in Harden, einer Bergarbeitersiedlung an der Nordostküste.

Die Mine war erschöpft und schon seit geraumer Zeit geschlossen, sodass ihm der Ort noch öder als früher vorgekommen war; aber die Menschen waren immer noch dieselben. Wenn Brenda oder der Kleine ihm allerdings aus dem Weg gehen und sich tatsächlich vor ihm verstecken wollten, was er mittlerweile annehmen musste, wäre dies natürlich der letzte Ort, den sie aufsuchen würden. Das war Harry zwar von Anfang an klar gewesen, dennoch hatte er nachgesehen. Was er dort vorgefunden hatte, hatte ihn noch unglücklicher gemacht.

Er konnte nicht mehr so wie früher einfach bei Brendas Verwandten aufkreuzen, schließlich war er ja ein anderer. Sollte er etwa zu ihnen gehen und ihnen erzählen, er sei Harry Keogh, und dann auch noch versuchen, dies zu erklären? Das würden sie ihm niemals abnehmen, diese bodenständigen Leute von der Nordostküste.

Stattdessen sprach er Brendas Vater in dessen Stammkneipe an, im örtlichen Pub, und stellte sich als ein Freund Harry Keoghs vor, der wissen wollte, was aus Harry geworden war. Die Antwort war nicht ganz nach seinem Geschmack.

Um es in aller Kürze wiederzugeben: Brenda und Harry hatten geheiratet und ein Kind war auch schon da. Vor achtzehn Monaten war sie mit dem Baby nach London zu ihrem Mann gezogen. Der arbeitete dort, schrieb wohl ein Buch oder so. Sie verlor nie viele Worte über den Job ihres Ehemannes, was nur zu verständlich war. Wahrscheinlich schämte sie sich ein bisschen dafür, dass er keiner geregelten Arbeit nachging. Was, Harry Keogh? Seit seiner Schulzeit hatte der keinen Streich mehr gearbeitet – jedenfalls nicht körperlich. Aber was er auch tun mochte, schreiben oder sonst irgendwas, es schien ihm gut zu gehen; an Geld hatte es ihr jedenfalls nie gefehlt.

Doch dann, vor wenigen Wochen, hatte sie geschrieben, dass sie mit dem Baby fortgehen würde, irgendwohin »ins Ausland«. Und das war schon komisch, denn ihren Mann hatte sie dabei mit keiner Silbe erwähnt, nur sich und das Kind. Trotzdem, sie hatte ziemlich oft angedeutet, dass Harry irgendwelche Geheimaufträge für die Regierung erledige; vielleicht war es ja so etwas. Wahrscheinlich waren sie nach Übersee gegangen, in irgendeine Botschaft oder so. Mit dem Schreiben hatte es wohl nicht so geklappt, also versuchte er sich jetzt auf seinem zweiten Standbein. Möglicherweise hatte er jetzt ja einen Regierungsjob als »Sonderkurier« oder Ähnliches und musste wichtige Nachrichten oder auch Güter von Land zu Land überbringen. Oder vielleicht hatte es mit dem Schreiben ja schließlich doch funktioniert und es handelte sich nur um einen Trick, das Finanzamt zu hintergehen. Allerdings ... nun ja, Brenda könnte schon ein bisschen öfter schreiben. Ihr letzter Brief lag jetzt – wie lange? – ganze fünf oder sechs Wochen zurück. Immerhin waren sie doch ihre Eltern ...

Kurz, sie machten sich offenkundig Sorgen um sie, auf ihre Art genauso sehr wie Harry. Und es war ebenso offensichtlich, dass Brendas Vater ihm nichts vormachte ... Sie war nicht hier und sie hatten wirklich keine Ahnung, wo sie sich aufhielt. Von ihren ehemaligen Freunden hörte er das Gleiche. Harden konnte er also streichen; dort befand sie sich nicht, und keiner wusste, wo sie geblieben war.

Dann kam ihm ein anderer, wirklich beunruhigender Gedanke. In den vergangenen zweieinhalb Jahren hatte der Necroscope dem russischen E-Dezernat (das Darcy Clarke und seine Truppe nur als »die Gegenseite« bezeichneten) ganz schön zu schaffen gemacht. In dieser Zeit hatten die Russen drei Abteilungsleiter verloren und mussten zusehen, wie ihre Zentrale vor den Toren Moskaus in Schutt und Asche gelegt wurde! Was, wenn die Sache mit Harrys Frau und seinem Kind von langer Hand vorbereitet war, wenn sie es seit seinem Aufeinandertreffen mit Boris Dragosani geplant hatten? Was, wenn sie wussten, dass er, Harry Keogh, noch lebte, obwohl sein Körper – sein *ursprünglicher* Körper – tot war? Sofern irgendjemand über diese Information verfügte, dann doch die internationalen ESPionage-Organisationen! Die Top-Telepathin der Gegenseite, Zek Föener, wusste mit Sicherheit Bescheid ... und nach der Zerstörung von Schloss Bronnitsy hatte Harry sie gehen lassen. War es möglich, dass sie es von ihr erfahren hatten? Hatten sie daraufhin Brenda und das Baby gekidnapped, um ein Druckmittel gegen den Necroscopen in der Hand zu haben?

Doch nein, das meiste davon ergab überhaupt keinen Sinn; im Anschluss an seinen Kampf mit Dragosani war er körperlos gewesen und kein Mensch auf der ganzen Welt, Harry eingeschlossen, hätte damit gerechnet, dass er je zurückkehren würde. Andererseits gab es durchaus einen kleinen Teil, der Sinn machte! Ziemlich am Ende der ganzen Auseinandersetzung, hoch oben in der Khorwatei in den östlichen Karpaten, *hatte* Zek Föener erfahren, dass er wieder zurück war. Also hätte sie ihn auch verraten können; das hieß, dass ihre Vorgesetzten in Russland das Puzzle schließlich zusammengesetzt hatten, und zwar in ... nur achtzehn Monaten? Nachdem er ihr E-Dezernat so sehr dezimiert hatte?

Unmöglich! Er hatte den Sowjets einen so empfindlichen Schlag versetzt, dass sie dazu keinesfalls in der Lage waren. Was bedeutete, dass dies eine weitere Sackgasse war, und in gewisser Weise war der Necroscope froh darüber. Zek Föener würde er nur ungern die Schuld an all dem geben, zum Teil, weil er sie wirklich mochte, vor allem aber weil er sie mit seinen letzten Worten davor gewarnt hatte, sich je wieder gegen ihn oder die Seinen zu stellen. Leere Drohungen brauchte man erst gar nicht auszusprechen; aber so brauchte er seinen Worten keinen Nachdruck zu verleihen ...

Also ... war Brenda je an einem Ort gewesen, an den sie unbedingt wieder zurückkehren wollte? Da gab es nichts Nennenswertes. Oder hatte sie je zum Ausdruck gebracht, dass sie sich nach einem bestimmten Ort sehnte? Wiederum Fehlanzeige! Seit dem Teenageralter hatte sie nie etwas anderes gewollt, als mit Harry zusammen zu sein. Dabei hatte er sich noch nicht einmal besonders um sie bemüht. Ja, hundert Mal hatte er sich gefragt, ob er sie wirklich liebte oder ob es bloß reine Gewohnheit war. Sie hatte nicht das Geringste davon geahnt (er hatte es nicht übers Herz gebracht, es ihr zu sagen, weil *sie* sich ihrer

Gefühle so absolut sicher war), doch nun verachtete er sich dafür.

Andererseits, wie bringt man jemandem, der einen schon seit so langer Zeit – eigentlich solange man denken kann – liebt, bei, dass man sich seiner Sache einfach nicht sicher ist? Gar nicht so leicht! Und noch um ein Vielfaches schwerer, wenn die Frau von einem schwanger ist.

Nebelverhangene Landschaften, eine dramatische Szenerie, Pfade, die sich an Klippen entlangschlängeln, überwucherte Gärten und ein sternenklarer Himmel ...

All dies ließ ein Bild vor seinem geistigen Auge entstehen, doch wovon? *Hohe Pässe und Bergspitzen und Sterne, die wie gefrorene Eissplitter am Himmel funkeln. Und eine Findlingsebene, die sich unter dem Wabern einer geisterhaften Aurora weit bis zum nördlichen Horizont erstreckt.*

Das Bild kam und verschwand wieder wie ... wie eine Ausgeburt seiner Fantasie? Ja, das musste es wohl sein, denn einen derartigen Ort hatte er nie gesehen. Jedenfalls verblasste es bereits und wurde zu einem unwirklichen Hirngespinst, einer zerfließenden Traumlandschaft. Wahrscheinlich war dies auch die Erklärung dafür: Als er versucht hatte, sich ein Bild von dem Zuhause zu machen, das Brenda sich wünschte, hatte er sich unbewusst an einen Traum erinnert, den er früher einmal gehabt hatte. Nun, nicht unbedingt früher ... denn tatsächlich stand das Ereignis noch aus, doch dies konnte der Necroscope zu diesem Zeitpunkt noch nicht wissen; und im nächsten Augenblick war das Bild auch schon verschwunden.

Die Zukunft ließ sich nun mal nicht gern in die Karten blicken ...

Eine Million Orte? Zur Hölle, nein, eher eine ganze Billion! Da Brenda nie groß herumgekommen war und sich auch nie mit irgendetwas Besonderem beschäftigt hatte, konnte sie im wahrsten Sinne des Wortes überall sein und Gott weiß was machen. Aber an der Nordostküste war sie geboren und aufgewachsen, darum war dies immer noch am vielversprechendsten.

Harry hatte es in jeder Stadt und jedem Dorf zwischen Harden und Hartlepool versucht und dann wieder den ganzen Weg zurück bis Sunderland und Durham City – ohne Erfolg! Aber er war überrascht, wie viele kleine Dörfer es gab, von denen er noch nie etwas gehört oder gesehen hatte, und wie einfach es war, eine verschwundene Person zu *suchen* – auch wenn seine Versuche vergeblich blieben. Wohnungsbaugesellschaften, Hotels, Eigentumswohnungen, Einzimmerapartements und zeitweilige Unterkünfte waren offenkundig die Stellen, die er abklappern musste. Irgendwo musste Brenda ja wohnen, schließlich brauchte sie ein Dach über dem Kopf. Sie war bei keiner der Gesellschaften gemeldet. Bei dem knappen Dutzend junger Frauen mit Kleinkindern, die registriert waren, handelte es sich nicht um Brenda. Im Grunde erstaunte dies Harry nicht; aber wenigstens hatte er es versucht.

Ins Ausland: In dem Brief, den sie ihrem Vater geschrieben hatte, hieß es, sie wolle ins Ausland gehen, daher die unzähligen Möglichkeiten. Denn wenn es schon allein an der Nordostküste ein paar hundert Städte gab, in denen der Necroscope noch nie gewesen war, und weitere fünftausend im Rest von England, wie sah es dann mit der ganzen Welt aus?

Irgendwohin ins Ausland!

... ein Garten auf einem fruchtbaren Bergsattel zwischen zerklüfteten, von Wind und Wetter gezeichneten Felsvorsprüngen, wo während der langen Stunden des Tages staubflirrende Sonnenstrahlen schräg zwischen den hohen Pässen einfielen und nachts die Sterne wie mit Raureif überzogene Juwelen glänzten oder vielmehr wie im geisterhaften Wabern der Auroren vom Himmel hängende Eissplitter ...

Wo mochte das sein? Im nördlichsten der US-Bundesstaaten? In Kanada? In den eisigen Tundren der Sowjetunion? Oder der Schweiz? (Konnte man in der Schweiz überhaupt das Nordlicht sehen – und weshalb unbedingt das Nordlicht?) Brenda war Britin, ein naives Mädchen, völlig unbedarft, selbst was ihr Heimatland, ach was, ihren *Geburtsort* anging! Noch während der Necroscope die Fragen, die ihm durch den Kopf gingen, als Unsinn abtat, verblasste das flüchtige Bild eines fernen, fremden Landes erneut. Was wahrscheinlich ganz gut war, denn auf der Erde würde er es niemals finden.

Er würde sie niemals finden ... seinen kleinen Sohn und seine Frau nie wiedersehen ... jedenfalls nicht auf der Erde!

Harry fuhr aus dem Schlaf hoch. Vor Angst und Enttäuschung

stand ihm der kalte Schweiß auf der Stirn. Er befand sich in seinem Schlafzimmer in dem alten Haus unweit von Bonnyrigg und fühlte sich mutterseelenallein.

Schwer atmend lag er auf seinem Bett und spürte, wie sein Herz raste und ihm das Blut durch die Adern schoss, sodass er sich sekundenlang so vorkam, als sei er der Vermisste, Verlorene, und nicht Brenda und das Baby. Und im Grunde verhielt es sich ja auch so, denn den einstigen Harry Keogh gab es nicht mehr!

Abermals dieser Gedanke – dass sein Körper nicht mehr existierte! Und Stück für Stück löste sich auch seine gesamte Welt auf. War dies der Grund, aus dem er Brenda finden musste – um sich selbst zu finden? In diesem Fall war seine Suche ohnehin fruchtlos, denn sie würde ihn ja doch nur abweisen.

Verdammt ... *Deshalb* war sie weggelaufen! Weil er nicht mehr er selbst war!

Entweder dies, oder sie war entführt worden: von dem Kleinen oder ... von jemand anderem?

Den Russen? Doch das schien unwahrscheinlich, darüber hatte er bereits nachgedacht! Wenn also nicht von der Gegenseite, dem vielfach leidgeprüften sowjetischen ESP-Dezernat, von wem dann?

Als der Schweiß auf seiner Stirn trocknete, klärte sich Harrys Geist allmählich, und er konnte wieder klarer denken, so klar, wie schon seit Langem nicht mehr. Und er begann wieder ganz von vorne, mit jener Nacht in der Zentrale des E-Dezernats, als er erfahren hatte, dass seine Frau verschwunden war. Damals hatte er die Möglichkeit weit von sich gewiesen, dass der selbst ernannte »Werwolf«, A. C. Doyle Jamieson, dafür verantwortlich sein könnte. Doch nun?

Immerhin hatte der Kerl seine Gedanken gelesen ... doch wie lange schon? In dem Augenblick, als Harry sich für die toten Polizeibeamten engagiert und ihren Fall aufgenommen hatte, war er zu seinem Gegner geworden. Hatte A. C. ihn etwa von da an belauscht und alles, was er dachte, mitbekommen, all seine Probleme und Sorgen? Falls ja, wusste er über Brenda, Harrys einzigen Schwachpunkt, Bescheid. Doch wenn dem so war, wenn Brendas Verschwinden auf sein Konto ging und dasjenige seiner Bande von Autodieben, dann hätte A. C. sie am Ende, als er schließlich selbst unter Beschuss geriet, doch wohl als Druckmittel eingesetzt, um Harry loszuwerden. Ja, natürlich! Doch ebendies hatte er nicht getan! Also ...

... Zur Hölle, er war schon wieder in einer Sackgasse gelandet! Nachdem Harry mit seiner Mutter gesprochen hatte, war er entschlossen in sein Haus zurückgekehrt; und nun war es mit jeglicher Entschlusskraft vorbei. Doch solange seine Sinne derart geschärft waren, musste er das Problem angehen. Es war frustrierend – über die Kräfte eines Necroscopen zu verfügen und sie dennoch nicht einsetzen zu können, noch immer auf bloßes Ausprobieren angewiesen zu sein.

Steif erhob er sich von seinem Bett. Dieser verdammte Körper! Er war bei Weitem nicht mehr so geschmeidig wie früher. Natürlich, er gehörte ja auch einem Fremden!

Das Licht, das durch die von Fliegendreck beschmutzten Fenster fiel, war nicht minder grau als der Tag dort draußen. Er hatte nur ein, zwei Stunden geschlafen. Das waren ein, zwei Stunden zu viel, vergeudete Zeit. Die vielleicht dennoch Früchte trug. Ach, tatsächlich? Mit einem Mal wurde Harry wütend auf sich selbst. Er musste da wieder herauskommen und mit seiner Suche, mit seinem Leben, fortfahren. Zugegeben, er war zehn Jahre älter, als er eigentlich sein sollte, aber darunter hatte sein Geist nicht gelitten; und der beherrschte doch nach wie vor den Körper, oder etwa nicht? Nun, dann blieb ihm wohl nichts anderes übrig, als auch diesen verdammten Körper in Form zu bringen!

Nachdem er sich angezogen hatte, ging er hinaus in seinen überwucherten Garten und machte voller Wut zwanzig Liegestütze. Danach kam er sich lächerlich vor und setzte sich, die Arme um die Knie geschlungen, ins hohe Gras. Der Temperaturunterschied zwischen Haus und Garten ließ ihn zittern. *Meine Mutter hat recht,* dachte er. *Ich werde mir noch den Tod holen!*

Den Tod, ja!

Stets ein treuer Begleiter, der Harry keine Sorgen bereitete. Jedenfalls nicht aus der Ferne. Noch nicht! Sollte er eines Tages bei ihm anklopfen (manchmal verzichtete er auch darauf, sich anzumelden, und überfiel einen ganz plötzlich), dann würde Harry wohl wie jeder andere auch reagieren und sich mit aller Kraft ans Leben klammern. Der bloße Gedanke an den Tod und die Toten jagte ihm allerdings keine Furcht ein. Er hatte Tausende toter Freunde, doch keiner von ihnen vermochte ihm jetzt zu helfen, nicht dieses Mal. Und unter den Lebenden ... hatte er da überhaupt Freunde?

Nun ja, einige schon – Darcy Clarke zum Beispiel und dessen Leute –, aber bei ihnen war es anders als mit den Toten. Bei den Toten war es wahre Freundschaft und nur selten erwarteten sie eine Gegenleistung. Und was die wenigen Ausnahmen anging, die ein, zwei monströsen Mitglieder der Großen Mehrheit, die eine Gegenleistung verlangt hatten ... sie waren Vergangenheit und würden nie wieder auftauchen. Dies zumindest hoffte der Necroscope.

Es waren morbide Gedanken, die ihm durch den Kopf gingen. Harry versuchte, sich davon loszureißen, indem er seine Freunde unter den Lebenden auflistete. Bestenfalls eine Handvoll; nein, noch nicht einmal dies, denn als Harry Keogh konnte er sich nicht mehr bei ihnen melden. Sie würden doch sofort »erkennen«, dass er es nicht war!

Eine Depression, war es das? Wahrscheinlich! *Würde ich etwas von Psychiatern halten,* dachte Harry, *würde ich vielleicht sogar einen Seelenklempner aufsuchen. Aber wenn er anfangen würde, meine Vergangenheit zu erforschen – wie sollte ich ihm das erklären? Er müsste mich doch für vollkommen übergeschnappt halten! Oder wenn ich mir etwas aus Alkohol machen würde, könnte ich mich besaufen und dann mit einem Kater aufwachen. Aber ... ich weiß ja noch nicht einmal, wohin ich gehen müsste, um mich zu betrinken, und wahrscheinlich würde ich mich dort auch noch fehl am Platz fühlen. Aber, verdammt noch mal, im Moment könnte ich wirklich einen Schnaps vertragen und ein Gespräch mit einem echten Freund. Aber außer den zahllosen Toten habe ich niemanden zum Reden, und das sind sowieso die Einzigen, die sich für mich interessieren!*

Morbide Gedanken, gewiss ...

Doch so langsam fügte sich eins zum anderen. Nur ein Glied fehlte noch in der Kette, und zwar ein wesentliches. Bisher war er nicht darauf gekommen, weil es ihm unpassend schien, zumal er doch seine Frau und sein Kind finden wollte oder dies zumindest versuchte. Aber vielleicht war ja doch etwas daran.

Vor Harrys geistigem Auge flimmerten Initialen vorüber. Weder die von A. C. Doyle Jamieson noch von dessen Bruder R. L. Stevenson, sondern von jemand anderem. Von jemand, an den der Necroscope bis jetzt tunlichst nicht zu denken versucht hatte.

Aber nun ... möglicherweise hatte er ja doch einen Freund unter den Lebenden. Oder zumindest jemanden, der ihm noch etwas schuldig war. Und vielleicht, nur vielleicht, steckte noch viel mehr dahinter. Zum einen passte das Timing: Seine Frau und sein Sohn waren genau zu dem Zeitpunkt verschwunden, als sie auftauchte. Und da dies zutraf, war es doch gut möglich, dass es noch eine weitere, wesentlich bedeutsamere, dunklere Verbindung gab.

Wahrscheinlich war das Letzte, was Harry jetzt brauchen konnte, ein Psychiater. Das Einzige, was er wirklich dringend nötig hatte, war wohl Ruhe. Er musste Abstand von all dem gewinnen und endlich aufhören, ständig darüber nachzudenken. Vielleicht brauchte er auch einfach nur Abwechslung. Hieß es denn nicht, Abwechslung wirke Wunder?

Jetzt etwas Hochprozentiges, und dann seinen Rausch ausschlafen! Dann hätte er wieder einen klaren Kopf. Gott, er brauchte etwas zu trinken! Oder verhielt es sich vielmehr so, dass sein Körper – der Körper des *anderen* – dies brauchte? Aber ... sagte man nicht, der Geist beherrsche den Körper? Nun ja, schon, es sei denn, der Körper hatte irgendwelche Angewohnheiten oder Bedürfnisse, die Macht über den Geist ausüben!

Mit einem Mal machte es »klick« im metaphysischen, Abwege gewohnten Geist des Necroscopen. In seinem Geist, gewiss, allerdings befand dieser sich im Körper eines anderen. Etwas zittrig – die schiere, auch wenn noch unbestätigte Erkenntnis brachte ihn ins Wanken – ging er zurück ins Haus, ans Telefon.

Darcy Clarke befand sich im E-Dezernat und hörte dem Necroscopen sofort an, wie aufgeregt dieser war.

»Bitte, Alec Kyle? Was er getan hat, wenn er unter Stress stand? In der Regel hat er es einfach durchgestanden, Harry. Wenn es einen Auftrag zu erledigen gab oder ein Problem zu lösen, dann arbeitete er bis zum Umfallen daran, so lange, bis er alles abgedeckt hatte. Und hinterher? Womit er sich entspannt hat?« Harry konnte sich gut vorstellen, wie Clarke gerade grinste. »Na ja, ich weiß nicht so recht, ob ich das sagen sollte? Ich meine, man soll nicht schlecht von den Toten reden, aber ...«

»... Hat er gern mal einen getrunken?«, brachte Harry es schließlich auf den Punkt; und Darcys Antwort erklärte alles.

»Ob Alec gern einen getrunken hat? Na klar doch! Wenn er

unter Strom stand, war das für ihn die einzige Möglichkeit, wieder 'runterzukommen ... und *dann* trank er, jawohl! Normalerweise daheim, da konnte nicht viel passieren und er hatte es nicht weit zu seinem Bett. Ich erinnere mich, einmal, da lud er mich zu sich nach Hause ein und zu zweit gaben wir einer großen Flasche Jack Daniel's den Rest. Ich habe bei ihm übernachtet, weil ich wusste, dass ich es nirgendwohin mehr schaffen würde. Und ich habe dafür bezahlt, drei volle Tage lang. Alec dagegen ging es bestens! Mann, der konnte vielleicht saufen – wie ein Loch!«

»Aber er war kein Alkoholiker, oder?« In der Stimme des Necroscopen schwang Besorgnis mit.

»Mein Gott, nein! Alle Jubeljahre einmal, mehr nicht. Aber wenn Alec trank, dann richtig!«

»Danke«, flüsterte Harry und legte den Hörer auf.

Nun wusste er Bescheid. Und ihm war auch klar, wie er wieder mit sich ins Reine kommen konnte; eben indem er sich *anders* verhielt als sonst. Er fühlte sich zu einer fremden Frau hingezogen, mit der er nicht verheiratet war? Reine Körperchemie, das war alles, und zwar diejenige Alec Kyles! Und der Drang, sich nach anhaltendem Stress einen hinter die Binde zu kippen? Wiederum nur Chemie! Der Körper des einstigen Hellsehers machte eben, was er wollte – oder vielmehr das, was er von früher gewohnt war. Und da stand Harry nun, fest entschlossen, mit seinem neuen Körper zurechtzukommen, ohne auch nur einmal darüber nachzudenken, dass dieser Körper sich auch erst an ihn gewöhnen musste!

Vielleicht war es ja gar keine so schlechte Idee, einmal ordentlich einen draufzumachen. Möglicherweise sah er danach klarer und wäre dann in der Lage, Körper und Geist zusammenzubringen, um sich etwas einfallen zu lassen. Und wo er gerade daran dachte, fiel ihm ein, wo er etwas zu trinken bekommen konnte, und zwar wahrscheinlich, ohne zu bezahlen. Dies zumindest war sie ihm schuldig.

War es nun Alec Kyles Körperchemie? Fühlte er sich tatsächlich zu einer Fremden hingezogen? Oder war es bloß die Einsamkeit? Vielleicht alles zusammen.

Und dann noch ihre Initialen, die ihm nicht aus dem Kopf gingen: B. J. ...

ACHTES KAPITEL

Es war drei Uhr nachmittags und in London herrschte ebenso trübes Wetter wie in Edinburgh. Für Darcy Clarke womöglich noch trüber. Während der letzten Stunde, seit dem Anruf des Necroscopen, hatte er sich nicht von seinem Schreibtisch weggerührt. Er fühlte sich noch immer mies und fragte sich, was das nun wieder heißen sollte. Alec Kyles persönliche Angewohnheiten? Und vor allem die Tatsache, dass er hin und wieder einen gehoben hatte! Was um alles in der Welt hatte das mit Harrys Suche nach seiner Frau und seinem kleinen Sohn zu tun? Die Antwort war einfach: Nichts! Und dies wiederum konnte nur eines bedeuten, nämlich dass Harry sich noch immer mit seinem grundlegenden Problem herumschlug: Er musste sich erst noch an seinen neuen Körper gewöhnen!

Und als ob das nicht schon genug wäre, musste ich auch noch in seinem Kopf herumpfuschen!, dachte Darcy. *Beziehungsweise jemanden anheuern, um das für mich zu erledigen.*

Darcy kam damit nur zurecht, weil ihm wirklich keine andere Wahl geblieben war. Das E-Dezernat und die nationale Sicherheit standen an erster Stelle, alle anderen Überlegungen mussten hintantreten. Von dem Zeitpunkt an, an dem der Necroscope ihm mitgeteilt hatte, dass er sie verlassen würde, war es unvermeidlich gewesen. Obwohl Darcy es hasste, war er gezwungen, etwas zu unternehmen. Wider alle Vernunft hatte er die ganze Zeit über gehofft, dass es nicht so weit kommen würde, so lange, bis Harry ihm sagte, er habe mit dem E-Dezernat ein für alle Mal abgeschlossen.

Von da an lag alles in der Hand von Dr. James Anderson, hinter dessen Geschäftsadresse sich eine äußerst einträgliche Praxis in einer vornehmen Gegend, der Harley Street, verbarg. Und das war schon ein ziemlich rasanter Aufstieg für jemanden, der nur drei Jahre zuvor noch als Hypnotiseur durch die Nachtklubs getingelt war! Doch das E-Dezernat war auf ihn aufmerksam geworden und hatte seine Karriere gefördert, mit anderen Worten: Sie hatten ihn gekauft. Und er seinerseits hatte ihnen einiges zu verdanken. Darum war er noch in derselben Nacht, eine halbe Stunde nachdem Darcy ihn angerufen hatte, gekommen und hatte erledigt, worum sie ihn baten.

Ja, es waren düstere Gedanken, die Darcy durch den Kopf gingen. Aber gewissermaßen hatte alles, was das E-Dezernat tat, düstere Auswirkungen für irgendjemanden. Diesmal allerdings ging es um einen Freund, und das war es, was Darcy so sehr beschäftigte – dass die Abteilung für schmutzige Angelegenheiten es diesmal auf Harry Keogh abgesehen hatte.

Doch Tatsache war, dass Darcy, obwohl er sich schuldig fühlte, es nicht ins Rollen gebracht hatte. Das kam von viel weiter oben, von einer grauen Eminenz, die gemeinhin nur als »Zuständiger Minister« bekannt war. Darcys Aufgabe hatte lediglich darin bestanden, den Minister über den Stand der Dinge zu informieren, und die des Ministers, entsprechende Gegenmaßnahmen anzuordnen.

Und, rief Darcy sich einigermaßen erleichtert ins Gedächtnis, es hätten leicht sehr viel härtere Maßnahmen sein können; doch zum Glück hatte Darcy ein Wörtchen mitzureden gehabt. Also hatten sie nur ein kleines bisschen in Harrys Geist herumgepfuscht, na und? Er funktionierte immer noch, oder etwa nicht? Darcy lief es kalt über den Rücken und er verdrängte den Gedanken daran, was sonst noch alles hätte geschehen können.

Weshalb dies nötig war:

Harry Keogh war die wohl stärkste Macht der Welt, die man sowohl zum Guten als auch zum Bösen einsetzen konnte. Er war der Necroscope und Sir Keenan Gormley hatte ihn entdeckt, kaum dass er aus dem Ei geschlüpft war, und ihn sich mit unfehlbarem Instinkt gegriffen und für das E-Dezernat rekrutiert. Doch wenn Sir Keenan Gormley ihn »aufzuspüren« vermochte, konnte dann ein anderer, vielleicht nicht ganz so freundlich gesinnter Dienst ihn nicht genauso leicht ausfindig machen?

Die Russen zum Beispiel! Mittlerweile dürften sie sich brennend (um es einmal harmlos auszudrücken) für Harrys ESP-Fähigkeiten interessieren. Sie waren eine Waffe, die er mit verheerender Wirkung gegen sie eingesetzt hatte. Die überlebenden Angehörigen der sowjetischen ESP-Organisation mochten Harry zwar für tot halten, dennoch würden sie von nun alles, was ihre britische Gegenseite unternahm, mit Argusaugen verfolgen.

Es war sogar möglich (nicht sehr wahrscheinlich, aber auch nicht auszuschließen), dass die Russen bereits über den »neuen« Necroscopen des britischen E-Dezernats Bescheid wussten. Und das würde ihnen mit Sicherheit Sorge bereiten! Wie, der einstige Leiter des E-Dezernats, Alec Kyle, war wieder im Dienst? Weder hirn- noch sonst irgendwie tot und auch nicht bei der Explosion des Schlosses Bronnitsy in Stücke gerissen; stattdessen lebte er gesund und munter in England? Keineswegs in einem nekromantischen Experiment auf einem Operationstisch aller Intelligenz beraubt und auch nicht in einem Inferno unglaublichen Ausmaßes zu Brei zerquetscht, sondern putzmunter und bei klarem Verstand arbeitete er wieder mit seinen ehemaligen Kollegen in London zusammen? Guter Gott! Mittlerweile mussten sie doch *jeden* Engländer für unverwundbar halten ... und natürlich würden sie wissen wollen, woran das lag! Und wie die Briten das anstellten ...

Darcy musste über das, was ihm da durch den Kopf ging, grinsen. Wenn jemand wusste, wozu der Necroscope in der Lage war, dann doch er. Aber das Grinsen erstarb auf seinem Gesicht, als er überlegte, welche Möglichkeiten es außerdem noch gab.

Angenommen, die Russen wussten von nichts und hatten den Angriff des Necroscopen noch nicht verwunden – dann gab es immer noch genug andere ESP-Dienste auf der Welt und es war durchaus vorstellbar, dass Harry denen in die Hände fiel.

Und abgesehen von Gedankenspionen gab es auch zur Genüge kriminelle Syndikate und Terrororganisationen. Harry würde einen hervorragenden Dieb, Attentäter oder Terroristen abgeben! Kein Hindernis, keine Grenze und keine Mauer vermochte ihn aufzuhalten; er konnte beinahe nach Belieben verschwinden. Die zahllosen Toten standen in seiner Schuld und würden im wahrsten Sinne des Wortes vor nichts zurückschrecken, um ihn zu beraten und zu schützen. Das Wissen der gesamten Welt lag in der Erde begraben oder hatte sich in Rauch aufgelöst und war wie eine gewaltige, unendliche Enzyklopädie, die nur darauf wartete, dass Harry kam, um etwas nachzuschlagen. Falls ihm die Zeit dazu blieb, die er im Moment aufgrund seiner Suche nicht hatte.

Oh ja, es gab gleich Dutzende krimineller Elemente, für die Harry einen unschätzbaren Gewinn darstellen würde. Und es war durchaus möglich, dass das Verschwinden von Harrys Frau und Kind irgendwie mit einer derartigen Organisation zusammenhing. Aus ebendiesem Grund arbeitete das E-Dezernat ja mit voller

Kraft daran, ihren Aufenthaltsort ausfindig zu machen. Oh, sie taten es auch für Harry, der bereits so vieles für sie, wenn nicht für die ganze Welt getan hatte, aber sie taten es auch für sich selbst, für das »Gemeinwohl«. Und eben wegen dieses Gemeinwohls hatte Darcy Dr. James Anderson hinzugezogen.

Anderson war der Beste seines Faches, es gab keinen Besseren, ein Hypnotiseur, dem, soweit bekannt, landesweit niemand das Wasser reichen konnte. An Patienten, die im Bann von Andersons unheimlichen Augen standen, hatten Chirurgen ohne Narkose die schwierigsten Operationen ausgeführt; Frauen mit besonders schweren Schwangerschaften hatten ihre Kinder völlig schmerzfrei zur Welt gebracht und selbst bei traumatisierten und schizoiden Fällen hatten sich die Wahnvorstellungen und Persönlichkeitsstörungen unter Andersons heilendem Blick gelegt. Weitaus wichtiger für Darcys Zwecke war jedoch, dass Anderson ein Meister der Posthypnose war.

Darcys Gedanken schweiften zurück in jene Nacht ...

Als sie mit Hilfe eines Generalschlüssels Harrys Zimmer betraten, schlief der Necroscope bereits tief und fest. Bei der Pille, die Darcy ihm verabreicht hatte, handelte es sich zwar um eine Schlaftablette, allerdings um eine ganz besondere. Sie war aus gelbem Mohn gewonnen, wie er nur im Orient vorkam, also einem Opiat – dessen Hauptbestandteil sich so auswirkte, dass er den Geist des Betroffenen für Suggestionen empfänglich machte, während dieser einfach weiterschlief. Darauf konnte der Hypnotiseur in die Träume seines Probanden, in dessen Unterbewusstsein eindringen und diejenigen posthypnotischen Befehle implantieren, nach denen der Betreffende anschließend handeln sollte. Lange nachdem die Wirkung der Droge verflogen war, würde dieser die Befehle auch im Wachzustand wie eine alte Gewohnheit ausführen.

Darcy hatte die Pillen von Anderson erhalten, der sie bei der Behandlung psychisch Kranker einsetzte. Nicht dass Harry psychisch krank war; aber dies bot die leichteste Möglichkeit, ihn unter Andersons Kontrolle zu bringen, ohne dass der Necroscope merkte, was los war. Da er kein Patient im eigentlichen Sinne war, durfte er auf keinen Fall wissen, was mit ihm geschah. Denn hier ging es nun mal nicht darum, jemanden zu heilen, sondern um eine Vorbeugungsmaßnahme.

Darcy war die ganze Zeit über dabei gewesen und erinnerte sich an jede Einzelheit. Vor allem entsann er sich, wie er Anderson nur schlecht verhohlen, beinahe misstrauisch auf die Finger geschaut hatte. Wenn man bedachte, was und insbesondere an wem er es vornahm, war ihm der Hypnotiseur viel zu lässig, viel zu entspannt vorgekommen. Wusste er denn nicht, wen er da vor sich hatte? Aber natürlich, musste Darcy sich ins Gedächtnis rufen, konnte Anderson nicht ahnen, wer beziehungsweise was Harry war. Er führte nur einen Auftrag aus.

Anderson war noch jung, vielleicht fünfunddreißig oder sechsunddreißig, hochgewachsen und auf eine humorlos düstere Art gut aussehend; oder viel mehr attraktiv als gut aussehend. Vielleicht war dies aber auch ein Überbleibsel aus der Zeit, als er noch auf der Bühne gestanden und den unergründlichen Halbgott des Unterbewusstseins gemimt hatte. Falls ja, hatte er damit wohl unzweifelhaft Erfolg gehabt. Mit den geschwungenen Augenbrauen, den vollen, sinnlichen Lippen – die in seinem blassen Gesicht etwas zu voll und sinnlich wirkten – und den tief liegenden Augen mit den dunklen Ringen, wie von zahllosen durchwachten Nächten, fehlten Anderson nur noch zwei Hörner, damit er aussah wie der personifizierte Leibhaftige!

Das glänzend schwarze Haar trug er zurückgekämmt, wahrscheinlich hielt er es, wie Darcy vermutete, mit Haarspray in Form. Er hatte ein schmales, fast spitzes Kinn und einen kurzen, fein säuberlich gestutzten Geißbart. Seine Koteletten liefen genau in der Mitte zwischen Ohrläppchen und Mundwinkel spitz zu. Und wie um sein Erscheinungsbild zu unterstreichen, trug er auch noch einen langen Mantel. Theatralischer geht es wohl nicht mehr, dachte Darcy. Andersons Augen waren selbstverständlich riesengroß, dunkel, hypnotisch, und seine Stimme klang einschmeichelnd, sanft wie Samt.

In Harrys Zimmer verlor der Doktor keine Zeit. Darcy hatte alles genau mitbekommen: Zunächst hatte Anderson sich ans Bett gesetzt und nacheinander die Augenlider des Necroscopen angehoben, um nachzusehen, ob die Pupillen erweitert waren. Danach, als Harrys Augen mit glasigem Blick offen blieben, wandte er die klassische Methode an. Der Doktor ließ ein Kristallpendel an einer Kette hin- und herschwingen und befahl Harry mit leiser, eindringlicher Stimme:

»Sieh auf das Licht, wie es funkelt, das Herz aus Kristall. Fühle den Herzschlag, während der Kristall hin- und herschwingt, und versuche, auf deinen eigenen Herzschlag zu lauschen ...« Darcy erinnerte sich, wie Andersons Finger das Handgelenk des Necroscopen gesucht hatten, um dessen Puls zu fühlen, und an das beifällige Nicken des Doktors, während das Pendel allmählich ausschwang und seine grandiose Stimme fortfuhr:

»Harry, du kannst jetzt die Augen schließen und schlafen. Du schläfst ... du schläfst tief und fest, aber du hörst mich weiterhin. Ich bin dein Herzschlag, dein Innerstes, dein Leben und deine Seele. Du stehst unter meiner Kontrolle; ich *bin* du, und weil wir beide eins sind, wirst du meinen Befehlen folgen. Du wirst *deinen* Befehlen folgen, denn ich bin du. Wir sind eins, wir schlafen; aber wir hören, wie unser Innerstes zu uns spricht, und wir folgen seinen Befehlen. Kannst du mich hören, Harry? Wenn du mich hören kannst, dann nicke bitte ...«

Auf Andersons Befehl hin hatte der Necroscope die Augen geschlossen. Er neigte den Kopf langsam zu einem Nicken und Darcy ertappte sich dabei, wie er den Atem anhielt.

»Harry Keogh, du bist ein außergewöhnlicher Mensch mit außergewöhnlichen Kräften ... du bist ein Mensch mit außergewöhnlichen Kräften ... außergewöhnlichen Kräften. Weißt du das? Du bist ein Mensch mit außergewöhnlichen, wunderbaren Kräften.« Anderson hatte keine Ahnung, worin Harrys »außergewöhnliche Kräfte« bestanden; er befolgte lediglich Darcy Clarkes Anweisungen. Und abermals nickte der Necroscope.

»Wenn jemand von deinen Kräften erfahren würde, würde er sie sich zunutze machen wollen. Jemand könnte sich diese außergewöhnlichen Kräfte zunutze machen. Er könnte sie sogar gegen uns einsetzen, um dir und mir und allen, die du liebst, zu schaden. Verstehst du das?« Harry nickte.

»Hör zu!« Anderson beugte sich tiefer über den Mann im Bett. Seine Stimme wurde ebenfalls tiefer und volltönender.

»Wir sind nur sicher, solange niemand etwas von unseren Kräften weiß. Wir sind sicher, solange wir unsere Kräfte abschirmen. Niemand darf je davon erfahren, was wir alles tun können. Wir dürfen niemals über unsere Kräfte sprechen. *Du* darfst noch nicht einmal eine Andeutung darüber machen, zu niemandem. Du darfst sie niemandem gegenüber *preisgeben.* Hast du verstanden?« (Ein zögerndes, unsicheres Nicken.)

»Du darfst deine Kräfte einsetzen, Harry, das ist dein gutes Recht, aber du darfst niemals darüber sprechen oder sie irgendjemandem offenbaren oder sonst wie preisgeben. Du darfst nie, *niemals* darüber sprechen oder sie irgendjemandem offenbaren oder sonst irgendwie preisgeben, ganz gleich, was man dir androht, auch nicht bei extremem Schmerz oder wenn man dich foltert. Hast du das verstanden?« Harry nickte, entschlossener diesmal.

»Hör zu, Harry! Du bist immer noch du, aber ich nicht mehr! Jetzt spricht ein Fremder zu dir – jemand, den du nicht kennst. Du weißt nicht, wer ich bin, aber du kannst mich hören. Wenn du mich *hören* kannst, sage ja.« Automatisch senkte Harry den Kopf zu einem roboterhaften Nicken, doch dann stockte er und verharrte reglos mitten in der Bewegung. Sein Mund klappte auf und seine Zunge zuckte hin und her, ehe er stotterte:

»J... j... *ja.*«

»Gut! Hör zu, mein Freund, mein guter Freund! Ich habe gehört, du sollst über erstaunliche Kräfte verfügen? Ist das wahr? Antworte mir!«

Der Necroscope sagte nichts – aber er wurde blass, seine Augenlider fingen an zu flattern, und seine Zunge zuckte wild hin und her. Dies war der Punkt, an dem Darcy sich zum ersten Mal wünschte, er hätte das Ganze nie ins Rollen gebracht. Allerdings wollte er an die einzig mögliche Alternative gar nicht denken.

»Seien wir doch vernünftig«, fuhr Andersons ach so einschmeichelnde Stimme in monotonem Tonfall fort. »Unterhalten wir uns ganz normal, Harry! Dein Hals ist nicht länger trocken; du spürst den Speichel in deinem Mund, deine Zunge ist befreit und du kannst ganz normal sprechen. *Unterhalten* wir uns ganz normal, Harry, ja? Dann sag' mir doch bitte, was ist das denn für ein Gerede über deine sonderbaren Kräfte? Du kannst mir vertrauen, Harry! Erzähl' mir davon ...«

Darauf schien die Anspannung des Necroscopen etwas nachzulassen. Seine Lider hörten auf zu flattern; er schloss den Mund und fuhr sich mit der Zunge über die Lippen. Sein Adamsapfel hüpfte auf und ab, als er schluckte, um seine Kehle anzufeuchten.

»Kräfte?«, fragte er überrascht. »Was denn für Kräfte? Leider verstehe ich nicht ganz, wovon Sie reden. Ich fürchte, ich weiß weder, wer Sie sind, noch wovon Sie überhaupt sprechen.« (Darcy musste grinsen. So kannte er Harry schon eher. Er wirkte nicht länger nervös, ja, er unterhielt sich tatsächlich »ganz normal«, indem er log wie gedruckt.)

Anderson warf Darcy einen Blick zu und nickte. »Das ist vielleicht ein harter Brocken! Ich weiß, es ist kaum zu glauben, weil es kinderleicht aussah; aber ich gebe Ihnen mein Wort darauf: Es war wirklich schwer, in ihn einzudringen, und ich habe gespürt, wie er gegen mich ankämpfte. Ich spüre es immer, wenn sie sich wehren, dann kriege ich nämlich jedes Mal diese furchtbaren Kopfschmerzen ...« Mit einem Taschentuch tupfte er sich die Schweißperlen von der Stirn. »Und, glauben Sie mir, im Moment bringen sie mich beinahe um! Aber machen wir doch einmal die Probe aufs Exempel! Er kennt Sie, richtig? Er kennt Sie als guten und vertrauenswürdigen Freund? Warum fragen *Sie* ihn nicht einfach mal nach seinen wundersamen Kräften?«

»Was?« Darcy war überrascht. »Einfach so? Ich kann ... mit ihm reden, während er unter Ihrem Einfluss steht?«

»Warten Sie«, entgegnete Anderson und wandte sich wieder dem Necroscopen zu.

»Harry, hier ist ein Freund von dir, Darcy Clarke. Darcy möchte mit dir reden, Harry, und du kannst ganz normal mit ihm sprechen, genau wie mit mir! Hast du verstanden?«

»Natürlich«, antwortete Harry, während sich im Schlaf ein Lächeln auf seine Züge stahl. Ohne zu zögern, fuhr er fort: »Wie geht's, Darcy?«

Im ersten Moment war Darcy verblüfft und wusste nicht, was er sagen sollte. Doch dann kamen die Worte ganz von selbst. »Oh, danke, es läuft alles bestens. Und dir?«

»So lala. Es würde mir besser gehen, wenn ich wüsste, was mit Brenda und dem Kleinen ist. Ich meine, wenn ich sicher sein könnte, dass es ihnen gut geht.«

Das war das Stichwort, auf das Darcy gewartet hatte. »Klar! Aber bei deinen Kräften – immerhin bist du der Necroscope – dürfte es ja nicht mehr allzu lange dauern, habe ich nicht recht?«

Harry hatte die Augen noch immer geschlossen, doch nun neigte er den Kopf fragend zur Seite. »Eh?«, erwiderte er schließlich mit einem Stirnrunzeln. »Wie es aussieht, spricht heute jeder in Rätseln mit mir! Hör zu, tut mir leid, dass ich so kurz angebunden bin, aber im Moment habe ich ... wirklich zu tun!« Damit wälzte er sich auf die andere Seite und kehrte den beiden den Rücken zu.

Anderson packte Darcy am Ellenbogen. »Noch nicht einmal mit Ihnen! Sehen Sie, er spricht noch nicht einmal mit Ihnen darüber – was auch immer es sein mag. Nun, so weit, so gut! Aber jetzt möchte ich ihm das Ganze noch einmal mit Nachdruck einbläuen. Ich möchte es verstärken und wirklich auf Nummer sicher gehen, dass mein posthypnotischer Befehl auch sitzt. Aber ich warne Sie: Was jetzt kommt, sind endlose Wiederholungen. Ich fürchte, ich könnte Sie zu Tode langweilen. Und wenn nicht, dann schlafen *Sie* dabei mit Sicherheit auch ein!« Anderson war zufrieden mit seinem Erfolg, was ihn irgendwie wärmer, menschlicher wirken ließ.

Darcy blieb jedoch und stand die ganze Prozedur durch bis zum Ende. Anderson sollte allerdings recht behalten: Es handelte sich in der Tat um endlose Wiederholungen und war stinklangweilig, sodass Darcy, als er schließlich fertig war, tatsächlich gähnte.

»Jetzt kann er sich ausschlafen«, erklärte der Doktor, als sie das Licht löschten und Harrys Zimmer verließen.

Wieder in seinem Büro, wollte Darcy wissen: »Und was jetzt? Gibt es irgendetwas, was ich noch tun sollte? Morgen werde ich gemeinsam mit ihm frühstücken.«

Anderson zuckte die Achseln. »Wahrscheinlich wird er ein bisschen verwirrt und zurückhaltend sein. Was für ein großes Geheimnis das auch immer ist, das Keogh hütet, ich nehme an, jeder Agent des E-Dezernats weiß darüber Bescheid. Ihnen geht es nur darum, es vor der Außenwelt zu verbergen, nicht wahr?«

»Stimmt«, nickte Darcy zustimmend. »Wir wissen darüber Bescheid, und Harry *weiß,* dass wir es wissen ...«

»... daher seine Verwirrung«, führte Anderson den Satz für ihn zu Ende. »An Ihrer Stelle würde ich ihn nicht auf die Probe stellen. Sie sollten noch nicht einmal das Gespräch darauf bringen. Und wenn es unbedingt sein muss, dann sollte jemand anderes ihn testen, ein ›Fremder‹! Aber nicht hier, sondern an einem anderen Ort!«

Darcy sah ein, dass dies Sinn machte. »Und das ist alles? Gibt es sonst nichts, was ich wissen sollte?«

Anderson blickte ihn an und schürzte die Lippen. »Er gehört nicht mehr zu Ihnen?«

»Das ist richtig! Er verlässt uns, hat noch anderes zu erledigen. Aber weshalb fragen Sie? Ist das wichtig?«

Abermals zuckte Anderson die Achseln. »Es könnte – wie soll ich sagen – zu Nebenwirkungen kommen.« Ehe Darcy seiner Besorgnis Ausdruck verleihen konnte, fuhr er rasch fort: »Ich meine, ich war in seinem Geist – das heißt nicht eigentlich drinnen, ich habe ihn lediglich ein bisschen geöffnet. Bei manchen Menschen ist der Geist wie eine Tür mit rostigen Angeln. Und, wie gesagt, Harrys Tür war fast schon zugerostet! Also habe ich sie ... ein bisschen geölt. Sie müssen verstehen, es sind nicht einfach die Drogen und mein Blick und meine Stimme, Darcy – es liegt auch an meinem Geist. Nein, ich bin beileibe kein ESPer wie Sie und Ihre Leute, aber auf meine Art bin ich nicht minder außergewöhnlich. Ich meine, es gibt Leute, die ich mit einem Fingerschnippen unter meinen Willen zwingen kann! Harry gehörte nicht dazu. Bei ihm war es schwierig. Aber nun, wo ich bei ihm sozusagen die Angeln geölt habe, könnte es beim nächsten Mal leichter fallen.«

»Beim nächsten Mal?«

»Falls sich jemand Keogh schnappen sollte, besteht die Möglichkeit – bloß die Möglichkeit, aber Sie sollten es wissen –, dass er genauso leicht in Keoghs Geist eindringen kann, wie es bei mir aussah.«

»Man könnte also rückgängig machen, was Sie getan haben?«

»Oh, nein, das habe ich nicht gesagt!« Anderson hob mahnend den Zeigefinger. »Was ich getan habe, ist geschehen, und soweit ich weiß, kann nur ich es wieder aufheben. Aber der Rest von Harrys Geist könnte jetzt leichter zugänglich sein. Es könnte sein, dass er einer Hypnose nun eher erliegt. Allerdings ist das ein sehr großes Vielleicht! Ich an Ihrer Stelle würde mir keine Sorgen darum machen.«

Tatsache war jedoch, dass Darcy Clarke sich seither unentwegt sorgte. Seit nahezu fünf Wochen ging das jetzt schon so. Es war ein schrecklicher Gedanke, eine furchtbare Vorstellung – er hatte jemanden in das innerste Wesen eines Menschen eindringen lassen, ohne dass dieser etwas davon merkte, und ihn auf eine Art und Weise geschwächt, von der er nicht die geringste Ahnung hatte. Und von nun an standen die Türen seines Geistes jedem etwaigen Eindringling weit offen!

Aber so schlimm war es im Grunde ja gar nicht, sagte Darcy sich, während er wieder in die Gegenwart zurückfand. Er dramatisierte das Ganze nur, mehr nicht. Immerhin war es nicht sehr wahrscheinlich, dass der Necroscope es mit einem weiteren Hypnotiseur zu tun bekam, oder?

Dennoch war dies etwas, was Darcy Clarke nie am eigenen Leib zu erfahren wünschte. Und selbstverständlich konnte ihm so etwas *nie* zustoßen, nicht solange er sein Talent hatte, seinen Schutzengel, der über ihn wachte.

In einem dieser beiden letzten Punkte irrte Darcy sich gewaltig und auch mit dem anderen lag er nicht ganz richtig. Aber schließlich war er ja kein Hellseher.

Und vielleicht war das auch ganz gut so ...

In dieser Nacht nahm Harry die Möbiusroute ins Zentrum von Edinburgh und winkte einem Taxi. Es regnete und er hatte keine Lust, zu Fuß zu gehen; außerdem hatte er ohnehin keine Ahnung, wo er das »B. J.'s« finden sollte, denn es stand nicht im Telefonbuch. Aber ein Taxifahrer musste es ja wohl wissen.

»Zum B. J.'s«, wies er den Mann an. Der wandte sich um, blickte zu ihm nach hinten und schüttelte bekümmert den Kopf.

»Da gibt's aber billigere Kneipen, um sich einen hinter die Binde zu gießen, Chef. Das Zeugs in diesen verdammten Weinlokalen ist ziemlich teuer, aye!« Offensichtlich war Harry an einen sparsamen Schotten geraten.

»Vielen Dank für den guten Rat«, erwiderte er. »Aber das B. J.'s wird's schon tun.«

»Wie Se wollen!«, meinte der andere achselzuckend. »Also sind's die jungen Dinger, aye.« Damit gab er Gas und sie fuhren zum B. J.'s.

Der Necroscope verlor bald die Orientierung, als das Taxi von der Princes Street nach rechts in ein Gewirr kleiner Gassen abbog und das grau und düster aufragende Schloss, das ihm bisher als Landmarke gedient hatte, hinter den verschachtelten, ineinander übergehenden Umrissen feuchtglänzender Dächer und gewölbter Torbögen in einem regenverhangenen Himmel verschwand. Sie jagten durch trostlose Häuserschluchten, die sich schier endlos zu beiden Seiten erhoben, und durch die Windschutzscheibe sah Harry zwischen den nervtötend quietschenden Scheibenwischern hindurch den fahlen Widerschein der Straßenlaternen, der sich an den tief hängenden, dunklen Wolken brach.

Die Zeit schien stehen geblieben ... vielleicht war er auf seinem etwas modrig riechenden Rücksitz aber auch einfach nur eingedöst. Doch schließlich grunzte der Fahrer »das B. J.'s!«, indem er das Taxi in einer engen, einen sanften Bogen beschreibenden Straße zum Stehen brachte, die zu beiden Seiten von dreigeschossigen Reihenhäusern begrenzt wurde, deren Ladenfronten an das alte viktorianische Mauerwerk angebaut respektive davorgesetzt waren.

Harry fuhr hoch und kletterte steifbeinig aus dem Wagen. Anschließend zahlte er, schlug den Mantelkragen hoch und blickte die Straße entlang. Als das Taxi wieder losfuhr, sah er, dass die Gegend ziemlich heruntergekommen war, richtig schäbig, ganz anders, als er gedacht hatte. Sie passte so gar nicht zu B. J. und dem Bild, das er sich von ihr gemacht hatte. Aber was für ein Bild hatte er denn von ihr? Was für einen Ort hatte er erwartet? Eine nordafrikanische Spelunke mit stilvollem Flachdach am Rande einer marokkanischen Kasbah? Etwa Rick's Café, wie durch Zauberhand aus einem Vorkriegs-Casablanca ausgerechnet nach Edinburgh versetzt? Oh, anrüchige Kneipen gab es hier zur Genüge – desgleichen in London, Birmingham, Newcastle, Liverpool und Leicester, aber auch in Berlin, Moskau, Nikosia, New York, Paris, so gut wie überall –, was aber Stil anging ... den konnte man hier vergessen.

Harry hatte keine Ahnung, wo er sich eigentlich befand, aber er wusste, dass er nicht die geringsten Schwierigkeiten haben würde, wieder hierher zu finden. Instinktiv nahm er die Atmosphäre des Ortes – seine Aura, seine »Koordinaten« – in sich auf. Von nun an würde er stets in der Lage sein, über das Möbius-Kontinuum wieder hierher zu gelangen.

Der Wind trieb den Regen nur so in Schleiern vor sich her; die Straße war so gut wie verlassen. Die Geschäfte hatten bereits geschlossen und nur weit weg, am entgegengesetzten Ende der Straße, gab es einen Laden, in dem noch Licht brannte. Etwa auf halber Strecke hatte ein chinesischer Imbiss geöffnet; diesem gegenüber drang aus den Fenstern eines Pubs ein schwacher orangefarbener Schein durch »antike« Butzenscheiben, die so gar nicht hierher passten. Nur wo war das »B. J.'s«?

Im ersten Moment hatte der Necroscope den Eindruck, der Fahrer habe ihn einfach am Ende der Welt abgesetzt. Doch dann entdeckte er in einer Nische zwischen einem Schuhgeschäft und einem Fisch-und-Chips-Imbiss, in dessen weiß übertünchten Fenstern ein Schild mit der Aufschrift »Zu verkaufen« hing, eine dunkle Tür und darüber ein kleines Leuchtschild, kaum größer und auch nicht heller als der Hinweis am Ausgang eines Kinos. Darauf stand in matten, blauen Neonbuchstaben: »B. J.'s«. Mehr nicht.

Harry trat in die schattige Düsternis zwischen den beiden Läden. Noch im Begriff, auf die Tür zuzugehen, nahm er auf der anderen Straßenseite eine Bewegung wahr. Er wandte den Kopf, gerade noch rechtzeitig, um mitzubekommen, wie in einem dunklen Ladeneingang direkt gegenüber das Blitzlicht einer Kamera erlosch. Was zum ...? Da fotografierte ihn jemand, wie er vor dem B. J.'s stand! Aber wer konnte denn überhaupt wissen, dass er hier war? Bis zum Nachmittag hatte er ja noch nicht einmal selbst eine Ahnung davon gehabt, dass er hierher kommen würde! Und er hatte es mit Sicherheit auch niemandem erzählt.

Als er sich zur Fahrbahn umdrehte und so tat, als wolle er sie überqueren, huschte eine kleine, vornüber gebeugte Gestalt aus dem Ladeneingang und hastete die Straße entlang, auf den Pub zu. Während eilige Schritte über das nasse Pflaster patschten, sah Harry unter einer breiten Hutkrempe ein Paar glänzend schwarzer Augen, das zu ihm zurückblickte.

Den Kerl wollte er sich näher betrachten. Indem Harry sich den rötlichen Schein einprägte, der durch die Fenster mit den winzigen Scheiben fiel, wich er rasch zwischen die Schatten zurück, beschwor ein Möbiustor herauf und ... trat nur einen Augenblick später aus dem Zwielicht des Pubs auf die Straße hinaus, um sich wieder in Richtung B. J.'s in Bewegung zu setzen.

Die geheimnisvolle Gestalt im Regenmantel und dem breitkrempigen Hut kam dem Necroscopen beinahe im Laufschritt entgegen und sah ihn erst im letzten Moment. Um ein Haar wäre der Mann mit ihm zusammengestoßen. Als er zur Seite wich, packte Harry ihn an den Armen, wie um ihn vor einem Sturz zu bewahren, und bekam auf diese Art Augenkontakt, wenn auch nur flüchtig, denn noch während Harry ihn anstarrte, bewies der kleine Kerl eine erstaunliche Körperkraft. Er war unglaublich drahtig. Wütend riss er sich los und rannte weiter die Straße entlang. Und diesmal ließ Harry ihn gehen, den ganzen laufenden Meter, und sah zu, wie er in eine Seitenstraße bog und verschwand ...

Harry war sich ziemlich sicher, dass er den Mann noch nie gesehen hatte. Darum konnte der Fremde ihn unmöglich kennen und schon gar nicht erkannt haben. Und dass er sich des Möbius-Kontinuums bedient hatte – der Fremde würde niemals annehmen, dass der Kerl vor dem B. J.'s und jener andere, dem er nur einen Augenblick später in die Arme gelaufen war, ein und derselbe Mann waren. Also nichts, worüber Harry sich Sorgen zu machen brauchte. Aber ... was war hier überhaupt los? Handelte es sich um eine ernsthafte Bedrohung? Um etwas, was einen beunruhigen musste? Oder war das Ganze wesentlich simpler gelagert?

Vielleicht ließ Darcy Clarke ihn ja beschatten – respektive beschützen, um über sein Wohl zu wachen. Doch wenn dies der Fall war, woher wusste Darcy dann, dass er ins B. J.'s wollte?

Vielleicht war die Erklärung dafür ja noch einfacher:

Womöglich beobachtete jemand das B. J.'s aus anderen Gründen. Vielleicht war der Typ auch ein Privatdetektiv, der im Auftrag handelte? Oder gar von der Polizei? Was, wenn das B. J.'s nur eine Fassade für ganz andere Geschäfte war? Und was für ein Mädchen – oder vielmehr Frau – war diese Bonnie Jean überhaupt, dass sie mit einer Armbrust herumlief und wahllos Männer erschoss? Diese Frage hatte Harry sich schon unzählige Male gestellt. Das war mit ein Grund, aus dem er hier war – um herauszufinden, ob es eine Verbindung zwischen B. J. und Brendas Verschwinden gab.

Während er nachdenklich durch den Regen zurück zum B. J.'s spazierte, grübelte er über das Gesicht nach, das er gesehen hatte, ehe dieser – was, Beobachter? – sich von ihm losriss. Das überraschte Antlitz des kleinen Mannes, das Harry dazu veranlasst hatte, ihn vorerst laufen zu lassen. Nicht dass er irgendwie Angst vor ihm gehabt hätte, er war einfach nur ... überrascht gewesen. Erschrocken? Womöglich genauso erschreckt wie der kleine Mann selbst. Doch worüber?

Auf Äußerlichkeiten durfte man nichts geben, gewiss, doch der Kleine hatte ausgesehen wie eine in die Enge getriebene Ratte. Und jeder weiß, dass man eine Ratte besser nicht in die Enge treibt! Allein dieser Gesichtsausdruck hatte genügt, dass Harry die Finger von ihm ließ – für dieses Mal jedenfalls. Doch sollte es ein nächstes Mal geben, würde er ihn nicht so einfach davonkommen lassen.

Während er weiter auf das B. J.'s zuschritt, grübelte er über dieses faltige, alte Gesicht mit den wässrigen Triefaugen nach. Aus der Ferne hatte er sie für glänzend schwarz gehalten, aber in der Nähe schwand dieser Eindruck. Diese dreieckigen Augen, seltsam! In der einen Sekunde wirkten sie grau und in der nächsten wie stumpfes Silber, als blicke man bei Nacht in die Augen eines Tieres ... und dann wieder nur grau; vielleicht spielte ihm aber auch bloß die Straßenbeleuchtung einen Streich. Und diese lange, von Adern gezeichnete Nase mit den großen Löchern, der viel zu breite Mund mit den hängenden Lippen! Und wie aggressiv er den Kiefer vorgeschoben hatte! Vor allem aber hatte das Gesicht insgesamt so furchtbar grau und alt ausgesehen.

Harry hatte nur einen flüchtigen Blick erhascht und bei Weitem nicht jede Einzelheit wahrgenommen. Aber genug, um ihn nachdenklich zu stimmen ...

Während das Bild vor seinem geistigen Auge allmählich verblasste, gab der Necroscope sich damit zufrieden, dass er dieses Gesicht nicht mehr so leicht vergessen würde. Vielleicht sollte er B. J. darauf ansprechen und sie fragen, ob sie den kleinen Mann kannte. Denn wenn sie ihn je gesehen hatte, müsste sie eigentlich sofort wissen, von wem Harry sprach.

Dies war nur eine der Antworten, die er von ihr haben wollte. Und sollte sie ihrerseits Fragen an ihn haben ... nun, dann würde er eben sein Bestes tun, ihr auszuweichen.

Das jedenfalls sagte er sich ...

Es war eine schwere, metallbeschlagene Tür mit Guckloch und Sprechgitter. Als Harry den Summer betätigte, nahm er im Innern eine verstohlene Bewegung wahr, gleich darauf fühlte er sich beobachtet.

»Sind Sie Mitglied, Sir?«, fragte schließlich eine weibliche

Stimme. »Falls ja, halten Sie bitte Ihre Karte hoch. Wenn nicht, sagen Sie, was Sie wünschen!« *Offensichtlich eins von den »jungen Dingern«,* dachte Harry.

»Nein, kein Mitglied«, erwiderte er. »Ich wurde eingeladen – von Bonnie Jean.«

Einen Moment lang herrschte Schweigen, dann sagte sie: »Warten Sie bitte!«

Das Warten dauerte ewig, so wenigstens schien es Harry, doch als man ihm endlich öffnete, war es Bonnie Jean persönlich, die ihm die Tür aufhielt. Und abermals wusste Harry nicht zu sagen, was er eigentlich erwartet hatte. Er begegnete ihr zwar nicht zum ersten Mal, aber damals war alles drunter und drüber gegangen. Komisch, aber er hatte die ganze Zeit über das Bild vor Augen gehabt, das George Jakes ihm gezeigt hatte:

Verdammt gut aussehend ... Groß, schlank, verführerisch, und nichts davon aufgesetzt! (In Jakes' Geist hatte sie dieselbe Figur gehabt wie Lauren Bacall in dem alten Humphrey-Bogart-Streifen, in dem sie sagt: »Du kannst doch pfeifen, oder?«) *Möglicherweise Eurasierin, ihren mandelförmigen, leicht schräg stehenden Augen nach zu urteilen. Das Haar fiel ihr in Wellen auf die Schultern; es wirkte pechschwarz, aber wenn sich das Licht darin brach, schimmerte es grau. Sie war dieser alterslose Typ ... Sie konnte alles zwischen neunzehn und fünfunddreißig sein. Aber hübsch, oh ja!*

Und nun stand sie leibhaftig vor ihm. Doch noch immer konnte der Necroscope sie nicht deutlich sehen, nicht in dem Zwielicht, das in dem Flur hinter der Tür herrschte. Sie hingegen erkannte ihn ohne Schwierigkeiten.

»Aah, mein tapferer Retter!«, hauchte sie, während sie ihn, den Kopf verwundert zur Seite geneigt, anlächelte. »Der Mann ohne Namen, der mir zu Hilfe eilte!« Damit richtete sie sich zu voller Größe auf, war aber immer noch fünf Zentimeter kleiner als Harry. »Der große Unbekannte! So langsam habe ich schon Angst bekommen, ich würde dich nie wiedersehen! Komm' doch rein!«

Der Flur oder vielmehr Gang war recht breit. Er hatte eine hohe Decke und war mit Teppichen ausgelegt. Von irgendwo über ihnen kam leise Musik; späte Fünfziger- oder frühe Sechzigerjahre, dachte Harry. Genau das Zeug, das er mochte. Der Gang kam ihm endlos vor. An den Wänden hingen Bilder, riesige Gobelins in vergoldeten Rahmen; aber nicht eine einzige Tür zweigte links oder rechts ab. Äußerst merkwürdig!

»Ich weiß, was du jetzt denkst«, sagte B. J., während sie voranging. »Die reinste Mausefalle! Wenn es mal brennt, kommt hier keiner mehr raus – stimmt's? Das war auch mein erster Eindruck. Und die Behörden haben das ebenfalls gesagt. Aber falls es wirklich mal brennen sollte – Gott behüte –, gibt es nach hinten und zum Garten hin genügend Notausgänge. Das ist immerhin noch das Erdgeschoss!«

»An ein Feuer habe ich eben nicht gedacht«, erwiderte Harry, ohne aufzupassen, wohin er seine Füße setzte, und stieß prompt gegen sie, als sie vor einer Brandschutztür stehen blieb. »Entschuldigung«, meinte er und hob fragend, vielleicht auch amüsiert, eine Augenbraue. »Wie tölpelhaft von mir ...«

»Als wir uns das letzte Mal begegnet sind, hast du dich nicht so ungeschickt bewegt«, entgegnete sie. In ihrer Stimme schwang so etwas wie Missbilligung mit. »Eigentlich eher wie ein geölter Blitz!« Falls sie irgendeine Reaktion erwartete, wurde sie enttäuscht. Harry zuckte lediglich die Achseln und fuhr fort:

»Nein, nicht an die Brandgefahr. Ich habe mich bloß gefragt, weshalb dieser Korridor so lang ist?«

Sie standen ziemlich nah beisammen. Er konnte ihren duftenden Atem riechen, als sie antwortete:

»Ursprünglich war es ein Durchgang zwischen den beiden Gebäuden zur Linken und Rechten. Als die Ladenfronten errichtet wurden, haben sie auch die Gasse überdacht, damit der Zugang zu dem Haus dahinter geschützt ist – das jetzt mir gehört.« Bisher hatte sie, wie in Edinburgh üblich, mit einem rollenden R gesprochen, doch nun war ihr Dialekt einem Akzent gewichen, den Harry nicht ganz einordnen konnte. »Unten ist das B. J.'s«, fuhr sie fort, indem sie sich von ihm abwandte und sich durch die Tür zwängte. »Und oben wohne ich. Und in der Dachkammer, da ist ... mein Schlafzimmer.«

»Wenn du schon eine Antwort gibst, dann aber richtig«, meinte Harry, indem er ihr folgte.

Erneut bedachte sie ihn mit ihrem Blick. »Na ja, dann tut das wenigstens einer von uns!«, erwiderte sie, während ihr Dialekt wieder durchkam. Und mit einer weit ausholenden Handbewegung verkündete sie: »Das B. J.'s!«

Von innen sah der Laden eindeutig besser aus als von außen. Harry sah sich um, indem er aus seinem Mantel schlüpfte, den ihm ein hübsches Mädchen im Playboy-Kostüm abnahm und zur Garderobe brachte. Hinter einem ziemlich langen Mahagoni-Tresen mit Durchreichen an beiden Enden schenkten zwei weitere Mädchen Getränke aus – das heißt, Harry nahm an, dass dies ihre Aufgabe war, denn im Augenblick waren nur ein, zwei Gäste da. Und an der gegenüberliegenden Wand des Saales saß noch ein Mädchen neben der Jukebox, einer Original Wurlitzer, wie es aussah, und blätterte in einer Zeitschrift.

»Ein ›ruhiger‹ Abend«, bemerkte Bonnie Jean trocken, während Harry sich linkisch auf einem der viel zu vielen freien Barhocker niederließ. Damit verschwand sie hinter dem Tresen, um ihm etwas einzuschenken. »Das ist immer so, wenn es regnet.« Außer Harry thronten noch zwei weitere Gäste (»Clubmitglieder«, korrigierte er sich) vor ihren Gläsern an der Bar, jeder an einem anderen Ende, und quatschten mit den Mädchen, und in einer Nische neben der Dartscheibe saßen drei Männer an einem Tisch. B. J.s Kunden waren allesamt über vierzig, gut situiert, wahrscheinlich Geschäftsleute. Jedenfalls hatten sie Geld. Anscheinend hatte der Taxifahrer recht: Billig war es hier wohl nicht!

Harry ließ seinen Blick weiter schweifen und kam zu dem Schluss: *Der Laden ist eine umgebaute Kneipe!* Damit lag er richtig. Ursprünglich war das »B. J.'s« einmal ein ganz normaler, allerdings schlecht besuchter Pub gewesen. Hinter dem Tresen war immer noch die alte Zapfanlage in Betrieb und die eichenen Deckenbalken waren rauchgeschwärzt. Der offene Kamin, groß genug, darin einen kleinen Tisch unterzubringen, befand sich immer noch an Ort und Stelle, aber der Rauchfang war zugemauert worden, als die Wärme eines echten Feuers der Zentralheizung weichen musste.

»Dieser Kamin ist aber nicht viktorianisch!«, stellte er unbeholfen fest. Es klang beinahe anklagend! Aber schließlich war er immer noch dabei, sich zurechtzufinden, und musste sich erst noch an das Lokal gewöhnen. Und auch an B. J., an ihre Gegenwart. Daran, dass er sich bei ihr befand!

Sie erbarmte sich und lächelte nicht darüber. Stattdessen gab sie ihm auf seine, wie ihm nun klar war, dumme Bemerkung eine wohlüberlegte Antwort. »Ganz recht! Er ist nicht viktorianisch.

Das ganze Haus ist viel älter – mindestens zwei-, dreihundert Jahre! Du darfst nicht vergessen, dass es hinter dem ganzen ›modernen‹ Zeug liegt, hinter den Reihenhäusern zur Straße hin. Vor zwanzig Jahren, als sie anfingen, die ganze Straßenseite in eine einzige Einkaufspassage umzuwandeln, haben sie es mehr oder weniger aus Versehen damit verbunden. Aber der Bauträger machte Pleite und das Ganze fiel ins Wasser. Und das war ganz gut so, schließlich stand dieses alte Haus zuerst hier. Später wurde es dann ein Pub, aber es war viel zu abgelegen. Als ich es kaufte, konnte ich mir eine Modernisierung nicht leisten, und jetzt bin ich froh darüber.«

Bevor er noch etwas Dummes sagen konnte (was hatte diese Frau nur an sich, dass er den Mund nicht aufbekam?), fuhr sie fort: »Früher war dies hier einmal ein riesiges Wohnzimmer. Es nahm fast das gesamte Erdgeschoss ein! Jetzt trennt die Wand hinter dem Tresen es in zwei Hälften. Dahinter befinden sich ein Lagerraum, eine Küche im Ursprungszustand, moderne Toiletten und der Zugang zum Garten. Und die Treppe!«

»Worin besteht eigentlich der Unterschied?«, wollte Harry wissen.

»Eh?« Sie neigte den Kopf zur Seite und er kam nicht umhin, den sanften Schwung ihres Profils zu bewundern, konnte sie jedoch nicht offen anblicken. Das beunruhigte ihn. Er wollte sie ansehen, war dazu jedoch nicht in der Lage. Er kam sich wieder vor wie ein Schuljunge – wie damals bei seinen ersten ungeschickten Annäherungsversuchen an Brenda?

Unvermittelt hielt er inne. Wer war diese Bonnie Jean eigentlich? So etwas wie eine Art Hexe?

»Der Unterschied?«, fragte sie.

»Oh!« Er riss sich zusammen. »Zwischen einem Weinlokal und einem Pub?«

Sie nickte und bedachte ihn mit einem vielsagenden Lächeln. »Ich hab' mir gleich gedacht, dass du's nich' so mit dem Trinken hast. Aber wo wir gerade dabei sind, was möchtest du?«

»Hmmm?«

»Zu trinken!«

Harry zuckte die Achseln. »Keine Ahnung! Irgendwas Starkes?«

»Wodka, Gin, Whisky, Brandy, Rum – du brauchst es bloß zu sagen.«

»Äh, einen Brandy, glaube ich.«

»Cognac? Courvoisier?«

»Was du möchtest.«

»Nein, nein, *nein!*«, lachte sie. »Was *du* möchtest?«

Der Mann am ihnen zunächst gelegenen Ende des Tresens hatte ihr Gespräch mitbekommen. »Da hast du dir vielleicht einen geangelt, B. J.«, rief er nun mit einem höhnischen Grinsen dazwischen. »Der sprüht ja nur so vor Leben!« Er war untersetzt und stämmig und schien keinen Hals zu haben. Er war zwar gut angezogen, sah jedoch wenig vertrauenerweckend aus. Raue Schale, weicher Kern? Ein Juwel, dem nur der Schliff fehlte? Der fehlte ihm allerdings!

Der Necroscope lächelte ihn über den Tresen hinweg an. »Ich sprühe also vor Leben, was? Na ja, ich glaube schon – im Augenblick jedenfalls!« Der Mann wusste nicht, was er davon halten sollte. Missmutig wandte er sich wieder dem Mädchen zu, mit dem er bisher geredet hatte.

»Hin und wieder versucht er mich anzubaggern«, erklärte Bonnie Jean mit gesenkter Stimme. »Der Beschützertyp, weißt du?« Damit schob sie Harry einen Cognacschwenker hin. »Der geht aufs Haus! Ich ... weiß noch nicht einmal, wie du heißt?«

»Harry«, sagte er. »Harry Keogh. Also, wenn das so ist, ich meine, jetzt, wo er da ist, und ich auch, brauchst du dir ja keine Sorgen mehr zu machen, Bonnie Jean!« Er nahm einen Schluck und spürte sofort die Wirkung, und zwar an genau den richtigen Stellen. Nun wusste er wenigstens, was Alec Kyle gern getrunken hatte und wonach sein Körper noch immer verlangte.

»B. J.«, entgegnete sie. »Hier drin heiße ich einfach B. J.« Aber sie begriff sehr wohl, was er meinte, darum fuhr sie rasch fort: »Ich habe mich noch gar nicht bei dir bedankt. Ich stehe in deiner Schuld, Harry!«

»Nun, zumindest schuldest du mir eine Erklärung«, pflichtete er ihr bei. Er zuckte die Achseln. »Weißt du, da wären noch ein paar Kleinigkeiten ...«

»Aber nicht hier! Nicht jetzt! Außerdem gibt es auch noch einiges, was ich gern über dich erfahren würde ...«

Harry erkannte, wenn jemand ein Wortspiel mit ihm spielte, und auch er war darin nicht gerade unbewandert. »In Ordnung, nicht hier«, lächelte er. »Nicht jetzt!« Zu seinem Erstaunen genügten ein, zwei kleine Schlucke, und schon machte der Cognac ihn wesentlich lockerer. Doch besser, er ließ sich nicht zu sehr oder zu rasch gehen! Er spürte ihre Augen auf sich ruhen und schließlich erwiderte er ihren Blick, sog sie geradezu in sich ein.

Da stand sie also vor ihm, eine fleischgewordene Versuchung. Vielleicht sah sie nicht ganz so gut aus, wie George Jakes und Harry gedacht hatten; aber sie war zweifellos attraktiv – jedenfalls fühlte Harry sich zu ihr hingezogen. Ihre Augen standen nur ganz leicht schräg, ein tiefes, durchdringendes, goldgesprenkeltes Haselnussbraun – fast wie bei einem wilden Tier. Ihre Ohren, die die glänzende Lockenpracht nur unzureichend verbarg, waren groß und liefen spitz zu, fielen jedoch nicht weiter auf, weil sie flach am Kopf anlagen und ihr beinahe das Aussehen einer Elfe verliehen. Sie hatte eine Stupsnase, allerdings ohne dabei »niedlich« zu wirken. Und erst ihr Mund: Er war viel zu breit und dabei doch einfach hinreißend geschwungen. Der Necroscope konnte sich nicht entsinnen, jemals so vollkommen weiße Zähne gesehen zu haben.

Aber auch sie musterte ihn eingehend. »Du hast vielleicht komische Augen«, meinte sie. »Na ja, nicht unbedingt komisch, eher ... merkwürdig. So als würde jemand anderes aus ihnen hinausschauen.«

Das hätte Harry ihr erklären können, doch er schwieg, während sie fortfuhr: »Sie sehen irgendwie traurig aus, so voller Mitgefühl und ... ich weiß nicht, vertrauenswürdig? Aber ganz tief drin, da sind sie vielleicht auch ein bisschen kalt. Hat das Leben dich kalt werden lassen, Harry? Hast du schon so viel durchgemacht?«

»Wie, hast du mir etwa aus der Hand gelesen?« Er lächelte sein trauriges Lächeln, das wohl immer ein Teil von ihm bleiben würde, ganz gleich was geschah, auch wenn er nun Alec Kyles Gesicht hatte. »Ich glaube, du hast den Beruf verfehlt, B. J. Du hättest Bonnie, die Zigeunerin, werden sollen!«

»Vielleicht ... stamme ich ja von Zigeunern ab«, entgegnete sie. »Aber mal im Ernst, wie dicht war ich dran?«

»Vielleicht zu dicht! Wer weiß, vielleicht kommst du mir im Augenblick viel zu nah.«

Sie tat erschrocken und wich ein paar Millimeter zurück. »Oh? Du wirst mir doch nichts tun, Harry?«

»Ich hoffe nicht«, erwiderte er, nun völlig ernsthaft. »Und ich hoffe, du bereitest mir auch keine Schwierigkeiten. Ich muss mit dir reden, B. J.!«

Sie wich einen Schritt weiter zurück, diesmal jedoch nicht gespielt – und auch nicht vor Harry, sondern vor dem Mann, der ihn nur einen Augenblick zuvor vom Ende des Tresens aus angesprochen hatte.

Der hatte sein Glas geleert und stieß nun einen Barhocker beiseite, während er auf Harry zuwankte. Auf seinem Gesicht lag ein unangenehmer Ausdruck. Fragend, vorwurfsvoll blickte er B. J. an, aber gemeint war Harry: »Hat dieser Mistkerl dich belästigt, Baby ...?«

Beschützertyp?, dachte Harry. *Wohl eher besitzergreifend, sollte man meinen.* Als er das hässliche Funkeln in den Augen des Mannes bemerkte, sah er ihn abschätzend an: *Mindestens zweihundertzwanzig Pfund.* Und jedes Gramm davon ging ihm gewaltig auf den Wecker!

NEUNTES KAPITEL

Sergeant!, sagte Harry zu einem guten Freund, der über hundertsechzig Kilometer entfernt auf dem Friedhof von Harden lag. *Ich glaube, ich habe hier ein Problem!* Sein toter Freund, einst Ausbilder bei der Armee und seinerzeit ein extrem harter Mann, war sofort zur Stelle. Aus Harrys Geist blickte er durch dessen Augen und nahm das Bild auf, das sich ihm in dem Lokal bot. *Die Sache ist nur die,* fuhr Harry fort, während der Sergeant sich mit der Lage vertraut machte, *dass ich nicht zu viel kaputt machen möchte!*

Geh vom Tresen weg, Harry!, befahl ihm »Sergeant« Graham Lane. *Der Kerl ist schwer und kräftig, aber nicht mehr der Jüngste. Zirka fünfundvierzig? Und sieh dir seinen Bauch an: Er trinkt zu viel, und für heute hat er sowieso schon genug. Falls er es wirklich drauf anlegt, wird er dich das nächste Mal, wenn er den Mund aufmacht, angreifen. Lass mich das machen ...*

Harry trat vom Tresen weg, damit er sich frei bewegen konnte, und hörte B. J. sagen: »Sieh mal, Big Jimmy, wir haben nur miteinander geredet. In meinem eigenen Laden kann ich mich doch unterhalten, mit wem ich will, oder?«

»Es geht darum, wie er dich angesehen hat, Kleines!«, erwiderte Big Jimmy. Das sagte er zwar zu ihr, dabei blickte er jedoch aus zusammengekniffenen Augen Harry an. »Der Kerl gefällt mir nicht. Er ist ein richtiger Großkotz!« (Jetzt kam es:)

»Du!«, krächzte Big Jimmy, indem er sich Harry nun ganz zuwandte. »Du sprühst also nur so vor Leben, eh?« Damit holte er zu einem Schwinger aus. »Aber nicht mehr lange, du dämliches *Würstchen!*«

Der Sergeant befand sich direkt im Geist des Necroscopen, dirigierte ihn, beherrschte ihn nahezu vollkommen. Und Harry ließ ihm einfach freie Hand.

Der Tresen befand sich rechts von Harry, von links kam Big Jimmy, noch immer Hocker beiseite stoßend, an der Bar entlang auf ihn zu. Es war ein plumper Schlag, in dem zwar sein ganzes Gewicht lag, aber viel zu langsam. Der Necroscope machte einen Schritt vorwärts, in den Schlag *hinein,* packte Big Jimmys Handgelenk mit beiden Händen, vollführte eine Drehung und knickte in der Hüfte nach vorn. Big Jimmy wurde von seinem eigenen

Schwung vorwärtsgetragen; Harrys Rücken bildete den Dreh- und Angelpunkt, den Arm seines Widersachers benutzte er als Hebel. Der Mann flog weg, überschlug sich und kam krachend auf einem Tisch auf, der in die Brüche ging.

Um Gottes willen, Sergeant!, meinte Harry. *Ich sagte doch: Nichts kaputtmachen!*

Was heißt hier kaputtmachen?, erwiderte der Sergeant. *Es ist schon vorbei! Er ist ein bisschen außer Atem, aber mehr nicht! Und vielleicht hat er es ja begriffen. Nur ein kompletter Idiot würde jetzt noch weitermachen. Immerhin hat er gesehen, wie schnell wir sind.*

Na ja, ich hoffe, du hast recht, entgegnete Harry dankbar, während Big Jimmy wackelig wieder auf die Beine kam.

»Was, du ...« Der Mann taumelte einen Schritt auf ihn zu.

Der Necroscope wich etwas zurück, hob die Arme und streckte sie ihm in einer unverkennbaren Karatestellung entgegen. Zugleich begannen seine Hände sich langsam zu bewegen. Den Kopf leicht zur Seite geneigt, sagte er drohend: »Lass es bleiben!« Mehr nicht.

»Huh!«, grunzte der andere und blieb wie angewurzelt stehen. »Du bist wohl 'n ganz harter Bursche, was?«

»Versuche besser nicht, es rauszufinden!«, warnte Harry ihn.

»Raus hier, Big Jimmy!«, rief B. J. von hinter dem Tresen. »Auf der Stelle! Und lass dich hier nie wieder blicken!«

Big Jimmy sah sie aus blutunterlaufenen Schweinsäuglein an, warf Harry einen mordlüsternen Blick zu und knurrte: »Zum Teufel mit euch!« Damit fuhr er herum und strebte der Tür zu, dicht gefolgt von einem der Mädchen, das ihm seinen Mantel hinterhertrug.

»Zerreiß' seine Karte!«, rief B. J. ihnen nach. »Und dass mir keine von euch dieses Schwein je wieder reinlässt!« Die Wut wich aus ihren Augen, als sie den Blick zu Harry wandte, der gerade sein Glas leerte. Darum bemüht, die Beherrschung wiederzuerlangen, meinte B. J.: »Du bist schnell, aye. Vielleicht hast du recht und ich sollte lieber nichts mit dir zu tun haben!«

»Dazu ist es zu spät, B. J.«, entgegnete er. »Wir hatten bereits miteinander ›zu tun‹, das weißt du ganz genau.« Er ließ seinen Blick durch den Raum schweifen, doch niemand schaute in seine Richtung. Wahrscheinlich dachten sie, dies sei besser so. Eines der Mädchen räumte weg, was von dem kaputten Tisch übrig war. »Wir müssen miteinander reden«, rief Harry B. J. in Erinnerung.

Sie schürzte die Lippen, wie um ihm zu widersprechen, doch dann sagte sie: »Na gut, nachher, wenn wir schließen. Um Mitternacht, hier! Und jetzt gehst du besser, schließlich bist du kein Mitglied! Sonst muss ich mir noch Gedanken um meine Lizenz machen!«

Du solltest dir lieber Gedanken über deinen schottischen Akzent machen, dachte Harry. *Mal ist er da, mal wieder nicht, ungefähr so wechselhaft wie der Wind um das Schloss von Edinburgh!*

B. J. bedeutete einem der Mädchen, Harrys Jacke zu holen, und rief ein Taxi. »Nur für den Fall, dass der Dicke draußen auf dich wartet ...« Doch weder Big Jimmy noch der Mann mit der Kamera erwarteten ihn. Harry brauchte zwar kein Taxi, dennoch stieg er ein – und im Stadtzentrum wieder aus. Von dort nahm er die Möbiusroute nach Bonnyrigg.

Zu Hause durchsuchte er alles, bis er eine uralte Flasche schottischen Malt Whisky fand, die einst wohl seinem Stiefvater gehört hatte. Der Boden war noch ein, zwei Fingerbreit bedeckt, und als er sich ein großzügiges Glas einschenkte, kam er nicht umhin, sich zu fragen, was Alec Kyle wohl dazu gesagt hätte. Merkwürdigerweise war er immer noch bester Stimmung von dem winzigen Schluck Cognac, den er im »B. J.'s« getrunken hatte! Was sollte er davon halten?

Ich muss diesen Körper endlich in Form bringen, dachte Harry. Damit kippte er das Glas – und den Rest in der Flasche – ins Spülbecken. Wenn man seinen Gegner erst einmal kannte, fiel es einem gar nicht mehr so schwer, ihm zu begegnen.

Damit war die Sache für ihn erledigt ...

Aber vielleicht hätte er doch etwas trinken sollen, nur um sich ein bisschen aufzumuntern. Denn als Harry sich kurz nach Mitternacht über das Möbius-Kontinuum wieder ins B. J.'s aufmachte, waren seine düsteren, unheilvollen Gedanken zurückgekehrt und er war niedergeschlagener denn je. Außerdem ärgerte er sich über dieses unnütze Hin- und Hergehüpfe. Wenn B. J. wirklich mit ihm reden wollte, warum hatte sie ihn dann nicht einfach mit in ihr Hinterzimmer genommen und *geredet?* Oder ... hatte sie etwa einfach Zeit schinden wollen? Um ihn reinzulegen?

Was auch immer, er war auf der Hut wie nie zuvor, als er aus dem Möbius-Kontinuum in jenen dunklen Ladeneingang direkt gegenüber dem B. J.'s trat, in dem er den kleinen Mann mit der Kamera gesehen hatte. Er war zu früh dran. Zwei von B. J.s Mädchen stiegen gerade in ein am Straßenrand wartendes Taxi. B. J. selbst winkte ihnen von der Tür aus zu, als der Wagen losfuhr, und verschwand dann wieder. Das Leuchtschild erlosch.

Harry beschwor ein Tor herauf, begab sich auf die andere Straßenseite und läutete. B. J. hatte bislang noch keine Zeit gefunden, abzuschließen. Er nahm eine Bewegung im Innern wahr, vernahm das Rasseln einer Kette, und die Tür schwang auf.

»He, was zum ....?«, begann sie, als sie ihn sah, und legte verwirrt die Stirn in Falten. »Vor einem Augenblick warst du noch nicht da. Ich dachte schon, du kommst gar nicht mehr!«

Er zuckte die Achseln. »Ich habe gesehen, wie die Mädchen weggefahren sind, und noch einen Moment gewartet. Es soll ja niemand auf ... äh, falsche Gedanken kommen.«

»Ach, tatsächlich?« Sie hob eine Augenbraue. »Na, dann komm' besser rein, bevor dich noch einer sieht!«

Doch als er Anstalten machte, über die Schwelle zu treten, fügte sie hinzu: »Äh, Harry, glaub' mir, niemand wird irgendwas Falsches denken. Dass eins klar ist: Das hier ist rein geschäftlich! Es ist nicht so, dass ich dich 'reingebeten hätte. Du trittst freiwillig, aus freien Stücken ein, oder?«

Nun war es an ihm, die Stirn zu runzeln. Den Fuß bereits über der Schwelle, blieb er stehen. »Du hast mich eingeladen!«

»Keineswegs«, widersprach sie. »*Du* hast darauf bestanden!«

»Na ja, jetzt bin ich hier.«

»Und willst du immer noch mit mir reden?« Sie vertrat ihm beinahe den Weg.

»Wenn du mich reinlässt, schon!«

Lächelnd ließ sie ihn vorbei. Während sie hinter ihm abschloss, ging er den Flur entlang und fragte sich: *Was sollte das nun wieder?*

Im Lokal herrschte gedämpftes Licht. Harry blieb abwartend stehen, bis B. J. aus dem Gang zu ihm trat und die Lampen ganz löschte. In völliger Dunkelheit stand er da, bis sich plötzlich ein senkrechter Schlitz auftat, der sich allmählich zu einem Rechteck erweiterte, als B. J. hinter dem Tresen eine in einer Nische verborgene Tür öffnete und ins Hinterzimmer glitt. »Kommst du?«, fragte sie, indem sie ihm einen Blick zuwarf. Von ihrem Akzent war nichts mehr zu hören.

Harry schlüpfte hinter die Theke und folgte ihr ins Hinterzimmer, oder vielmehr in eines davon, einen Lagerraum, an dessen einer Wand sich eine Tür befand und von dem eine Treppe nach oben in B. J.s Privatwohnung führte. Der Necroscope zögerte einen Augenblick ... bis B. J., bereits auf den untersten Stufen, sagte: »Den ganzen Abend über halte ich mich in diesem Lokal auf. Also wenn wir schon reden müssen, dann können wir es uns doch wenigstens gemütlich machen!«

Während er ihr auf der hell erleuchteten Treppe nach oben folgte, bewunderte er ihre Figur und ihren natürlichen Hüftschwung in dem engen, an der Seite im orientalischen Stil geschlitzten Rock. B. J. war gut gebaut und schlank ... und sie hatte Klasse, oh ja. Oder lag es lediglich an Alec Kyles Körperchemie? Was auch immer, jedenfalls waren dies die Empfindungen des Necroscopen und er war sich auch durchaus der Tatsache bewusst, wie nah sie ihm war und dass sie hier ganz allein waren. Allerdings (beruhigte er sich rasch) war dies ja alles Teil seiner Suche nach Brenda.

»Hier wohne ich«, sagte sie, indem sie auf einem Treppenabsatz zur Seite trat, von dem aus man direkt in ihr Wohnzimmer kam. »Geh' ruhig rein und nimm schon mal Platz, Harry Keogh!«

Ehe er sich setzte, ließ er seinen Blick durch den Raum schweifen, und was er sah, gefiel ihm. Denn wo das Lokal im Erdgeschoss die verschiedensten Stilrichtungen miteinander vermengte, entsprach dieses Zimmer voll und ganz B. J. – es spiegelte ihren Charakter wider oder doch zumindest das Bild, das Harry von ihr hatte. Es war geschmackvoll, aber nicht langweilig eingerichtet, angenehm sowohl für das Auge als auch für den Geist. Obwohl weder protzig noch pompös, sah alles trotzdem irgendwie wertvoll aus, einfach echt ... nicht anders als die Frau selbst?

Der gemusterte Florteppich bestand offensichtlich aus reiner Wolle. Harry spürte seine Wärme geradezu durch die Schuhsohlen hindurch. Das Muster war ... türkisch? Griechisch? Mediterran jedenfalls! Desgleichen die mit Firnis überzogenen Deckenbalken aus Pinienholz, die wie Speichen von der Mitte des Raumes ausgingen, bis sie auf gebogene Hölzer trafen, die dem Ganzen das Aussehen eines Rades verliehen, sodass der

Raum beinahe rund oder doch wie ein Achteck wirkte, während er in Wirklichkeit einfach rechteckig war. Aber »einfach« war im Grunde genommen nichts daran.

Von der Nabe des Rades hing ein kleiner, kreisförmiger Kronleuchter an einer goldenen Kette herab. Die Kristalllüster daran enthielten je drei Glühkerzen, sodass das ganze Teil funkelte und glänzte wie eine kleine Sonne. Das Licht war hell genug, bei Bedarf konnte man aber auch die an den Wänden angebrachte indirekte Beleuchtung zuschalten. Darüber hinaus stand neben dem kreisrunden Tisch, der die Mitte des Raumes einnahm, auf einem hohen, weißen Ständer eine Leselampe.

Die drei Innenwände zierten teure, alte Drucke in zeitgenössischen Rahmen, in den Ecken hingegen verstärkten schmale Wandschirme aus in Bambus gerahmtem Gobelingewebe den Eindruck, sich in einem kreisrunden Saal zu befinden. An der Außenwand beanspruchte ein großes Erkerfenster mit einer Sitzbank drei Viertel des zur Verfügung stehenden Raumes. Es ging auf einen den Garten überblickenden Balkon hinaus; der Necroscope sah die sich sanft im Wind wiegenden, im Regen saftig-grün glänzenden Wipfel von Bäumen und Sträuchern, und in der Ferne konnte er einen nächtlich-dunklen Hügel (den Felsen, auf dem das Schloss stand, oder vielleicht »Arthur's Seat« daneben?) ausmachen, der sich vor einem wolkenverhangenen Himmel abzeichnete.

Um den Tisch mit der polierten Kieferplatte waren eine helle Ledercouch und zwei dazu passende Sessel gruppiert, den Zwischenraum zwischen den gerahmten Drucken nahmen zwei hohe, schmale, brechend volle Bücherregale ein. Vor dem Wandschirm neben dem Erkerfenster stand, bequem von der Couch aus einzusehen, ein Fernsehapparat, vor dem Schirm in der anderen Ecke das Regal mit der Stereoanlage. Hinter jedem der vier Wandschirme war eine Kommode verborgen; offensichtlich verwahrte Bonnie Jean ihren Krimskrams, dem Blick ihrer Besucher entzogen, in den Schubladen. Sie war wohl eine Frau, die Wert auf Ordnung legte.

Eine drehbare Hausbar auf dem offenen Treppenabsatz vervollständigte das Bild. B. J. war dort stehen geblieben, anscheinend um etwas zu trinken einzuschenken. »Einen Courvoisier?«, fragte sie.

Um ein Haar hätte Harry Ja gesagt, doch dann besann er sich, dass er sich geschworen hatte, keine harten Sachen mehr zu sich zu nehmen, und schüttelte den Kopf. »Nein, danke!«

»Wie bitte? Soll ich etwa hier 'rumsitzen und ganz alleine trinken?«

»Nichts Hartes«, entgegnete er. »Ich mache mir nichts aus harten Sachen. Das heute Abend war eine Ausnahme. Hättest du mir nicht einen Cognac vorgeschlagen, wäre ich wahrscheinlich gar nicht auf die Idee gekommen. Aber das B. J.'s ist doch ein Weinlokal? Weshalb bietest du mir nicht einfach ein Glas Wein an?«

Diese Antwort schien ihr zu gefallen. »Eigentlich bin ich ganz froh, dass du das sagst. Ein Mann, der trinkt, macht sich zum Narren – sieh dir doch nur Big Jimmy an. Kaum hat so einer was getrunken, macht sich in seinem Kopf ein Vollidiot breit, der das Denken für ihn übernimmt und ihn zum Großmaul macht!«

Dem Necroscopen war dies nicht fremd. Es war ihm nicht neu, dass sich in seinem Kopf Fremde zu Wort meldeten, die das Handeln für ihn übernahmen. Allerdings waren sie alles andere als Idioten und sagten in der Regel die Wahrheit.

»Und was den Unterschied angeht«, fuhr B. J. fort ...

»Eh?«, fühlte Harry sich genötigt, einzuwerfen.

»... zwischen einem Pub und einem Weinlokal«, lächelte sie.

»Oh!«

»Es ist die Lizenz!«, erklärte sie. »Die Öffnungszeiten eines Pubs werden streng kontrolliert, die Kunden, die hingehen, aber nicht! Mein Weinlokal ist ein Club, der so lange auf hat, wie es *mir* gefällt ... innerhalb der gesetzlichen Regelungen, versteht sich, und meine Gäste wähle ich selber aus.«

»So wie Big Jimmy?« Damit ließ Harry sich auf der Couch nieder.

»Er hat sich noch nie etwas zuschulden kommen lassen. Das war das erste und letzte Mal!«

»Weißt du«, meinte Harry, »ich habe noch nie einen Schotten getroffen, der ›Jimmy‹ hieß! Ich weiß natürlich, dass man hier oben zu jedem einfach Jimmy sagt. Aber so viele Leute, die James heißen, kann es doch gar nicht geben!?«

Sie musste lachen. »Das ist dasselbe wie mit ›John‹ in London oder ›Bruce‹ in Australien. Wenn man jemanden nicht kennt, sagt man eben Jimmy zu ihm, und damit fertig! Aber Big Jimmy heißt wirklich so.«

Harry verzog das Gesicht. »Er heißt also tatsächlich so?«

»Ich werd' dir mal was sagen!« Sie nahm auf dem Sessel ihm gegenüber Platz. »Sei vorsichtig mit dem, was du über die Schotten behauptest. Es gibt da Leute, denen das gar nicht gefällt.«

»Oh, ich bin überzeugt davon, dass du alles über sie weißt, auch wenn du selbst nicht dazugehörst ...«

B. J. wandte sich ab und tat, als sei sie mit dem Wein beschäftigt, um sich ihre momentane Verwirrung nicht anmerken zu lassen.

Von der Hausbar hatte sie auf einem silbernen Tablett eine Flasche nebst Gläsern und eine Kristallkaraffe mitgebracht. Nun schenkte sie aus der Karaffe den Rotwein ein und für sich ein Glas Liebfrauenmilch, das sie hob, um einen Trinkspruch auszubringen: »Auf dich, Harry Keogh!« Ihr Akzent war völlig verschwunden.

Harry griff nach seinem Glas und betrachtete die geschliffenen Facetten. Der Inhalt schimmerte in einem hellen Rubinrot, wirkte jedoch irgendwie trüb. »Der Rote ist für mich?«, wollte er wissen. »Ich dachte immer, davon bekommt man Kopfschmerzen? Was für einer ist das, die ›Hausmarke‹?«

»Das mit den Kopfschmerzen ist bloß ein Märchen«, erklärte sie. »Den Rotwein habe ich ganz bewusst für dich ausgesucht, weil er nicht so stark ist. Aber er ist voller Weinstein, deshalb habe ich ihn umgefüllt. Das meiste davon habe ich wegbekommen. Aber wenn du lieber etwas anderes magst ...« Sie zuckte die Achseln. »Ich kann dir auch gern einen Kaffee oder sonst was machen?«

Harry nahm einen kleinen Schluck. Der Wein war nicht unangenehm, hatte aber einen leicht säuerlichen Nachgeschmack. Irgendwie schmeckte er nach ... Harz? Harry probierte mehr davon. »Du stehst wohl auf mediterrane Sachen?«

»Aha! In der einen Minute noch völlig unbedarft und in der nächsten zeigt sich schon der Kenner! Aber du hast recht: Ein Freund hat mir eine ganze Kiste davon aus Griechenland mitgebracht. Wahrscheinlich irgend so ein billiges Zeug, das sie da unten trinken, deshalb schmeckt er dir wohl auch nicht, aber ...«

»... Schon in Ordnung«, unterbrach Harry sie. »Er ist ganz gut. Und ich danke dir auch für die Einladung, B. J.; aber ich muss trotzdem mit dir reden!«

»Ich weiß«, entgegnete sie. »Über jene Nacht?«

»Ja.«

»Nun, das trifft sich gut, darüber möchte ich nämlich auch mit dir reden!«

»Du hast mir wahrscheinlich das Leben gerettet«, fuhr Harry fort, »und das vergesse ich dir nicht. Aber trotzdem hast du einen Menschen getötet, man könnte es sogar Mord nennen! Den ›Wolfsmann‹ hast du regelrecht an seinen Sitz in diesem Lieferwagen genagelt und damit ebenfalls dazu beigetragen, ihn umzubringen. Und bei all dem bliebst du ganz ruhig und gelassen – das bereitet mir die größte Sorge! Ich meine, es ist doch nicht normal, dass jemand mit einer Armbrust herumläuft und Leute erschießt und es hinterher mit einem Achselzucken abtut, so als geschehe dies jeden Tag ...«

Sie ließ ihn ausreden. Doch dann erwiderte sie: »Weshalb hast du mir diese Fragen nicht schon früher gestellt? Zum Beispiel, nachdem du ... nun, als ich mich plötzlich völlig fassungslos in dieser Seitenstraße wiederfand ... Sehen wir den Tatsachen doch ins Gesicht, Harry! Wenn ich mich hier rechtfertigen muss, dann du doch erst recht! Du sagst, du bist kein Polizist ... Was hattest *du* dann in jener Nacht dort zu suchen, he? Und ein ganz großes Fragezeichen bleibt immer noch: Wie hast du uns dort rausgebracht? Ich meine, ich kann es immer noch kaum glauben, dass ...«

»Drogen!«, log der Necroscope. »Ich habe dich unter Drogen gesetzt.« (Diese Antwort hatte er sich vorher zurechtgelegt.)

»Was?« Sie kniff die Augen zu schmalen Schlitzen zusammen, sodass sie nun wirklich schräg standen und ihrem Aussehen etwas tierhaft Wildes verliehen. »*Du* ... hast mich unter Drogen gesetzt? Wann denn?« Bonnie Jean stand deutlich ins Gesicht geschrieben, dass sie ihm kein Wort glaubte.

»Als ich dich am Arm packte, um dich festzuhalten, wolltest du bloß weg, und ich drückte ganz leicht zu. Du warst so sehr damit beschäftigt, dich von mir loszureißen, dass du gar nicht bemerktest, dass ich eine kleine Kanüle in der Hand hielt. Eigentlich war sie für die Leute bestimmt, hinter denen ich her war; aber ich bin ja nicht dazu gekommen, sie einzusetzen.«

Es dauerte einen Moment, bis sie das verdaut hatte. Sie überlegte. »Das klingt alles ... ein bisschen weit hergeholt«, meinte sie schließlich. »Ich soll also bewusstlos gewesen sein, und du willst mich ganz allein da rausgeschafft haben?« Doch Harry sah ihr an, dass sie bereits unsicher war.

»Ich war nicht allein. Hinten im Hof warteten noch ein paar Freunde von mir. Und du darfst nicht vergessen, dass ich die Beleuchtung ausgeschaltet hatte! Das verschaffte uns ein bisschen Zeit. Als die Polizei endlich reinkam, hatten wir dich schon über die Mauer gehievt.«

»Oh?« Sie legte den Kopf schief. »Und dann habt ihr mich in die Gasse gegenüber getragen, quer über die Straße, wo jeder euch sehen konnte, und dort hast du so lange gewartet, bis ich wieder aufgewacht bin, richtig?« Ihre Stimme troff zwar nicht unbedingt vor Sarkasmus, war jedoch kurz davor.

»Ja«, nickte Harry, froh, dass sie selbst ihm den Weg aus seinem größten Dilemma wies. »Ganz recht! Alles ging drunter und drüber. Die meisten Polizisten waren schon drinnen oder hatten sich um die Einfahrt geschart. Überall standen Streifenwagen herum und blockierten die Straße. Und der brennende Lieferwagen lenkte sie natürlich zusätzlich ab. Und *wenn* sie uns gesehen *hätten* ... nun, die Leute, für die ich arbeite, verfügen über reichlich Einfluss. Es war also gar nicht so schwierig. Das Präparat, das ich dir gegeben hatte, wirkt schnell und löst sich auch genauso schnell wieder auf. Es dauerte nur wenige Minuten, dann kamst du wieder zu dir. Du warst zwar ein bisschen wackelig auf den Beinen, aber nichts Ernstes. Du erinnerst dich doch daran, wie du dich auf das nasse Pflaster gesetzt hast?«

B. J. wirkte nun in der Tat verunsichert. Sie blinzelte mehrmals, während sie versuchte, all dies zu begreifen. »Na ja, ich war ziemlich aufgewühlt«, sagte sie schließlich. »Ich ... ich wusste nicht, was ich von dem Ganzen halten sollte, es kam mir alles vor wie Zauberei. Also ging ich in mein Hotel und dann ins Bett. Am nächsten Morgen ... nun, da erschien mir alles nur noch wie ein Traum! Und ich hatte ja keine Ahnung, wie ich dich erreichen konnte oder wer du überhaupt warst. Das weiß ich übrigens immer noch nicht!« Sie bedachte ihn mit einem vorwurfsvollen Blick.

»Ich hätte dir besser nicht geholfen«, sagte der Necroscope und nippte an seinem Wein. »Es hat mir nur Ärger mit meinen Vorgesetzten eingebracht, und zwar mit denen ganz oben. Ich hätte dich in der Werkstatt zurücklassen sollen, dann hättest du sehen können, wo du bleibst, und die Polizei hätte eine Tatverdächtige für die Todesfälle gehabt. Aber ...« Er zuckte die Achseln. »Du hast mir das Leben gerettet und ich stand in deiner Schuld.«

»Heißt das, du bist ... so was wie ein Geheimagent?«

»Ja.« (Das war nicht direkt eine Lüge. Zum damaligen Zeitpunkt war er schließlich tatsächlich einer gewesen.)

»Und ... für wen arbeitest du?«

»Für gewisse Leute.« Erneut zuckte Harry die Achseln. »Wenn die Polizei nicht in der Lage ist, etwas zu erledigen, was getan werden sollte – mit anderen Worten: wenn das Gesetz den Gesetzeshütern die Hände bindet –, dann springt mein Verein ein, um ihnen auszuhelfen. Nur dass es jetzt nicht mehr mein Verein ist. In deinem Fall bin ich nämlich einen Schritt zu weit gegangen.«

Ihr blieb der Mund offen stehen. »Sie haben dich rausgeworfen?«

»Ja«, erwiderte er. »Das hier ist mein letzter Auftrag. Ich soll feststellen, weshalb du dort warst und warum du es getan hast. Du brauchst mir nur ein, zwei Fragen zu beantworten, und zwar wahrheitsgemäß, und schon ... hegt niemand mehr einen Verdacht gegen dich – und ich bin mit meinen Leuten quitt.«

»Stellen sie dich dann wieder ein?«

»Nein, aber das geht schon in Ordnung. Ich habe genug anderes zu tun.« Er trank einen weiteren Schluck Wein, der in der Tat hervorragend war. Er linderte sogar seine Halsschmerzen, von denen er bislang noch gar nichts bemerkt hatte, und löste ihm nicht nur die Zunge, sondern auch seinen Geist, sodass ihm alles, was er sagte, furchtbar vernünftig vorkam.

»Und ...« – sie war sich ihrer Sache immer noch nicht ganz sicher – »nachdem du mich in jener Seitenstraße zurückgelassen hattest – das ging ja auch alles ganz plötzlich, wenn ich das mal so sagen darf –, wohin bist du dann gegangen? Und wie hast du es angestellt, so schnell zu verschwinden?«

»Ich suchte meine Vorgesetzten auf und erstattete ihnen Bericht. Sie waren dieser Bande schon seit geraumer Zeit auf der Spur. Und wie ich so schnell von dort wegkommen konnte: In dem Tor des Lagerhauses, das auf die Seitenstraße hinausgeht, gibt es noch eine kleinere Tür. Die habe ich einfach genommen.« (Nun, durch so etwas wie ein Tor war er ja durchaus getreten.)

»Als ich von dir wegschaute und dann wieder hin, hätte ich schwören können, du wärst einfach ... ich weiß nicht, verschwunden?«

»Das liegt an dem Zeug, das ich dir injiziert habe«, entgegnete er. »Es ruft Halluzinationen hervor, aber das gibt sich schnell wieder. Außerdem war es ja ziemlich neblig in dieser Gasse. Was willst du überhaupt damit sagen? Was ist daran denn so geheimnisvoll? Ich werde – ich *wurde* dafür bezahlt, dass niemand mich sieht, dass ich ohne Vorwarnung komme und ebenso schnell wieder verschwinde, ohne Spuren zu hinterlassen.« Mit einem Mal fing Harry an zu lallen, nicht sehr, aber doch genug, dass es ihm auffiel. »Du warst verwirrt, und bei dem Nebel und so ...«

B. J. schenkte ihm nach. Hatte er sein Glas so schnell ausgetrunken? »Jetzt bist du an der Reihe!«, meinte er und unterdrückte dabei ein Gähnen.

»Ist meine Gesellschaft denn so langweilig?«, lächelte B. J. verwundert. Zumindest kam es ihm so vor.

»Müde!«, sagte der Necroscope. Plötzlich wurden seine Augenlider bleischwer. Das war eigentlich nicht weiter erstaunlich ... er war so viel herumgehetzt ... dazu noch der Alkohol ... und die ungelöste Frage nach dem Verbleib von Brenda und Harry junior und ob sie in Sicherheit waren. Er lehnte sich auf die Seite und stützte den Ellbogen auf die Couch. »Weshalb warst du dort? Wozu die Armbrust? Warum hast du diesen Kerl, Skippy, getötet und *versucht*, den anderen in der Wolfsmaske umzubringen? Rein aus Rache? Weil sie eine Bedrohung für Freunde von dir darstellen?« (Das Wort »Bedrohung« kam bereits reichlich undeutlich heraus, trotzdem redete Harry weiter:) »Reicht das für dich schon aus, jemanden zu jagen und ihn umzulegen? Nun, dann kann ich nur sagen, deine Freunde liegen dir anscheinend wirklich am Herzen! Warum erzählst du mir nicht ein bisschen mehr darüber?«

»Geht es dir gut?« Sie wirkte beunruhigt und schien sich Sorgen um ihn zu machen.

»Mir? Bestens!« Das Glas in seiner Hand neigte sich bedenklich zur Seite. Auch gut, es war ohnehin nicht mehr viel drin.

»Komm', mach's dir bequem«, sagte sie. »Du siehst ja völlig fertig aus! Hier ...« Ehe er widersprechen konnte (selbst wenn er es gewollt hätte), schob B. J. ihm ein paar Kissen unter den Kopf.

»Du hast fürchterliche Augenringe. Ich glaube, dir fehlt einfach Schlaf!« So, wie sie das Wort »Schlaf« aussprach, klang es beinahe wie eine Beschwörung.

Er konnte geradezu spüren, wie ihm die Augen zufielen, und war viel zu müde, sie wieder zu öffnen.

»Du ... bist an ... der Reihe«, sagte er.

Er hatte nicht mehr die Kraft, sich aufzurichten, und bekam kaum noch mit, wie sie ihm die Hände auf die Schultern legte, ihn auf den Rücken drehte und die Kissen unter seinem Kopf zurechtrückte. *Verdammt!*, dachte er, während ihm die Sinne schwanden. Und einen Augenblick, vielleicht auch eine Ewigkeit später: *Hoffentlich habe ich das Glas nicht fallen lassen!*

Nachdem B. J. sich davon überzeugt hatte, dass der Necroscope auch wirklich weggetreten war, nahm sie ihm vorsichtig, ganz langsam, um ihn nicht zu wecken, das Glas aus den Fingern und trug das Tablett mitsamt dem Wein und den Gläsern zurück an die Hausbar. Danach kehrte sie zu Harry zurück und zog den Kristallleuchter an seiner Kette tiefer herab. Was er ihr erzählt hatte, klang gar nicht so abenteuerlich, zumindest nicht in ihren Ohren. Im Lauf ihres langen, langen Lebens hatte Bonnie Jean Mirlu schon einige wilde Geschichten gehört und so manches erlebt. Und auch, dass er ihr gesagt hatte, er habe sie unter Drogen gesetzt, war keine allzu große Überraschung. Das einzig Verwunderliche daran war, dass sie es damals nicht gemerkt hatte. Und jetzt? Dies war doch wesentlich einfacher zu glauben als anzunehmen, er habe sie innerhalb eines Lidschlags von einem Ort an einen anderen versetzt, ohne den Raum dazwischen zu überwinden. Er war doch kein Dschinn aus Tausendundeiner Nacht!

Nun, Bonnie Jean glaubte nicht an Zauberei, sehr wohl aber daran, was Geheimdienste wie der MI 5 oder 6 mit Drogen, die sich auf den Geist auswirkten, bewerkstelligen konnten. Ja, denn gerade mit Letzteren hatte sie Erfahrung!

Ihr Rotwein zum Beispiel war so etwas, und sie hatte noch einige Flaschen davon. Das Rezept dafür war schon alt gewesen, als die Naturwissenschaften sich gerade erst zu entwickeln begannen und man Leute, die mit Chemikalien herumexperimentierten, noch als Alchimisten bezeichnete. B. J. wusste zwar nicht genau, was sich alles darin befand; dafür kannte sie jedoch das Geheimversteck, an dem die Zutaten gelagert wurden, und wusste, wie sie sie zusammenbrauen musste. Und sie wusste, woher sie stammten: von den Inseln des Griechischen Meeres – dem heutigen »Mittelmeer« – und aus dem Bulgarischen Reich (später Rumänien beziehungsweise Eflak oder die Walachei). Oh ja, und manche kamen von noch weiter her; ein paar der Bestandteile hatten die Hsiung-nu (später Hunnen genannt) in Form wertvoller Salben und Kräuter aus dem Fernen Osten mitgebracht.

Dieser Wein war schon in der Mandschurei und in Sinkiang bekannt gewesen. Die Schlangenzauberer der Takla Makan hatten ihn gekannt und viel später auch die arabischen Alchimisten im legendären Irem, der Stadt der Säulen. Im 14. Jahrhundert hatten sich die Bulgaren – die sowohl von der Alchimie als auch von der Weinherstellung einiges verstanden –, desgleichen die Serben und Türken des Ottomanischen Reiches seiner bedient, um den Schwarzen Tod zu bekämpfen, der seinen Ursprung ebenfalls im Osten hatte. In den Wirren und Unruhen der Geschichte war sein Geheimnis verloren gegangen. Verloren für die Menschheit, aye, nicht jedoch für Bonnie Jeans Gebieter, der alles Wissen bewahrte und es in den Stunden, zu denen Bonnie Jean *Ihn* aufsuchen musste, an sie weitergab. Denn solange *Er* aufgebahrt war, war sie seine Wächterin, die Hüterin *Seiner* Gruft. Und die Stunde, da *Er* sie rufen würde, war nah ...

... wenn das Geheul in ihrem Geist erschallen würde, das sie stets, noch auf der anderen Seite der Welt, vernehmen würde – der Ruf des Großen Wolfes in Seiner *geheimen Höhle – jenes auf- und abschwellende Jaulen, das durch die ungezähmten Karpaten hallte, als die Donau noch eine Handelsroute war, lange bevor der Gotenkönig Alarich Rom plünderte ...*

Widerstrebend riss Bonnie Jean sich von diesen Gedanken los und kehrte wieder in die Gegenwart zurück. Schließlich handelte es sich nicht um ihre eigenen Erinnerungen, sondern um diejenigen ihres Gebieters, und nur durch *Ihn* wusste sie davon. Seit nunmehr zweihundert Jahren wachte sie über *Ihn,* wie vor ihr ihre und davor deren Mutter, und sie war eine eifrige, um nicht zu sagen: eifersüchtige Hüterin. Und nun war jemand aufgetaucht, der vielleicht, nur *vielleicht,* zu einer Bedrohung für B. J. werden könnte und somit auch für *Ihn* in *Seiner* Höhle.

Nun, Bedrohungen waren nichts Neues. Sie waren so alt wie

die Erde selbst und es gab sie, seitdem ihr Gebieter hier war. Einige dieser Bedrohungen waren sogar in seinem Gefolge gekommen!

Doch diese Gefahr war anders geartet. Aye, denn es gab Bedrohungen und es gab ... Bedrohungen. Nun musste sie herausfinden, zu welcher Art Harry gehörte und wie sie am besten mit ihm umging.

Sollte sie ihn töten? Ach, das wäre so einfach, so leicht. Sie hätte es bereits in der Werkstatt tun können – um ein Haar *hätte* sie es getan –, aber sie hatte ihn für einen Polizisten gehalten und sie wusste, dass die Polizei nicht mehr locker ließ, wenn ein Beamter ermordet wurde. Sie könnte es sogar jetzt tun, in diesem Augenblick ... Ah, aber was käme dann? Was war mit seinen einflussreichen Freunden, jenen Männern, die eingriffen, wenn der Polizei die Hände gebunden waren? Und was für ein Interesse hatten sie an ihr? Verhielt es sich wirklich lediglich so, wie er sagte, oder steckte weit mehr dahinter? Nein, ihn jetzt umzubringen wäre dumm, gefährlich. Zumal, wenn er tatsächlich hierher geschickt worden war, wie er behauptete. Sicherer war es, zunächst einmal alles Wissenswerte über ihn in Erfahrung zu bringen und danach ihren Gebieter über sein Schicksal entscheiden zu lassen.

Mittlerweile dürfte der Wein sich in seinem Organismus verteilt haben. Zeit, zu beginnen. Bonnie Jean schob Harry so viele Kissen unter den Rücken, bis er sich in einer halb aufrechten Position befand. Anschließend zog sie die Vorhänge vor die Erkerfenster, drehte das Licht des Kronleuchters herunter, bis dieser nur noch einen gedämpften Schein von sich gab, und versetzte die Hängelampen mit einer leichten Drehung des Spiralkabels in sanfte Schwingungen. Ein Flackern wie von einem Stroboskop drang durch die geschlossenen Augenlider des Necroscopen, als das Kabel sich hin- und wieder herdrehte.

»Aye, jetzt bin ich an der Reihe«, sagte sie nach einer Weile leise. »Oder bist du vielleicht nicht mehr interessiert? Willst du mir nicht mehr zuhören, Harry Keogh?«

Seine Lider zuckten und B. J. lächelte. Oh, er vernahm ihre hypnotische Stimme sehr wohl, ungefähr so wie in einem besonders lebhaften Traum. »Du brauchst nichts zu sagen«, erklärte sie ihm. »Du kannst einfach nicken oder den Kopf schütteln, um mir zu antworten. Hast du verstanden?« B. J. konnte nicht ahnen, dass er diese Prozedur schon einmal durchgemacht hatte und seine Widerstandskraft daher geschwächt war. Oder vielmehr geschwächt sein sollte.

Er nickte, doch um seine Augenlider spielte noch immer ein leichtes Zucken. »Möchtest du etwa sehen?«, fragte B. J. eher sich selbst. »Falls ja, dann öffne die Augen. Das Licht wird dir nichts anhaben. Im Grunde wird das Kristallglas dir helfen, klarer zu sehen. Uns beiden verhilft es dazu!«

Der Necroscope schlug die Augen auf und erleichtert stellte Bonnie Jean fest, dass seine Pupillen nur noch zwei dunkle Stecknadelköpfe waren, die auf dem feuchten Spiegel der Iris schwammen. »Jetzt hör' zu«, sagte sie, während sie sicherstellte, dass die sanften Lichtlanzen der Hängelampen direkt über seinen Augen und seiner Stirn kreisten. »Ich möchte, dass du mir aufmerksam zuhörst und wahrheitsgemäß antwortest. Du möchtest meine Fragen doch beantworten, nicht wahr?« Ihre Stimme klang nun anziehend, einfach unwiderstehlich.

Harrys Kopf zuckte leicht: hin und her, hin und her. War das etwa ein Kopfschütteln? Eine Weigerung? Anscheinend war er stärker, als sie angenommen hatte! Doch nein, sie hatte ihm eine Frage gestellt und er bemühte sich lediglich, ihr zu antworten, und zwar wahrheitsgemäß – genau wie sie es befohlen hatte! Sein Adamsapfel hüpfte auf und ab. »D... du bist ... an ... der Reihe ...«

Er führte doch tatsächlich ihr Gespräch aus dem Wachzustand fort! Eine derartige Reaktion hatte sie noch nie erlebt. Oh, er war schon ein komischer Kerl, dieser Harry Keogh! »Stimmt, jetzt bin ich an der Reihe«, pflichtete sie ihm bei. Und weshalb auch nicht? Weshalb sollte sie ihm nicht gleich hier und jetzt alle Antworten geben, die er haben wollte? Dann konnte er, ganz gleich wie sein späteres Schicksal aussehen mochte, fürs Erste zumindest zufrieden sein, dass sie in Zusammenhang mit den Todesfällen in der Werkstatt keinerlei niedrige Beweggründe hatte. Was sie ihm damals erzählt hatte – dass sie ein paar Freunde schützen wollte –, war eine Lüge gewesen, die sie ihm aus dem Stegreif aufgetischt hatte. Sie hatte gehofft, seine Sympathie zu gewinnen, wenn sie ihm erzählte, dass diese Leute Freunde von ihr bedroht hatten. Derart war die Wahrscheinlichkeit größer, dass er in ihr ein Instrument auch seiner Rache sehen würde, und ebendies hatte er ja getan. Und nun war der rechte Augenblick, die ideale Gelegenheit, ihn in seiner bisherigen Meinung zu bestärken und sie noch ein bisschen zu untermauern.

»Ja, ich bin an der Reihe«, wiederholte sie. »Möchtest du mir Fragen stellen, Harry? Soll ich dir die Fragen beantworten, die du mir gestellt hast, ehe du einschliefst?«

Ein langsames, bebendes Nicken. *Was für einen Geist hat dieser Mann eigentlich?*, fragte B. J. sich. Anscheinend steckte er voller Entschlusskraft!

»Na gut«, redete sie weiter. »Allerdings ... erwarte ich, dass du mir alles glaubst, was ich dir erzähle. Und ganz gleich, was ich dir erzähle oder zu dir sage, wirst du dich einzig und allein daran erinnern, dass ich niemals ein Verbrechen begangen habe. Du wirst dich daran erinnern, dass ich *unschuldig* bin. Abgesehen davon wirst du dich nur an die Dinge erinnern, die ich *möchte.* In dieser Hinsicht und in allem, was mich betrifft, wirst du nur dann etwas tun, wenn ich es wünsche. Sobald ich es verlange, wirst du jeden Befehl, den ich dir geben werde, bis aufs i-Tüpfelchen befolgen. Du wirst jeden Befehl befolgen, den ich dir geben werde, und zwar ... *bis ... aufs ... i-Tüpfelchen!* Hast du verstanden?«

Er nickte, allerdings zögernd, zitternd.

»Wenn ich dir die Wahrheit anvertrauen soll, musst du mir auch vertrauen«, beharrte sie. »Das ist doch nur fair?«

»J... ja«, sagte er.

»Also gut, dann pass auf! Versuchen wir, ein ganz normales Gespräch zu führen – nur dass du im Großen und Ganzen alles akzeptieren wirst, was ich sage. Sollten meine Antworten nicht ganz logisch ausfallen, darfst du mich darauf hinweisen! Also ... können wir versuchen, uns normal zu unterhalten?«

Harrys Gurgel hüpfte auf und ab. Er fuhr sich mit der Zunge über die Lippen. Seine Züge entspannten sich ein wenig und er sagte: »Sicher, warum nicht?« Seine Stimme klang so wie immer ... doch die stecknadelkopfgroßen Pupillen waren nach wie vor starr auf die sich langsam drehenden Hängelampen gerichtet.

B. J. war schlichtweg erstaunt: Einerseits war es furchtbar schwierig mit ihm, und dann doch wieder so einfach! Gehörte zur Ausbildung in seinem »Verein« womöglich auch die Stärkung der Widerstandskraft gegen Hypnose? Und gegen posthypnotische Befehle? Falls ja, dann war er ein toter Mann. Nichts von dem, was er hier erfuhr, durfte diesen Raum verlassen, es sei denn, sie wünschte es. Doch Letzteres war Zukunftsmusik. Fürs Erste meinte sie lediglich:

»In Ordnung, gehen wir Schritt für Schritt vor! Du hast mich nach meiner Armbrust gefragt?«

»Das ist eine merkwürdige Waffe.« Er versuchte ein Achselzucken.

»Nein, ist es nicht.« Sie schüttelte den Kopf, obwohl er sie gar nicht ansah. »Es ist eine ganz normale Waffe. Damit jage ich in den Highlands Kaninchen. Ich gehe Klettern, Jagen und ernähre mich von dem, was das Land so hergibt; das ist mein Hobby. Aber ich weiß, was für eine Durchschlagskraft so eine Armbrust hat, und dass man damit nicht nur Hasen, sondern auch Menschen erlegen kann. Außerdem ist es eine *lautlose* Waffe! Aber wie dem auch sein mag, sie hat ihren Zweck hervorragend erfüllt und dir das Leben gerettet. Ist deine Frage damit beantwortet?«

»Ja und nein.«

»Ja und nein? Dann fangen wir mit dem ›Ja‹ an. Was meinst du damit?«

»Deine Antwort erklärt einen gewissen Sachverhalt zumindest teilweise!«

»Und der wäre?«

»Der Mann, zu dessen Tod du beigetragen hast – der Kerl im Lieferwagen – hielt sich für einen Werwolf.«

Dies traf B. J. wie ein Schlag ins Gesicht. Für den Augenblick vergaß sie, dass sie diejenige war, die hier das Sagen hatte, und versuchte sogar, ihre momentane Verwirrung zu verbergen, von der Harry ohnehin nichts mitbekam. Doch dann gewann sie die Fassung wieder: »Willst du damit etwa sagen, dass du und dein ›Verein‹, dass ihr tatsächlich an Werwölfe glaubt?«

»Nein. Aber der Mann, auf den du in diesem Lieferwagen geschossen hast, glaubte daran. Er hielt sich *tatsächlich* für einen Werwolf. Und jemand, der ebenfalls daran glaubt, würde entweder eine Silberkugel benutzen oder ...«

»... oder einen mit Silber überzogenen Armbrustbolzen!?« (Sie hatte es kommen sehen.)

»Ganz recht. Und genau das hast du getan.«

Sie lachte, wenn auch ziemlich unsicher. »Das war ein Zierbolzen! Alle beide! Ich habe sie aus einer Jagdhütte in den

Grampian Mountains. Dort hingen sie mit einer ganzen Reihe anderer alter Waffen über dem Kamin an der Wand. Reine Zierstücke! Die Hütte gehörte meinem Onkel und als er starb, vermachte er mir ein paar Kleinigkeiten. Die Spitzen jener Bolzen waren versilbert, damit man sie leichter putzen kann. Silber rostet nämlich nicht!« Es war alles gelogen; schlau, aber gelogen. Aber wenigstens klang es glaubhaft und ihr war klar, dass ihr »Gast« es ihr darum umso eher abnehmen würde, zumal in seinem jetzigen, von der Droge hervorgerufenen Trancezustand. Wie dem auch sein mochte, dies war eine »normale« Unterhaltung, in der auch ganz normale Reaktionen angebracht waren. Vielleicht hatte Harry ja eine derartige Antwort erwartet, möglicherweise sogar darauf gehofft. Jedenfalls seufzte er auf ... erleichtert, wie es B. J. schien.

Dennoch runzelte sie die Stirn und fragte: »Aber wenn du und deine ... deine ›Leute‹, wenn ihr nicht an Werwölfe glaubt, wie kommt ihr dann darauf, dass ich daran glauben könnte?«

»Ich habe nicht gesagt, dass wir das tun«, entgegnete Harry. »Es war lediglich eine Frage, die geklärt werden musste.«

»Und ist sie jetzt geklärt?«

»Ja.«

»Gut! Dann habe ich jetzt eine Frage an dich!«

»Oh?«

»Woran arbeitest du sonst noch? Du sagtest, es würde dir nichts ausmachen, dass sie dich rausgeworfen haben, weil du genügend andere Sachen zu tun hättest. Was für Sachen?«

»Ich suche meine Frau und mein Kind.«

Das wird ja mit jedem Augenblick sonderbarer!, dachte B. J. Aber er konnte ihr unmöglich etwas vormachen. Er hatte dabei nicht einmal geblinzelt; sein Blick war noch immer starr auf die sich langsam drehenden Kristalllüster gerichtet, die noch immer ihrem natürlichen Gleichgewicht entgegenstrebten. »Soll das heißen, deine Frau und dein Kind sind verschwunden?«

»Sie ... sind weggelaufen«, sagte er. »Vor mir, meiner Arbeit. Das Baby ... es ... es war eine schwere Geburt. Meine Frau hat sich nicht mehr davon erholt. Das heißt, körperlich schon! Aber psychisch ...«

»Eine postnatale Depression?«

»Unter anderem ... ja.«

»Sie hat dich also verlassen? Mit dem Baby?«

»Ja.«

»Aber in deiner Branche, bei deiner Erfahrung dürfte es dir nicht schwerfallen, sie wiederzufinden, nicht wahr? Ich meine, so wie du mich gefunden hast? Ich stehe nicht im Telefonbuch, Harry.«

»Brenda auch nicht«, erwiderte er. »Aber ich kann nicht einfach in ein Taxi steigen und dem Fahrer sagen, er soll mich zu ihr bringen ...«

»Hast du mich so gefunden?«

»Ja.«

»Und ... wo wirst du nach ihnen suchen?«

»Im Ausland. Kanada. Amerika vielleicht. An der Westküste. Seattle. Da werde ich jedenfalls anfangen. Wahrscheinlich.«

»Und wann willst du dorthin?«

»So bald wie möglich. Vielleicht schon morgen. Aber das sind eine ganze Menge Fragen, jetzt bist du wieder an der Reihe!«

Sie nickte, obwohl er sie gar nicht sehen konnte. Aber schließlich handelte es sich ja um eine ganz »normale« Unterhaltung.

»Du wolltest wissen, ob ich die Männer in der Werkstatt aus Rache getötet habe«, rief sie ihm ins Gedächtnis. »Ja, aus genau diesem Grund. Schlicht und einfach aus Rache. Ich habe dir erzählt, sie hätten Freunde von mir bedroht, aber es ging weit darüber hinaus. Ich rede nicht so gern darüber, das ist alles.« (Sie belog ihn schon wieder, strengte sich jedoch an, es möglichst gut klingen zu lassen.) »Einer von ihnen kam früher öfter hierher in mein Lokal, musst du wissen. Er machte eines der Mädchen an, eine gute Freundin von mir. Später rief er dann aus London an und bat sie, zu ihm runterzukommen. Sie fuhr hin und kehrte nicht mehr zurück. Aber sie hatte eine Notiz mit der Adresse hinterlassen, die sie aufsuchen wollte. Ich wartete und irgendwann las ich in der Zeitung, dass man ihre Leiche gefunden hatte. Da war mir klar, dass ich etwas unternehmen musste. Ich kümmere mich um meine Mädchen, Harry! Es liegt mir am Herzen, dass es ihnen gut geht ...«

Letzteres zumindest entsprach der Wahrheit; und B. J. hatte sich ihre Geschichte auch nicht völlig aus den Fingern gesogen. Vor ungefähr einem Jahr war tatsächlich eines der Mädchen verschwunden. Die junge Frau war in den Ferien nach London gefahren und nicht mehr zurückgekommen. B. J. ging davon aus, dass sie tot war. Steckten womöglich die Erzfeinde ihres Gebieters dahinter? B. J. hoffte inbrünstig, dass dem nicht so war ...

Obwohl sie ihren Bericht mittlerweile beendet hatte, sagte Harry kein Wort. »Klingt das einleuchtend?«, hakte sie nach.

»Ja«, antwortete er vorsichtig, »so weit schon. Skippy stammte aus Newcastle, von dort ist es bloß ein Katzensprung bis nach Edinburgh. Skippy lief ständig vor irgendetwas weg. Es ist durchaus möglich, dass er hierher kam, um irgendwelchen Schwierigkeiten in Newcastle auszuweichen. Aber ... du hast auf zwei Männer geschossen!«

»Der eine versuchte dich umzubringen«, entgegnete sie. »In der Werkstatt war es stockdunkel und offensichtlich handelte es sich um einen Killer. Und ...«

»... Und der andere?«, wollte Harry wissen. Sein Blick war unverändert glasig und starr.

»Ich dachte, er wollte mich überfahren! Ich meine, ich habe überhaupt nicht gezielt, nur auf den Transporter gehalten ... Ich wollte bloß noch dort raus! Ich hatte Angst, Harry!« Das war zwar ebenfalls gelogen, aber schlau. Noch während der benommene Geist des Necroscopen damit beschäftigt war, dies zu verarbeiten, fuhr sie fort: »Jetzt bist du wieder dran, Harry! Was für eine Organisation ist das genau, für die du gearbeitet hast?«

»Wir nennen es das E-Dezernat«, sagte er ausdruckslos. »Es zählt zu den Nachrichtendiensten. Der geheimste davon!«

»Und was war deine Aufgabe in diesem E-Dezernat?«

Er schwieg. Schweißperlen traten ihm auf die Stirn.

»Nun?«

»Ich war Agent im Außendienst.«

»Und was hast du da gemacht?«

»Das hast du doch selber gesehen. Diese Kerle in der Werkstatt waren Diebe und Mörder. Sie waren verantwortlich für den Tod unschuldiger Menschen, mehrere Polizeibeamte *und* deine Freundin eingeschlossen! Meine Aufgabe bestand darin ... oh, dort, wo die natürlichen Gesetze nicht mehr griffen, dem Recht Geltung zu verschaffen.«

»Wie bitte?« Sie neigte den Kopf zur Seite. »Du hattest eine Lizenz zum Töten?«

Das hatte er damit zwar nicht unbedingt sagen wollen, dennoch meinte er: »Oh, der Tod ist mir nicht fremd.« Und noch ehe sie etwas erwidern konnte, fuhr er fort: »Aber jetzt bist du wieder an der Reihe! Wie kommt es, dass eine ›harmlose‹ junge Frau wie du Zugang zu psychedelischen Drogen hat – wie beispielsweise dem Zeug, das du mir in meinen Wein gekippt haben musst? Und weshalb, falls du wirklich so harmlos bist, hast du Angst davor, Fragen zu beantworten? Anstatt diesen Skippy und seinen Freund, den Lykanthropen, selber zur Strecke zu bringen, hättest du der Polizei doch einfach mitteilen können, bei wem deine Freundin in London gewohnt hat. Du kanntest doch die Adresse, wie du selbst sagst! Und last not least, weshalb wirst du – oder dein Lokal – beobachtet? Von einem verschrumpelten kleinen Mann mit einem Gesicht wie ein ... ich weiß nicht recht, wie ein Windhund?«

Bonnie Jean hatte die Nase voll von diesen Spielereien. Darin war er ihr durchaus gewachsen. Und was seine letzte Frage anging: Die hatte sie bis ins Mark erschüttert!

Es reicht!, fand sie. Langsam wurde es Zeit, die Daumenschrauben anzulegen ...

ZEHNTES KAPITEL

Durch das Erkerfenster schien bleich der Mond. Er stand tief über den fernen Hügeln, direkt am Rand der Wolkendecke. Vor fünf Tagen hatte er seine volle Kraft entfaltet. Mit ihm schwanden auch B. J.s Kräfte – zumindest einige davon, wie zum Beispiel ihre Wandlungskunst. Über andere hingegen verfügte sie seit ihrer Geburt, sie gehörten rechtmäßig ihr. Die größten Talente ihres Gebieters hatten in seinem Mentalismus und, früher einmal, selbstverständlich in seiner Wandlungsfähigkeit bestanden; und B. J. war von seinem Blut. Wenn die Zeit reif war, würde sie dereinst in den Besitz all dessen gelangen, was ihr zustand ... selbst wenn dies noch einmal zweihundert Jahre dauern sollte. Vorerst jedoch ...

... war sie eine Betörerin. Darin bestand ihre Kunst: im Hypnotismus. Mithilfe des Weines vermochten ihr Blick und ihr Geist selbst über einen so schwierigen Kunden wie diesen Harry Keogh so große Macht zu erlangen, dass er in ihren Händen zu einer bloßen Marionette wurde, der sie Befehle erteilen und mit der sie nach Belieben umspringen konnte. Und da sie noch niemals versagt hatte, dachte B. J. kein einziges Mal daran, dass es womöglich schiefgehen könnte.

In dieser Hinsicht hatte sie gewissermaßen Glück, denn Harry Keoghs metaphysischer Geist befand sich nicht gerade in Hochform. Der Necroscope hatte mit Alec Kyles Charakterprofil zu kämpfen und ein Nachhall von dessen hellseherischem Talent wirkte unablässig auf seinen Geist ein. Außerdem war er ohnehin angeschlagen, weil zuvor darin herumgepfuscht worden war. Doch von all dem hatte Bonnie Jean keine Ahnung.

Indem sie das Tischchen zur Seite zog, stellte sie ihren Sessel so, dass der Kronleuchter direkt rechts neben ihrem Kopf hing, wo die funkelnden Kristalllampen weiter hin- und herschwangen, nun jedoch auf gleicher Höhe wie ihre Augen. Von dieser Position aus blickte sie den Mann auf der kaum einen halben Meter entfernten Couch an. »Harry!«, sagte sie. »Jetzt machen wir etwas anderes. Ich möchte, dass du mir in die Augen siehst, wenn ich es dir sage. Nicht jetzt, erst wenn ich es sage. Hast du verstanden?«

»Klar doch! Aber du bist trotzdem noch an der Reihe!«

Oh, dieser Mann hatte einen starken Willen! Aber B. J. ebenfalls; außerdem verfügte sie ja noch über den Wein – und gänzlich andere Kräfte, um andere ihrem Willen zu unterwerfen. »Dieses Spiel ist jetzt vorüber«, sagte sie bestimmt. »Sobald ich es dir befehle, *wirst* du mir in die Augen blicken!« Und ehe er etwas zu erwidern vermochte, falls er überhaupt die Absicht hatte, fuhr sie fort:

»Harry, dies ist kein ›normales‹ Gespräch mehr! Du hast nicht länger die Kontrolle über deinen Geist. Du spürst, wie der Wein wirkt. Dir ist so übel wie noch nie. Du bist ganz benommen und um dich herum dreht sich alles. Nur ich kann dafür sorgen, dass es aufhört. Allein mein Blick kann es stoppen!«

Harrys Kopf rollte auf den Kissen hin und her, vor und zurück. Weitere Schweißperlen traten ihm auf die Stirn und sammelten sich in den dort eingegrabenen Falten. Doch obwohl seine Augen ebenfalls wie wild hin- und herrollten, blieben die verengten Pupillen weiterhin starr auf die Lüster gerichtet.

»Du glaubst mir doch, nicht wahr? Du spürst die Auswirkungen, die ich dir beschrieben habe?« Der Wein bewirkte Wahnvorstellungen und machte den Geist empfänglich für Suggestionen. In Verbindung mit ihrer sanften, einschmeichelnden Stimme erzielte er den gewünschten Effekt. Harry war leichenblass. Sein Atem ging schwer und sein Körper wand sich in Zuckungen. Einfach so mir nichts, dir nichts zeigte er alle Symptome einer körperlichen Krankheit. Nicht mehr lange, und er würde sich vielleicht noch übergeben!

Jetzt!, dachte Bonnie Jean, indem sie hinter sich langte. Ihre Finger fanden den Reißverschluss und zogen ihn auf, tiefer und immer tiefer. Sie streifte das enge Kleid von den Schultern. *Es soll jetzt sein!* Einen Augenblick lang wurde das Kleid noch von ihren Brüsten gehalten, dann fiel es nach vorn, und sie saß da, bis zur Hüfte entblößt. Sie erhob sich, sodass das Kleid zur Gänze von ihrem Körper glitt, und zog auch den Slip aus. *Jetzt!*, dachte sie abermals. *Dann eben jetzt!*

Dies würde sie einige Anstrengung kosten, denn die Zeit war noch nicht reif. Vollmond war ihre Zeit. Doch nun reichten ihre eigenen Kräfte nicht mehr aus, sie brauchte mehr als nur die Kraft ihres menschlichen Blickes. Oh, Harry Keogh würde schon auf sie hören, auch wenn sie eine Frau war, und ihr bis zu einem gewissen Punkt gehorchen. Doch als die *Andere* wäre sie mächtiger und hätte ihn vollständig unter Kontrolle, oder doch zumindest so sehr, dass sein Widerstand keine Rolle mehr spielte.

Sie setzte sich nackt vor ihn hin und wandte ihren Blick dem Kronleuchter zu, ließ dessen sanften Glanz ihren Geist ganz ausfüllen, so als hinge der Mond, ein wunderbar *voller* Mond, hier mitten in ihrem Wohnzimmer. Ein sich ständig wandelnder Mond, der seltsame Kräfte barg. Und auch Bonnie Jean ... verwandelte sich!

Ein Schauer überlief sie, das Spiel ihrer Muskeln war mit einem Mal deutlich zu sehen. Die Farbe schien aus ihrem Haar zu fließen, den ganzen Körper zu erfassen. Die hellen Strähnchen waren keine Strähnchen mehr, sondern wurden zu reinstem Grau. *Sie* war grau, beinahe weiß, von einem weißen Pelz bedeckt! Ihre Augen standen nun wirklich schräg und waren dreieckig, von weißem Fell umrahmt, riesengroß und ... blutrot!

Und Bonnie Jeans Lippen ... ihr Mund ... und erst ihre Zähne ...

Die Metamorphose, eine ungeheure Verwandlung, vollzog sich innerhalb eines Augenblicks. Wäre der Necroscope wach gewesen und nicht ihrem Bann erlegen – hätte er mitbekommen, was vor sich ging –, hätte er auf Anhieb gewusst, was los war, und wahrscheinlich nur ein einziges, Furcht einflößendes Wort laut herausgeschrien:

Wamphyri!

Doch er bekam nichts davon mit. Und hätte er ihren Atem auf seinem Gesicht gespürt – mittlerweile war sie nur noch wenige Zentimeter von ihm entfernt –, hätte er festgestellt, dass sie immer noch einen angenehmen Duft verströmte, allerdings nicht nach Parfum, vielmehr tierhaft nach Moschus. Als sie anfing zu sprechen, klangen ihre Worte eher wie ein Husten oder Knurren, trotzdem waren es immer noch ihre Worte und er musste gehorchen:

»Sieh mir in die Augen, Harry! Nur in die Augen! Wenn deine Qual ein Ende haben soll, brauchst du mir nur in die Augen zu sehen. Sieh nicht mich an ... nur meine Augen!«

Ebendies tat Harry! Er schaute geradewegs in ihre brennenden Augen, setzte sich dem Glutblick aus, der einst Mesmer persönlich fasziniert hatte, und blickte in einen hypnotischen Strudel, der Dr. James Andersons Kräften in nichts nachstand. Allerdings war

James Anderson ihr zuvorgekommen und seine posthypnotischen Befehle wirkten nach wie vor. Er hatte sie tief eingepflanzt, sehr tief, nichtsdestotrotz waren sie da und taten ihr Werk.

»Na also«, stieß die Kreatur, zu der Bonnie Jean geworden war, heiser hervor und fesselte Harry mit ihrem Blick. »Dein Schmerz lässt nach, dir ist nicht mehr übel, der Raum dreht sich nicht mehr um dich! Und nun sag' mir, fühlt sich das gut an, Harry?«

Der Necroscope versuchte zu antworten, vermochte es jedoch nicht; seine Zunge war angeschwollen und seine Kehle wie ausgedörrt.

Aber sie vernahm sein Seufzen und sah, wie das heftige Heben und Senken seiner Brust allmählich nachließ. Schließlich nickte er, ihrem Bann völlig erlegen.

Seine Pupillen spiegelten sich als winzige Punkte in ihren blutroten Augen wider, zwei kleine Planeten, von einer Zwillingssonne aus der Bahn geworfen ...

Am nächsten Morgen fuhr Harry aus einem Albtraum hoch, an den er sich beim besten Willen nicht mehr erinnern konnte. Sein Kopf fühlte sich an, als würde er gleich zerplatzen, und er kam sich vor wie eine wandelnde Leiche. Dann sah er, wo er war, und begriff, dass er die Nacht hier verbracht hatte; aber er konnte sich an nichts mehr erinnern (nun ja, nur an die wirklich wesentlichen Dinge) und fühlte sich noch schlechter. B. J.s Wohnzimmer, ihre Couch ... und dann erschien sie selbst auf dem Treppenabsatz, in einem Frotteebademantel. Sie war frisch geduscht und ihr Haar noch feucht. Von dem Tablett, das sie trug, stieg der Duft nach Kaffee und Toast auf.

»Gott!«, meinte Harry, indem er sich aufsetzte und die Decke zur Seite schlug, die sie über ihn gebreitet hatte. *»Gott!«*, bekräftigte er. Das letzte Mal, dass er sich so gefühlt hatte, war an jenem Morgen in London gewesen, nachdem er Darcy Clarkes Schlaftablette geschluckt hatte ...

Sie lächelte ihn an, als er blinzelnd die Augen aufschlug und sich mit zusammengebissenen Zähnen das Haar zurückstrich, und erklärte ihm: »Du bist einfach umgefallen und hattest keine Ahnung, was los war. Aber ich muss eingestehen, dass ich es darauf angelegt habe. Immerhin hast du mich ja gewarnt, dass du keinen Alkohol gewohnt bist.«

»Der Wein?«, ächzte Harry. »War es das Zeug? Wie kann etwas, das so gut schmeckt, nur so schlimm sein?«

»Aber verhält es sich denn nicht immer so?« Sie musste über Harrys gequälten Gesichtsausdruck lachen. »Na ja, entweder liegt es am Wein ... oder daran, dass das Leben eines Geheimagenten so furchtbar anstrengend ist!«

»Ah!«, machte er. »Habe ich dir davon erzählt?« (Aber wieviel? War er so betrunken oder weggetreten oder was auch immer gewesen?)

»Keine Einzelheiten – aber ich dachte mir sowieso schon so etwas. Ich meine, bei dieser schrecklichen Sache in London bist du so ruhig und gefasst geblieben. Allein um uns da rauszuschaffen, brauchte man schon besondere Fähigkeiten!«

Mit einem Schlag kehrte alles wieder zurück – glaubte der Necroscope jedenfalls. Die Worte »bei dieser schrecklichen Sache in London« wirkten, als habe B. J. einen Schalter umgelegt, um seine begrabenen »Erinnerungen« ans Licht zu holen; und da waren sie nun und reihten sich fein säuberlich aneinander ...

... Ihr Motiv war schlicht und einfach Rache gewesen. Ihr lag wirklich etwas an ihren Mädchen und sie war beinahe wie eine Mutter zu ihnen. Fast alle hatten sie jemanden gebraucht, der sich um sie kümmerte, bis B. J. kam und ihnen einen Job gab. Und ihr war von Anfang an klar gewesen, dass Skippy ein »übler Bursche« war. Wenn die Polizei es nicht schaffte, ihm den Mord nachzuweisen, brauchte er bloß zwei und zwei zusammenzuzählen, um dahinterzukommen, dass B. J. ihnen den Tipp gegeben hatte. Und dann hätte er sich wahrscheinlich auch sie vorgenommen! Es klang alles vollkommen vernünftig – für den Necroscopen zumindest. Schließlich hatte B. J. ihm *gesagt*, dass es so war.

Und die versilberten Spitzen der Armbrustbolzen, die eigentlich nur der Zierde dienten? *Daran war nichts Außergewöhnliches. Und auch der sonderbare Kerl, der das Lokal beobachtet hatte – wahrscheinlich bloß der Vater eines der Mädchen, der sich davon überzeugen wollte, dass seine Tochter auch wirklich in einem anständigen Laden arbeitete. Oder ein Privatdetektiv, der einem von B. J.s eher zweifelhafteren Kunden hinterherschnüffelte? Nun, wenn sie noch mehr Gäste von Big Jimmys Kaliber hatte, schien dies gar nicht so weit hergeholt!*

Harrys Erinnerungen schienen also komplett, vollkommen

harmonisch, und nicht der leiseste Misston ließ in ihm auch nur den Verdacht aufkeimen, dass er einem Irrtum erlag. Und was die vergangene Nacht betraf – dieses Blatt hatte B. J. völlig neu beschrieben!

Möglicherweise runzelte er ein, zwei Mal die Stirn und blinzelte ein bisschen, als B. J. sich zu ihm setzte und den Kaffee einschenkte, doch das war es auch schon. Im Moment galt Harrys hauptsächliche Sorge der Frage, ob er seine Gastgeberin womöglich irgendwie belästigt hatte. Denn nach dem Rotwein ... nun, er erinnerte sich nicht mehr daran, was danach passiert war!

»Hast du dich mittlerweile entschieden?«, riss B. J. ihn aus seinen Gedanken.

Erstaunt sah er sie an. »Entschieden?«

Sie nickte und meinte seufzend: »Oh, du hast aber wirklich einen ausgewachsenen Kater, oder? Ob du dich entschieden hast, wann du mit der Suche nach deiner Frau und deinem Kind fortfährst! Das war das Letzte, was du noch zu mir sagtest, bevor du auf einmal, äh, weg warst! Nein, ich sehe schon, du weißt es nicht mehr. Du sagtest, du müsstest erst eine Nacht darüber schlafen, und hast mir erzählt, es könnte sein, dass du schon heute aufbrichst. Aber wenn ich dich heute Morgen so ansehe ... dann würde ich dir in nächster Zeit nicht unbedingt zu einer weiten Reise raten, Harry Keogh!«

»Eine weite Reise!« Dies brachte eine Saite im Geist des Necroscopen zum Klingen. *Brenda und sein Sohn! Er war hierher gekommen, um herauszufinden, ob es irgendeinen Zusammenhang zwischen Bonnie Jeans Auftauchen und Brendas Verschwinden gab. Aber Fehlanzeige! B. J. war lediglich eine selbstbewusste junge Frau, die ihre Angelegenheiten selbst in die Hand nahm. Und Harry kam nicht umhin zuzugeben, dass er an ihrer Stelle wahrscheinlich kaum anders gehandelt hätte. Auge um Auge! Es war demnach reiner Zufall, dass sie zum fraglichen Zeitpunkt aufgetaucht war.*

Und trotz seiner falschen Erinnerungen lag Harry diesmal vollkommen richtig: Mit Brendas Verschwinden hatte B. J. nicht das Geringste zu tun!

Also zurück zu ihrer Frage. »Ich lasse es mir durch den Kopf gehen ... ich muss erst noch ein bisschen darüber nachdenken. So ungefähr ... ein paar Wochen.« *(Ein paar Wochen? Ja, sein Entschluss stand fest. Drei Wochen vorneweg ... zum Nachdenken.)* Er betastete seinen Schädel. »Das heißt, wenn ich wieder denken *kann.* Aber so lange dürfte ich mindestens brauchen, um mir so etwas wie einen Plan zurechtzulegen, oder?«

Sie nickte und meinte mit einem Achselzucken: »Nun ja, es geht mich natürlich nichts an. Ich wünsche dir jedenfalls viel Glück! Aber du meldest dich doch bei mir, oder? Du wirst mich doch auf dem Laufenden halten?«

Harry sah sie nicht an. Mit brennenden Augen saß er da, hielt sich den Kopf mit beiden Händen und blinzelte, um wieder klar sehen zu können. Er schaute auf seine linke Socke, die ihm zur Hälfte vom Fuß gerutscht war. Doch ihre Worte hallten in ihm nach: »Du meldest dich doch bei mir ...«

Er zuckte unwillkürlich zusammen, ganz leicht nur, konnte es aber nicht verbergen, während ihm eine lebhafte, glasklare Abfolge von Bildern durch den Kopf schoss:

Ein hell leuchtender Vollmond, der wie eine glänzende Goldscheibe über einen klaren Nachthimmel glitt.

Mehr hätte er eigentlich nicht sehen sollen und das wusste er – er wusste, erinnerte sich an irgendetwas, allerdings nur flüchtig, so wie einem ein Name auf der Zunge liegt ... und dann doch wieder entgleitet. Es war zum Verrücktwerden. »Wenn der Vollmond näher rückt, melde dich bei mir!« Mehr hätte er gar nicht wissen dürfen, gewiss. Doch da war noch etwas:

Ein knurrendes Gesicht: ein kurzer Blick auf Reißzähne, von denen der Geifer tropfte, Lippen wie ledrige Lefzen, spitz aufgerichtete Ohren, graues Fell; und Augen, denen er sich nicht zu entziehen vermochte, rot wie die, nein, voller Sünde, in denen eine Botschaft lag, die er nicht verstand. Dann wieder der Mond, und davor der Umriss eines Wolfsschädels, weit in den Nacken gelegt zu einem auf- und abschwellenden und doch lautlosen Geheul!

Die Bilder folgten in raschem Wechsel aufeinander ... und waren im nächsten Augenblick wieder verschwunden. Selbst das Wissen darum, dass sie jemals da gewesen waren, war bis auf einen allmählich verblassenden Schatten im metaphysischen Geist des Necroscopen einfach weg.

Und natürlich zog er den irrigen oder doch nicht ganz richtigen Schluss, dass es an Alec Kyle liegen musste, an dessen hellseherischen Kräften! Doch worum handelte es sich, etwa um eine Warnung? Oder vielleicht gar nicht um einen Blick in die Zukunft, sondern lediglich um einen Widerhall aus der Vergangenheit, ein plötzliches Wiederaufflackern des Chaos von vorhin, als in London die Hölle losbrach? Und falls dem so war, weshalb? Doch es war bereits wieder vorbei ...

B. J. hatte mitbekommen, wie er zusammenzuckte; er spürte ihren Blick auf sich ruhen. Ruckartig hob er den Kopf und schaute sie an, völlig unerwartet. Auf ihrem Gesicht lag ein Lächeln – zumindest ein letzter Rest davon, den sie nicht ganz zu unterdrücken vermochte.

Ihr war klar, dass er sie überrascht hatte. Darum meinte sie kopfschüttelnd: »Da haben wir es also: Mit dem Trinken hast du es nicht gerade, Harry! Mann, du siehst wirklich schlimm aus!«

Wie es ihm ging, fand sie anscheinend zum Lachen! Allerdings lachte sie sehr versteckt. Oder vielsagend? Abermals zog Harry einen voreiligen Schluss:

B. J. bekam in ihrer Bar wohl einige Leute zu Gesicht, die ziemlich viel tranken. Und wahrscheinlich auch jede Menge Alkoholiker. Tatsache war doch, dass man in so gut wie jedem Lokal der Welt auf Alkoholabhängige traf. Oder etwa nicht? Das Dumme daran war nur, dass der Necroscope so gut wie nichts darüber wusste. Nur das, was er vom Hörensagen kannte. Für manche war beispielsweise ein einziges Glas schon zu viel, andere hingegen konnten die ganze Nacht durchmachen, ohne dass man ihnen auch nur das Geringste ansah. Und zu welcher Sorte hatte Alec Kyle gezählt? Hatte er viel getrunken? Zu viel? Womöglich im Verborgenen? Versteckt genug, seinen Job beim E-Dezernat nicht aufs Spiel zu setzen? Hier war er jedenfalls, Harry Keogh, und schleppte Alec Kyles Körper mit sich herum. *Und* dessen Abhängigkeit ebenfalls?

Er blickte auf das Tablett, das B. J. auf dem Kiefertischchen abgestellt hatte. Der Kaffee sah gut aus, aber er hatte beim besten Willen keine Lust, etwas zu essen. Sein Hals war rau wie Sandpapier und sein Hirn fühlte sich an wie ein Schwamm! Doch Bonnie Jean hatte ihn etwas gefragt. Gott, kam er sich dumm vor! Was hatte sie bloß gefragt?

»Werde ich dich wiedersehen?«, kam sie ihm zu Hilfe.

»Ich ... ich habe ja deine Nummer«, erwiderte er. »Ich weiß, wie ich dich erreichen kann.« (Aber warum, zum Teufel, sollte er mit ihr in Kontakt bleiben? Das heißt, abgesehen von dem auf der Hand liegenden Grund? Was hatten sie letzte Nacht nur ausgemacht? Er war sich sicher, dass nichts passiert war.)

Während er darüber nachbrütete, trank er seinen Kaffee ...

Eine halbe Stunde später verabschiedete er sich und trat hinaus auf die Straße in einen trüben Morgen. Kurz darauf erstattete eins von B. J.s Mädchen ihrer Chefin Bericht: »Ich bin ihm gefolgt, wie du sagtest. Aber ... ich habe ihn verloren!«

»Was?« B. J. war wütend. Harry hatte ihr seine Telefonnummer gegeben, aber das war auch alles. Dabei handelte es sich schlicht und einfach um ein Versehen, um einen Fehler von ihrer Seite. Sie hatte in Erfahrung bringen wollen, wo er wohnte, wie man dorthin gelangte und wie es dort aussah – alles Dinge, nach denen sie ihn letzte Nacht hätte fragen können. Alles hatte so wunderbar zusammengepasst: Er besaß ein Haus hier oben ganz in der Nähe von Edinburgh! Aber da ihr ohnehin klar gewesen war, dass er mit ihr »in Verbindung bleiben« würde, hatte sie gar nicht die Möglichkeit in Betracht gezogen, dass es unter Umständen schwierig werden könnte, ihn ausfindig zu machen. Erst im Nachhinein war sie auf die Idee gekommen, ihm das Mädchen hinterherzuschicken. Nun allerdings nahm sie sich Zeit, etwas eingehender darüber nachzudenken:

Harry war so etwas wie ein Agent (zumindest war er einer gewesen). Was, wenn »sein« Haus gar nicht ihm gehörte, sondern ein konspirativer Unterschlupf war? Vielleicht war es ganz gut so, dass das Mädchen ihn aus den Augen verloren hatte. Vielleicht wartete ja bereits jemand von seinem »Verein« auf ihn, um ihn zurückzupfeifen, und womöglich handelte es sich bei der Telefonnummer, die er ihr gegeben hatte, nur um eine Kontaktleitung. Sie wusste, dass diese Nummer im Telefonbuch stand; das bedeutete jedoch nur, dass sie die Adresse darüber nicht ausfindig machen konnte. Das Ganze war äußerst ärgerlich! Und weil das Mädchen ihr noch immer keine Antwort gegeben hatte, herrschte sie es nun an: »Wie *konntest* du ihn bloß verlieren?«

»Er ging in einen Zeitschriftenladen«, erwiderte die junge Frau hastig. »Ich dachte, er wollte sich bloß eine Zeitung kaufen, und wartete draußen im Wagen. Aber er kam nicht wieder raus.«

»Wahrscheinlich hat er dich bemerkt!«, raunzte B. J. sie an. »Ich habe dir doch gesagt, du sollst aufpassen. Der Kerl ist schließlich nicht blöd.«

»Aber ich *habe* aufgepasst!« Das Mädchen wirkte vollkommen perplex.

B. J.s Miene entspannte sich und zu guter Letzt meinte sie: »Wahrscheinlich hat er den Hinterausgang genommen!« Und dabei beließ sie es. Immerhin war Harry dies durchaus zuzutrauen. In seiner Branche musste es einem zur zweiten Natur werden, etwaige Verfolger abzuschütteln. Genau dies hatte er ihr doch erzählt. Er war eben gut in seinem Job, das war alles.

Abermals schweiften ihre Gedanken zurück zu jener regnerischen, gefahrvollen Nacht in London und zu dem, was in der Werkstatt passiert war ... *Irgendetwas* war dort mit ihr geschehen, bevor sie in jener Seitenstraße wieder zu sich kam. Anschließend war Harry anscheinend einfach im Nebel verschwunden. Oh ja, er machte seinen Job gut, zugegeben. Doch welchen Unterschied machte dies schon? Er würde sich wieder bei ihr melden, und B. J. wusste auch, wann. In genau drei Wochen!

Froh, endlich vom Haken gelassen zu werden, ging B. J.s Angestellte wieder nach unten, um im Lokal aufzuräumen. Denn im Grunde hatte auch sie keine Erklärung dafür, weshalb sie ihre Zielperson auf so dämliche, um nicht zu sagen: lächerliche Weise verloren hatte. Soweit sie wusste, nachdem sie den Ort gleich zweimal überprüft hatte, besaß der fragliche Zeitungsladen nämlich überhaupt keinen Hinterausgang!

Harrys Jacke war sehr weit geschnitten, ein großes, schweres Ding, das gut zu John Wayne in einem winterlichen Western gepasst hätte. Als er sie sich in seinem alten Haus unweit von Bonnyrigg von den Schultern streifte, bemerkte er einen länglichen Gegenstand, der die linke Tasche ausbeulte und ziemlich nach unten zog. Er wäre ihm mit Sicherheit schon früher aufgefallen, wäre er heute Morgen nicht so angeschlagen gewesen. Eine kleine, flache Flasche mit B. J.s Wein; zwar ohne Etikett, aber dasselbe unverkennbare Rot und voller Weinstein.

Offensichtlich handelte es sich um ein Geschenk. Aber von B. J.? Nach der letzten Nacht sollte man doch annehmen, dass sie es besser wusste. Rotwein und Harry Keogh passten nicht zueinander. Wahrscheinlich hatte sie ihm die Flasche einfach in die Tasche gesteckt, damit niemand sonst darunter leiden musste. Na, dann Prost, B. J.! Damit verdrängte er den Gedanken ... so, wie sie es ihm befohlen hatte.

Bezüglich ihres »griechischen« Weines gab es noch etwas, was B. J. ihm verschwiegen hatte – nämlich die Tatsache, dass er einen süchtig machte, weitaus schlimmer als jedes Kokainderivat. Doch selbst wenn der Necroscope Bescheid gewusst hätte, wäre er vorerst nicht in der Lage gewesen, sich das Zeug auch nur anzusehen ...

Der Vormittag war zur Hälfte verstrichen und Harry war immer noch müde; von B. J.s Couch hatte er ein steifes Genick, ganz zu schweigen von einem höllischen Kater. Er nahm ein paar Aspirin und versuchte, scharf nachzudenken. Er hatte heute Vormittag noch ein paar Dinge zu erledigen – aber er konnte sich beim besten Willen nicht mehr daran erinnern, was!

... Ruf deine Vorgesetzten an! Die Leute, für die du gearbeitet hast. Sorge dafür, dass sie mich nicht länger verdächtigen. Wir wollen doch nicht, dass sie wegen einer harmlosen jungen Frau völlig unnütze Untersuchungen anstellen, oder?

Nein, natürlich nicht! Nur ... Niemand hegte einen Verdacht gegen Bonnie Jean, oder? Sie wussten ja noch nicht einmal, dass sie überhaupt existierte. Noch während ihm diese Pseudo-Erinnerungen durch den Kopf gingen, hob Harry den Hörer von der Gabel und wählte Darcys Nummer. Es war zwar Samstag, dennoch war es gut möglich, dass er ihn im Büro antraf. Und Darcy nahm auch tatsächlich ab.

»Harry? Was kann ich für dich tun?« Rasch fügte er hinzu: »Sollte es wegen Brenda sein, muss ich dir leider sagen ...«

»Nein, es geht um eine andere Sache«, schnitt der Necroscope ihm das Wort ab. Und nun fiel ihm wieder ein, was er tun sollte. »Darcy, überprüf' doch bitte, ob die Polizei es unten bei euch mit einem ungeklärten Mord zu tun hat! Ein Mädchen oder vielmehr eine junge Frau aus Edinburgh, die vor ungefähr einem Jahr in London umgebracht wurde? Falls ja, kannst du ihnen mitteilen, dass der Fall erledigt ist. Der Mord geht auf Skippys Konto oder dasjenige unseres Möchtegern-Werwolfs – möglicherweise waren sie es auch gemeinsam.«

»Arbeitest du immer noch an der Sache?«

»Nein, es hat sich bloß so ergeben.«

»Oh. Nun, trotzdem vielen Dank.«

»Oh, und du erinnerst dich doch daran, dass die Spitzen jener Armbrustbolzen versilbert waren? Nun, das war nur zur Zierde. Eigentlich hingen sie früher mal über dem Kamin einer Jagd- oder ähnlichen Hütte an der Wand. Das Silber war nur dazu da, dem Rost vorzubeugen.«

»Du arbeitest *doch* noch daran!«

»Nein«, seufzte Harry. »Ich gehe bloß noch einmal alles durch, was damals passiert ist, als Brenda und mein Sohn ... du weißt schon. Mehr nicht!«

»Sicher«, meinte Darcy. »Und nochmals vielen Dank, Harry.«

»Außerdem«, platzte es aus dem Necroscopen heraus, ehe Darcy den Hörer auflegen konnte, »könntest du mir vielleicht noch ein bisschen mehr über Alec Kyle erzählen.«

»Was ich weiß, sage ich dir gerne«, erwiderte Darcy.

»Ich habe dich doch mal gefragt, ob er getrunken hat. Du sagtest, er sei kein Alkoholiker gewesen, aber wenn er einmal anfing zu trinken, dann richtig!«

»Stimmt!«

»Könnte es sein, dass er ein Problem hatte, von dem du nichts wusstest? Ich meine, ist es vielleicht möglich, dass er Alkoholiker war und es auch wusste, das Ganze aber mehr oder weniger unter Kontrolle hatte? Bis auf die wenigen Male, wo seine Sucht mit ihm durchging und er ordentlich saufen musste? Warte! Gib mir noch keine Antwort, denk' bitte erst gut nach. Es könnte sehr wichtig sein und ich weiß, wie loyal du bist, Darcy ...«

Die Sekunden verstrichen. Endlich meinte Darcy: »Nun ja, *möglich* ist es natürlich durchaus. In meinem Job habe ich festgestellt, dass so gut wie alles möglich ist! Aber eigentlich kann ich mir das nicht vorstellen. Ich kannte nie einen zuverlässigeren Mann, Harry. Andererseits ... war er ja Hellseher, wie du weißt. Und die haben alle ihre Schwierigkeiten mit der Zukunft: Sie haben ein bisschen Angst davor, mitunter sogar mehr als nur ein bisschen. Falls, ich sage: *falls*, Alec ein Problem hatte, dann konnte er es ziemlich gut verstecken. Und falls ja, dann kannst du deinen letzten Cent darauf wetten, dass es mit seinem Talent zu tun hatte. ›Talent!‹ Dass ich nicht lache! Manchmal frage ich mich, ob wir nicht alle verflucht sind!«

Harry ließ sich das durch den Kopf gehen. »Vielen Dank, Darcy«, sagte er schließlich.

»Nein, ich oder vielmehr wir sind diejenigen, die dir danken müssen«, entgegnete Darcy.

»Keine Ursache«, erwiderte Harry automatisch und machte Anstalten, den Hörer aufzulegen – doch dann hielt er inne. »Darcy, ich bleibe noch etwa drei Wochen hier oben und dann werde ich wahrscheinlich verreisen. Ich glaube, dass sie sich ins Ausland abgesetzt haben ... Ich werde wohl eine ganze Weile weg sein. Ich meine, ich werde nicht jeden Abend hierher zurückkommen. Und dazu brauche ich ein bisschen Kapital.«

»Das kann ich arrangieren«, antwortete Darcy, ohne zu zögern.

»Nein«, entgegnete Harry. »Ich will weder dich noch das E-Dezernat um Geld angehen. Aber es gibt etwas, was du für mich tun könntest.«

»Du brauchst es nur zu sagen!«

»Kannst du herausfinden, wo die Russen ihr Gold aufbewahren?«

»Wie bitte?« Darcy war schlichtweg verblüfft. »Wo die Russen ...?«

»Ich meine, ihre Reserven! Wie Fort Knox oder so?«

Kaum hatte Harry das letzte Wort ausgesprochen, drehte sich alles um ihn. Einen Augenblick lang kam es ihm so vor, als befände er sich nicht mehr in seinem Zimmer, genau wie damals in Darcys Büro in der Sekunde, als die Warnung einging, dass ein Anschlag der IRA unmittelbar bevorstünde. Nur gab es diesmal keinen Auslöser dafür, nichts, was erklärte, weshalb ...

... weshalb Harry mit einem Mal bei hellem Sonnenlicht auf freiem Feld stand und den Kopf in den Nacken legte, um an hoch vor ihm aufragenden gelben und weißen Klippen zu einer gedrungenen Burg oder Festung mit weißen Mauern hinaufzublicken, die hoch oben am Rand eines gut und gern zwölfhundert Meter in die Tiefe reichenden, am Grund der trümmerübersäten Schlucht in eine Geröllhalde mündenden Steilhangs über dem Abgrund thronte. Die Gegend sah aus, als läge sie ... am Mittelmeer? Ringsum von der Sonne gebleichte Felsen, dürre Sträucher, ein paar verkrüppelte Kiefern, und in der Luft lag der Geruch nach Salz, obwohl der Ozean nirgends zu sehen war.

»Ihre Reserven?«, wiederholte Darcy und holte den Necroscopen damit unvermittelt in die Gegenwart zurück. »Nun, ich bin sicher, dass sie so etwas haben! Und bestimmt kann ich auch herausfinden, wo! Aber ...«

Harry riss sich zusammen. Es konnte sich nur um eine Manifestation von Alec Kyles hellseherischem Talent handeln. Doch was es zu bedeuten hatte ... wer vermochte das schon zu sagen? Er versuchte das Gespräch fortzusetzen, als sei nichts geschehen. »Oder wenn nicht die Russen, dann eben jemand anders, eine andere Gruppierung – sagen wir, die Mafia oder irgendeine ähnliche Organisation, die über große Mengen an Goldbarren verfügt und die du gerne um eine beträchtliche Summe erleichtert sehen würdest? Vielleicht sogar zu unserem Vorteil? Wie wär's mit Waffenschiebern oder Drogenhändlern? Ich bin mir sicher, du weißt, wovon ich spreche!«

Darcy musste laut lachen ... doch der Necroscope blieb ernst; er litt immer noch unter den Nachwirkungen seiner unerklärlichen ... Heimsuchung? Schließlich räusperte sich der Chef des E-Dezernats: *»Ähem!* Wüsste ich es nicht besser, könnte ich unter Umständen meinen, du hast etwas ausgesprochen Ungesetzliches vor?«

»Ich glaube, das hängt davon ab, auf wessen Seite man steht. Wirst du es tun?«

»Wenn du das möchtest«, erwiderte Darcy.

Harry nickte, auch wenn sein Gegenüber ihn gar nicht sehen konnte. »Dann aber möglichst bald. Und, Darcy ... sieh zu, dass du jemanden findest, der uns einen anständigen Wechselkurs gibt und keine Fragen stellt.«

Als der Necroscope den Hörer auflegte, stahl sich, seinen Kopfschmerzen zum Trotz, schließlich doch ein Lächeln um seine Lippen; denn er wusste, dass Darcy Clarke am anderen Ende der Leitung das Lachen vergangen war.

Doch noch ehe er die Hand vom Telefon nahm ...

... befand er sich abermals dort, diesmal jedoch oben am Rand der Klippe, und vor ihm erhoben sich die Mauern der Feste. Er legte den Kopf in den Nacken, um an den mittelalterlich anmutenden Türmchen hinaufzublicken. Sie wirkten beinahe lebendig, wie steinerne Wachtposten, und er spürte, wie seine Haare sich aufrichteten. Vielleicht lag es an dem Wind, der sich aus der Schlucht erhob ...

Es kam und war sofort wieder vorbei. Mit einem Mal saß Harry wieder vor seinem Telefon. Doch das Haar stand ihm noch immer zu Berge ...

Bonnie Jean war beunruhigt. Der Grund war das E-Dezernat. Hatte sie es geschafft, Harry oder vielmehr »sie« abzuschütteln? Außerdem machte sie sich Sorgen wegen Harry Keogh selbst. Denn was ihn betraf, passte noch immer irgendetwas nicht ganz zusammen. Kaum war eine Frage geklärt, tat sich auch schon das nächste Rätsel auf!

Wie kam es zum Beispiel, dass er sich so rasch fortzubewegen vermochte und einfach auftauchte oder verschwand? Und wie hatte er es geschafft, seine Verfolgerin abzuhängen? Und dass er sie in jener Nacht in London unter Drogen gesetzt haben wollte – je länger sie *darüber* nachdachte, desto lächerlicher kam es ihr vor! Doch eine andere Möglichkeit gab es gar nicht. Demnach musste es wahr sein! Wäre sie doch bloß ein bisschen gründlicher vorgegangen, solange er in ihrer Gewalt war. Sie hätte noch viel mehr über dieses E-Dezernat, für das er gearbeitet hatte, herausfinden können ...

Und als wäre all dies nicht schon beunruhigend genug, kam nun auch noch die Frage hinzu, wer dieser heimliche Beobachter war. Ein Detektiv oder der Vater eines ihrer Mädchen? Das hielt Bonnie Jean für eher unwahrscheinlich. Doch von der Beschreibung, die Harry Keogh ihr gegeben hatte, glaubte sie zu wissen, um wen – oder vielmehr was – es sich handeln *könnte.* Nun, es war nicht das erste Mal, im Lauf der Jahrzehnte hatte es bereits mehrere solcher Vorkommnisse gegeben. Und nun geschah es wieder.

Wahrscheinlich sollte sie Harry dankbar sein, dass er ihre Aufmerksamkeit darauf gelenkt hatte; allerdings gehörte Dankbarkeit nicht zu ihrem Repertoire.

Doch eine Gefahr, die man kannte, war nur noch halb so groß. Sollte es tatsächlich zum Schlimmsten kommen, musste B. J. sich eben darum kümmern und *sie,* falls notwendig, von ihrem Gebieter ablenken. Das hatte sie zuvor auch schon getan – vor sage und schreibe einhundertfünfundsiebzig Jahren –, um *sie* von seiner Fährte abzubringen. Und seither noch zwei weitere Male. Obwohl sie damals noch völlig unerfahren gewesen war, hatte sie den Sieg davongetragen; und bei den späteren Gelegenheiten natürlich ebenfalls, sonst stünde sie heute nicht hier! Ebendarin bestand doch ihre Aufgabe – über den Schlaf des Hunde-Lords zu wachen, der seit undenklichen Zeiten geduldig auf den Einen wartete, jenen geheimnisvollen Mann, dessen Kommen die alten Prophezeiungen geweissagt hatten.

Auf den *Richtigen,* aye! Abermals schweiften B. J.s Gedanken zu Harry, wenn auch nur für einen Moment ...

... ausgerechnet jetzt, wo die Zeit so nah war, da Er sie wieder rufen würde und sie Ihn aufsuchen musste. Und was diesen heimlichen Beobachter anging:

Wenn er beziehungsweise sie so nah waren, hatte B. J. sie womöglich, ohne es zu merken, ins Allerheiligste geführt? Doch das war undenkbar – unmöglich, dass sie so leichtfertig ein Geheimnis preisgab, das sechs Jahrhunderte lang so gut gehütet worden war! Nun, zumindest konnte sie ausschließen, dass Keogh mit ihnen unter einer Decke steckte. Denn würde er zu ihnen gehören, hätte er ihr wohl kaum von Anfang an seine Hilfe angeboten. Und als er *sie* unter Drogen gesetzt hatte, hätte er wer weiß was mit ihr anstellen, sie ... *beseitigen* können, und ihren Gebieter gleich mit ihr! Denn was war ihr Meister schon ohne sie? Nichts als eine armselige, wehrlose Kreatur in einem Höhlengrab! Aber Harry hatte nichts dergleichen getan; stattdessen hatte er sie in Sicherheit gebracht.

Was würde sie nun nicht alles für Harrys außergewöhnliche Fähigkeiten geben!? Dafür, so wie er einfach so mir nichts, dir nichts untertauchen zu können. Mit ihm auf ihrer Seite brauchte B. J. sich keine Sorgen wegen des anstehenden Besuches bei ihrem Gebieter zu machen! Harry würde jeden etwaigen Verfolger genauso leicht abschütteln, wie er ihr Mädchen abgehängt hatte.

Mit ihm auf ... oder *an* ihrer Seite?

Keogh ... Keogh ... *Keogh!*

Warum ging er ihr nicht aus dem Kopf? Schließlich war doch sie die Betörerin, Bonnie Jean Mirlu; sie verfügte über die Macht, die Menschen in ihren Bann zu schlagen! Und doch faszinierte sie dieser Keogh ...

Oh? Hatte das etwas zu bedeuten?

Seine Augen, so warm und unschuldig; weder grüblerisch noch hinterhältig und auch nicht leichtfertig (nur manchmal schienen sie zu einem Flirt einzuladen). Eigentlich waren sie nichts Besonderes und doch außergewöhnlich in ihrer Tiefe. Wie sie die Seele, die hinter ihnen lag, widerspiegelten! Oh ja, sein Blick war seelenvoll! Bei dem Gedanken an seine Seele überlief B. J.

unwillkürlich ein Schauder. Sie musste köstlich sein, seine Seele ... Nur ein Wort von ihrem Gebieter, und sie würde davon kosten, sie ihm innerhalb eines einzigen blutigen Augenblicks rauben! Aye, und dann wäre es aus mit seinem geheimnisvollen Getue, ein für alle Mal ...

Geheimnisvolles Getue ...?

B. J. fuhr aus dem Sessel in ihrem Wohnzimmer hoch, in dem sie eben noch gesessen hatte, um über die Ereignisse nachzugrübeln. Mit einem Mal fiel es ihr wie Schuppen von den Augen: Harry Keogh, ein rätselhafter Mann, der wie auf ein Stichwort plötzlich einfach aus dem Nichts aufgetaucht war! B. J. fühlte sich auf eine merkwürdige, nur schwer in Worte zu fassende Weise zu ihm hingezogen, so als würde sie ihn schon eine Ewigkeit kennen. Und zwar so sehr, dass sie sich, anstatt ihn einfach seinem Schicksal zu überlassen – oder ihn selbst umzubringen –, sogar in *seine Obhut* begeben hatte! Später hatte *er* sie dann aufgesucht, um sie zu warnen. Der geheimnisvolle Harry Keogh!

Was dachte sie da bloß? Etwa, dass er tatsächlich jener Geheimnisvolle war, auf dessen Ankunft der Hunde-Lord wartete? Und wenn er es war? Sie hatte ihn einfach so hinausspazieren lassen ...

Bonnie Jean hatte schon zu viel erlebt, um in Panik zu geraten, aber einen Augenblick lang stand sie dicht davor. Dann jedoch betrachtete sie das Ganze einmal vernünftig. Harry Keogh war also gekommen und wieder verschwunden ... na und? Er würde zurückkehren, das *wusste* sie, und zwar wann immer sie ihn rief! Mittels ihrer hypnotischen Kräfte hatte sie ihn in ihren Bann gezogen, sodass er ihr nun ebenso verfallen und hörig war wie sie ihrem schlafenden Gebieter. Nur dass Harry nichts davon wusste und es wahrscheinlich auch niemals erfahren würde. Sie konnte mit ihm zusammen sein – ihn benutzen und nach Belieben mit ihm umspringen – und hinterher würde er sich lediglich an das erinnern, was sie wünschte.

Ihr erster Impuls, ans Telefon zu stürzen und ihn anzurufen – jetzt, sofort –, wich allmählich. *Er* war ihr auf Gedeih und Verderb ausgeliefert, nicht umgekehrt! Außerdem würde er in den nächsten drei Wochen ohnehin nirgendwohin gehen. Und falls doch, dann mit B. J., um gemeinsam mit ihr ihren Gebieter aufzusuchen. Ja, und dann würde alles gut werden. Sollte sich wie durch ein Wunder erweisen, dass Harry der Geheimnisvolle war, würde sie reichen Lohn ernten – dann war ihr die Dankbarkeit ihres Gebieters bis in alle Ewigkeit gewiss. Und falls Harry es doch nicht war, würde sie trotzdem belohnt und die dringlichsten Bedürfnisse des Hunde-Lords gestillt werden. Denn es war auch die Zeit, da die Vorräte wieder aufgefüllt werden mussten, die Zeit des Nährens.

Bonnie Jeans Zeit nicht minder als diejenige ihres Herrn und Meisters und großen Vorfahren, des Hunde-Lords Radu Lykan ...!

Bis es so weit war, würde sie eine Wache aufstellen, um den Mann, der sie beobachtete, beobachten zu lassen. Vielleicht fand sie dabei sogar heraus, wer oder was er war. Mithilfe ihrer Mädchen dürfte es nicht schwerfallen, die Straße vor dem Lokal rund um die Uhr zu überwachen. Ein winziges Mansardenfenster in B. J.s Schlafzimmer bot einen Blick über die Dächer. Ebenso gut konnte man von dort aus aber auch hinunter auf die andere Straßenseite blicken, genau auf jenen Ladeneingang, in dem Harry den Mann gesehen hatte. Den ganzen Tag und auch die ganze Nacht lang, sofern B. J. dies wünschte, konnte dort oben eins ihrer Mädchen, von außen ungesehen, hinter der Gardine sitzen und die Straße im Auge behalten, ohne dass irgendjemand Verdacht schöpfte. Und sollte tatsächlich jemand das Lokal beobachten, und sollte dieser Jemand ein schrecklicher Jemand sein, würde B. J. es umgehend erfahren. Und das nächste Mal, wenn eines ihrer Mädchen jemandem folgte, würde sie ihn gewiss nicht aus den Augen verlieren!

Sie würden es nicht mehr *wagen!* Nicht, wenn ihr Leben davon abhing. Ihr aller Leben ...

Am selben Nachmittag brütete der Necroscope Harry Keogh nur wenige Kilometer entfernt im Arbeitszimmer seines unweit von Bonnyrigg gelegenen Hauses über einer Liste ferner Orte, die er in stundenlanger Kleinarbeit im Lesesaal der örtlichen Bibliothek zusammengestellt hatte. Hin und wieder nickte er darüber sogar ein. Sein »System« war sehr simpel und lückenhaft:

Er hatte sich einfach einen Atlas genommen und war, vom nordöstlichen Bereich der britischen Inseln ausgehend, den Längengraden nach Westen gefolgt, um bewohnbare Regionen mit vergleichbaren klimatischen Verhältnissen ausfindig zu machen. Dabei schloss er die Westküste Englands natürlich nicht aus, allerdings genossen alle Küstenregionen dieselbe Priorität.

Der Gedanke war ihm gekommen, als er darüber nachdachte, was seine Mutter zu ihm gesagt hatte: Brenda hätte genau *dieser* Ort, Bonnyrigg, gefallen. Von dem ausgehend, war Harry einige Schritte weiter gegangen und hatte sich überlegt, wo eine ähnlich dramatische Landschaft mit Tagen voller Sonne, die sich dem Abend entgegenneigten, nebelverhangenen Nächten, hohen Gräsern, windgepeitschten Bäumen und wilden Blumen zu finden sein mochte. Im Grunde ein riesiger, verwilderter, den Blicken der Menschen entzogener Garten. Zumindest seinen, Harrys Blicken entzogen.

Wo konnte man einen solchen Ort finden? Und blieb das Klima tatsächlich gleich, wenn man sich an ein und demselben Längengrad entlangbewegte? Denn die Landschaft, die er sich vorstellte, entsprach im Großen und Ganzen – wenigstens was das Wetter anging – den Verhältnissen an der britischen Nordostküste, wo Brenda ihre Kindheit verbracht hatte. Der Necroscope hatte diesen Bereich einfach um zirka zweihundertfünfzig Kilometer verlängert, sodass er auch die Region um Edinburgh bis hin zum Firth of Forth umfasste. Und natürlich auch Bonnyrigg.

Damit hatte er ein Band, das sich, begrenzt vom 55. und 56. nördlichen Längengrad, rund um die Erde zog und auch Teile von Antrim, Donegal und Londonderry in Nordirland mit einschloss. Auf diesen Gedanken war Harry bislang noch gar nicht gekommen – dass Brenda und das Baby auch gar nicht so weit weg in Irland sein konnten. Das stimmte ihn nachdenklich, allerdings nicht so nachdenklich wie die Feststellung, dass diese Längengrade, wenn er ihnen in östlicher Richtung folgte, auch Moskau, ein paar tausend Kilometer eisiger Tundra, die Beringstraße und Alaska einschlossen.

Damit erwies sich *diese* Theorie zumindest anscheinend als hinfällig.

Harry schüttelte den Kopf über sich selbst und grinste, wenn auch bitter. Was für ein Narr er doch war! Er hätte in der Schule besser aufpassen sollen. Dann hätte er heute ebenso viel Ahnung von Geographie wie von der Mathematik! Andererseits hatte die erstaunliche Fertigkeit des Necroscopen im Umgang mit Zahlen ja nichts mit seiner Ausbildung zu tun. Die Lebenden hatten es ihm jedenfalls nicht beigebracht ...

In diesem Augenblick, gerade als er die mit Bleistift geschriebene Liste beiseitelegte, um sich in seinem Sessel zurückzulehnen, läutete das Telefon.

Harry fuhr hoch und langte nach dem Hörer auf dem Beistelltischchen, hielt jedoch stirnrunzelnd inne. B. J.s Rotwein stand dort, wo er ihn abgestellt hatte, neben dem Telefonapparat. Und der Necroscope fühlte sich durstig. Er – oder vielmehr Alec Kyles Körper – hatte Durst. Seine Augen brannten, sein Hals fühlte sich an wie ein Reibeisen und auch sein Geist war bereits völlig ausgetrocknet. Und irgendwie wusste er, dass ihm mit einem kleinen Schluck, nur einem Schlückchen Wein, alles leichter fallen würde und er in der Lage wäre, sich den Tatsachen zu stellen. Nur *welchen* Tatsachen? Noch vor einem Augenblick hatte er sich eigentlich ganz gut gefühlt, und nun ...?

Harry konnte beim besten Willen nicht sagen, was ihn, die Hand auf halbem Weg zum Hörer, erstarren ließ. Doch mit einem Mal wirkte das Zimmer dunkler, so als braue sich draußen ein Sturm zusammen. Oder lag es daran, dass die Fenster zur Terrasse hin schmutzig waren? Er hatte sich noch nicht zum Fensterputzen aufraffen können, überhaupt keine Zeit dazu gefunden, und das wenige Licht, das seinen Weg aus dem überwucherten Garten ins Innere fand, war für gewöhnlich grau.

Das Telefon läutete beharrlich weiter. Harrys Hand wanderte ein paar Zentimeter näher und verharrte schwebend, nervös, über dem staubigen Tischchen. Noch immer konnte er sich nicht dazu überwinden, den Hörer abzunehmen. Ein Schauder lief ihm über den Rücken, so als streife ihn ein kühler Hauch, und unwillkürlich musste er zittern. Während der letzten Sekunden war es im ganzen Raum anscheinend kälter geworden, wie in einem Grab! Nun, was zum Teufel ...?

Nimm endlich ab, du Idiot!, vernahm er in seinem Hinterkopf seine eigene Stimme. *Nimm den verdammten Hörer ab! Was hast du bloß?*

Er erwartete gar keinen Anruf, oder? Oder etwa doch? Irgendetwas war mit dem Telefon, woran er sich eigentlich erinnern müsste, aber jedes Mal, wenn er darüber nachdenken wollte, entschlüpfte es ihm. Wie ein Wort, das einem auf der Zunge liegt, auf das man aber partout nicht kommen will. Der Kopf schwamm ihm von den ganzen Planungen, die ... *man ihm aufgetragen hatte?* Erwartete er etwa *doch* einen Anruf? Vielleicht, aber dazu war es noch zu früh, oder? Und wer sollte ihn überhaupt anrufen?

Das Telefon läutete abermals, und obwohl er diesmal mit dem Läuten rechnete, fuhr er in seinem Sessel zusammen.

Weshalb nahm er den verdammten Hörer nicht ab, um herauszufinden, was man von ihm wollte? Aber vielleicht wollte er es ja gar nicht herausfinden. Vielleicht! Und wie kam er *darauf*?

Fragen über Fragen! Und sein Kopf fühlte sich an wie mit Watte gefüllt oder vielmehr mit einer Rolle Stacheldraht. Dieses Brennen in seinen Augen ... sein Hals war so trocken ... und B. J.s Flasche Rotwein, die ihn ach-so-verführerisch anlächelte ... dazu das unablässige *Rrrr-iiiing! ... Rrrr-iiiing!* des verdammten Telefons.

Harry riss sich zusammen, seine Finger krümmten sich um den Hörer, nahmen ihn ab ... und mit einem Mal wurde es um ihn herum stockdunkel und ihm war klar, dass es nur ein Gewitter sein konnte. *Gleich donnert es!*, dachte er. *Gleich muss es blitzen!* Doch der Donner kam nicht, und auch kein Blitz! Dafür geschah etwas anderes:

Beinahe wie unter Zwang schloss sich sein Griff fester um den bepelzten Hörer, den er von der Gabel nahm, um ihn ans Ohr zu heben ... Den bepelzten Hörer? Er spürte gesträubtes Fell unter den Fingern und zerrte daran, doch schon im nächsten Augenblick zerrte etwas mit aller Gewalt zurück, fast so als habe er einen widerspenstigen Hund an der Leine. Er traute seinen Augen nicht, als er auf seine Hand blickte und sah, was er da gerade noch von seinem Gesicht fernhielt – *keinen Hund, sondern einen heiser knurrenden, hechelnden, schnappenden Wolfsschädel mit roten Augen und wütenden gelben Pupillen!* Das Ding hatte keinen Körper, es wuchs direkt aus der Sprechmuschel.

Die Telefonschnur zuckte wie verrückt hin und her, ehe sie sich straffte, als das grässliche Ding, das daran hing, mit aller Kraft daran zog und Harry den Arm nach innen bog, auf seinen vor lauter Überraschung offen stehenden Mund zu. Der Kopf wollte nach ihm schnappen, zubeißen und ihm das Gesicht zwischen den gewaltigen geifernden, übel riechenden Kiefern zermalmen.

»Allmächtiger!«, entfuhr es Harry, indem seine Faust sich in das raue Fell krallte, um den Kopf zurückzuzwingen, während er gleichzeitig krampfhaft bemüht war, mit der linken Hand sein Gesicht zu schützen. Vor dem ledrigen, weit aufgerissenen, knurrenden Wolfsmaul stand weißer Schaum. Mit zurückgelegten Ohren, die riesigen gelben Zähne gefletscht, streckte sich die Schnauze in unmissverständlicher Absicht dem Necroscopen entgegen. Dann ...

... schlossen sich die Zähne um Harrys wild hin- und herfuchtelnde Linke. In mindestens dreien seiner Finger spürte er die Knochen brechen und fühlte den brennenden Schmerz, als das Fleisch durchtrennt wurde!

Pranken, so groß wie Hände, reckten sich aus der Muschel, gefolgt von einem länglichen, grauen, von Schleim feuchten Körper, geradewegs so, als würde das Telefon dieses *Ding* gebären! Nur wenige Zentimeter von seinem Gesicht entfernt klappten die Kiefer aufeinander. Blut spritzte von ihnen und Stücke eines noch zuckenden, abgebissenen Fingers. Die Bestie riss sich von ihm los und das räudige, verfilzte Fell blieb in Büscheln in Harrys Hand zurück!

Er ... vermochte sich nicht länger zu wehren!

Am schlimmsten jedoch war die *Intelligenz* in diesen mordlüsternen, ach-so-wissenden Augen mit den gelben Pupillen, als der rote, gerippte Schlund des Ungeheuers sich immer weiter öffnete, um sein Gesicht, seinen ganzen Kopf zu verschlingen!

Harry schrie gurgelnd auf und warf sich zurück, so ruckartig und heftig, dass dabei sein Sessel umkippte.

Wie aus weiter Ferne vernahm er das Trommeln des Regens auf den Fensterscheiben und zu guter Letzt blitzte es auch. Ganz in der Nähe erscholl ein gewaltiges Donnergrollen und nach einem plötzlichen Windstoß flog die Terrassentür auf.

Harrys Mutter kam hereingestürzt. *Harry! Guter Gott, Junge ...,* rief sie. *Was für einen Traum hast du da bloß!?*

Seine Mutter war nur noch ein schlammbedecktes, von Tang behangenes Skelett, doch das war in Ordnung, denn so war sie schon immer gewesen. Ihm war jedoch klar, dass sie eigentlich gar nicht hier sein dürfte, ja, dass sie *gar nicht* hier war ... es sei denn in seinem Kopf ...?

Harry?

»Mutter?«, stieß er schwer atmend, erstickt hervor, lang ausgestreckt auf dem Boden liegend. Der Regen prasselte ihm ins Gesicht und vom Garten her heulte der Wind und wirbelte sein loses Briefpapier wie ein tanzender Derwisch quer durch das ganze Zimmer.

Ein Traum? Natürlich, was sonst! Aber musste sie wirklich fragen, um was für eine Art Traum es sich handelte?

»Einen Albtraum, Mutter«, erklärte er ihrem vor langer Zeit ertrunkenen Geist, der tief unter Schlamm und Seetang begraben in einer Flussschleife lag, die ihr zum Grab geworden war. »Einen v-verdammten, b-b-beschissenen A-Albtraum!« Zum ersten (und wahrscheinlich auch letzten) Mal in seinem Leben fluchte der Necroscope Harry Keogh in Gegenwart seiner geliebten Mutter.

Doch deswegen brauchte er sich keine Sorgen zu machen, denn seine Mutter hatte seinen Traum mitbekommen und verstand ihn voll und ganz ...

ELFTES KAPITEL

»Mutter«, sagte Harry, nachdem sein Zittern sich gelegt hatte, »hältst du es für möglich, dass ich ... na ja, vielleicht dabei bin, verrückt zu werden?«

Du meinst: richtig verrückt? Seine seit Langem verstorbene Mutter wählte ihre Worte sehr sorgfältig. *Du meinst – wahnsinnig? Das halte ich für äußerst unwahrscheinlich. Wenn es überhaupt je dazu kommen sollte, dann wäre es doch wohl schon vor einiger Zeit passiert? Aber nach allem, was du durchgemacht hast – ich darf gar nicht daran denken –, glaube ich eher, dass du unter enormem Stress stehst und dir einfach Sorgen machst. Und wer weiß? Vielleicht bist du ja auch noch krank dazu? Ich meine, ganz normal krank?*

»Du meinst das Brennen in meinen Augen? Den rauen Hals? Und dass mein Kopf sich anfühlt, als wolle er gleich platzen?« Er blinzelte, damit seine Augen aufhörten zu tränen, und schluckte schwer.

Grippe, und zwar eine, wie sie im Buche steht! Du zeigst die klassischen Symptome. Das ist eine Gegenreaktion auf deinen Aufenthalt in London. Ich war zwar nur ein einziges Mal dort – das ist jetzt, oh, dreißig Jahre her, als ich noch eine junge Frau war –, und das auch nur für ein paar Wochen; aber mir ist es genauso ergangen! Der ganze Smog und der Ruß von den Zügen und die schmutzigen Bahnhöfe. Und nicht nur das! Habe ich dir nicht gesagt, du sollst im Haus bleiben und nicht an den Fluss kommen, um dich mit mir zu unterhalten? Nicht bei diesem schlechten Wetter, Harry! Du hättest im Warmen bleiben sollten, wo es trocken und gemütlich ist.

Harry zuckte die Achseln. »Du weißt doch, dass das nicht meine Art ist, Mutter.« Er brachte ein trockenes Grinsen zustande. »Und außerdem, das London, von dem du sprichst, gibt es nicht mehr! Heute ist es nicht mehr so schlimm. Irgendwo habe ich einmal gelesen, dass jemand, der in den Vierziger Jahren, als du noch ein Mädchen warst, in die Themse fiel, noch von Glück sagen konnte, wenn er bloß ertrank – weil die Wahrscheinlichkeit nämlich viel höher war, sich gleich ein ganzes Dutzend verschiedener tödlicher Infektionskrankheiten zu holen!«

Er spürte seine Mutter körperlos nicken. *Das mag schon stimmen, ja. Aber ...*

»... und heute gibt es auch wieder Fische in der Themse«, klärte er sie auf. »Sogar Lachse!«

Nun, ich würde keinen davon essen!, entgegnete sie. *Außerdem lenkst du ab! Du weißt nämlich ganz genau, was als Nächstes kommt.*

»Ich soll zum Arzt gehen?« Wie er so am Ufer der Flussschleife über den grau schimmernden, windgekräuselten Fluten kauerte, zog er seine Jacke enger um sich. Aber in der Stimme des Necroscopen schwang etwas mit (ein verächtlicher Unterton? Ungeduld? Oder war es bloß Widerspenstigkeit?), was seine Mutter auf die Palme brachte.

Ha!, schnaubte sie. *So viel ist dir ein guter Rat also wert? Nun, »wenn sich einer nicht helfen lässt«, pflegte deine Großmutter immer zu sagen ...*

»... dann ist ihm auch nicht zu helfen«, führte Harry den Satz zu Ende. »Ja, Mutter, ich weiß. Ich weiß ja, dass du recht hast. Und ich werde ja auch zum Arzt gehen – gleich morgen.«

Warum nicht heute?

»Weil es schon später Nachmittag ist. Selbst wenn ich eine Praxis finden würde, die noch aufhat, dürfte das Wartezimmer voll sein. Und, Mutter, heutzutage sieht ein Arzt dich schief an, wenn er wegen einer Grippe einen Hausbesuch machen soll!«

Natürlich, sagte sie. Du wartest lieber erst ab, bis du tot bist, nicht wahr? Und noch ehe er etwas erwidern konnte, fuhr sie fort: *Harry, du wohnst ganz allein hier draußen und du hast niemanden, der dir nahe steht! Nun, jedenfalls nicht unter den Lebenden. Was, wenn du dir etwas Ernstes eingefangen hast?*

Er zuckte die Achseln. »Aber ich habe doch ein Telef...« Er verstummte.

Ganz recht, ein Telefon ... vor dem du Angst hast? Und ich kann es dir nicht verdenken. Das war wirklich ein übler Traum, Harry!

»Oder womöglich auch eine Warnung?«, meinte er nachdenklich ... und schüttelte dann den Kopf. »Nein, Mutter, ich habe keine Angst vor dem Telefon, ich nehme mich nur ein bisschen in Acht davor ... und zwar so lange, bis ich herausgefunden habe, was das alles zu bedeuten hat.«

Eine Warnung? Was soll das heißen?

»Alec Kyle war ein Hellseher. Darin bestand sein Talent: Er war in der Lage, hin und wieder einen Blick in die Zukunft zu erhaschen. In der Regel geschah dies im Traum, kurz vor dem

Aufwachen. Und ich nehme an, er ist immer noch einer. Oder vielmehr ...«

Du? Mitunter war sie gar nicht so schwer von Begriff.

»Kann schon sein! Dieser Traum war nicht meine erste ... hm, Warnung?«

Aber ist das denn nicht recht nützlich?, wollte sie wissen. *Ich meine, es ist doch sicherlich besser,* wenigstens etwas *von dem zu erfahren, was einen erwartet, als völlig im Dunkeln zu tappen?*

»Schon möglich«, erwiderte er. »Aber allein das Wissen darum, dass etwas Unerfreuliches auf mich zukommt, hilft mir noch lange nicht, es auch zu verstehen. Manchmal begreife ich es und manchmal wiederum nicht. Bei Kyle hat es ebenso funktioniert. Außerdem ...« Abermals hielt Harry inne.

Ja?

»Ich glaube, dass Kyle vielleicht Alkoholiker war«, platzte es aus ihm heraus. »Er hatte es unter Kontrolle – jedenfalls so gut es ging –, aber trotzdem war die Sucht da!«

Um Gottes willen!, meinte sie bekümmert. *Und du ...?*

»Ich muss es wohl ebenfalls unter Kontrolle halten!«

Du ... hast das Bedürfnis, den Drang, harte Sachen zu dir zu nehmen?

Harry nickte reuevoll. Er wusste, dass sie es mitbekam. »Es ist mehr als nur ein Drang«, seufzte er. »Woher, glaubst du, stammt mein dicker Kopf? Keineswegs von der Grippe, wie du siehst.« Doch rasch fügte er hinzu: »Aber ich werde trotzdem zum Arzt gehen, versprochen!«

Mit einem Mal wurde sie nachdenklich. *Dein Traum hat also nicht unbedingt etwas mit dem Talent des armen Mr Kyle zu tun?*

»Was?« Doch da die Totensprache oftmals weit mehr vermittelt als nur das, was tatsächlich gesagt wird, verstand der Necroscope sehr wohl, was sie meinte. »Willst du damit etwa andeuten, ich hätte Wahnvorstellungen?«

Delirium tremens. Ein körperloses Nicken. *Nun ja, vielleicht. Siehst du, Harry, du solltest unbedingt einen Arzt aufsuchen!*

Er hüllte sich enger in seine Jacke und seufzte zustimmend. »Ja, Mutter, ich glaube, das sollte ich ...«

Der Wind frischte auf und Harry machte, dass er ins Haus kam. Ins Haus: Seine Mutter und sein Stiefvater, Viktor Shukshin, hatten in dem alten Haus gewohnt, bis Shukshin durchgedreht war und sie ermordet, unter dem Eis des Flusses ertränkt hatte. Harry war damals noch klein gewesen, aber er »erinnerte« sich nur zu gut an diesen Tag – und obendrein auch noch aus der Perspektive seiner Mutter! Vielleicht war diese neue »Sache« also nur Teil einer Fähigkeit, die er schon seit Langem besaß; möglicherweise war er ja ein »Beobachter der Zeitläufte«, ähnlich wie die Magier des Alten Testaments. Denn wenn er schon in der Lage war, sich eine Vergangenheit, die er niemals persönlich erlebt hatte, so lebhaft vorzustellen, weshalb dann nicht auch eine Zukunft, von der – bislang – noch niemand eine Ahnung haben konnte? Vielleicht erreichten ihn diese plötzlichen Eingebungen ja über das Möbius-Kontinuum und hatten wirklich nichts mit Alec Kyle zu tun!

Sosehr Harry seinen metaphysischen Geist auch anstrengen mochte, seine Gedanken drehten sich im Kreis und führten nirgendwohin.

Sein Zuhause war ein trostloser Ort, bestenfalls konnte man es noch unaufgeräumt nennen. Irgendwann würde er sich die Zeit nehmen, einmal alles ordentlich herzurichten; und mit dem Garten, der sich fast bis ganz hinab zum Flussufer erstreckte, würde er anfangen. »Garten« war eigentlich viel zu viel gesagt. Im Grunde handelte es sich nur um eine unkrautüberwucherte Wildnis.

Als es zu regnen anfing, hastete der Necroscope den sich abenteuerlich windenden Pfad entlang auf die von Fliegendreck übersäte Terrassentür zu und schwor sich, dass er als Erstes dem ihm um die Beine peitschenden dornigen Brombeergestrüpp zu Leibe rücken würde.

Als er die Tür aufstieß, sah er, wie der Himmel sich aufs Neue verdunkelte. Ein Wind kam auf und drückte die Bäume am Flussufer nieder. Fraglos war der Tag wie geschaffen für einen Albtraum. Doch Harry nahm an, dass mehr dahintersteckte. Obwohl alles so surreal gewesen war, war es ihm doch *sehr* wirklich vorgekommen. Was, wenn er jene andere Warnung unten in London, in der Zentrale des E-Dezernats, in den Wind geschlagen hätte? Damals war so gut wie alles schief gegangen, doch wenn er nicht in der Lage gewesen wäre, sein Möbiustor zu benutzen wie »vorhergesehen« – er durfte gar nicht daran denken. Wenigstens hatte er *da* begriffen, worum es ging. So betrachtet, erschien ihm jene andere Sache mit der alten Feste hoch oben auf einer Klippe gleich doppelt suspekt; denn er hatte keine Ahnung, was es zu bedeuten hatte. Nun, allein bei dem Gedanken daran sträubten sich ihm wieder die Haare! Und was diese jüngste Warnung anging, seinen Telefon-Albtraum – ganz gleich was Harry auch tun mochte, war ihm doch klar, dass er *diese* Warnung nicht ignorieren durfte!

Diesmal schloss er die Verandatür hinter sich und knipste das Deckenlicht an. Im staubigen Durcheinander seines sogenannten »Arbeitszimmers«, in dem Harrys »weltlicher Besitz«, das Wenige, was er hatte, wahllos verstreut umherlag und in dessen einer Ecke noch ein offener Umzugskarton aus Sperrholz stand, aus dem das Füllmaterial quoll, fiel es kaum auf, dass der Sessel und das Beistelltischchen, die er in seiner Hast, von hier wegzukommen, umgestoßen hatte, noch immer umgestürzt auf dem Boden lagen *und* dass das Telefon, das er ebenfalls fallen gelassen hatte, noch immer vor sich hin summte ... All dies schien einfach Teil der allgemeinen Unordnung zu sein, mehr nicht. Aber Harry wusste, dass dem nicht so war. Diese Dinge riefen ihm nur seinen Traum in Erinnerung, insbesondere das Telefon!

Er hob den Apparat auf, stellte ihn hin, um den Hörer aufzulegen – und hielt inne. Was, wenn es läutete?

Doch warum sollte es läuten? So gut wie niemand kannte seine Nummer. Er wohnte noch nicht lange genug hier oben und stand noch nicht einmal im Telefonbuch; schließlich hatte er eigens eine Geheimnummer beantragt. B. J. hatte sie zwar (obwohl er sich beim besten Willen nicht mehr daran erinnern konnte, weshalb er sie ihr gegeben hatte), doch zum Teufel, sie war nur eine harmlose junge Frau, auch wenn sie manchmal einen ganz schönen Dickkopf hatte. Doch irgendwie faszinierte ihn dies.

Und dann war da noch das E-Dezernat ...

War es das? Hatte er Angst, jemand vom E-Dezernat könnte ihn anrufen, um ihm etwas mitzuteilen, was er vielleicht lieber gar nicht erfahren wollte? Zum Beispiel dass seine Frau oder sein Kind tot sei, oder auch beide? Oder fürchtete er, zu einem Fall hinzugezogen zu werden, bei dem er nicht Nein sagen konnte? Denn als Teil der nationalen Sicherheitsdienste verfügte das E-Dezernat selbstverständlich auch über eine eigene Abteilung für schmutzige Angelegenheiten. Und falls sie ihn wirklich brauchten ... er wusste, dass sie es sich nicht zweimal überlegen würden.

War es *das?* War sein Traum symbolisch gewesen und waren seine jüngsten Erlebnisse in London mit eingeflossen? Das würde erklären, weshalb er auf einmal überall Wölfe sah. Dazu eine hellseherische Warnung, und schon bekam er davon Albträume. Damit war er wieder bei seiner Theorie angelangt, dass es sich um einen wie auch immer gearteten Überrest von Alec Kyles Talent handeln musste. Also hatte er *tatsächlich* einen Blick in die Zukunft geworfen und eine Warnung vor einem Telefonanruf, höchstwahrscheinlich vom E-Dezernat, erhalten, der sich als gefährlich erweisen würde. Dagegen musste er Vorkehrungen treffen.

Nun, nichts leichter als das. Entschlossen legte er den Hörer auf die Gabel und wählte die Nummer der Telefongesellschaft. Doch noch während er dies tat, brach ihm erneut der Schweiß aus und er ließ seinen Blick unstet durch den Raum schweifen.

»Vermittlung! Was kann ich für Sie tun?«

»Ich möchte meine Nummer ändern und aus dem Telefonbuch nehmen lassen«, sagte er.

Die Frau sah nach. »Aber Sie haben bereits eine Geheimnummer, Sir!«

»Ich möchte sie trotzdem ändern lassen.«

»In Ordnung. Ich verbinde Sie mit dem gewünschten Service ...«

So einfach ging das also. Und was Bonnie Jean betraf ... Sollte es notwendig werden, konnte er ihr seine neue Nummer ja immer noch geben.

Nun fühlte sich der Necroscope schon wesentlich besser. Er rasierte sich, räumte sein Arbeitszimmer auf und machte endlich mit dem Auspacken weiter, mit dem er vor einem Monat begonnen hatte. Anschließend bereitete er sich ein Abendessen ... und dachte an Brenda und natürlich den Kleinen!

So besorgt wie er war, wäre er am liebsten gleich zu seinem aussichtslosen Unterfangen aufgebrochen, um für den Rest seines Lebens ziellos das Möbius-Kontinuum zu durchstreifen. Doch wie kam er darauf, dass seine Suche aussichtslos war? Nun, weil ihm klar war, dass die Kräfte seines Sohnes den seinen in nichts nachstanden, und wenn er nicht gefunden werden wollte, dann hatte Harry wahrscheinlich auch keine Chance dazu. Sein einziger Trumpf bestand darin, dass er besser über die Welt und ihre Gesetzmäßigkeiten Bescheid wusste. Schließlich verfügte er über den Erfahrungshorizont eines Erwachsenen, während der Kleine ... na ja, noch ein Säugling war.

Doch wie dem auch sein mochte, vorerst würde er nirgendwohin aufbrechen, zumindest nicht während der, oh, nächsten drei Wochen? ... So lange brauchte er bestimmt, sich einen Schlachtplan zurechtzulegen. ... Bis dahin würde er hierbleiben, warm und behaglich, dem schlechten Wetter zum Trotz, in Sicherheit hier in diesem großen, alten Haus.

Stirnrunzelnd schüttelte Harry den Kopf. Gott, er dachte schon wie seine Mutter und fing an, sich Sorgen um sich selber zu machen. Er hatte ihr sogar versprochen, zum Arzt zu gehen! Aber drei ganze Wochen, um sich zu überlegen, wie er bei seiner Suche vorgehen sollte? Er zuckte die Achseln, blinzelte, damit seine Augen aufhörten zu tränen, und rieb sich den wunden Hals. Außerdem fühlte sein Kopf sich wieder an wie mit Watte gefüllt. So viel also dazu, dass es ihm besser ging!

Und was seine Planungen betraf: Wenn er dazu drei Wochen brauchte, dann dauerte es eben so lange. Alles, worüber er sich jetzt noch Gedanken machen musste, war, was er in dieser Zeit anstellte!

Sein Hals tat *so* weh! Und erst seine Augen – sie brannten und juckten wie verrückt ... Zu wenig Schlaf wahrscheinlich, oder eine Nacht, die er, sich im Vollrausch hin und her wälzend, auf Bonnie Jeans Couch verbracht hatte. Die Flasche Wein fiel ihm ein. Sie hatte auf dem Tischchen gestanden ...

... und lag nun auf dem Boden, nachdem sie gegen die Fußleiste eines Bücherregals geprallt war, als er alles um sich herum umgeworfen hatte. Hastig stürzte er sich darauf, ohne sich darüber im Klaren zu sein, wie dringend er den Wein brauchte, und versuchte sich einzureden, dass er ihm helfen würde. Dieses warme, rubinrote Funkeln im Glas, das ihm einen tiefen Schlummer versprach! Diese dunklen Schlieren und dieser harzerfüllte Duft! Seinem Hals jedenfalls würde es bestimmt gut tun.

Ein Schluck nur, mehr nicht. Nur dieses kleine Gläschen. Schließlich war es ja nicht seine eigene Sucht, der er hier erlag, sondern diejenige von Alec Kyle. Diesmal brauchte er es allerdings wirklich, damit es ihm besser ging, zu medizinischen Zwecken sozusagen. Er war nur so *verdammt* müde! Der Teufel sollte ihn holen, wenn er nicht wenigstens heute Nacht tief und fest schlief!

Und er würde ihn erst recht holen, wenn er es tat ...

Zweieinhalb Wochen später hielt B. J. es nicht mehr länger aus. Sie beschloss, dass sie es sich nicht leisten konnte, länger zu warten, und versuchte den Necroscopen anzurufen – nur um festzustellen, dass er ihr eine falsche Nummer gegeben hatte! Aber das konnte er unmöglich mit Absicht getan haben, so viel war ihr klar. Ein Anruf bei der Telefonzentrale ergab, dass er seine Geheimnummer geändert hatte. Warum auch nicht? Schließlich hatte sie ihm keine gegenteiligen Anweisungen erteilt. Sie war gar nicht auf die Idee gekommen, dass er so etwas tun könnte. Ihr Fehler!

Aber damit war noch nicht alles verloren. B. J. *hatte* ihm befohlen, mit ihr in Verbindung zu bleiben. Daran würde er sich halten und sie wusste auch, wann: Ein paar Tage vor Vollmond würde Harry sich bei ihr melden. Es wäre *besser* für ihn! In der Zwischenzeit wollte sie sich ebenfalls auf eine Suche begeben, und zwar nach ihm. Denn angesichts der vor ihr aufleuchtenden Möglichkeit, dass er mehr als bloß ein rätselhafter Mann sein könnte, ja der *Geheimnisvolle* selbst ...

... hatte Harry Keogh für sie an Bedeutung gewonnen, so sehr, dass es B. J. allmählich an der Zeit schien, sich eine kurze »Auszeit« zu nehmen. Das Lokal hatte sie bereits geschlossen und ihre fünf Mädchen in zwei Gruppen aufgeteilt: Zwei der Mädchen sollten auf der Suche nach Harry die Gegend durchstreifen, während die andere Gruppe die unmittelbare Umgebung des Lokals im Auge behielt, um diesen Schnüffler ausfindig zu machen, vor dem Harry sie gewarnt hatte, und festzustellen, was er im Schilde führte. Damit blieben B. J. und ein weiteres Mädchen übrig. Nun, sie hatte jetzt einen Gang zu erledigen, ob mit oder ohne Harry Keogh, und durfte nicht das Risiko eingehen, verfolgt zu werden. Und sie wusste auch schon ganz genau, wie sie das verbliebene Mädchen einsetzen würde ...

An einem regnerischen, windigen Sonntag, gut vier Tage, bevor ihr Gebieter seinen Ruf nach ihr aussenden würde, machte B. J. sich in aller Herrgottsfrühe in Richtung Norden auf. Sie war zuversichtlich, dass Radu ihren Eifer, hatte sie ihm erst einmal erklärt, weshalb sie zu früh kam, billigen würde.

Sie fuhr einen Mietwagen, ein altes, preisgünstiges Modell, absolut zuverlässig, aber unauffällig. Damit konnte sie sichergehen, keine unerwünschte Aufmerksamkeit auf sich zu lenken. Dennoch fuhr sie nicht gleich vom Lokal aus los, sondern nahm ein Taxi zur Wohnung eines ihrer Mädchen, das in einem nördlichen Vorort wohnte. Die junge Frau hatte den Wagen für sie abgeholt.

Alles war bestens vorbereitet: Bonnie Jean stieg aus dem Taxi aus, zahlte, setzte sich in den Mietwagen und fuhr los. Im Rückspiegel sah sie, wie das Mädchen – einer ihrer »Leutnante« – ihr in geringem Abstand in ihrem eigenen Wagen folgte. Dies war nicht einfach ein Ablenkungsmanöver. Vielmehr gab das Mädchen B. J. Rückendeckung. Ihr Auftrag bestand darin, sich mit ihrem Fahrzeug zwischen B. J. und jeden etwaigen Verfolger zu stellen. Allerdings war es zwei Uhr morgens, das Wetter schlecht, und bei all den Vorsichtsmaßnahmen, die B. J. getroffen hatte, hielt sie es für nicht sehr wahrscheinlich, dass sie beschattet wurde.

Was das anging, machte sie die Tatsache, dass sie trotz aller Wachsamkeit niemanden mehr entdeckt hatte, der in der Nähe ihres Lokals herumspionierte, umso zuversichtlicher. Vielleicht handelte es sich ja um ein einmaliges Ereignis, um einen Zufall, der mit ihr direkt gar nichts zu tun hatte. Nun, vielleicht ... aber B. J. glaubte nicht an Zufälle, und Risiken ging sie erst recht nicht ein.

Jetzt lag vor ihr nur noch eine Gefahrenstelle, nur noch ein Nadelöhr, durch das sie hindurch musste – die Brücke über den Firth of Forth, der einzige Weg, der von Norden her in die Stadt hinein oder aus ihr heraus führte. Sollte irgendjemand gesehen haben, dass sie ihre Wohnung verließ, und davon Wind bekommen haben, dass sie nach Norden wollte, bot die Brücke die ideale Gelegenheit, sich ihr an die Fersen zu heften.

Doch B. J. passierte die Brücke ohne Zwischenfall, und ihre Begleiterin ebenfalls. Gute anderthalb Kilometer hinter dem Firth of Forth, bereits auf dem Weg nach Perth, blendeten die Scheinwerfer in ihrem Rückspiegel dreimal auf. B. J. wusste, was dieses Signal zu bedeuten hatte: Sie hatte keinen Schatten, niemand folgte ihr zu dem Unterschlupf in der Bergfeste. Dennoch hielt ihr Leutnant am Straßenrand und wartete eine geschlagene Stunde lang ab, um alle Einzelheiten über die vorüberfahrenden Wagen festzuhalten und sich die Fahrer, so gut es ging, anzusehen.

Alles Weitere lag nun allein bei Bonnie Jean Mirlu ...

Im Morgengrauen befand B. J. sich im Haus eines »Freundes« in dem winzigen Dorf Inverdruie; immer, wenn sie hier durchkam, also zwangsläufig alle drei Monate, machte sie dort Station. Und wie stets war der Alte John da, wie vor ihm bereits sein Vater. Nicht anders als Bonnie Jean »gehörte« auch John ihrem Gebieter, doch im Gegensatz zu ihr war er nicht von seinem Blut und damit bloß ein Knecht, ein Wächter beziehungsweise Posten hier an der zu Ihm, zu Seinem Bau hoch oben in den Bergen führenden Zugangsstraße. Doch da John im Glanz des Mondes seinen Eid auf Ihn abgelegt hatte, war er Ihm nicht minder treu ergeben als B. J.

B. J.s Weg hatte durch Perth, Pitlochry, Kingussie und Kincraig und schließlich über den Spey nach Inverdruie geführt. Als sich die nebelverhangenen Grampian Mountains im ersten Licht der Morgendämmerung am Horizont abzeichneten und B. J.s Wagen in die Einfahrt einbog, war der Alte John zur Stelle, um die »kleine Mistress«, wie er sie bei sich nannte, in Empfang zu nehmen.

»Stell' den Wagen lieber in die Garage, John«, wies sie ihn nach einer flüchtigen Umarmung an. »Zu Hause in Edinburgh hat man mir nachgeschnüffelt und hier oben können wir uns so was nicht leisten.« Damit trat sie in das kleine, fast hinter einem Birkenhain voller Wacholder und Ebereschen verborgene Häuschen ein und wartete auf ihn.

»Als du das letzte Mal hier warst, Bonnie Jean, war es noch furchtbar kalt«, sagte er, als er hereinkam und die Tür hinter sich schloss. »Beim besten Willen konnt' ich nich' mit dir klettern geh'n. Nich' das letzte Mal! Die alten Knochen ... Ich hab' keine Kraft mehr in meinen Fingern!«

»Du bist zum Aufpassen da, John«, rief sie ihm ins Gedächtnis. »Nich' zum Klettern.«

»Aye, aber ich hätt' Ihn doch so gern nochmal geseh'n!

Vielleicht beim nächsten Mal, im Sommer. Aber ... du bist auch ziemlich früh dran, Mädchen!?«

Sie nickte. »Wie gesagt, jemand hat mir hinterhergeschnüffelt. Vielleicht steckt sogar mehr dahinter. Auf jeden Fall sollte Er Bescheid wissen. Und dann ist da noch ein Fremder aufgetaucht, John! Alles ziemlich geheimnisvoll. Und was diesen Fremden angeht: Wenn ich ihn richtig einschätze, wirst du ihn zweifellos recht bald kennenlernen.«

Der alte Mann neigte den Kopf zur Seite. »Ein Fremder, hier? Und ›geheimnisvoll‹, sagst du?« Mit einem Mal wirkte sein Blick scharf und durchdringend.

Sie nickte erneut. »Wer weiß? Wer kann das schon wissen?« Sie schüttelte sich und wandte sich zum Feuer, um sich die Hände zu wärmen. »Grund genug jedenfalls, ein paar Tage früher hierher zu kommen!«

Der Alte John war vielleicht fünfundsechzig und trotz seines Gejammers noch immer rüstig. Er war groß und schlaksig und hatte den federnden Gang eines Waldbewohners (der bei ihm völlig *natürlich* war und keineswegs das Ergebnis irgendeines Zustandes, sondern lediglich verriet, dass er sein Leben als Jäger und Fährtensucher verbracht hatte). Das lange, allmählich dünner werdende graue Haar trug er zu einem Pferdeschwanz gebunden, damit es ihm nicht in das wettergegerbte Gesicht fiel.

Das ein oder andere Mal hatte er Bonnie Jean bereits in die Cairngorms bis zur Höhle begleitet. Doch der Aufstieg war wirklich *steil* und dem fühlte sich der Alte nicht mehr gewachsen. Was nun die Beziehung zwischen den beiden betraf ... merkwürdiger ging es wohl kaum. Vor über sechzig Jahren hatte Bonnie Jean ihn auf ihren Knien geschaukelt! Und nun stand sie vor ihm, noch immer eine junge Frau, und er ein alter Mann ...

Das Blut ist das Leben!

Der Alte John nahm gegenüber der kleinen Mistress Platz und langte nach einem Scheit, um ihn auf das Feuer in dem gewaltigen Kamin zu legen. »Ich werde alt«, sagte er. »Jetzt merke ich es richtig.«

»Aber nur langsam, John«, entgegnete sie, »ganz allmählich. Und du wirst länger leben als viele andere. Aye, und du hast einiges, wofür du dankbar sein kannst. Immerhin durftest du Ihn kennenlernen.«

»Ich kenne Ihn schlafend, gewiss. Aber zu erleben, wie Er erwacht und ...! Hältst du es für möglich, dass ...?« Er hatte die Stimme zu einem Flüstern gesenkt, im Schein des Feuers waren seine Augen schmale, düstere Schlitze über einer langen, platten Nase.

»Bei Ihm ist alles möglich, John«, sagte sie. »So langsam und gewiss wie der Mond und die Sterne ihre ewige Bahn ziehen, wird eines Tages auch seine Zeit kommen. Er wird bestimmt nicht in alle Ewigkeit in seiner Höhle bleiben. Deine Knochen werden alt und verlieren mit den Jahren an Kraft. Nicht anders verhält es sich bei ihm – nur dass er schon seit Jahrhunderten lebt! Ich habe es wieder und wieder durchgerechnet und komme jedes Mal zu demselben Ergebnis.«

»Vier Jahre, nicht wahr?«, meinte der Alte mit tiefer Stimme. Es klang beinahe wie ein Knurren und doch auch wieder flehend, so als könne er es kaum erwarten. »Nur noch vier Jahre?«

Abermals nickte Bonnie Jean. »Drei, höchstens vier Jahre«, bestätigte sie, »und das nach sechs Jahrhunderten! Das ist nur noch ein Tropfen im Ozean, John!«

»Und dann, und dann ...?« Es war eine alte Geschichte, aber er wollte sie trotzdem noch einmal hören.

»Dann wird eine Legende wiederauferstehen! Neben Dachs, Wildkatze und Steinadler wird eine neue Kreatur die Höhen durchstreifen. Stell dir bloß vor, John, zu Hause in Seinen Bergen hat er noch richtige Katzen erlebt: die letzten Säbelzahntiger!«

»Eine neue Kreatur hoch oben in den Bergen«, wiederholte er weinerlich. Dabei blinzelten seine gelben Augen ganz aufgeregt.

»Und in den Städten!«, fügte Bonnie Jean hinzu. »Vergiss die Städte nicht. Oh, vor Jahrhunderten versuchte unser Gebieter es auf die andere Art – im Geheimen. Aber es funktionierte damals nicht und dürfte heute auch nicht klappen.«

»Aber«, warf der alte Mann ein, »sobald die Menschen nur etwas sehen, was ihnen fremd ist, bringen sie es um! Komme, was da wolle, wenn es anders ist und ihnen nicht in den Kram passt, ist es aus damit. Und wenn es so sein sollte wie Er dort oben?« Mit einer Kopfbewegung deutete er in die Richtung der Cairngorms. »Wie unser Gebieter? Dann bedeutet das Krieg, Bonnie Jean! Krieg!«

»In der Tat«, pflichtete sie ihm bei. »Nicht anders als damals,

als Er zum ersten Mal zu uns kam. Nur dass die Menschen die alten Zeiten vergessen haben und nicht mehr an die alten Sagen glauben. Und bis es wieder so weit ist, wird es zu spät für sie sein. Aye, John, und heute gibt es keinen Schwarzen Tod mehr, um Ihn und die Seinen zu plagen. Einst wurde unser Gebieter von jenem schwarzen, alles verzehrenden Brand vertrieben, erst nach Westen und dann hierher in den Norden. Doch bald wird Er Seine Flamme neu entzünden und wieder ostwärts vorstoßen. Allerdings wird Ihm das nicht genug sein, Er wird auch den Süden und Westen erobern! Denn zu Seiner Zeit war die Welt noch klein; es gibt ganze *Kontinente,* von denen Er noch niemals gehört hat! Aber das wird sich ändern! Das wird sich ändern ...«

»Der Schwarze Tod hat ihn aufgehalten und zu ewiger Finsternis verdammt ...« Dem alten John lief ein Schauder über den Rücken.

»... nein, nicht ewig, John«, ermahnte sie ihn. »Und wenn Er erst wiederauferstanden ist, wird der Rote Tod seinen Weg wie ein Fanal beleuchten! Ah, aber mit dem armen Mister Poe hat das rein gar nichts zu tun, auch wenn es so aussehen mag. Und dann, wenn er als Nächstes von den Bergen herabkommt, ist Schluss mit dem Versteckspiel, John! Und Sein Rudel wird ...«

»... die ganze Menschheit sein!«, fiel ihr der Alte ins Wort.

»... Legion sein!« Sie warf ihr Haar zurück. Im Feuerschein wirkte es ebenso grau wie dasjenige des alten John. »Und auf seine Feinde, was auch immer von ihnen übrig bleiben mag, wartet ...«

»... der wahre Tod«, nickte er. »Weder der Untod noch irgendeine Art von Schlaf, wie Er ihn kannte, sondern der ewige Tod!«

»Amen!«, lächelte sie.

»Wann wirst du zu ihm gehen?«

»Gib mir Suppe, von deiner guten Brühe, Tee, den ich mir aufkochen kann, und ein bisschen Wild, kräftiges Fleisch zum Mitnehmen. Der ganze Ort schläft noch. Wenn Inverdruie erwacht, werde ich längst weg sein. Auf dem Weg ins Vorgebirge kannst du mich noch begleiten, wie sonst auch, dann kehrst du um und wartest hier auf mich. Es kann sein, dass ich eine Zeit lang weg bleibe, also mach' dir keine Sorgen, wenn ich später komme als sonst.«

»Ich werd' mir keine Sorgen machen.«

»Und meine Ausrüstung?«

»Alles in Ordnung! Aber bist du sicher, dass du das Zeug brauchst?« In seiner Stimme schwang ein Kichern mit. Sie lachte.

»Du weißt, dass ich die Strecke kenne. Ich könnte sie blind klettern!« Doch dann verstummte sie und wurde mit einem Mal wieder ernst. »Aber diesmal kann ich mir keinen Ausrutscher leisten. Wenn es nur um mein Leben ginge, würde es keine Rolle spielen, aber Seins ...«

»Aye, Mädchen, aye!« Er beugte sich zu ihr und ergriff ihre Hand. »Er lebt schon viel zu lange, um auf so eine Art umzukommen: kalt und einsam, ganz allein in Seiner Höhle.«

Bonnie Jean erwiderte nichts, sondern starrte bloß ins Feuer. John stand auf, um sich um ihre Vorräte zu kümmern und seine Vorbereitungen zu treffen ...

Im Klettern machte B. J. niemand so leicht etwas vor. Für gewöhnlich kam sie mit erstaunlicher Geschwindigkeit voran und schien beinahe an der Felswand zu kleben; dabei verließ sie sich lediglich auf ihren Gleichgewichtssinn und die Kraft ihrer langen Finger und Zehen, um die Schwerkraft zu überwinden. Um ehrlich zu sein, brauchte sie Johns Seile, Krampen und Karabinerhaken und den ganzen Kram, den professionelle Bergsteiger sonst noch so mitschleppten, eigentlich nicht. Trotzdem nahm sie ihn mit.

Es verhielt sich so, wie sie gesagt hatte: Als Seine Hüterin und Wächterin konnte sie es sich schlicht und einfach nicht erlauben, abzustürzen. Denn obwohl der Anstieg an sich für Bonnie Jean kaum mehr als ein Nervenkitzel war und sie felsenfest auf ihre Fähigkeiten vertraute, bestand immer noch die Möglichkeit, dass sie ausrutschte. Und für Ihn, Der seit Jahrhunderten schlief, mochte dies gut und gern den Unterschied zwischen dem Untod und dem wahren Tod bedeuten. Denn nicht nur an der Felswand musste B. J. das Gleichgewicht wahren. Weit mehr Fingerspitzengefühl benötigte sie für das ausgewogene Mischungsverhältnis, das Ihn am Leben erhielt.

Dem alten John war dies sehr wohl bekannt, und obwohl er auf dem Pfad, der sie durch den Wald führte, schwieg, kreisten seine Gedanken um Bonnie Jean und ihrer beider Gebieter. »Oben in den Bergen wirst du doch aufpassen, Kleines?«

»John, du weißt, dass ich immer aufpasse!«

»Es hat den einen oder anderen Bergrutsch gegeben.«

»Schön! Ich bin immer auf der Suche nach neuen Strecken.«

Die grelle Frühlingssonne schien zwischen den Birken und Kiefern hindurch und besprenkelte ihren Weg mit hellen Flecken. B. J. wich ihnen aus, so gut es ging. Sie mochte das Sonnenlicht nicht und war froh, dass sie den größten Teil ihres Aufstiegs im Schatten der Berge bewältigen konnte.

In Inverdruie lagen die meisten Menschen noch friedlich in ihren Betten oder warfen sich unruhig hin und her ... und wandten dem Licht, das an diesem sonnigen, aber doch recht frischen Sonntagmorgen durch die Fenster fiel, den Rücken zu. Bald würde die Kirche anfangen und natürlich mussten die Tiere im nahe gelegenen Wildpark gefüttert werden: Braunbären und Bisons, Rentiere und Antilopen. Vielleicht würde sich sogar eine Handvoll Besucher, Touristen, in den Andenkenläden der umliegenden Dörfer einfinden, allerdings nicht zu vergleichen mit dem Ansturm vor ein paar Monaten, als in Aviemore noch hoher Schnee lag und die Skiläufer sich wie Myriaden bunt umhersausender Insekten an den Hängen tummelten.

»Aye, und Kletterer waren auch da«, erzählte der alte John. »Aber nicht hier draußen.« Nein, denn dies waren die Cairngorms, ein riesiges Naturschutzgebiet, über hundertsechzig Quadratkilometer nichts als Berge und Wildnis. Hier traf man Hirsche und Wildkatzen an, Füchse, Otter und andere wilde Kreaturen, aber so gut wie keine Menschen. Dies war Johns Reich. Hier war er Wanderführer; so fiel es leichter, sicherzustellen, dass die geheimen Pfade durch die Wälder auch wirklich geheim blieben. Oh, hin und wieder kam es schon vor, dass irgendein dämlicher Bergsteiger die Warnschilder ignorierte und sich mit seinem ganzen Team hierher verirrte ... und manchmal schafften sie es nicht mehr hinaus. Es hing ganz davon ab, welchen Weg sie einschlugen, insbesondere wo sie kletterten – und davon, wer sonst noch in dieser Gegend unterwegs war ...

So langsam stieg das Terrain an. An einer Lücke zwischen den Bäumen blieben Bonnie Jean und der alte John stehen und blickten den Weg zurück, den sie gekommen waren, über Loch an Eilein mit seiner zerfallenen Burg hinweg. Bonnie Jean war die Ortssage, die sich darum rankte, wohl bekannt. Das alte Schloss im See wurde mit dem für vogelfrei erklärten Sohn Roberts II., genannt der Wolf von Badenoch, in Verbindung gebracht. Badenoch war die Region östlich des Spey, die sich an den Ausläufern der Cairngorms entlangzog. Aber B. J. wusste ebenfalls, dass »der Wolf« bereits seit hundert Jahren tot gewesen war, als das Schloss gebaut wurde. Das warf die Frage auf, das Gedächtnis welchen Wolfes man hier eigentlich bewahrte und wie gut – oder vielmehr schlecht – die unterschiedlichen Überlieferungen auseinandergehalten wurden.

Allmählich trat zwischen den Bäumen das moosbewachsene, nackte Gestein zutage – »die Tränen der Titanen«, wie John es nannte. Schließlich hatten sie das Vorgebirge hinter sich und standen am Fuß einer nahezu lotrecht aufragenden Felswand. »Granit«, erklärte John unnötigerweise, »gut zwölfhundert Meter hoch, und zwar senkrecht!« Nun, nicht ganz.

Bislang hatte er ihren Rucksack getragen. Nun half er ihr dabei, ihn anzulegen, band ihr das Haar mit seiner eigenen Klammer zurück und füllte einen kleinen Beutel an ihrem Gürtel mit Kreide, um ihre Finger zum Klettern trocken zu halten. Schließlich ermahnte er sie: »Wenn der Weg zu beschwerlich wird, nimm' das Seil!« Es war keine Anweisung, denn das wagte er nicht.

Sie machte sich an den Anstieg ...

Zwölfhundert Meter nackter Fels, allerdings keineswegs senkrecht, jedenfalls nicht die ganze Strecke. Stellenweise kam sie beinahe ebenerdig voran, durch geröllgefüllte Mulden, über kuppelförmig gewölbte Plateaus, felsige Simse und kieferbestandene Bergsättel. Oh, ein, zwei Mal wurde es tatsächlich steil und einmal sogar ganz schlimm, als es hundertfünfzig Meter senkrecht bergauf und dann durch eine überhängende Traverse ging, vor der noch die besten Bergsteiger erst einmal zurückgeschreckt wären, ehe sie sie in Angriff genommen hätten. Doch ebendies war es, was Bonnie Jean am Klettern so sehr schätzte: die Herausforderung!

Für sie hielt sich die Herausforderung jedoch in Grenzen, schließlich bestand ihre Aufgabe, ihre *Pflicht* darin, diesen Berg alle drei Monate, zu jeder Jahreszeit, mindestens einmal zu erklimmen, und dies seit *einhundertsiebzig Jahren!* Mittlerweile also schon ungefähr sechshundertachtzig Mal – mitunter verlor sie den Überblick – hatte B. J. den Berg bezwungen. Sie kannte jeden Spalt und jeden Stein auf dem Weg, jede Höhle, jedes Sims und jeden Kamin.

Sie wusste, wo in der groben Granitwand zartrosa bis purpurn ganze Rosenquarzadern glitzerten, und kannte einen lotrechten Spalt, dessen Gestein so verwittert war, dass die ursprünglich darin eingeschlossenen Rauchkristalle oder auch »gorms« (Cairn gorms) fein säuberlich auf einem Haufen lagen, einem von der Natur geschaffenen Grabhügel (Cairn) nicht unähnlich. Sie mied die Horste der Steinadler, zumal jetzt, in der Brutzeit, und orientierte sich an den zerbeulten, verrosteten Haken, die sie vor Jahren, als es ihr noch an Erfahrung mangelte, zumeist selbst in den Fels geschlagen hatte.

Auf einer Strecke von dreihundert Höhenmetern bewegte sie sich im Schnitt einen Kilometer oder auch mehr in der Horizontalen, immer tiefer hinein in das Labyrinth des Gebirges, in das sich bislang nur wenige Bergsteiger vorgewagt hatten. Doch während der vergangenen einhundertsiebzig Jahre – insbesondere während der letzten dreißig – hatten es manche durchaus versucht, und einige von ihnen waren dem Geheimnis zu nahe gekommen.

Nun, die Cairngorms waren bekannt dafür, dass man sich keinen Fehler erlauben durfte, und es gab Stellen, die waren völlig unzugänglich. Ein paar der Leichen hatte man nie gefunden, und es würde sie auch nie jemand finden. Nur Bonnie Jean wusste, wo ihre Knochen lagen, bei einer Handvoll zumindest; und sie wusste auch, was aus ihrem Fleisch geworden war ...

Gut zwei Stunden nach der Mittagszeit machte sie Rast auf einem Sims, von dem aus man eine düstere Schlucht mitsamt einem Wasserfall überblickte. Die weiße Flut ergoss sich in den angeschwollenen, so fernen und doch so nah wirkenden Spey. Fast der gesamte Winterschnee war mittlerweile geschmolzen, in Fels und Erde gesickert und bahnte sich seinen Weg zu den Wasserfällen und Katarakten. Die heftigen Regenfälle der letzten Monate hatten ein Übriges dazu beigetragen und von dem tosenden Sturzbach knapp einhundertfünfzig Meter unter ihr stob die Gischt nur so an den Felswänden empor. Hoch über ihr führte eine Reihe von Höhlen in ein weit verzweigtes Höhlensystem: den Bau ihres Gebieters!

B. J. hätte die »einfachere« Strecke nehmen können – vielleicht hätte sie dies auch besser tun sollen: hinauf auf die vielfach gesprungene Decke des Plateaus und von dort durch einen der vielen Schächte hinab in das staubige, von Trümmern übersäte Innere des Berges. Doch diese Route hier war eine Herausforderung, wenn auch keine sehr große, denn das Gestein war völlig verwittert und bröckelte leicht. So hatte sie Gelegenheit, auch einmal andere Fähigkeiten zu testen, diesmal mit einer professionellen Kletterausrüstung, die sie im Allgemeinen verachtete.

Nachdem sie einen Happen zu sich genommen und einen Schluck Wasser getrunken hatte, machte sie zum ersten Mal während ihres Anstiegs Gebrauch von Hammer, Fels- und Karabinerhaken und dem dünnen, leichten Nylonseil. Aus dem Ganzen baute sie so etwas wie einen Flaschenzug, mit dessen Hilfe sie sich auf das letzte Sims hievte, von dem aus sich ein tückisch gezacktes »Fenster« in die Düsternis des Baus hinein öffnete. Die Füße auf dem Felsabsatz, lehnte sie sich zurück, indem sie ihr gesamtes Gewicht dem Seil anvertraute, und blickte hinab in die tödliche Tiefe, aus der ihr die von der Flut geschwärzten Felszacken wie gebleckte Reißzähne entgegenstarrten. Die Schlucht erschien ihr schrecklicher als das klaffende Maul jeder Kreatur der Nacht ...

... nun ja, beinahe ...

B. J. betrat die Höhle. Obwohl dies keineswegs ihr erster Besuch war, war dieser Schritt furchteinflößender als der ganze Anstieg, der hinter ihr lag ...

Nachdem sie sich zwischen den überall herabhängenden Spinnweben und staubbedeckten, scharfkantigen Gesteinstrümmern hindurchgezwängt hatte, verlor sie keine Zeit. Rasch, mit derselben Leichtigkeit, die jedem nächtlichen Jäger und den meisten wilden Tieren zu eigen ist, gewöhnten ihre Augen sich an das Dunkel. Auch in finsterster Nacht hätte sie sich zurechtgefunden. Noch während sie aus den Gurten schlüpfte, hatte sie bereits ziemlich genau ihre Position innerhalb des Höhlensystems, das sie schon so oft erkundet hatte, bestimmt. Sie wusste, wo sie sich befand, und auch, wo Er war.

Zwischen ihnen lagen zirka fünfundsiebzig Meter voller Stolperfallen und bröckeliger Felssimse, ganze Haufen übereinandergestürzter sechskantiger Stützpfeiler und Pfade an schwindelerregenden Abgründen entlang, die nach allem, was sie wusste, gut und gern bis zum Fuß des Gebirges reichen mochten. Diese Ebene Seines Baus hatte sie erkundet, denn dies war Sein Reich. Doch was darunter lag, vermochte sie nicht zu sagen. Sie hatte schlicht und einfach keine Ahnung.

Und abgesehen von den natürlichen Hindernissen dieser weiträumigen Höhle gab es noch etwas anderes, das zwischen B. J. und ihrem Gebieter stand. Ein gewisses *Wesen,* und allein der Gedanke daran jagte selbst ihr, der »kleinen Mistress« persönlich, einen Schauer über den Rücken.

Es stammte von ihm ab, so viel war ihr klar; dennoch war es unbegreiflich. Zumindest ihr Begriffsvermögen reichte dazu nicht aus. Es war halb wach; es bekam mit oder spürte, was um es herum vorging. Wahrscheinlich wusste es bereits, dass sie hier war, und wenn sie an ihm vorüberkam, würde es sich rühren. Und es kannte wohl auch den Grund, aus dem sie hier war ... nämlich auch wegen ihm. Denn nicht nur B. J.s Gebieter brauchte Nahrung. Seine Kreatur empfand ebenfalls Hunger ...

Das war der Teil, den sie nicht mochte, der einzige Aspekt ihrer Aufgabe, der ihr wirklich zu schaffen machte. Die Bedürfnisse ihres Gebieters waren eine Sache, aber diejenigen Seiner Kreatur standen auf einem ganz anderen Blatt. Sie fütterte es ... *nicht gerne,* noch nicht einmal mit Tierblut. Sie war jedes Mal aufs Neue erstaunt, wie wenig doch ausreichte, ein so riesenhaftes Wesen zufriedenzustellen. Doch würde dies auch genügen, wenn es erst einmal erwacht war? Denn Er hatte doch sicher vor, es zum Leben zu erwecken, was für einen Zweck sollte es sonst haben? Doch Bonnie Jean hatte nie danach gefragt. Ihre Aufgabe bestand nicht darin, Fragen zu stellen, sondern Wache zu halten und ihm Meldung zu erstatten. Und zu gehorchen.

Kaum hatte sie sich einen Schritt von dem Lichtschein entfernt, der durch den staubflirrenden, gezackten Spalt der Öffnung fiel, wurde es um sie herum totenstill – als habe jemand einen Schalter umgelegt. Nur die Geräusche der Höhle selbst waren noch zu hören: das Tropfen von Wasser an mehreren Stellen, die sie von hier aus nicht einsehen konnte; B. J.s eigener Atem, ihre eigenen verstohlenen Bewegungen. Es war ruhig hier, und doch auch wieder nicht ... Dies war keineswegs ein Widerspruch in sich. Das

Tosen der Schlucht war nicht mehr zu vernehmen, es drang nicht bis hierher. Irgendetwas sperrte es aus.

Es war nicht gänzlich dunkel. Trübes Licht sickerte aus diversen Durchbrüchen in der Decke herab. B. J. vermochte nicht zu sagen, wie hoch sie war oder bis wohin sie sich erstreckte. Es handelte sich um die Schächte, durch die sie hier eingedrungen wäre, hätte sie die andere Route genommen. *Hier* gab es Licht, nicht jedoch an der Stelle, an der Er lag. B. J.s Gebieter konnte direktes Sonnenlicht nämlich nicht mehr ertragen. Ihm genügte der Mondschein und im Glanz des vollen Mondes schwelgte Er geradezu! Eines Tages würde auch B. J. so weit sein, denn auch sie war ein Kind des Mondes. Bereits jetzt mied sie die Sonne, so gut es ging, obwohl ihr Licht für sie noch nicht tödlich war – jedenfalls nicht in ihrer menschlichen Gestalt.

Warum ausgerechnet hier? Sie hatte sich schon oft gefragt, weshalb Radu seine Zuflucht hier oben errichtet hatte anstatt an einem Ort völliger Finsternis. Dabei wusste sie sehr wohl, dass ihn die Umstände dazu gezwungen hatten und ihm gar keine andere Wahl geblieben war. Außerdem war er eine Stätte in schwindelerregender Höhe ja gewohnt, wenn auch aus einer anderen Zeit, einer anderen Welt. Andererseits war er seinerzeit an vieles gewöhnt gewesen ...

Bonnie Jean warf sich ihren Rucksack über die Schulter. Indem sie einem Pfad aus vor Zeiten von der Decke gestürzten und mehr schlecht als recht aneinandergefügten Steinplatten folgte, machte sie sich auf den Weg durch das Gewirr von Felstrümmern. An Stellen, an denen in jüngster Zeit Felsrutsche abgegangen waren, war der Pfad fast nicht zu erkennen, die Steinplatten verschüttet oder beiseite geschleudert und zu kantigen Granit- und Felshaufen aufgetürmt, die der Salpeter zu beinahe kristallinen Gebilden zusammengeschweißt hatte. »In jüngster Zeit« hieß bei B. J. allerdings etwas anderes als für Menschen mit normaler Lebensspanne. Sie meinte damit jeden beliebigen Zeitpunkt innerhalb der letzten hundert Jahre! Dennoch war es nur gut, dass die Zeit ihres Gebieters nahte und Sein Erwachen bevorstand, denn diese Höhle würde nicht ewig standhalten. Und in der heutigen modernen Welt ... nun, »Reparaturen« kamen nicht infrage! Oh, in verschiedenen Landesteilen war Ihm durchaus noch eine Handvoll Knechte verblieben, und B. J.s Mädchen natürlich ebenfalls. Doch sie alle sicher und unbemerkt hier heraufzuschaffen, wäre nahezu unmöglich. Außerdem könnten sie eine derartige Aufgabe niemals bewältigen. Diese Stätte war lange vor B. J.s Zeit errichtet worden und die Knechte, die sie für Ihn gebaut hatten, waren dabei umgekommen. Zudem war das Land ringsum in jenen vergangenen Zeiten eine Wildnis gewesen und geschützt vor neugierigen Blicken ...

Dies ging ihr durch den Kopf, während sie sich dem Lager der Kreatur näherte, jener düsteren Kaverne abseits der Haupthöhle, in die niemals ein Lichtschein fiel, wo die Stille grenzenlos war. Die *physische* Stille jedenfalls. Die Atmosphäre hingegen, oder vielmehr der Äther – falls es etwas Derartiges überhaupt gab –, schien geradezu zu brodeln. Das erdrückende Gewicht dieses Ortes lastete beinahe greifbar auf ihren Schultern.

B. J. war zwar keine Mentalistin (lediglich aufgrund der beängstigenden Macht ihres Gebieters vermochte sie Seine Gedanken zu empfangen, ganz zu schweigen von denjenigen Seiner Kreatur!), doch wie stets an diesem Ort spürte sie, so nah an diesem *Ding*, die unheimliche Ausstrahlung jener Wesenheit, wie das ungeschickte Herumtasten eines Embryos, der darauf wartet, geboren zu werden. Und da es, obschon sie es hasste, ihre Pflicht war, bog sie von ihrem Pfad ab und trat, wenn auch nur kurz, in die Höhle, die das *Wesen* beherbergte, und machte so auf ihre Gegenwart »aufmerksam«.

Während ihre Augen sich an die tiefere Finsternis gewöhnten, wurde die Aura einer scheußlichen Präsenz, eines abwesenden, wilden Bewusstseins, immer deutlicher ... und ebenso die Gewissheit, dass auch sie erkannt worden war.

Ein zylindrischer Umriss schälte sich aus der Dunkelheit, von dem ein kaum wahrnehmbares rotes Glühen ausging, ähnlich der Glut eines fast erloschenen Feuers in einer dunklen Stube. Er bestand aus wie Fassdauben aufrecht stehenden, sechseckigen Granitblöcken, deren Fuß im Schutt begraben war und die von Felsbrocken gestützt wurden, damit sie nicht nach außen kippten. Diese Blöcke bildeten die Wände eines gewaltigen Behältnisses. Eines Bottichs. Doch einige davon waren gesprungen, zwischen anderen klafften kleine Risse oder sie standen schief, auseinandergezwungen von den geologischen Kräften, die auf den Berg einwirkten, sodass Tropfen des Harzes, das den Inhalt vor der

Luft bewahrte und so konservierte, herausgesickert waren und auf dem Boden vor den Steinen ringsum zu Bernstein erstarrte Pfützen gebildet hatten.

B. J. näherte sich dem Bottich und streckte, zögernd zunächst, die Arme aus, doch dann legte sie die Hände auf zwei der Blöcke. Das Gestein fühlte sich kühl an. Eigentlich sollte dies genügen; eigentlich dürfte sie nichts von dem spüren, was es umschloss. Aber da war noch etwas anderes. *Als ob man das Meer in einer Muschel rauschen hört,* dachte B. J. *Nur dass das Meer kein Bewusstsein hat und sein Rauschen etwas vollkommen Natürliches ist. Es interessiert sich nicht dafür, was um es herum vorgeht, und kann auch nicht darauf reagieren.*

Doch dieses *Wesen,* die Kreatur ihres Gebieters, nahm seine Umwelt durchaus wahr. Und so wie B. J. auf dieses Wesen lauschte, lauschte dieses Wesen auch auf sie.

Ein dumpfes Pochen! (Wie aus weiter Ferne, ein leichtes Beben in ihren Fingerspitzen.)

Sie kannte dies und hatte es bereits zuvor vernommen und auch gespürt und wich nicht zurück. In fünf Minuten oder fünfzehn, vielleicht auch zwanzig, falls sie so lange hier stehen blieb, würde sie es wieder hören – den herabgesetzten, beinahe zum Erliegen gekommenen Herzschlag der Kreatur ... Das Ding wartete! Und es war am Leben, oh ja!

Es lebte, da drin, der zukünftige ... was, etwa Hüter ... ihres Gebieters? Etwas, das ihren Platz einnehmen sollte, wenn Er wiedererwacht war? Dieser Gedanke kam ihr nicht zum ersten Mal und sie wagte ihn kaum weiterzudenken. Eine wilde, von Ihm selbst geschaffene Kreatur, die über Ihn und Seinen Bau wachte ...

Poch!

Und diesmal zuckte Bonnie Jean völlig gedankenverloren zusammen und zog ihre Hände zurück. Aber durfte sie so etwas überhaupt denken? Hatte Er ihr nicht oft genug versichert, dass sie immer auf Ihn zählen könnte?

War es vernunftbegabt, fragte sie sich. So wie Er? War dieses ungeborene Wesen womöglich eifersüchtig auf sie?

Rasch trat sie neben den steinernen Bottich, erklomm eine Treppe aus übereinandergetürmten Felsplatten und blickte schließlich hinab in das zähe, trübe Wirbeln in dem nahezu undurchsichtigen, phosphoreszierenden Harz des Beckens. Mit Augen, die im Dunkel glommen wie bei einem wilden Tier, kniete sie sich an den Rand, um durch die verkrustete Oberfläche zu spähen und einen Blick auf das embryohafte *Wesen* zu erhaschen, das zusammengekrümmt in den tieferen, flüssigeren Schichten lag ...

... auf den gewaltigen, im Profil fast dreieckig wirkenden Schädel, die langgezogene Hundeschnauze, die dunkle Höhlung, in der ein Auge, so groß wie eine Untertasse, saß!

Bei ihrem letzten Besuch hatte das Herz langsamer geschlagen und das riesenhafte Augenlid war geschlossen gewesen. Doch nun ...

Poch!

Kein Zweifel, das Herz schlug schneller und das Lid war einen Spalt breit geöffnet! Darunter ahnte sie ein gelbliches Glühen, etwas heller als das schützende Harz ringsum ...

Bonnie Jean erhob sich, stieg die Stufen hinab und machte, dass sie hinauskam. Der labyrinthische Höhlenkomplex flößte ihr nicht halb so viel Grauen ein wie diese Kammer.

Atemlos hastete sie zu Radu Lykan, ihrem Gebieter ...

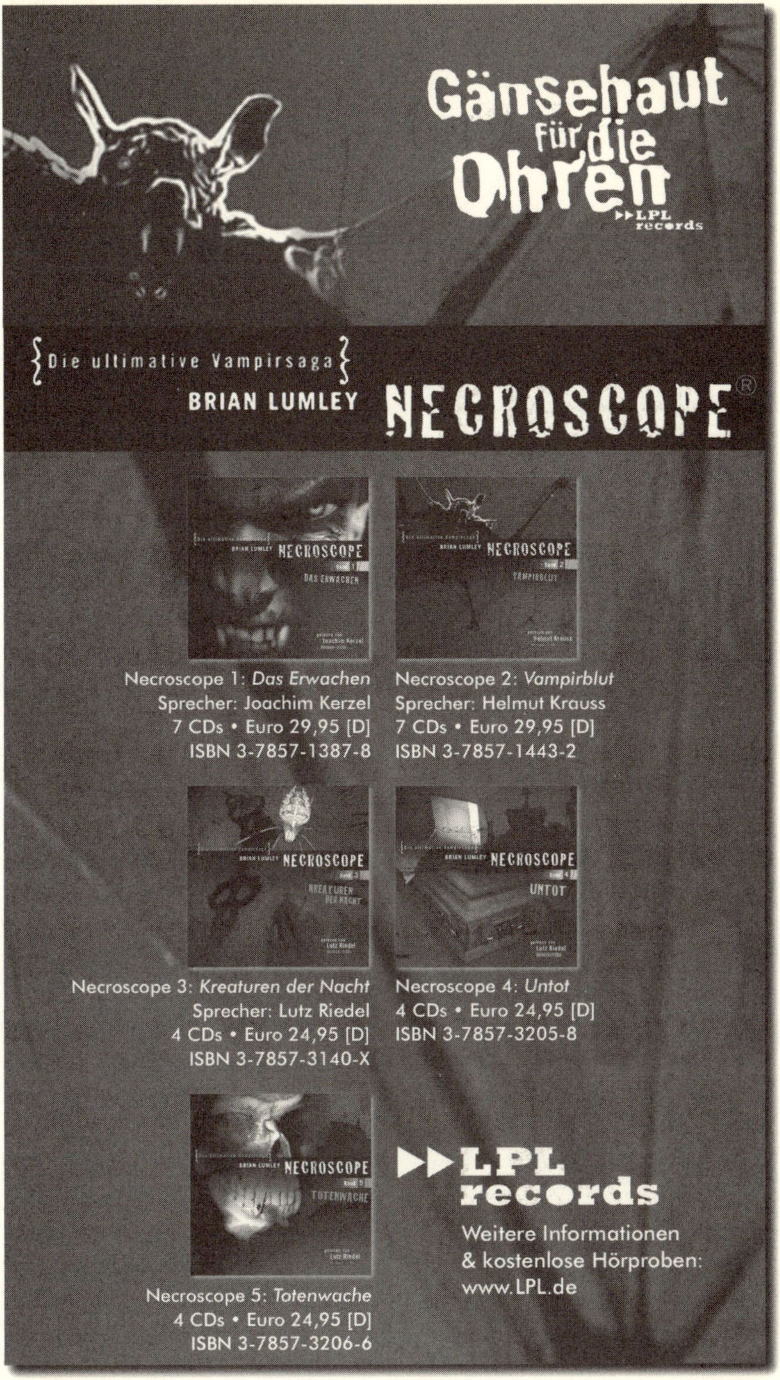
Gänsehaut für die Ohren
LPL records
Die ultimative Vampirsaga
BRIAN LUMLEY
NECROSCOPE®
Necroscope 1: *Das Erwachen*
Sprecher: Joachim Kerzel
7 CDs • Euro 29,95 [D]
ISBN 3-7857-1387-8
Necroscope 2: *Vampirblut*
Sprecher: Helmut Krauss
7 CDs • Euro 29,95 [D]
ISBN 3-7857-1443-2
Necroscope 3: *Kreaturen der Nacht*
Sprecher: Lutz Riedel
4 CDs • Euro 24,95 [D]
ISBN 3-7857-3140-X
Necroscope 4: *Untot*
4 CDs • Euro 24,95 [D]
ISBN 3-7857-3205-8
Necroscope 5: *Totenwache*
4 CDs • Euro 24,95 [D]
ISBN 3-7857-3206-6
LPL records
Weitere Informationen
& kostenlose Hörproben:
www.LPL.de